LA LIGA DE LOS MENTIROSOS

ASTRID SCHOLTE

YOUNG KIWI, 2023
Publicado por Ediciones Kiwi S.L.
LEAGUE OF LIARS, © 2022 by Astrid Scholte
Esta edición ha sido publicada bajo acuerdo con Sterling Lord Literistic
y MB Agencia Literaria

Primera edición, octubre 2023
IMPRESO EN LA UE
ISBN: 978-84-19939-16-6
Depósito Legal: CS 719-2023
© del texto, Astrid Scholte
© de la cubierta, Borja Puig
© de ilustraciones interiores, Astrid Scholte
Traducción, Tatiana Marco

Código THEMA: YF

Nota del Editor

Tienes en tus manos una obra de ficción. Los nombres, personajes, lugares y acontecimientos recogidos son producto de la imaginación del autor y ficticios. Cualquier parecido con personas reales, vivas o muertas, negocios, eventos o locales es mera coincidencia.

Para todos aquellos que necesiten una escapatoria. Seguidme.

Si estás leyendo esto, significa que he tenido éxito. O, tal vez, que he fracasado de forma espectacular y lo has encontrado en mi lecho de muerte.

Me pase lo que me pase, no pienso disculparme por lo que he hecho. Era la única opción; el único modo de arreglar las cosas y separar la verdad de todas las mentiras.

Puede que no creas lo que estoy a punto de contarte, pero todas y cada una de las palabras son ciertas.

Confía en mí.

JERARQUÍA DEL GOBIERNO TELENO

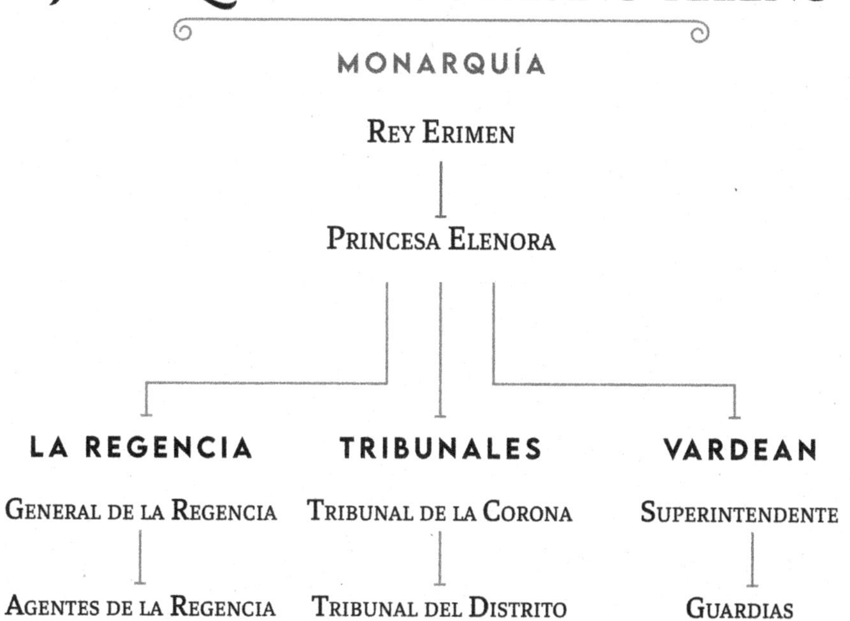

Por decreto real, ninguna persona puede usar o intentar usar magia extradimensional a menos que desee que caiga sobre ella todo el peso de la ley.

—Código de conducta Teleno
Capítulo 1, Página 1

CAPÍTULO 1

CAYDER

Mi padre solía decir: «Convertirse en criminal es una elección. O bien escogemos aceptar las cosas tal como son o bien intentamos forzar los hilos del destino».

Padre siempre hablaba en términos así de definitivos: las sombras eran malas, el edem era ilegal y los mentirosos eran unos cobardes.

En tal caso, llamadme cobarde, porque algunas mentiras son necesarias. Por ejemplo: el detallito de dónde estaba trabajando durante el verano. Aquello que mi padre no supiera, no podía hacerle daño.

Antes de salir de casa, fui a comprobar si mi hermana había vuelto a escaparse por la celosía que había en el exterior de su ventana.

—De verdad, Leta... —gruñí al ver su decepcionantemente vacío dormitorio.

Al parecer, yo no era el único Broduck que estaba ocultando algún secreto. En el último mes, se había escapado más veces de las que había estado en casa y, al final, incluso padre acabaría percatándose de su ausencia.

Tras devorar el desayuno, me uní a los trabajadores que estaban esperando junto a la parada local del tranvía que iba en dirección al centro de Kardelle. Aunque una permanube colgaba sobre la capital, dispersando las sombras y convirtiéndolas en un tono seguro de gris, el grupo permanecía lejos de los edificios. A pesar de lo que padre decía, las sombras no eran inherentemente peligrosas, pero de forma instintiva, la gente se alejaba de lo que podría rondar en su interior.

Al doblar la curva, el tranvía de las 7:30 anunció su llegada con un chirrido. El vagón pasó a toda velocidad, cargado hasta los topes de trabajadores, y el conductor ni siquiera hizo un gesto de disculpa cuando se saltó la parada.

No me había costado demasiado darme cuenta de que el tranvía nunca seguía los horarios, así que tenía que salir de casa treinta minutos antes para llegar a tiempo al trabajo.

La semana anterior había comenzado mis tres meses de prácticas previas al último año de escuela en Asistencia Legal Edem. Mi mentor era ni más ni menos que Graymond Toyer, el abogado de oficio número uno en crímenes relacionados con el edem. Además, era un viejo amigo de mi padre. Si quería acortar la duración de mis estudios y poder enviar una solicitud a la facultad de derecho después de dos años en lugar de los cuatro habituales, necesitaba la recomendación del señor Toyer y, tal como le gustaba recordarme a mi hermana, la paciencia no era una de mis virtudes. Bueno, eso no es del todo cierto: lo que ella decía era que no poseía ninguna virtud.

Mi plan era, con el tiempo, convertirme en fiscal del Tribunal de la Corona, que era el tribunal supremo del país y se encargaba de los crímenes más serios relacionados con el edem. Sin embargo, como fiscal, estudiar el otro aspecto de la ley sería de gran valor para garantizar que la justicia prevaleciera para las víctimas y sus familias. Familias como la mía.

Mientras echaba un vistazo a mi reloj, algo brillante se reflejó en la superficie de cristal: un rayo de sol.

Gracias a la máquina que había en el centro de la ciudad que bombeaba agua hacia el aire a la temperatura exacta para generar niebla, era poco habitual contemplar la luz del sol sin obstrucciones. De vez en cuando, si la temperatura cambiaba de forma inesperada, la permanube se disolvía, dejando pasar la luz. Y, con el sol, llegaban las sombras más oscuras.

Si bien las calles habían quedado libres de cualquier árbol grande y las sombras que pudieran arrojar, centenares de farolas bordeaban las aceras para inundarlas de una luz difusa durante la noche. Con la cobertura casi constante de una nube durante el día, las sombras de las farolas no tendrían que haber supuesto una gran preocupación. Sin embargo, en aquel momento, con el sol atravesando la nube, las líneas finas y grises de la acera se volvieron negras y, dentro de la sombra negra como el carbón, yacía una sustancia cambiante, como si hubiesen derramado sobre el pavimento algo oscuro y burbujeante.

«Edem».

Mi primer y único uso de la magia extradimensional ocurrió cuando tenía diez años. Padre me había castigado por haber roto uno de los jarrones favoritos de madre poco después de su muerte. Desesperado por escapar de la habitación y de la mansión opresiva, había hecho añicos la permalámpara que mantenía a raya las sombras. Le había dado la bienvenida a la oscuridad y había esperado a que apareciese el edem. No había tardado demasiado. Una sombra de color obsidiana había trepado por mis manos y se había enroscado en torno a mis brazos.

—Libérame —le había ordenado.

El edem te permitía manipular el tiempo y cambiar la realidad. El rescate que me había proporcionado había llegado en forma de una escalera arrancada del día anterior, cuando el jardinero había dejado su instrumental para limpiar las ventanas en el exterior de mi habitación.

Si bien mi padre no se había dado cuenta de que me había escapado, pues la escalera había desaparecido y había regresado al pasado en cuanto yo había bajado por ella, no había tardado en descubrir mi crimen cuando los agentes de la Regencia habían aparecido por casa al día siguiente con armaduras completas y las capas color plata ondeando a sus espaldas. El destello plateado me había recordado a la capa de mi propia madre y, durante un breve instante, había creído como un tonto que había regresado.

La Regencia era uno de los brazos de confianza del gobierno, encargada de vigilar e informar a los monarcas de Telene de las fluctuaciones de edem. Si bien la realeza era la que decretaba las leyes relacionadas con la magia, la Regencia era la encargada de hacerlas cumplir. Seguían el rastro de los cambios en el tiempo y señalaban las coordenadas exactas para investigarlas y arrestar a la persona responsable. Cuando los agentes habían llegado a la Mansión Broduck aquel día, se habían dado cuenta rápidamente de que yo había sido el culpable, pues un diseño de color gris ahumado me había recorrido ambos brazos allí donde el edem me había tocado la piel.

Conocidas como «marcas eco», aquellos diseños indicaban el uso del edem. Cuanto más grande era el impacto causado, más tiempo duraba la marca. Por suerte para mí, el jardinero no había estado subido a la escalera cuando había sido arrancada del pasado y entregada en mi presente. Si se hubiera caído y hubiera muerto, mi marca eco habría sido permanente: un eco de muerte.

Desde entonces, no había vuelto a tocar el edem.

Miré a los viajeros que había a mi alrededor. Nadie más parecía haberse dado cuenta del edem que yacía dentro de la sombra. Yo pensé en ignorarlo hasta que el hombre que había a mi lado se dirigió hacia la zona llena de luz.

De espaldas, nos podrían haber confundido: ambos vestíamos trajes a medida y su cabello mostraba un corte no muy diferente del mío. Sin embargo, su piel era mucho más pálida que la mía, que era de un tono beige más cálido. No le habría prestado demasiada atención si no se hubiera agachado hacia el suelo.

Estaba seguro de que no iba a...

—Por favor... —Mientras las sombras oscuras le chorreaban por los brazos como si fueran líquido hasta cubrirle los dedos de oscuridad, su voz sonó apremiante—. No puedo llegar tarde. Otra vez no. Voy a perder mi trabajo. Por favor, ayúdame.

El edem surgió de las sombras de la farola y se esparció por la acera hasta alcanzar la calle empedrada. Se acumuló en el centro de la vía y empezó a alzarse y dibujar la forma de un tranvía cerca del lugar en el que un niño estaba cruzando las vías. El vagón iba a pasarle por encima antes de que pudiera darse cuenta de lo que estaba ocurriendo.

Las sombras empezaron a solidificarse y volverse rojas. En cualquier momento, el tranvía se materializaría en nuestra realidad desde algún lugar del pasado o del futuro. ¿Qué ocurriría si había gente dentro cuando desapareciera? Si todavía se encontraban en las vías cuando aquel hombre negligente hubiese acabado con él, ellos también morirían.

—¡Eh! —Hice un gesto en dirección al niño que estaba cruzando la calle—. ¡Podrías haberlo matado!

—¡Lo siento! —gimoteó el hombre—. ¡Por favor, no se lo digas a la Regencia! ¡Estaba desesperado!

El tranvía siempre llegaba tarde y, aun así, aquel hombre había sido el único que había intentado hacer uso del edem. Él solito había decidido ser egoísta y mandar al cuerno las consecuencias. Exactamente ese tipo de inconsciencia era la que había matado a mi madre.

—¡Lo siento! —dijo de nuevo.

La mujer que estaba a mi lado ya había abierto el panel de la lámpara más cercana y había sacado un par de esposas. Las colocó en torno a las muñecas del hombre y lo dejó atado a la farola antes de que pudiera escapar.

La Regencia tenía una línea propia de tranvía que recorría toda la ciudad y que les permitía enviar agentes a los lugares donde hubieran ocurrido crímenes relacionados con el edem o en los que se hubieran producido intentos de uso del mismo. Al abrir uno de los paneles de las farolas, se alertaba a la institución y solo tardaban diez minutos en llegar a la escena del crimen.

Cuatro agentes de la Regencia bajaron del vagón al unísono. Las capas plateadas les cayeron a la espalda con un susurro. Iban vestidos de los pies a la cabeza de un tono gris claro, que era el color de Telene, la familia real y las sombras seguras. Llevaban charreteras de plata en los hombros y una fila de botones pulidos recorría la parte frontal de sus vestiduras.

Se me secó la boca. Era como si hubiera vuelto a tener diez años y estuviera intentando explicarle a mi padre por qué la Regencia había llamado a nuestra puerta. Sin embargo, en aquella ocasión, no me iban a sacar a rastras de casa.

—¿Qué ha pasado aquí? —preguntó un agente, haciendo que su voz grave retumbara. Tenía el pelo castaño muy corto y, bajo la barba espesa, tenía la piel pálida y llena de cicatrices.

—Por favor —lloriqueó el hombre esposado—. En realidad, no he usado el edem.

El agente se dio la vuelta, haciendo un gesto con la mano.

—¿Quién puede explicarnos lo que ha ocurrido?

Me tragué el miedo que sentía y di un paso al frente.

—El tranvía no ha parado —dije—, así que este hombre ha intentado encontrar otro medio de transporte. —Con la cabeza, señalé la zona iluminada por el sol que ya empezaba a desvanecerse junto con la sombra negra—. Ha estado a punto de matar a un niño que estaba cruzando la calle.

El agente se acercó a mí y yo me obligué a no apartarme.

—¿Y cómo se ha evitado semejante desastre?

—He empujado al hombre para sacarlo de la sombra.

Había hecho lo que se esperaba de cualquier ciudadano de Telene y, aun así, en aquel instante, mientras me enfrentaba a la Regencia, sentí que había cometido un error.

El agente asintió.

—Bien hecho, hijo. Nuestro rey te da las gracias por tu rapidez mental.

Antes de que pudiera decir nada más, el resto de agentes rodeó al hombre.

—¡Deteneos! —gritó el susodicho mientras soltaban las esposas de la farola—. ¡No he hecho nada!

Me estremecí cuando lo lanzaron dentro del vagón. Odiaría tener que ver cómo trataban a aquellos que de verdad hubiesen usado el edem. Mientras el tranvía se ponía en marcha, el hombre me miró y yo me tragué el nudo que tenía en la garganta.

Había salvado la vida de un niño, pero ¿a qué precio?

Me libré del pensamiento con una sacudida. La Regencia tenía que ser estricta, pues aquella era la única manera de proteger nuestra nación.

El hombre tendría que defenderse frente a un tribunal.

Finalmente, a las diez de la mañana, llegué a Asistencia Legal Edem. La camisa y el chaleco se me pegaban al cuerpo como si fueran una segunda piel. Abrí la puerta con demasiado ímpetu, golpeando con fuerza la pared que había detrás. Varias personas alzaron la mirada y, cuando vieron que se trataba de mí, volvieron a bajarla hacia sus máquinas de escribir.

—Ups —dije, avergonzado.

En el mostrador, el recepcionista frunció las cejas detrás de sus gafas minúsculas. Una franja de pelo oscuro le recorría la parte trasera de la cabeza calva y pálida, como si alguien la hubiese dibujado con una pluma y se hubiese olvidado de rellenar el interior.

—Llegas tarde, chico —me dijo Olin de forma brusca.

—Lo sé, lo sé —contesté—. No te lo vas a creer, pero un hombre en la calle ha intentado usar edem.

—Trabajamos en Asistencia Legal Edem —replicó el hombre, poniendo los ojos en blanco—. Claro que me lo creo.

—Cierto. Me hizo perder el tranvía y tuve que ir corriendo hasta el centro de Kardelle para llegar a la conexión con destino Río Recto.

—Eso explica el olor.

Olin arrugó la nariz. Esperaba que estuviese bromeando, pero la verdad es que nunca lo había visto sonreír y, mucho menos, hacer una broma.

Pasé junto al mostrador desordenado del recepcionista para dirigirme hacia mi mesa, que tenía vistas al río marrón rojizo.

—Espera. —El hombre me tendió un sobre estrecho con un sello de cera escarlata—. El señor Toyer me ha pedido que te entregara esto cuando llegaras.

El sello parecía una mancha de sangre derramada. Sobre la cera, habían prensado un emblema formado por dos manos encadenadas con una barra en el centro. Se trataba del emblema de Vardean.

Vardean era la única prisión de Telene. En ella se encarcelaba a los criminales de toda la nación, ya estuviesen relacionados con el edem o no. Si bien la mayoría de los chicos de mi edad se habrían orinado encima al ver ese emblema, a mí me resultaba reconfortante.

Cuando la Regencia había descubierto que un inocente niño de diez años había sido el causante de la fluctuación de edem la noche que me había escapado de mi habitación, me habían sentenciado a pasar un año en el reformatorio Vardean, un internado que estaba junto al complejo penitenciario y que albergaba a los usuarios de edem menores de dieciséis años.

Aunque el año que había pasado allí había sido pensado como un castigo, yo había logrado prosperar. Había sido un alivio escapar tanto de mi padre como de los recuerdos de mi madre que había en la Mansión Broduck. Allí, había aprendido las complejidades de la ley. Había encontrado algo en lo que centrarme, algo que me ayudaba a desterrar el dolor. Vardean era un pilar de fuerza y protegía a los buenos ciudadanos de Telene de los criminales peligrosos. Mi amor por el sistema de justicia había nacido durante aquel año. En realidad, si me lo hubieran permitido, me habría quedado en Vardean para acabar toda mi formación.

—¿Qué es esto? —le pregunté a Olin.

—Una carta de Vardean —contestó él, poniendo de nuevo los ojos en blanco—; estoy seguro de que reconoces el emblema gracias al tiempo que pasaste allí.

Cada palabra desprendía desdén. Mucha gente miraba por encima del hombro a aquellos que habían pasado un tiempo allí, incluso aunque se tratase de la escuela y no el sector penitenciario. ¿Era por eso por lo que Olin era tan brusco conmigo? Si Graymond podía dejar de lado mi fechoría infantil, seguro que el recepcionista también podía.

—Desde Vardean reclamaron la presencia del señor Toyer para procesar a un nuevo cliente durante el fin de semana —dijo Olin—. Todavía sigue allí.

—Pero hoy teníamos previsto revisar el papeleo de las apelaciones.

—¿Prefieres quedarte aquí? —me preguntó, sinceramente confuso.

—¿Es una pregunta trampa?

Sonreí, le arranqué el sobre de las manos y lo rasgué para abrirlo.

Querido Cayder:

Cambio de planes para hoy. Reúnete conmigo en el vestíbulo de la prisión Vardean a las 10 de la mañana.

No llegues tarde.

Graymond Toyer

No era una nota demasiado esclarecedora, pero Graymond no podía revelar detalles de su nuevo cliente por si la carta se traspapelaba. Sabía que la confidencialidad era un aspecto importante de dedicarse al derecho y a mí se me daba bien guardar secretos.

Detrás de la carta había metido una ficha roja como la sangre con el emblema de la prisión. Pasé los dedos por ella. «Un pase para Vardean».

—¿Graymond quiere que me reúna allí con él?

Llevaba intentando regresar a Vardean desde que me había marchado de allí. Sin saltarme la ley, claro está.

Aunque mi padre trabajaba en la prisión como juez superior del distrito, se había negado rotundamente a mi sugerencia de trabajar con él durante el verano. Me había prohibido hacer carrera en derecho, alegando que no quería que ninguno de sus hijos tuviese algo que ver con Vardean. Quería olvidar lo que le había pasado a madre e incluso se negaba a pronunciar su nombre. Desde que había muerto, él se había centrado exclusivamente en el trabajo y mi hermana y yo no éramos más que meras molestias y bocas a las que alimentar. Padre pensaba que, durante el verano, estaba trabajando en la biblioteca del centro de Kardelle, lejos de los problemas y, sobre todo, fuera de su vista. Si me cruzaba con él en Vardean, mi ardid quedaría al descubierto y él se aseguraría de que las prácticas con Graymond se acabasen. Mi jefe me había prometido no contarle a mi padre lo que iba a hacer durante el verano, pues sabía lo terco que podía ser. Sin embargo, no podía rechazar la oportunidad de ver a Graymond en su hábitat natural. Tal vez pudiera ver un juicio en vivo y en directo.

Sentí una punzada bajo el cuello almidonado de la camisa: ansiedad y expectación.

—Son más de las diez —dije.

Olin ni siquiera se inmutó.

—Entonces, será mejor que te pongas en marcha.

—Olin, amigo mío, eres un maestro a la hora de señalar lo evidente.

Al fin, el hombre esbozó una sonrisa.

—Buena suerte, Cayder.

Vardean estaba a una hora del centro de Kardelle en tranvía suspendido. Las góndolas estaban fabricadas al completo de vidrio para que, en caso de que algún criminal intentase escapar, los guardias de la prisión que había en cada extremo de la línea pudieran divisarlos con facilidad. Y, en los cien años de existencia de Vardean, nadie había escapado jamás.

Me senté solo en la góndola de cristal mientras esta surcaba el océano. Al igual que mi padre, los abogados, los jueces, los miembros del jurado y los trabajadores de la prisión habrían hecho el viaje a una hora más temprana de la mañana. No se permitía el acceso de nadie más. Incluso los familiares de los prisioneros tenían prohibidas las visitas.

Eché la vista hacia atrás para ver si podía vislumbrar la Mansión Broduck en medio de los acantilados. Como la mayoría de las familias adineradas, vivíamos en la zona costera conocida como la «Milla Soleada», que recibía su nombre de los acantilados amarillentos sobre los que se habían construido las casas. Los tres pisos de piedra blanca sobresalían sobre las rocas doradas y escarpadas. Parecían un faro de esperanza, pero aquello no era más que una mentira.

En el pasado, la Mansión Broduck había sido un hogar feliz. Cuando mi madre vivía, mi padre había sido un hombre razonable que sonreía y, a veces, se reía. Mi hermana y yo habíamos pasado los días jugando en los jardines vallados, que eran un santuario alejado del mundo exterior. La casa había estado repleta de amor y calidez, había sido un auténtico hogar enclavado en la Milla Soleada.

Desde la muerte de madre, la casa se había convertido en una especie de prisión y Leta y yo intentábamos escapar de diferentes formas. Mientras que yo me centré en los estudios con la esperanza de acortar la duración del título de pregrado para poder presentarme antes a la facultad de derecho, Leta cada vez estaba más obsesionada con el edem. Pasaba más horas investigando tonterías supersticiosas sobre criaturas formadas por dicha sustancia que bajo el techo ornamentado de la Mansión Broduck. Aseguraba que madre también había creído que había algo más que no sabíamos sobre el edem y que quería demostrar que había estado en lo cierto. Si bien madre nunca me había trasladado semejantes tonterías, permití que Leta siguiera albergando sus fantasías infantiles.

Nuestra madre había trabajado para la Regencia y había viajado a menudo a escenas del crimen relacionadas con el edem para reunir pruebas para el tribunal. Su último viaje había sido a una aldea rural llamada Ferrington que se encontraba a medio día de viaje de la ciudad. Mientras investigaba la escena del crimen, un granjero de la zona había usado el edem para que lloviera. Así, había conjurado una gran tormenta en apenas unos segundos y la había atrapado en medio del diluvio. El suelo arenoso había generado un alud de barro y mi madre se había caído y se había visto arrastrada a un precipicio. Había muerto porque un hombre egoísta había pensado que regar sus cultivos era más importante que la seguridad de aquellos que lo rodeaban.

La Regencia había sido rápida a la hora de arrestar al infractor, que estaba cumpliendo una sentencia de quince años en Vardean. Si bien dicha sentencia no iba a traer a mi madre de vuelta, al menos se había hecho justicia. Su muerte había cambiado para siempre el rumbo de mi vida, pero también me había dado un propósito.

La góndola traqueteó durante varios kilómetros en medio de la permanube gris antes de que esta se dispersara. Después, tomé aire. Jamás iba a acostumbrarme a la vista que tenía frente a mí.

En el horizonte, una mancha negra partía el cielo en dos. Era como un relámpago de electricidad estática, solo que, donde debería haber luz, reinaba la oscuridad. Conocido como «el velo», era el origen del edem y de las pesadillas de muchos niños. Era una fisura entre nuestro mundo y otro diferente que permitía que se filtrara una magia que alteraba el tiempo.

Frente al velo, un edificio con una espiral central se alzaba en medio del océano.

«Vardean».

Casi cien años atrás, un barco había estado surcando aquella misma zona del océano cuando, de pronto, se había detenido con un estremecimiento. Los motores se habían parado. El capitán había bajado a la sala de máquinas para ver qué había ocurrido y había descubierto que la sala había desaparecido. No se había destruido, sino que se había esfumado y, en su lugar, había aparecido un vacío negro: el velo. Al regresar a la cubierta, el hombre había descubierto que la otra mitad de su barco, junto con su tripulación, también había desaparecido en la oscuridad. Había conseguido escapar con un bote salvavidas antes de que el resto del barco desapareciera en el velo para no regresar nunca más.

El rey y la reina de Telene del momento habían enviado a sus mejores científicos para investigar aquel fenómeno. Mientras un buceador nadaba cerca del velo, había descubierto una sustancia oscura bajo la sombra de un barco. Pensando que la nave estaba perdiendo combustible, la había tocado. Sin embargo, cuando el líquido había empezado a treparle por la mano, había entrado en pánico y le había ordenado que se alejara. Malinterpretando la intención del buceador, el edem lo había transportado a otra zona del océano, a varios kilómetros de distancia de su barco. Al regresar a la base de investigación, había estado tan cansado que tan apenas había estado consciente. Al principio, habían interpretado su diatriba sobre ser mágicamente transportado a otra parte del mar como meras alucinaciones. Sin embargo, después de algunas pruebas, los científicos habían descubierto que aquel líquido, el edem, podía manipular el tiempo y que las consecuencias siempre eran impredecibles y, a menudo, desastrosas.

Aquellos científicos se habían convertido en la Regencia. Al principio, el edem solo había aparecido en las sombras negras cercanas al propio velo. Pero cuantas más pruebas se llevaban a cabo, más había crecido la fisura y más se había esparcido el edem hacia las costas de Telene. Y, si bien la Regencia había desarrollado la permanube para evitar las sombras oscuras y su conexión con la sustancia, no habían podido controlar lo que la gente hacía en sus casas, obligando al rey y a la reina a declarar ilegal el uso de la misma. Sin embargo, no todo el mundo había acatado la ley y, poco tiempo después, la fisura se había extendido hacia el cielo.

Hasta el momento de nuestra historia, el edem no se había propagado más allá de Telene, pero si la gente seguía quebrantando la ley, acabaría por infectar las sombras del resto del mundo. Antes de la aparición del velo, la gente había viajado con libertad entre naciones y había compartido con los demás sus culturas y costumbres. Sin embargo, conforme el velo se hacía más grande, las naciones vecinas habían cerrado sus fronteras y habían interrumpido el comercio hasta que se pudiera controlar el problema. Esa era una de las razones por las que Vardean y el sistema legal eran tan importantes.

El velo crepitaba detrás de la prisión, lo cual era una señal de que alguien había usado el edem hacía poco. Me acordé del hombre de la calle. Incluso con la amenaza del arresto, la gente seguía arriesgándose a usar la sustancia para cambiar su destino. Si no hubiese intervenido, un niño y, probablemente, unos cuantos más, habrían muerto. La Regencia tenía que ser estricta por necesidad.

La góndola descendió hasta Vardean y se detuvo. Salí a la estación, que estaba conectada con la prisión a través de un puente metálico cerrado. Un zumbido constante apagaba el sonido de las olas como si fuera el sonido de un motor o una bombilla sobrecargada a punto de estallar.

Una joven guardia de prisiones estaba junto a la entrada vallada. A diferencia de los agentes de la Regencia, los guardias de Vardean eran empleados de la propia cárcel. Iba vestida de negro en lugar de gris claro y el único toque de color que mostraba eran el emblema de la penitenciaría que llevaba en la gorra de plato y el ribete que le recorría el cuello del uniforme como una vena hinchada. Tenía el mismo aspecto que los típicos guardias que había visto mientras estaba en el reformatorio. El único acto de rebelión era el cabello teñido de blanco que le enmarcaba el rostro moreno como un bebé abrazando a su madre. Era guapa de aquella manera que indicaba que, claramente, no podía importarle menos lo que pensaras.

—Buenos días —le dije, mostrándole mi mejor sonrisa.

—Extiende las piernas y los brazos —me ordenó con gesto impasible.

Yo obedecí y ella me pasó por todo el cuerpo un detector de metales manual que hizo que se me erizara el vello de los brazos y de la nuca. Entonces, me quitó la bolsa del hombro y rebuscó entre sus contenidos por si llevaba algo de contrabando. Alzó una ceja oscura.

—¿Motivo de la visita a Vardean?

Le tendí mi ficha roja.

—Vengo de parte de Asistencia Legal Edem.

—¿No eres un poco joven para ser abogado?

La diversión le iluminó el rostro e hizo que alzara los pómulos.

—Soy el aprendiz de Graymond Toyer, el mejor abogado de oficio de Telene.

Ella se rio.

—No durante mucho más tiempo.

Parpadeé en un par de ocasiones, preguntándome si la había escuchado correctamente, pero ella no me aclaró nada y presionó un botón que había junto a la entrada.

—Un visitante para Graymond Toyer —dijo en dirección al micrófono que llevaba junto a los labios. Después, introdujo mi ficha en una ranura y la puerta se retrajo hacia la pared.

—Te la devolveré cuando vuelvas a casa, Chico Maravilla.

—Gracias. Eh… ¿cómo te llamas?

Me interrumpió con un gesto de la mano.

—¿Acaso importa? No vas a volver a verme.

¿Por qué estaba insinuando que tan solo iba a estar aquí un día?

—¿Y bien? —insistió al ver que no me movía—. Adelante. —Hizo un gesto en dirección a la puerta abierta—. Largo.

Recorrí el pasillo estrecho que conducía hasta un vestíbulo muy concurrido. Varios pasillos se ramificaban desde la entrada en dirección a las salas del tribunal, las de interrogatorios y las oficinas legales. El que estaba más a la derecha conducía al reformatorio. La gente pasaba a mi lado a toda prisa con montones de papeles bajo el brazo. Reconocía sus gestos como el mismo que veía cada vez que me miraba en un espejo: determinación.

La primera vez que había entrado en aquel vestíbulo tenía diez años y había estado rodeado de muchachos de mi edad que habían cometido infracciones menores relacionadas con el edem. Mientras todos se habían sacudido de miedo, una extraña sensación de calma se había apoderado de mí. Tal como ahora. Aquel era un sitio en el que todo tenía sentido. Aquel era un mundo en el que prevalecía la justicia. Aquel era un mundo que comprendía.

—Cayder —dijo una voz grave a mi espalda.

Me sobresalté al reconocer la voz, aunque no se trataba del gruñido rasposo de mi padre.

—Señor Toyer.

Me giré hacia él con una sonrisa. Graymond Toyer tenía la piel de un tono marrón cálido y una barba arreglada y entrecana. El traje azul a medida de tres piezas le colgaba de forma precisa de los hombros amplios y hacía que me sintiera mal vestido con un chaleco beige, una camisa blanca y unos pantalones de un tono amarillento oscuro. Si hubiera sabido que iba a acabar en Vardean, me habría puesto mi mejor traje.

—Siento llegar tarde —dije—. Ha habido un problema en la parada del tranvía. He venido tan rápido como he podido, señor Toyer.

—No te preocupes, hijo —me dijo, dándome una palmadita en la espalda—. Y te he dicho que me llames Graymond. El señor Toyer es mi padre.

Asentí. Conocía a Graymond desde la infancia. Había pasado mucho tiempo en la Mansión Broduck, trabajando con mi padre en el estudio o ayudando a mi madre en el jardín. Los padres de mi padre habían muerto antes de que yo naciera y la familia de mi madre vivía en el extranjero, por lo que él se había convertido en un tío para Leta y para mí. Al menos, hasta que mi madre había muerto. Desde entonces, Graymond no había vuelto a visitarnos. No estaba seguro de si algo había sembrado la discordia entre ellos o si, sencillamente, mi padre lo había alejado de él tal como había hecho con sus propios hijos.

—¿Qué estoy haciendo aquí? —le pregunté—. No me malinterpretes; me alegro de estar aquí, pero... ¿por qué?

Graymond se rio y me condujo hasta el centro de la sala. Desde los labios y los ojos marrones, unas arrugas diminutas se le extendieron por todo el rostro, pero se limitó a señalar hacia arriba.

Una vez en el centro de la estancia, pude ver una apertura circular en el techo de piedra por el que, traqueteando, descendía un ascensor metálico.

—He pensado que, tal vez, quisieras ayudarme con mi nuevo caso —me dijo.

Di saltitos sobre las puntas de los pies.

—¿De verdad?

—Has pasado muchas horas en la oficina haciendo papeleo aburrido, pero quiero que veas en qué consiste realmente la ley.

—Vardean...

Siempre había querido ver la sección penitenciaria. Como estudiante, había sido una zona prohibida.

—No —dijo Graymond, frunciendo el ceño—. Consiste en ayudar a nuestros clientes. —Se me encendieron las mejillas y sentí como si hubiera suspendido algún tipo de prueba. Cuando el ascenso llegó a nuestra altura, Graymond abrió la puerta oxidada—. Bienvenido a Vardean, Cayder. —El ascensor se elevó en dirección al agujero que había en el techo rocoso y mi corazón empezó a latir al ritmo del sonido metálico de la cadena—. Antes de nada, quería advertirte de algo... —Mi jefe se apoyó en la pared del cubículo, cruzándose de brazos—. Sé que tu plan es convertirte en fiscal cuando te gradúes de la facultad de derecho, pero espero que tengas la mente abierta con respecto a los motivos que pueden hacer que alguien acabe aquí. Es fácil sacar conclusiones y juzgar a los reclusos.

—Por supuesto, señor.

Él hizo un gesto corto y marcado de asentimiento.

—Bien. —El ascensor atravesó el agujero del techo y, durante un instante, solo pude ver un cono de luz resplandeciente rodeándonos—. Lo que más les importa a nuestros clientes es que escuchemos la historia que nos cuentan —dijo él—. Sé que trabajas mucho, Cayder, pero, ¿eres bueno escuchando?

A menos que se tratara de escuchar a mi hermana y sus constantes teorías conspiratorias sobre el velo, entonces, sí.

—Por supuesto.

—Entonces, escucha, pero no juzgues. ¿Te parece?

—Claaaaaro —contesté arrastrando la palabra.

—Te digo que escuches porque sus historias son todo lo que tenemos. Y, sí, no son más que historias: sus puntos de vista, lo que vieron, lo que olieron, lo que escucharon, lo que hicieron y lo que no hicieron. ¿Es un hecho? ¿Es la verdad? —Hizo una pausa y yo me pregunté si quería que le contestara—. No lo sabemos.

—Pero si...

—No lo sabemos, Cayder. Mi trabajo como abogado de oficio es presentar el caso tal como lo conozco. La carga de la prueba recae sobre el fiscal, que debe demostrar más allá de toda duda razonable que mi cliente es culpable.

—¿Y qué ocurre si tu cliente quiere declararse culpable?

—Qué interesante que lo menciones... —Se rascó la barba que le hacía juego con el cabello plateado bien recortado—. Mi nuevo cliente afirma que es culpable.

—¿Y no le crees?

Él ladeó la cabeza de un lado a otro, evasivo.

—A ver qué opinas tú.

El ascensor salió de la roca y se adentró en el sector penitenciario. El edificio parecía una jaula de pájaros desbordada, con filas y filas de celdas pegadas a las paredes. El techo estaba construido con un prisma de cristal que refractaba cientos de haces de luz, lo que prevenía que apareciera ninguna sombra. Vardean era el único edificio en el que se podía controlar la presencia de las sombras de día y de noche; el único lugar en el que no se podía alterar el tiempo o cometer un crimen.

Si bien había presenciado alguna pelea y algún colapso nervioso nocturno en la residencia de estudiantes, aquello no había tenido comparación con el caos que se desenvolvía frente a mí. Los criminales estaban gritando, llorando, escupiendo y, a juzgar por el olor, orinándose encima o algo peor. Sacaban los brazos y las piernas por los barrotes, desesperados por sentir cierto contacto o, sencillamente, algo de reconocimiento.

Cuando salimos del ascensor, los gritos se amplificaron.

—Todos tienen una historia —dijo Graymond, haciendo un gesto con los brazos y alzando la voz por encima de aquel barullo—. ¿Estás preparado para escuchar?

En aquel momento, comprendí lo que me había querido decir la guardia de antes. Una parte de mí, la parte cuerda, quería cerrar el ascensor, bajar de nuevo al vestíbulo, salir de allí en la siguiente góndola y no regresar jamás. Otra parte, la que anhelaba justicia para familias como la mía, se regodeaba ante semejante espectáculo. Se me expandió el pecho. Me sentí ligero y boyante.

Había vuelto.

CAPÍTULO 2

JEY

Jey atravesó las calles a grandes zancadas, con una gallina bajo el brazo y un cuchillo en la otra mano. Mientras corría, el animal aleteó contra su costado. Unos miembros de la guardia del rey, que eran los encargados de mantener la paz en Telene, iban pisándole los talones, gritando mientras le perseguían.

—Si te detienes ahora —exclamó uno—, solo te cortaremos las manos en lugar de la cabeza.

—¡Tentador! —le respondió Jey, gritando por encima del hombro.

Se abrió paso entre los puestos de la plaza Penchant, que se encontraba en el centro de aquella capital atestada de gente. En el aire se notaba el olor al carbón y al polvo procedente del cercano distrito industrial del río. Además, ni el más dulce de los hojaldres robados podría enmascarar el hedor de tantísima gente viviendo en un espacio tan reducido.

Se escabulló por un callejón estrecho, alejándose del mercado y del griterío de los guardias. Cuando la gallina empezó a picotearle los dedos, comenzó a cuestionarse su elección de bienes robados. Una bolsa de arroz no mordía.

Los guardias lo persiguieron por los callejones, aunque sus gritos continuos le permitían sacarles ventaja.

—¡Ríndete ahora, canalla! —gritó uno.

Estaba muy familiarizado con aquella voz. Ese guardia le había perseguido a menudo. Le gustaba pensar en sus encuentros como una especie de danza que él había perfeccionado en las últimas cinco semanas. El guardia era larguirucho, todo brazos y piernas, pero era rápido. Si bien Jey estaba en forma, con su metro noventa de estatura era demasiado alto y ancho como para ser ágil y veloz. Estaba acostumbrado a la precisión cuidadosa de trepar muros y árboles, no a correr entre los huecos estrechos que separaban los puestos del mercado.

Podía escuchar los pasos rápidos del guardia conforme se acercaba. Sin importar cuántas esquinas doblase, no parecía capaz de perderlo de vista. El guardia se lanzó hacia delante, intentando agarrarle la camisa. Él salió corriendo hacia otro callejón, dejando a su perseguidor con las manos vacías. Frente a él se alzaba una pila de cajones que le bloqueaban la ruta de escape. Soltó una maldición y miró hacia atrás.

Conforme se acercaba, el guardia hizo una mueca de burla.

—¡Te tengo!

—No te preocupes —le dijo Jay a la gallina—. He salido de situaciones peores. —Se lanzó hacia el muro de piedra para treparlo mientras el animal le golpeaba el rostro con las plumas—. ¡Para ya! ¿No ves que estoy intentando escapar?

—¡Detente! —gritó el guardia.

En cuanto Jay aterrizó en el suelo, dio una patada hacia atrás, derribando los cajones para que estuviesen en medio del camino de su perseguidor.

—¡Ja! —se regocijó. La gallina cloqueó, descontenta—. No seas tan tiquismiquis —le respondió. Su madre habría estado contenta con aquella elección de vocabulario, ya que, antes de morir, se había esforzado mucho para asegurarse de que asistía al instituto más prestigioso de Kardelle.

Tan solo se permitió aflojar el ritmo cuando llegó al borde del río Recto. En la orilla norte había un edificio en obras que era el refugio perfecto. Los constructores se habían quedado en bancarrota antes de que se hubiesen acabado las casas adosadas de lujo. En aquel momento, el único lujo era un tejado de hojalata y unas vistas despejadas del río turbio que parecía más lodo que agua. Aun así, a él le servía.

—Toma —dijo, colocando la gallina en una jaula que había construido con materiales de la obra. Después, dejó un puñado de grano junto al pájaro—. Para que no digas que nunca te doy nada.

Se chupó las puntas de los dedos, ya que sentía como si el animal se los hubiera picoteado hasta dejarlos en los huesos.

—¿Este es el agradecimiento que recibo por salvarte de ser el asado para la cena de alguien? —El animal ladeó la cabeza, como si estuviera haciéndole una pregunta—. Ah, ¿esto? —Jey miró el cuchillo que tenía en la otra mano—. Solo es un paripé. —Golpeó contra una de sus manos la cuchilla, que se retrajo dentro del mango—. Es atrezo. —Cuando la gallina volvió a cloquear, añadió—: Necesito huevos. Un ave muerta te alimenta durante un día o dos; un ave viva lo hace durante meses o incluso año. —Le dio una vuelta al cuchillo antes de metérselo en el cinturón—. Hay que pensar a lo grande, colega. —Cuando el ave no se agachó para comerse el pienso, él se encogió de hombros—. Pájaro desagradecido.

Colocó una tumbona destrozada junto a la orilla del río y cruzó las largas piernas frente a él. Al ponerse el sol, la luz se coló por debajo de la permanube, tiñendo el río de un color ambarino que hacía que la ribera pareciera bordeada de oro. Por mucho que disfrutara en aquel momento de la casa (si es que podía llamarla así), odiaba pensar cómo sería el lugar cuando llegase el invierno y no dispusiera de paredes que lo protegieran del frío. Sin embargo, aunque el hambre le arañara el estómago, el frío le congelara los dedos de los pies o las ratas se convirtieran en sus compañeras de cama, jamás podría volver a casa de su padre.

Si bien el río Recto parecía sucio, tan solo era por el color de la tierra que tenía debajo. El agua estaba limpia y había sido la que

Jey había usado para bañarse y beber desde que había empezado a vivir allí cuatro semanas atrás. No en ese orden, claro está.

Se sacó del bolsillo un puñado de bayas torlu y sonrió. Eran su capricho favorito. En momentos así, se recordaba a sí mismo qué era lo importante: estaba vivo. Y, aunque, en aquel momento, estaba a solas, ya no se sentía solo. Y eso que conocía el verdadero significado de la palabra «soledad».

Después de que su madre hubiese muerto de una enfermedad repentina dos años atrás, lo habían enviado a vivir con su padre, con el que no había tenido ninguna relación. El hombre nunca había querido tener a Jey en su vida y, mientras había vivido bajo su techo, tampoco había cambiado de opinión.

Sus padres se habían conocido mientras trabajaban para la Regencia. Su madre, Yooli, había sido especialista en horología, el estudio y la medida del tiempo. Van y ella habían trabajado en el desarrollo de un edemetro, una herramienta que registraba los fallos en el tiempo y ofrecía coordenadas precisas del uso del edem. Antes de aquel aparato, la Regencia se había dedicado a hacer registros aleatorios en los barrios, buscando marcas eco entre los ciudadanos. Todo el mundo había aprendido a temer el repiqueteo de los pasos de los agentes en medio de la noche mientras registraban las casas y, a menudo, arrestaban a la gente basándose solo en sospechas y cuchicheos.

Tras el éxito del edemetro, el padre de Jey había recibido un ascenso para sustituir al general de la Regencia, líder de la investigación sobre el edem y principal asesor del monarca, que iba a retirarse. Se había obsesionado con su trabajo, el edem y la riqueza. Se había criado en un hogar pobre y había visto aquella promoción como una oportunidad para asegurarse de que nunca sufriría del mismo modo que sus padres, que habían sido incapaces de pagar el alquiler de una semana para otra. Tan apenas había abandonado la sede de la Regencia, ni siquiera para el cumpleaños de Jey.

Yooli había seguido con Van durante dos años antes de darse por vencida en intentar cambiarle. Él había dedicado cada momento de su día a «proteger Telene» y, sin importar cuánto se hubiese esforzado ella por llamar su atención, no había dado su brazo a torcer. Su trabajo había sido más importante que cualquier otra cosa, incluido su hijo.

Yooli había decidido que era mejor vivir en una casa llena de amor que en una llena de desilusión y arrepentimiento. Van ni siquiera se había inmutado cuando ella le había anunciado que se marchaba y se llevaba a Jey con ella.

Con las fronteras cerradas, Yooli no había podido mudarse con su familia a la nación vecina de Meiyra. En su lugar, había solicitado un puesto como profesora en la prestigiosa Academia Kardelle. No era un trabajo bien pagado, pero había permitido que su hijo asistiera a las clases de forma gratuita. A menudo, Jey pensaba que su madre había puesto la felicidad de su hijo por delante de la suya propia.

Si bien su nueva casa había sido diminuta en comparación con la de su padre, su mundo nunca le había parecido pequeño. Cada noche, habían explorado una parte diferente de la ciudad. Su madre le había mostrado las constelaciones mientras comían pan de arroz casero con salsas para untar, un plato tradicional de Meiyra. Jey había heredado su amor por estar al aire libre y no podía soportar la idea de sentirse atrapado.

Ahora, sus dos padres estaban muertos.

Si bien echaba en falta a su madre, que era divertida y amable, no estaba muy seguro de cómo llorar a un hombre al que nunca había conocido en realidad y que tampoco había intentado conocerle a él. Tras cuatro semanas, no estaba seguro de si, en realidad, ya no sentía nada por la muerte de su padre o si, más bien, se había adaptado a su papel demasiado bien.

Había pensado en comerse las bayas torlu con calma, pero en cuanto la primera de ellas estalló en su boca, devoró las demás. Habría querido robar más comida, pero la gallina había hecho que le resultase difícil. Tendría que volver al mercado el día siguiente para conseguir más suministros.

Sabía que casi se le había acabado el tiempo. Conforme pasaban los días, cada vez se asignaban más guardias al mercado, y él no creía en las coincidencias. Con el tiempo, iba a tener que marcharse a algún lugar donde no conocieran su rostro. Sin embargo, tenía motivos para quedarse cerca del centro de Kardelle.

Oyó un crujido y, cuando se giró, vio que la gallina se estaba comiendo el grano.

—¿Ves? —dijo con un gesto de la mano—. Yo cuido de ti, tú cuidas de mí.

No estaba muy seguro de qué otras cosas eran necesarias para que el animal pusiera huevos, pero tenía la esperanza de despertarse y encontrar un regalo fortuito. Después de todo lo que había pasado, se merecía un poco de buena suerte.

Más tarde aquella noche, se arrebujó bajo las mantas que había robado. Por las noches, pensaba en su novia, Nettie, y en todo lo que había perdido tras la muerte de su padre, incluyendo un futuro con ella.

A la semana siguiente, lo arrestaron por el asesinato de su padre.

DEPARTAMENTO DE JUSTICIA

VARDEAN, TELENE

Nombre: Jey Bueter

Edad: 18

Altura: 1'90 m

Lugar del arresto: Plaza Penchant

Crímenes del edem: Sospechoso de haber matado al doctor Bueter (su padre) al hacerlo envejecer cientos de años

Otros crímenes: Hurto

Sentencia recomendada: 50 años de prisión

CAPÍTULO 3

CAYDER

Seguí a Graymond hasta una celda que se encontraba en el piso dieciocho. Él le hizo un gesto a un guardia de prisión para que abriese la puerta de la celda. En el interior, el preso estaba sentado frente a una mesa, con las piernas apoyadas en ella y los tobillos cruzados, como si estuviera descansando frente a una chimenea. El pelo oscuro le caía sobre la frente. Se había subido las mangas del uniforme gris de la prisión y se había desabrochado los botones frontales para mostrar todavía más las numerosas marcas eco que le subían por los dedos y le cubrían el pecho. Bajo las marcas, su piel era del color de las playas arenosas de Kardelle.

Me balanceé sobre los pies. No parecía mucho más mayor que yo y me resultaba familiar, aunque no conseguía recordar por qué.

—Señor Toyer —dijo el recluso, aunque no cambió su postura—, es un placer verle de nuevo. Y bienvenido a mi humilde morada, nuevo visitante.

Estiró los brazos llenos de marcas eco.

Más allá de la mesa, un camastro estrecho apoyado contra la pared del fondo y un cabezal de ducha sobre un agujero en el suelo que había de servir como inodoro y como desagüe, la celda carecía de cualquier adorno. En comparación, hacía que mi antiguo dormitorio pareciese palaciego. Tanto la mesa como la cama eran estructuras rectangulares de madera que parecían alzarse desde el suelo de piedra, sin dejar hueco para que nada pudiera esconderse bajo ellas, incluidas las sombras.

—Cayder —dijo Graymond, sentándose frente al preso—, este es mi nuevo cliente, Jey Bueter.

«¡Claro!». Recordé haber leído en el periódico a cerca de la extraña muerte del general de la Regencia cinco semanas atrás. Aquel debía de ser su hijo, aunque no se parecían: el doctor Bueter había sido un hombre pálido y de cabello rubio.

—¿No somos vecinos? —pregunté.

—¿Eh? —Jey ladeó la cabeza como un pájaro—. ¿También eres un preso?

Resoplé.

—No.

—Cierto… —Graymond sacó un archivador de su maletín y lo colocó sobre la mesa—. Jey y su padre vivían a unas pocas casas de distancia de la Mansión Broduck. Ibais al mismo colegio, aunque con un año de diferencia.

—¿Broduck? —Jey parecía sorprendido—. ¿Como el juez Broduck? —Me hizo un gesto con el pulgar—. ¿Ahora dejamos que vengan espías, señor Toyer?

—No soy un espía —dije.

—Claro que lo eres, colega —me contestó, guiñándome un ojo—, pero no voy a echártelo en cara.

—Cayder es mi aprendiz. Está de tu parte —dijo Graymond—. Ambos estamos de tu parte. Estamos aquí para ayudarte. Tan solo tienes que dejarme hacerlo. —La última parte la murmuró principalmente para sí mismo.

Jey se recostó hacia atrás y se pasó las manos por detrás de la cabeza, asintiendo con seguridad.

—Es un espía.

—Estoy aquí para conocer la verdad —afirmé.

—¿Ah, sí? —comentó el otro chico—. Bien, pues, como le dije a tu jefe hace dos días, cuando me arrestaron: lo hice yo. Caso cerrado.

—¿Eres culpable? —pregunté.

—Por supuesto —Jey mostró una amplia sonrisa—. Soy un ladrón, un mentiroso y un asesino. ¿Cómo llaman a eso? —No esperó a que le diera una respuesta—. Una «triple amenaza».

Fruncí los labios. Jey deseaba obtener una reacción, pero me negué a complacerle; llevaba años practicando para no morder el anzuelo de mi hermana.

El lado izquierdo del uniforme del chico se abrió de par en par, mostrando sobre su corazón la imagen de una calavera, cuyos bordes se desdibujaban en fragmentos de huesos.

—¿Algo ha captado tu atención? —Se dio cuenta de que lo estaba mirando fijamente—. Apareció la noche que murió mi padre. Se parece mucho a él. Sin pelo, músculos o piel, claro está. —Me guiñó un ojo—. O sin globos oculares.

«Un eco de muerte». Estaba claro que aquel chico había matado a su padre. Entonces, ¿por qué cuestionaba Graymond su confesión?

—Jey —dijo mi jefe, recolocando algunos papeles sobre la mesa—, por favor, ¿puedes contarle a Cayder lo que ocurrió la noche que murió tu padre? Me gustaría que le contaras tú los detalles para que podamos elaborar de la mejor manera posible tu alegato para la vista preliminar a finales de la semana.

—Claro. —El chico se hizo crujir los nudillos—. Mi padre llevaba todo el día dándome órdenes y estaba cansado de escuchar su voz, así que hice añicos las lámparas de su oficina y entré en contacto con el edem que había en la oscuridad. Le ordené que lo silenciara y, entonces... —Chasqueó los dedos llenos de marcas eco—. Envejeció cientos de años frente a mis ojos. Resulta que cuesta hablar cuando la mandíbula se te desprende del rostro y se convierte en polvo. —Hice una mueca, pero él no se detuvo—. Las últimas cinco semanas, he estado viviendo en la calle, robando todo aquello que necesitaba o deseaba. Mi vida seguía su curso como la seda hasta que me pillaron intentando robar una hogaza de pan. Me mandaron aquí a la espera de la vista preliminar y, entonces, aparecisteis vosotros.

Graymond soltó un suspiro profundo y agotado.

—Tu declaración concuerda con el informe de los guardias que te arrestaron.

—¿Acaso no es eso algo bueno? —pregunté. A mí me parecía que el caso era bastante sencillo.

—No cuando concuerda de forma exacta —contestó mi jefe, centrando su atención en el preso—. Jey, he representado a cientos de criminales a lo largo de mis veinticinco años de carrera como abogado de oficio especializado en edem y...

—¿Quiere una medalla? —le interrumpió el chico.

Graymond sacudió la cabeza.

—Durante estos años, he aprendido a detectar patrones y tendencias. Los mentirosos cuentan sus historias a la perfección. —Hizo un gesto en dirección a su cliente—. Como si hubieran memorizado todo de principio a fin. Sin embargo, la verdad es orgánica. Los detalles se recuerdan de forma fragmentada. Así es como trabaja la mente: un detalle conduce a otro.

—Memoria fotográfica. —El chico se dio un golpecito en la sien—. En eso me parezco a mi padre. Por eso se le daba tan bien su trabajo.

—Estás ocultando algo —discrepó mi jefe—, y necesito saber de qué se trata para no llevarnos una sorpresa ante el tribunal. Necesito saber a qué me estoy enfrentando.

El muchacho hizo un sonido de burla.

—Se está enfrentando a un chico cuyo padre no podría haberse preocupado menos por él. El hombre tan apenas hacía acto de presencia en mi vida a pesar de que dormía en la habitación de al lado. —Se encogió de hombros—. Ahora que ya no está, mi mundo no parece muy diferente. Y esa sí es la verdad.

En cierto sentido, podía identificarme con su situación. Desde la muerte de mi madre, mi padre se había aislado con su trabajo. Era obstinado, implacable y una persona con la que resultaba difícil vivir. Y, aun así, jamás desearía que le ocurriera nada malo, pues seguía siendo mi padre.

—Si no muestras ningún indicio de arrepentimiento, no podré pedir una reducción de sentencia —dijo Graymond.

El chico se encogió de hombros.

—No me importa.

—¿Por qué? —preguntó mi mentor, apoyando los codos en la mesa—. Eres un chico inteligente, ¿por qué querrías pasar el resto de tu vida aquí dentro?

—Porque la comida es gratis —dijo con una sonrisa—. No necesito un juicio: lo hice. Eso es todo lo que hay.

—¿No tienes nada más que decir? —apuntó Graymond, subrayando la pregunta al levantar la ceja.

—Por mucho que agradezca la visita, ya he contado todo lo que ocurrió. Ahora, pueden marcharse.

Nos despachó con una floritura de la mano.

Graymond se puso en pie a regañadientes y llamó a la puerta para que el guardia nos dejara salir. Salí detrás de él a toda velocidad, pues no quería quedarme atrás.

—¿Qué crees que oculta? —le pregunté en cuanto estuvimos de vuelta en el ascensor—. Tiene un eco de muerte, así que sí ha matado a alguien.

—Sí —concordó Graymond—, pero, ¿por qué huirías durante cinco semanas de un crimen para, después, admitirlo abiertamente una vez que te pillan por un robo insignificante?

—Tal vez quiera expiación por el asesinato de su padre.

—¿Te parece que es el tipo de persona que buscaría expiación por cualquier cosa que haya hecho en su vida?

No pude evitar sonreír.

—La verdad es que no.

Mi mentor se mesó la barba entrecana con dedos nerviosos.

—Ojalá tuviera toda la información. Hay algo en su insistencia de que es culpable que no me parece verdadero y, teniendo en cuenta quién era su padre, el castigo va a ser severo.

Asentí.

—¿Quién está a cargo de la Regencia ahora?

—El segundo al mando del doctor Bueter.

Dudaba que, con un nuevo liderazgo, las cosas fuesen a cambiar. La Regencia había tenido el control de Telene desde la aparición del velo.

—Si eso es lo que quiere, ¿por qué no presentas una declaración de culpabilidad? —le pregunté.

Graymond suspiró como si yo no entendiese nada y, realmente, era así.

—Porque mi trabajo como abogado de oficio es asegurarme de que mis clientes no acaben pasando toda la vida aquí dentro. Necesito algo, lo que sea, para demostrar que no es alguien que asesina a sangre fría.

—¿Y estás seguro de que no lo es?

Él se quedó en silencio durante un instante.

—Estoy seguro de que, pasara lo que pasara aquella noche, no conocemos ni la mitad de la historia.

CAPÍTULO 4

CAYDER

Mi oficina será tu campamento base durante el tiempo que queda para que acabes las prácticas —dijo Graymond mientras abría la puerta de una habitación que era más pequeña que el baño del que disponía en la Mansión Broduck. Había montones de papeles apilados hasta tal altura que no se podía mirar por la ventana diminuta.

—¿De verdad? —No pude contener una sonrisa.

Mi mentor apartó un montón de papeles de su silla.

—Quiero que, a partir de ahora, vengas a Vardean todas las mañanas. —Se sentó con pesadez. Parecía cansado; estaba claro que no había dormido demasiado durante el fin de semana, desde el arresto de su cliente—. Necesito ayuda para descubrir qué es lo que Jey nos está ocultando antes de presentar su alegato al final de la semana. Aunque presentemos una declaración de culpabilidad, es probable que el fiscal de la Regencia insista en un juicio público dada la naturaleza notoria de este caso.

Me hice hueco para sentarme encima de unas cajas de cartón.

—¿Por qué harían eso?

—Para maximizar la sentencia —dijo Graymond mientras fruncía el ceño—. Querrán subirlo al estrado y hacer del juicio un espectáculo. La muerte del general implica que, ahora, la Regencia está debilitada. Querrán reivindicar su poder y tomar una postura firme ante cualquiera que quiera actuar contra ellos. Querrán encerrarlo de por vida.

—¿Cómo lo arrestaron? —pregunté.

—Lo pillaron robando una hogaza de pan el sábado. Si bien no era un crimen relacionado con el edem, admitió ser el culpable del asesinato de su padre. —Dio unos golpecitos a sus notas con una pluma—. Según la cocinera, cuando ella se marchó a casa al final del día, Jey estaba allí. Es el único sospechoso.

—¿Podemos confiar en la cocinera?

Él asintió.

—Eso creo. Llevaba años trabajando para la familia y no tenía nada que ganar con la muerte del doctor Bueter.

—Bien —dije, dándole vueltas al asunto—. Entonces, ¿cuál es tu plan?

—Jey dice que es culpable —dijo Graymond—, y eso no lo cuestiono. Lo que sí cuestiono son los detalles del crimen y lo que le condujo a hacerlo. Matar a su padre y, después, escaparse de casa implica que nunca planeó heredar la fortuna familiar, por lo que no es un crimen motivado por el dinero. ¿Por qué no huir y partir de cero?

—¿Tal vez quisiera vengarse primero? —sugerí. Aquel era el principal motivo por el que la gente solía matar y estaba claro que el chico odiaba a su padre.

—Tal vez. —Mi mentor apretó los labios hasta formar una línea fina—. Sin embargo, la venganza implica que tenía malas intenciones; eso no reducirá su sentencia. —Se aclaró la garganta—. Sé que, un día, quieres convertirte en fiscal, Cayder, pero hay una diferencia entre alguien que es un peligro para la sociedad y alguien que cometió un error y más bien es peligroso para sí mismo. Jey es de este último tipo.

—¿Cómo lo sabes?

—Por su mirada cuando habla de su padre. Hay dolor y una sensación de pérdida. A la gente que es un peligro para la sociedad no le preocupa lo que hizo. No es tan buen mentiroso como se cree.

En presencia del muchacho, yo no había visto nada similar. Tan solo había visto arrogancia y bravuconería. Al menos, eso creía. Tomé unas cuantas notas en mi cuaderno.

—No sé, Graymond. A mí me pareció bastante despiadado.

—Te «pareció» —señaló él—. Sí, pero ahí hay algo más, y eso es lo que necesitamos investigar hasta llegar al fondo del asunto. Acataré su deseo de declararse culpable al final de la semana, pero antes, quiero profundizar más.

Sin duda, el fiscal haría lo mismo. Cualquier secreto que el chico estuviera ocultando, pronto saldría a la luz.

—Cayder, voy a ser sincero contigo. —Graymond se inclinó hacia delante con el rostro serio—. Cada año, veo a más gente acabar tras los barrotes para el resto de sus vidas. Cada año, veo más veredictos de culpabilidad y sentencias más estrictas para crímenes que, en el pasado, habrían resultado en unos pocos meses de prisión o incluso una multa. Si bien mi porcentaje de veredictos de no culpabilidad sigue siendo de un setenta por ciento y la concesión de apelaciones que solicito sigue siendo alta, eso no cambia lo que está ocurriendo ahí fuera. —Señaló hacia la puerta—. Jey es demasiado joven como para pasar el resto de su vida encerrado por un error. Para eso existe el reformatorio de Vardean: los jóvenes aprenden de sus errores sin que eso destroce sus vidas. Sus crímenes no aparecen reflejados en un informe permanente de antecedentes y la tasa de reincidencia es muy baja.

No podía fiarme de mi voz a la hora de responder. ¿Sería mi vida muy diferente si mi crimen de edem se hubiese convertido en parte de mí o si hubiese tenido una marca eco permanente para que todo el mundo pudiera juzgarla?

—Esa es una de las razones por las que acepté tu solicitud de prácticas —dijo mi mentor.

Yo había asumido que se debía a su pasado con mi familia.

—Gracias, supongo.

Él soltó una carcajada.

—No tienes que darme las gracias, hijo. Tampoco necesitas mi perdón. Necesitabas una segunda oportunidad, igual que Jey. Vamos a asegurarnos de que la tenga, ¿de acuerdo?

La cola para subir a la góndola de vuelta al finalizar el día era tremendamente lenta. Enterré la cabeza entre los hombros por si mi padre se encontraba entre la multitud. Aunque, aquellos días, tan apenas volvía a casa: pasaba más noches en Vardean que en su propia cama.

Miré hacia atrás con tristeza mientras la góndola de cristal abandonaba la estación con una sacudida. Al fondo, el velo crepitaba.

Del pecho de mi jefe broto una risa grave y resonante.

—Vardean seguirá allí mañana. No te preocupes, hijo.

—Pero la pregunta sigue siendo la misma: ¿volverás tú?

La guardia que me había escoltado hasta Vardean por la mañana tenía una mano apoyada en la cadera mientras me estudiaba. Se había quitado el uniforme de la prisión y se había puesto un vestido veraniego amarillo y desenfadado que resaltaba sobre su piel de un tono marrón cálido. El pelo teñido de blanco y rizado le enmarcaba el rostro y llevaba los labios pintados de un color rojo sangre.

—¿Tú qué crees? —le pregunté, intentando mostrarme confiado y orgulloso y fracasando en el intento.

Ella se dio un golpecito en la barbilla.

—Pareces cansado, pero no destrozado. Incluso pareces vigorizado. —Se inclinó hacia delante para escudriñar mi rostro—. ¿Estás seguro de que te has pasado todo el día en Vardean?

Sonreí.

—Así es.

—Eres muy raro, Chico Maravilla. La mayoría de la gente quiere pasar el verano en la playa, no dentro de una prisión espantosa.

—Ay —dijo Graymond—, es agradable veros juntos de nuevo; me trae viejos recuerdos.

Enarqué una ceja.

—¿«De nuevo»?

—Es Kema —contestó mi mentor—, mi hija.

—¿De verdad? —pregunté—. ¡Has cambiado mucho!

Kema se colocó un rizo blanquecino suelto detrás de la oreja.

—¿Nos conocemos?

—Soy Cayder —dije con una sonrisa—. Cuando era más pequeño, solías venir a la Mansión Broduck.

—¡Ah! —Chasqueó los dedos—. ¡Ya me acuerdo!

Se inclinó hacia delante como si estuviera intentando encontrar al Cayder de diez años detrás de mis ojos. Yo me sonrojé y miré a Graymond.

—¿Por qué no me habías dicho que Kema trabajaba aquí?

Padre e hija intercambiaron una mirada que yo no comprendí.

—No estaba segura de si os encontraríais —contestó él—. Lo siento, hijo. Tendría que habértelo dicho.

—Sí, tendrías que haberlo hecho —dijo Kema. Después, me dio un golpe en el brazo—. Me alegro de verte, Chico Maravilla.

Gruñí. Al parecer, no iba a librarme fácilmente de ese mote.

—¿Cómo te han ido las cosas? —le pregunté.

—¿En los últimos siete años? —Se encogió de hombros—. En general, bien.

La última vez que la había visto había sido antes de que madre hubiese muerto y de que padre se hubiese apartado del mundo. Antes de eso, habíamos sido amigos y habíamos hecho un montón de travesuras por la mansión mientras nuestros padres debatían sobre asuntos relacionados con la ley.

—¿Y a ti? ¿Cómo te han ido las cosas? —me preguntó ella—. ¿Cómo está Leta?

Aquel fue mi turno de encogerme de hombros.

—Siempre está por ahí, investigando algo sobre el velo.

Kema se rio.

—Veo que las cosas no han cambiado, ¿eh?

—Supongo que no —contesté—. ¿Qué planes tienes para esta noche?

Siempre me había gustado Kema, aunque no estaba seguro de si yo le gustaba a ella.

—Voy a cenar con mi novia, ¿y tú?

«Bueno, valía la pena intentarlo».

Le di una palmadita a la mochila, donde llevaba guardadas las notas del caso de Jey.

—Una lectura ligera.

—¿Sigue en pie la cena de este fin de semana? —le preguntó Graymond a su hija.

—Eso depende —contestó ella—. ¿Va a preparar mamá mi postre favorito?

—Por supuesto. Pastel de bayas torlu con helado.

Ella sonrió.

—Entonces, allí estaré.

Sentí una presión en el pecho. Había sido una interacción muy pequeña, pero lo fácil y cómoda que me pareció hizo que me acordara de lo que Leta y yo habíamos perdido tras la muerte de nuestra madre.

—¿Cuánto tiempo llevas trabajando en la prisión? —le pregunté a Kema para evitar caer en recuerdos melancólicos.

—Dos años —contestó ella—. Empecé a trabajar aquí después de graduarme.

—Si has aguantado dos años, no puede ser tan horrible como lo pintas.

—Es peor —dijo ella. Entre las cejas se le formó una arruga—. Ya lo verás.

Cuando llegué a la Mansión Broduck, casi era la hora del toque de queda. La verja de hierro forjado se alzaba ante mí y las farolas de los alrededores resaltaban los intrincados bucles y espirales de metal que se parecían demasiado al metal oxidado de las celdas de la prisión.

No quería cruzar el umbral, pues odiaba la sensación de sentirme perdido en mi propia casa. Se suponía que un hogar debía estar lleno de amor y risas, no de pasillos vacíos y puertas cerradas. La presencia de mi madre perduraba en las paredes y a Leta y a mí nos asustaba hacer demasiado ruido y espantar sus recuerdos. La casa era una tumba sombría y triste.

Sin embargo, si no estaba dentro antes de las ocho, podrían multarme. La Regencia ya estaba pululando por las calles, buscando a cualquiera que estuviese fuera en plena noche. Tras cinco multas, te enviaban un año a Vardean. No quería regresar al sector de la prisión de aquel modo.

Abrí la verja y recorrí el camino de acceso cubierto de caracolas machacadas que conducía hasta la mansión. La casa de piedra blanca de tres pisos estaba enclavada entre una hectárea de jardines muy bien cuidados que se extendían hasta los acantilados. Mi madre solía cuidar de los jardines ella misma, pero desde su muerte, mi padre había contratado a un equipo de personas que se encargaban de los diferentes invernaderos y los estanques llenos de peces. Mantener aquellos jardines con vida era una de las cosas más amables que él había hecho tras su muerte.

Podía imaginarme a mi madre caminando a través de la niebla que se formaba en torno a las fuentes con el pelo cayéndole por la espalda y una sonrisa iluminándole el rostro.

Los jardineros ya se habían marchado tras acabar la jornada y los terrenos estaban tranquilos y silenciosos. Solo en ese momento me di cuenta de cómo me había afectado el aire viciado de Vardean. La presión que sentía en el pecho y que había achacado a la expectación, se deshizo con la brisa nocturna.

En cuanto abrí la puerta principal, me quité las botas. Mi padre nunca nos dejaba llevar zapatos sobre los suelos de mármol y aquella era una norma que nunca me veía capaz de desafiar.

—¿Leta? —dije en medio del vestíbulo vacío.

No me molesté en preguntar si padre estaba en casa. Nadie contestó. «¡Esto es ridículo!». ¿Acaso mi hermana pensaba pasarse fuera todo el verano? Lo mínimo que podía hacer era decirme dónde estaba o cuándo iba a volver. A diferencia de padre, a mí sí me importaba. Además, me hubiera gustado hablarle de Vardean, un interés que teníamos en común. Aunque su curiosidad se centraba detrás de la cárcel, en el velo, y no en la propia prisión.

Tras comerme unos pedazos de gallina asada con raíz de torlu crujiente que había dejado en el horno la cocinera, subí al piso de arriba. A veces, me preguntaba si no hubiera sido mejor que padre hubiese vendido la mansión tras la muerte de madre. Si bien me dolía la idea de no volver a recorrer aquellos pasillos, el recuerdo constante de lo que habíamos perdido me hacía daño de forma física.

Una vez dentro de mi habitación, me dirigí a la cama. A lo largo de todo el día, mi cabeza había trabajado más de la cuenta, así que estaba agotado mentalmente. Y, aun así, no podía relajarme.

Me coloqué de costado y contemplé el póster que colgaba de la pared. En el pasado, el emblema de Vardean había colgado de la puerta de mi dormitorio en la residencia. Se suponía que debía inspirar miedo entre los estudiantes, ya que era una representación de lo que les aguardaba el futuro si no cambiaban su forma de actuar. Durante mi último día, lo había quitado de la pared y me lo había llevado como recuerdo de aquello de lo que quería formar parte: la Justicia.

Aquel día había dado un salto enorme en mi camino para convertirme en fiscal. Al final del verano, sabría de primera mano lo que era estar ante un tribunal.

No podía esperar para ver qué me deparaba el día siguiente.

CAPÍTULO 5

CAYDER

A la mañana siguiente, me topé con Graymond en la estación del tranvía.

—Cayder —dijo, saludándome con un apretón de manos—. ¿Has estado hincando los codos?

—¿Eh?

—Parece que no hayas pegado ojo, hijo. —Su sonrisa se desvaneció—. Espero que no hayas tenido pesadillas.

—Ya no soy un niño, Graymond. Estuve revisando las notas del caso de Jey hasta tarde.

—Ya veo —dijo él—. Tienes sed de conocimiento, como tu padre.

Descarté la sugerencia de inmediato.

—No he podido adivinar qué es lo que oculta.

—Confía en mí —asintió—. No nos está contando toda la verdad.

—¿Cómo lo sabes?

Como fiscal, tendría que ser capaz de exponer a los mentirosos en frente de un jurado.

—Porque se está esforzando por aparentar estar relajado, como si nada en este mundo le preocupara. —La góndola llegó a la estación y nosotros subimos a bordo—. ¿Conoces a alguien que fuese a mostrarse tan indiferente ante el hecho de ser arrestado?

Todos los estudiantes del reformatorio habían querido volver a casa en cuanto habían llegado a la residencia. Todos, excepto yo. Habían hecho todo lo posible para acortar sus sentencias.

—No, supongo que no.

—Está dando un gran espectáculo, eso se lo concedo —dijo Graymond—, pero no es más que eso.

—Creo que tienes razón —asentí—. Estudió teatro en el colegio.

—¿Te acuerdas de él?

—No. En su curso había más de cuatrocientos estudiantes, pero encontré su fotografía en el anuario. En su último año, fue presidente del club de teatro.

—Buen descubrimiento, Cayder. —Me dio una palmadita en la espalda—. Ahora, solo necesitamos descubrir la verdad.

—¿Alguna vez has pensado en convertirte en fiscal? —le pregunté—. Se te da bien juzgar el carácter de las personas.

Él sacudió la cabeza con una carcajada.

—Tu padre y yo solíamos tener la misma conversación cuando estábamos en la facultad de derecho. Solía argumentar que se ganaban más dinero en el otro lado, lo que sabes de primera mano que es cierto. —Asentí. Nuestra casa en la Milla Soleada estaba a años luz del piso pequeño que él tenía encima de las oficinas de Asistencia Legal Edem—. Sin embargo, nunca me ha movido la riqueza. Lo que quiero es ayudar a la gente.

—Yo también. Quiero brindarles justicia a aquellos que la necesitan.

Una nube atravesó el rostro de mi jefe, que también había sido amigo de mi madre.

La última vez que lo había visto antes de empezar a trabajar para él, había sido siete años antes, en una de las famosas fiestas de mi madre. A ella le encantaba entretener a la gente y se deleitaba en el placer de los demás. Cada una de las fiestas tenía un tema propio. «No es una fiesta a menos que haya disfraces —solía decir—. Las fiestas son una oportunidad para escapar de lo ordinario y ser extraordinarios». La última fiesta que había celebrado antes de su muerte había sido una juerga veraniega en pleno invierno. A pesar de que la nieve se había acumulado contra las ventanas en forma de arco, la gente había aparecido con bañadores, sombreros y sandalias. La risa encantada de mi madre había resonado por toda la mansión. Me había pedido que me vistiera de amarillo para que la ropa hiciera juego con mis ojos color ocre. Con diez años, me había avergonzado que me vistiera mi madre, pero no había podido decirle que no. En realidad, poca gente podía hacerlo. Me había presentado a todos sus amigos como su «rayito de sol». Aquella noche se convirtió en uno de los recuerdos de ella más preciados para mí. La fiesta había durado hasta el día siguiente y madre me había dejado quedarme despierto para ver cómo el reloj marcaba las doce. Aquella fue la primera vez que vi cómo un día se convertía en otro. Era un cambio natural en el tiempo en el que «hoy» se convertía en «ayer» y «mañana» se convertía en «hoy» sin necesidad de usar el edem. Madre había muerto la semana siguiente.

Graymond y yo entregamos nuestras fichas en el control de seguridad.

—Vamos a visitar a Jey hoy por la mañana —dijo mi mentor—. Con suerte, habrá cambiado de opinión tras pasar otra noche en Vardean. —Hizo un mohín—. Es lo que ocurre con la mayoría de la gente.

La verja se retrajo hacia la pared y recorrimos el pasillo, pero la entrada al vestíbulo estaba bloqueada por una guardia: Kema.

Asintió en dirección a su padre.

—Buenos días, papá. —Entonces, agitó las cejas en mi dirección—. ¿Emocionado por tu segundo día, Chico Maravilla?

—Por supuesto.

Soltó una carcajada.

—Sigues siendo un niño muy raro.

—Solo tengo tres años menos que tú —señalé.

—En edad, tal vez, pero en madurez... —Dejó la frase en el aire.

—Muy graciosa —mascullé.

Graymond miró por encima de la cabeza de Kema en dirección al vestíbulo enorme y vacío.

—¿Por qué nos estás reteniendo? —preguntó.

—Presa nueva —dijo ella, haciendo un gesto en dirección al ascensor del centro de la estancia—. Yarlyn quiere que el vestíbulo esté despejado mientras la llevan de la sala de interrogatorios al último piso.

—¿El último piso? —pregunté—. ¿No es ahí donde llevan a los criminales de primera clase?

—Cualquiera que sea responsable de varias muertes causadas por el edem o que sea considerado de lo más peligroso para la sociedad. —La muchacha miró a su padre—. ¿Otra de tus clientes, papá?

Él sacudió la cabeza.

—No.

—Todavía no, ¿verdad? —Sonrió—. A papá siempre le asignan los casos relacionados con el edem más difíciles. Aquellos de los que se encarga el Tribunal de la Corona.

Era evidente que se sentía orgullosa de su padre y deseé poder sentir lo mismo por el mío.

Sin embargo, mi mentor no estaba mirando a su hija; estaba contemplando a una mujer bajita que estaba cruzando el vestíbulo en dirección al ascensor. En la solapa del uniforme llevaba un emblema de la prisión de oro pulido y de su cinturón colgaba una porra de metal. Bajo la gorra negra, el cabello liso y plateado le caía en un corte recto.

—Esa es Yarlyn, la superintendente —me dijo Kema—, mi jefa.

La mujer dio una vuelta, dibujando un círculo lentamente y escudriñando la estancia. En cada una de las entradas al vestíbulo había un guardia. La habitación permaneció en silencio hasta que, levantando un dedo, hizo una seña a decenas de guardias, que caminaron de dos en dos hacia el ascensor.

—Debe de tratarse de un caso notorio —le susurré a Kema.

—O de alguien muy peligroso —me replicó ella.

—Silencio —nos regañó Graymond. Respiraba de forma agitada y tenía los ojos muy abiertos y la frente perlada de sudor.

—¿Qué ocurre? —le pregunté.

—Cayder —dijo él, con la voz tensa—. No hagas ninguna estupidez...

—¿Qué? ¿Por qué iba a...?

Eché un vistazo a las filas de guardias y vi que, entre ellos, se movía alguien. La presa. Me retorcí en torno a Kema para poder verla más de cerca.

Se me secó la boca y una chispa me golpeó el pecho como un cable cargado de corriente.

La chica llevaba las muñecas atadas con cadenas pesadas y las manos cubiertas por guantes grises. Tenía el pelo castaño cortado en una melena corta pero despeinada que le enmarcaba el rostro en forma de corazón. Tenía el rostro pálido, las mejillas sonrosadas y los ojos muy abiertos mientras contemplaba lo que la rodeaba. Sus cejas eran oscuras y espesas, como las mías y, por desgracia, como las de nuestro padre.

—¿Leta?

No; no podía ser. Mi hermana estaba en casa. Estaba... En realidad, no sabía dónde estaba. Pero no era una criminal y, desde luego, no era alguien que necesitase una escolta para prisioneros. Tenía que haber algún tipo de error.

No me di cuenta de que Graymond me estaba sujetando el brazo hasta que intenté entrar en el vestíbulo.

—No lo hagas, Cayder —dijo.

—Es mi hermana. —Mi voz sonaba extraña. Distante—. ¡Es mi hermana!

No estoy seguro de cómo lo hice, pero conseguí apartarme de Graymond, un hombre que tenía el doble de fuerza que yo.

Atravesé corriendo el suelo de piedra y mis pasos resonaron en medio del silencioso vestíbulo como si fueran disparos de balas.

—¡Leta!

Los guardias modificaron su formación, rodeándola y apuntando sus porras hacia mí. ¿Estaban protegiéndola a ella o a mí?

—¿Cayder? —preguntó mi hermana, sorprendida.

Tenía los ojos vidriosos, pero la mandíbula tensa. Conocía ese gesto muy bien: estaba intentando no llorar.

—¡Soltadla! —grité.

Dos brazos fuertes rodearon los míos, atrapándomelos.

—No te muevas. —Se trataba de Kema. Su aliento contra mi cuello resultaba cálido. Intenté librarme de ella, pero no cedió—. No la toques. —No era una amenaza, sino una advertencia.

Yarlyn se alejó del ascensor y sacó su propia porra.

—¿Qué está pasando aquí?

Su voz era dulce como el azúcar, pero imponente. Mientras sentía el ardor de su mirada, sus ojos marrones oscuros pasaron rápidamente por toda la habitación. Estaba en estado de alerta permanente.

—Mis disculpas, superintendente —dijo Graymond. Colocó su pesada mano sobre mi hombro. El gesto era una orden para que me quedase callado—. Este es mi aprendiz.

—¿Conoces a esta criminal? —me preguntó la mujer, señalando a Leta con la porra.

«¿Criminal?». Aquella era mi hermana pequeña, la misma chica que había dormido en mi cama durante un mes tras la muerte de nuestra madre y que le daba nombres a los guisantes y las zanahorias antes de comérselos.

Pensé en negarlo, pero no había manera de que las noticias no fueran a llegarle a mi padre. Pronto sabría que ambos estábamos allí.

—Es mi hermana.

A Leta le tembló la barbilla y yo sentí cómo se me estrujaban las entrañas, arrebatándome todo el aire del pecho.

«Mi hermana pequeña está en Vardean. Esto es una pesadilla».

—Entonces, el fiscal también tendrá que interrogarte.

Yarlyn le hizo un gesto a los guardias, que arrastraron a Leta hacia el ascensor. Kema había aflojado su agarre y yo me acerqué a la superintendente.

—¿Sobre qué? ¿Cuáles son los cargos contra ella?

—Se acusa a Leta Broduck de uso del edem —dijo la mujer con un tono de voz y un gesto impenetrables—. Anoche, usó la sustancia para incendiar Ferrington. Trescientas personas murieron en medio del fuego descontrolado.

—¿Qué? —pregunté—. No. No puede ser. No podría hacerlo. No lo habría hecho. —Intenté captar la mirada de mi hermana, pero ella tenía la cabeza agachada.

—¿Estuviste con ella anoche? —me preguntó Yarlyn, alzando una ceja plateada.

—Yo… —Hacía casi una semana que no la veía. Había supuesto que había salido de la ciudad con algunos amigos aficionados a las teorías conspiratorias. No había tenido ni idea de que estuviese en Ferrington, el lugar en el que había muerto nuestra madre—. No.

—No te preocupes —dijo Graymond, que seguía teniendo la mano sobre mi brazo—. Arreglaremos esto. Representaré a Leta. Todo saldrá bien.

—Organizaré una entrevista con el fiscal —dijo Yarlyn. Después, se alejó como si todo mi mundo no acabara de derrumbarse.

Los guardias abrieron la puerta del ascensor y arrojaron a Leta dentro sin miramientos. Unos pocos la siguieron al interior. La puerta se cerró y el ascensor comenzó a elevarse.

Mi hermana mantuvo los ojos fijos en los míos mientras desaparecía en las entrañas de la zona penitenciaria. Yo le hice un gesto con la cabeza.

Haría lo que fuese necesario para sacarla de allí.

CAPÍTULO 6

LETA

La piel pálida de Leta resplandecía bajo la luz de la luna mientras se arrastraba entre los tallos altos de los campos de torlu. Se guardó en el bolsillo la cizalla que había utilizado para cortar la electricidad de los focos de la granja y disfrutó de las sombras frías que le recorrieron la piel como una caricia suave. Había escogido una granja en las afueras de Ferrington, lejos de la calle principal, en la que se había reunido todo el pueblo para pasar la velada. Era una noche de verano muy calurosa y los focos habían hecho que la camisa y los pantalones se le pegaran a la piel. Pero ya no.

A diferencia de la mayoría de la gente, Leta anhelaba las sombras. Desde niña, había tenido una afinidad con la oscuridad. Le gustaba la idea de que ahí fuera pudiera haber cualquier cosa, un mundo entero lleno de posibilidades ocultas a la vista. Y una de esas posibilidades era el motivo de que estuviese en Ferrington.

Ferrington era una pequeña zona rural que se encontraba a unos quinientos kilómetros del centro de Kardelle, en la zona más al este de la nación. Poco después de que detectaran el edem por primera vez, un grupo de granjeros emigró de la nación agrícola de Delften para plantar cultivos y criar ganado. La zona era famosa por su tierra fértil y rica en minerales, lo cual era un efecto positivo del edem. Las cosechas crecían bien, especialmente las bayas torlu. Utilizadas en mermeladas, gelatinas, tónicos fermentados e incluso suplementos vitamínicos, las bayas torlu se habían convertido en el principal producto de exportación de Telene. Sin embargo, en los últimos años, otras naciones habían interrumpido los tratados comerciales y habían empezado a rechazar todas las solicitudes de inmigración hasta que la Regencia detuviese la propagación del edem.

A lo largo de los cien años que habían pasado desde que se había descubierto el velo, mucha gente había huido de Telene en busca de lugares más seguros. Los monarcas habían ofrecido incentivos monetarios para que se quedaran y, a cambio, habían estado a punto de dejar al gobierno en la bancarrota.

Algunas personas, adoradoras del velo, creían que la única solución era dominar el uso del edem para ayudar a la industria y la economía. Sin embargo, la corona se negaba a poner en riesgo a la sociedad y permitir que el velo creciera.

Leta creía que se podía conseguir una mejor comprensión del edem. Desde que su madre había muerto, había tomado la responsabilidad de saberlo todo sobre esa sustancia que alteraba el tiempo. Mientras que la Regencia tan solo se preocupaba por lo que el edem podía hacer y sus consecuencias, ella quería saber más sobre su origen.

En la escuela, le habían enseñado que el velo era como una grieta en la superficie del mundo y que, lo que había al otro lado, era el edem. Para ella, eso nunca había tenido demasiado sentido: el velo tenía que ser algo más que un estanque líquido. Cuando sus profesores no le habían ofrecido respuestas satisfactorias, su fascinación no había hecho más que aumentar.

Su padre solía culpar a su madre de la obsesión que sentía por el velo. Y era cierto. Su mente nunca se daba por vencida, al igual que la de su madre, que había recopilado una biblioteca repleta de libros de teoría del velo y del edem. Por las noches, Leta solía pedirle que pusiera una sábana sobre la permalámpara y le leyese mitos y leyendas del velo. Su madre la complacía y le contaba que la oscuridad por sí sola no era algo que temer y que el edem no era tan peligroso como creía todo el mundo. Le había enseñado que la sustancia, al cumplir los deseos de la persona que la usaba, tan solo estaba intentando ayudar y que éramos nosotros los que teníamos que aprender a controlarla en lugar de condenarla sin más. Sin embargo, nunca había permitido que su hija tocase el edem, tan solo la había ayudado a hacer las paces con su presencia.

Mientras recorría los campos, Leta pensó en los últimos momentos de su madre. ¿Había recorrido ese mismo camino? ¿En que había estado pensando antes de morir? ¿Había tenido un momento de claridad o había estado aterrada de lo que iba a ocurrir? ¿Se sentiría feliz de saber que ella había continuado sus investigaciones?

Aquellas historias (o, tal como le gustaba llamarlas a Cayder, aquellas conspiraciones) eran una conexión entre madre e hija que perduraban en la oscuridad. Investigarlas era la única manera que conocía de mantener vivo el recuerdo de su madre. A plena luz del día, el recuerdo de su rostro era borroso. En la oscuridad, todavía podía escuchar su voz, llenándole la cabeza con cuentos de hadas oscuros.

La primera vez que Leta había leído a cerca de las criaturas del edem había sido en un libro que había tomado prestado de la biblioteca del colegio, no de la colección de su madre. Cuando le había preguntado por las criaturas que, supuestamente, vagaban por la región de Ferrington durante la noche, ella le había dicho que no eran más que otro cuento fantasioso. Conforme había ido creciendo y había continuado con sus propias investigaciones, había empezado a preguntarse si de verdad eran solo cuentos.

Nunca había querido visitar Ferrington. Durante años, le había dolido el mero hecho de pensar en el lugar que le había arrebatado la vida a su madre. Entonces, seis meses atrás, había encontrado un trozo de papel metido en la parte trasera de uno de los libros de su progenitora. La carta detallaba cómo un granjero de Ferrington había avistado a una de las criaturas del edem y estaba datada pocos días antes de que su madre hubiese muerto cerca de aquella granja.

Leta había empezado a preguntarse si había algo más tras la muerte de la mujer.

¿La había atacado una de esas criaturas que, según se decía, se colaban en las casas en medio de la noche en busca de comida para su hambre insaciable? ¿Qué era lo que buscaban esas criaturas que, supuestamente, estaban hechas de edem? Los detractores afirmaban que lo único que arrasaba Ferrington eran los vendavales que quedaban atrapados en el valle y no criaturas de otro mundo.

Cayder se pondría furioso si supiera dónde estaba Leta en aquel momento, pero ella necesitaba saber si había algo de verdad detrás de aquellas historias. En aquella ocasión, su fuente era fiable.

—Voy a descubrir la verdad —susurró en medio de la oscuridad—. Te lo prometo, madre.

Sin el zumbido eléctrico de los focos, podía escuchar el silbido de las colas y el rasguño de las garras de los animales pequeños que corrían por los campos. Sin embargo, no escuchaba nada extraño.

«De todos modos, ¿qué sonido hace una criatura del edem?», se preguntó a sí misma.

En la distancia, vio un destello de fuego en el centro del pueblo. Todo el mundo se había reunido allí para celebrar el Edemmacht, que conmemoraba la primera vez que los granjeros de Delften habían llegado a Ferrington y habían descubierto la tierra fértil. La mayor parte de las festividades consistían en competiciones de pastel de bayas torlu y en beber cantidades excesivas de tónico de torlu alrededor de una fogata.

La fogata tan solo tenía un propósito ceremonial; después de todo, había focos en casi cada rincón del pueblo y la noche ya era muy calurosa de por sí. Las leyendas señalaban que el fuego mantendría alejadas a las criaturas del edem, los hullen. La palabra «hullen» era el término delftiano para decir «oscuridad viva» y, si bien muchos lugareños pensaban que dichas historias no eran más que viejas supersticiones, otros culpaban a las criaturas de cualquier cosa extraña que ocurriese en el pueblo: ventanas rotas, ganado asustado, ruidos inexplicables por las noches y el parpadeo constante de las luces.

Leta contaba con la bebida excesiva propia del Edemmacht para que su plan se desarrollase sin complicaciones. No pensaba marcharse hasta que no hubiera obtenido respuestas.

Mientras se acercaba a la jaula que había colocado aquella tarde, vio que dentro había un pájaro azul pequeño que estaba tan quieto que pensó que ya estaba muerto.

—Lo siento —susurró, tomando al animal entre sus manos enguantadas—. No quiero hacerte daño.

Había preguntado en el pueblo por las historias de los hullen. La mayoría se habían reído a modo de respuesta y habían culpado a los vendavales. Sin embargo, una mujer le había dicho que se dirigiera a un bar pequeño que había en la calle principal y que allí encontraría a Ritne Arden.

Leta no había quedado decepcionada. El viejo granjero había sido fácil de localizar: sentado en un rincón bien iluminado del bar con un vaso de tónico de torlu en la mano y la piel como el cuero viejo agrietado.

—¿Ritne? —le había preguntado mientras se sentaba a su lado.

El hombre había apartado la mirada de su bebida con los ojos vidriosos e inyectados en sangre.

—¿Vienes a reírte de un viejo? —había dicho con un ligero acento delftiano, acortando las vocales.

—No. Me han dicho que podrías hablarme de...

—Silencio. —Él la había acercado un poco hacia sí mismo, tomándola del codo—. No pronuncies esa palabra. No es seguro...

Leta le había apartado las manos esqueléticas.

—Estamos a salvo; no hay edem.

Los ojos de Ritne habían recorrido el bar a toda prisa.

—No es eso lo que me preocupa. —Había bajado la voz hasta convertirla en un susurro—. Lo que me preocupa es la Regencia.

Con la cabeza, había hecho un gesto en dirección a un agente que montaba guardia en un lateral de la estancia.

—¿Oh? —Leta se había inclinado hacia delante a pesar de que el aliento del hombre había olido como una cuba de bayas torlu fermentadas y había hecho que le llorasen los ojos—. ¿Qué ocurre con ellos?

Él había hecho un sonido con los labios agrietados.

—¿Por qué quieres saberlo?

—Mi madre murió en este pueblo hace siete años —había dicho Leta—. Creo que estaba aquí investigando la existencia de los hullen.

—¿Tu madre trabajaba para la Regencia?

Ella había asentido.

—Si esas criaturas son reales, ¿por qué la Regencia las mantiene en secreto?

—Nadie me cree.

Ritne se había bebido de un trago el resto del líquido de su vaso.

—Yo sí te creo.

Aunque no había sido cierto; no todavía. Necesitaba pruebas de que había algo más que saber sobre el edem y el velo. Entonces, su padre tendría que hacerle caso. Los ojos del hombre se habían iluminado.

—¿Has visto a los hullen?

—No —había admitido ella—, pero quiero hacerlo.

Necesitaba hacerlo; necesitaba hacer que aquella noche tuviera sentido. La verdad compensaría todo lo que había hecho.

Ritne le había dicho que necesitaba ofrecer un sacrificio para que los hullen apareciesen. Un sacrificio de sangre, carne y hueso.

Era por eso que, en aquel momento, estaba en medio de la oscuridad con un pájaro en una mano y el edem enroscándosele en la otra.

—Lo siento —le dijo al pájaro una vez más.

No tenía un arma, pero el edem se encargaría de eso. Esperaba que la sustancia hiciera que la muerte del animal fuese tan rápida e indolora como fuese posible.

Mientras el edem le rodeaba la mano libre como una serpiente, cerró los ojos.

«Puedo hacerlo. Puedo hacerlo».

En la distancia, oyó el sonido de un animal gritando y un golpe fuerte.

DEPARTAMENTO DE JUSTICIA

VARDEAN, TELENE

Nombre: Leta Broduck

Edad: 16

Altura: 1'57 m

Lugar del arresto: Ferrington

Crímenes del edem: Sospechosa de utilizar el edem para prender un fuego descontrolado que ha destruido el pueblo de Ferrington y ha matado a cientos de personas

Sentencia recomendada: Cadena perpetua

CAPÍTULO 7

CAYDER

El fiscal me interrogó durante dos horas. Bueno, al menos él lo llamó así, ya que parecía que era a mí al que estaban juzgando solo por ser el hermano de Leta. Sin importar cuántas veces le dijera que mi hermana nunca le haría daño a nadie, y menos a un pueblo entero, aquel hombre no me escuchaba.

—¿No sabes dónde estuvo tu hermana anoche? —me preguntó el señor Rolund, el fiscal.

Era un hombre esbelto, de rostro pálido y bigote blanco y ralo que se curvaba en las puntas y parecía la cola de una rata. Sus movimientos eran frenéticos. No dejaba de volver a esa única pregunta, como si borrara todo lo demás que le había dicho, como si no le hubiera dado años de pruebas de que Leta no era más que una buena persona, como si nada de lo que dijese importara siquiera.

Miré a Graymond, que estaba en un rincón de la sala de interrogatorios. Quieto y callado, pero imponente. Nunca había agradecido tanto su presencia formidable como en aquel momento. Saber que iba a ayudar a Leta aliviaba parte de mi preocupación, aunque no podría respirar tranquilo hasta que estuviera en libertad.

—No, pero eso no significa que sea culpable.

—Tampoco significa que sea inocente —contraataco el fiscal.

—¿Dónde está mi padre? —pregunté—. Responderá por ella. Aunque a mí no me escuche, estoy seguro de que hará caso a un juez superior del distrito.

Las puntas del bigote del señor Rolund se agitaron.

—Estamos ante un caso de asesinato con edem de primera clase, no ante un simple crimen. Tu padre no tiene ni voz ni voto en un asunto del Tribunal de la Corona.

—¡Tan solo tiene dieciséis años!

—Un caso tan serio como este, con tantas muertes, debe presentarse ante el Tribunal de la Corona —contestó él—. Da igual la edad del criminal. ¿Está seguro de que no estaba con ella anoche?

Crucé los brazos sobre el pecho.

—He respondido a todas sus preguntas. —Conocía mis derechos. El fiscal no podía retenerme allí por el simple hecho de tener relación con la acusada—. Déjeme salir.

—Puedes hablar conmigo ahora o ante el tribunal —dijo el hombre con una sonrisa enfermiza.

Yo ni siquiera me inmuté.

—Entonces, supongo que le veré ante el tribunal.

—¡En nombre de las sombras ardientes! ¿Qué está pasando? —le pregunté a Graymond en cuanto abandonamos la sala de interrogatorios—. ¿Cómo es posible que piensen que mi hermana hizo eso?

Mi mentor tenía el rostro demacrado y la piel cetrina.

—Mientras preparaban tu interrogatorio con el fiscal, he hablado con los guardias que efectuaron el arresto. Hay muchas pruebas...

—No; Leta no le haría daño a nadie.

Él asintió.

—A ver qué tiene que decirnos ella.

Tomamos el ascensor hasta el último piso y, con cada nivel que pasábamos, se me contraía el corazón. Todavía no conseguía hacerme a la idea de que habían arrestado a Leta. Conforme el ascensor se elevaba, los gritos de los presos se iban perdiendo en el fondo. Yo tenía el cerebro inundado por un zumbido que acallaba cualquier otro sonido y una pregunta que silenciaba todas las demás.

«¿Qué haría sin mi hermana?».

Era consciente de que era una pregunta egoísta. Lo más importante era sacarla de Vardean. No porque yo la necesitase, sino porque ella no merecía estar allí; no era una criminal.

Incluso con sus ausencias continuas, ella era el único miembro funcional que quedaba en la familia Broduck. Y por mucho que yo enterrase la nariz en los estudios para escapar de la realidad, no podía escapar de la verdad: necesitaba a Leta, no podía imaginarme un mundo sin ella.

Un guardia de la prisión abrió la puerta de la celda y nos siguió al interior. A diferencia de cuando visitamos a Jey, no se nos permitía estar a solas con ella. La Regencia la había señalado como una de las criminales más peligrosas de la última década. No se había producido un uso tan importante de edem desde que habían asesinado a los anteriores monarcas.

—¡Cayder!

Leta corrió hacia mí en cuanto me vio y me pasó las manos encadenadas en torno al cuello. Olía a azúcar y a humo.

—¡Atrás! —gritó el guardia.

—No pasa nada —dije yo, apartándome sus brazos del cuello. «¿Por qué lleva guantes?»—. No va a hacerme daño.

El guardia gruñó.

—Quédese al otro lado de la mesa, señorita Broduck.

Mi hermana se separó a regañadientes y se dejó caer en la silla.

—No pasa nada.

No se me ocurría qué más decir. Me sentí aliviado al ver que no tenía ni un solo rasguño, aunque el fiscal usaría aquello en su contra.

—¿Dónde está padre? —preguntó ella.

Parecía un pájaro enjaulado, con los ojos grandes mirando a toda velocidad en todas direcciones y los brazos temblorosos. Tenía el rostro pálido y las mejillas habitualmente redondeadas y sonrosadas, hundidas. Llevaba el pelo castaño corto teñido de gris por algún tipo de polvo. ¿Tal vez ceniza?

—No lo he visto. Creo que todavía lo están interrogando.

Leta se removió en su asiento.

—Va a matarme.

Nuestro padre era el menor de nuestros problemas.

—Leta —dijo Graymond, acercándose a la mesa—, ¿te acuerdas de mí?

Ella lo contempló con las cejas fruncidas.

—¿Tío Graymond?

Él le dedicó una sonrisa triste y se sentó frente a ella. Yo me senté a su lado, aunque mi cuerpo intentó impedirlo. Tan solo quería agarrar a mi hermana de la mano y salir corriendo.

—Soy abogado defensor de crímenes relacionados con el edem —dijo mi mentor—. Voy a representarte.

—Gracias.

Un poco de color regresó a sus mejillas.

—Me gustaría empezar por lo que condujo a los acontecimientos de anoche. Ningún detalle es demasiado insignificante.

—Yo no lo hice —contestó ella, alzando la barbilla—. Deberíamos empezar por ahí.

Graymond asintió y sacó su libreta para tomar notas.

—Por supuesto.

Leta fue a pasarse las manos enguantadas por el pelo, pero se detuvo a causa de las cadenas.

—Estaba en Ferrington porque…

—¿Qué? —pregunté—. ¿Por qué estabas en Ferrington precisamente?

—Estaba a punto de decírtelo —dijo, resoplando—. Si tan solo me escucharas, Cayder… Padre y tú nunca me escucháis.

La señalé con un dedo.

—No me vengas con esas. Estás en Vardean. ¡Te han arrestado por matar a trescientas personas!

—¡Yo no lo hice!

Alzó las manos al aire, haciendo que las cadenas tintinearan al chocar. Su piel pálida se sonrojó.

—Cayder —dijo Graymond en voz baja y con lentitud—, si no puedes guardar la compostura, tendré que pedirte que te marches.

—No voy a irme a ninguna parte.

—Como iba diciendo —continuó mi hermana—, estaba en Ferrington porque estaba investigando las criaturas hechas de edem.

Gruñí.

—¿De verdad, Leta? ¿«Criaturas»?

—¿Puedes quitármelas? —le preguntó al guardia, ignorándome—. Te prometo que puedes golpearme si respiro siquiera en la dirección equivocada.

El guardia la observó. Midiendo poco más de metro y medio, difícilmente era la persona más imponente del mundo a pesar de que en sus ojos ardía un fuego oscuro. Él asintió y le quitó las cadenas.

Leta corrió hasta su camastro, apartó una sábana y dejó a la vista unos trozos de papel. Los trajo consigo y los esparció por la mesa frente a nosotros.

—¿Qué es esto? —le pregunté.

Mi hermana siempre estaba garabateando en un cuaderno de dibujo, pero nunca la había visto dibujar algo así. Los bocetos eran de criaturas aladas y con cuernos ganchudos a cada lado de los rostros de narices respingonas.

—Son los hullen —contestó ella. Dio un golpecito a la página—. Esto es lo que vive en Ferrington. Esto es lo que estaba investigando mamá para la Regencia. Esto es lo que la mató de verdad.

—¿De qué estás hablando? Estaba interrogando a los ciudadanos sobre un crimen relacionado con el edem. Fue un accidente.

Ella entrecerró los ojos.

—¿Estás seguro de eso?

Cuando madre murió, yo tenía diez años. Nunca había compartido su trabajo conmigo, aunque, al parecer, sí le había mostrado más cosas a Leta. En aquel momento, yo todavía no había mostrado interés en el edem o en el velo.

—¿Te habló madre de los hullen antes de morir? —le pregunté.

Ella se mordió el labio inferior.

—No exactamente. Encontré un informe sobre ellos en uno de sus libros. Fui a Ferrington para descubrir más cosas sobre esas criaturas. Llevan años apareciéndose en el pueblo, asaltando las casas durante las noches, rompiendo ventanas y trepando por los tejados.

—La Regencia ha investigado esas historias —dije—. Ferrington es famoso por sus tormentas destructivas, nada más.

—Eso es una tapadera —dijo Leta—. No hay vendavales.

—¿Viste estas criaturas en Ferrington? —preguntó Graymond. Leta negó con la cabeza lentamente—. Entonces, ¿cómo sabes que existen?

—No puedo decírtelo —contestó ella, apretando la mandíbula.

—¿Por qué no? —le pregunté yo.

—No importa dónde conseguí la información. Lo que importa es que es información rigurosa.

Puse los ojos en blanco.

—Sacas tu información de teóricos de la conspiración.

—Esta vez, no —replicó mi hermana.

—Solías pensar que el velo era como un espejo y que, en el otro lado, había otra versión de nosotros mismos. Pasaste un año creyendo eso cuando éramos niños.

—Esto es diferente.

—¿Por qué? —exigí saber.

—¡Porque sí!

Ese argumento difícilmente se sostendría ante un tribunal.

—Entonces, ¿se supone que tus dibujos son la prueba de que esas cosas existen? —pregunté, mirando los bocetos.

—Esto es la prueba de que yo no empecé el fuego —contestó—; fueron ellos.

Cerré los ojos con fuerza. Quería gritar. Había permitido que aquella obsesión ridícula la arrastrara a un arresto. Y ¿para qué?

—Me temo que esto no se tendrá en cuenta como prueba —dijo Graymond con calma—. Todos los que estaban presentes anoche en el Edemmacht perecieron. —Se inclinó hacia delante—. Te encontraron viva en el lugar en el que se originó el fuego.

Leta colocó las manos sobre la mesa.

—Estaba intentando averiguar si los hullen existían, eso es todo. Ellos son los culpables. Llevan años intentando destruir el pueblo.

—Pero no los viste, ¿no? —preguntó mi mentor—. ¿Viste a alguien más por allí?

—No —contestó ella—. Me mantuve lejos del festival, ya que no quería que nadie supiera lo que estaba haciendo.

Me hundí sobre la silla con un suspiro.

—Leta —dijo Graymond—, ¿puedes quitarte los guantes, por favor?

—¿Los guantes? —preguntó ella, apartándose de la mesa—. ¿Por qué?

—Por favor —insistió él.

Mi hermana me miró.

—Lo siento, Cayder.

—¿Qué es lo que sientes? —pregunté.

Ella enterró la barbilla en el pecho.

—No es lo que piensas. Recuérdalo, por favor.

—¿De qué estás hablando?

Se quitó los guantes de uno en uno. Sentí un vuelco en las entrañas. Tenía las manos cubiertas de unas marcas grises muy detalladas. El diseño se asemejaba a los huesos, como si la carne y el músculo hubieran desaparecido.

—No —susurré.

Leta tenía un eco de muerte, la marca permanente de una asesina.

CAPÍTULO 8

CAYDER

Me sentí paralizado. Mi hermana había matado a alguien. Las pruebas eran tan claras como una sombra bajo la luz del sol.

Había matado a toda esa gente en Ferrington y no iba a importar si había sido un accidente. Iba a pasar el resto de su vida en Vardean.

Inmóvil, contemplé fijamente la mesa mientras Graymond la tanteaba en busca de más información sobre lo que había ocurrido. Los detalles no importaban. Como en el caso de Jey, el jurado la condenaría en cuanto viera su eco de muerte.

Tan apenas escuché cómo aseguraba que la marca procedía de haber matado a un pájaro y no a una persona o la respuesta de Graymond al decirle que no existía ningún caso en el que apareciese semejante marca tras haber matado a un animal. Intentó convencerla de que se responsabilizara de sus actos, ya que eso podría acortar su condena, pero Leta se negó a dar su brazo a torcer. Afirmaba que el fuego había sido causado por las criaturas del edem, a pesar de que ella no las había visto hacerlo y, por lo tanto, no podía explicar cómo lo habían hecho.

Todo ese tiempo, pude sentir sus ojos posados en mí, pero yo no podía levantar la cabeza. A pesar de nuestras diferencias, nos habíamos jurado estar ahí el uno para el otro tras la muerte de nuestra madre, pero en aquel momento, ella se me escurría entre los dedos.

Una chispa de furia ardió en mi interior. Ella había sido consciente de los riesgos de ir a Ferrington. Había sido consciente de que lo que estaba haciendo era ilegal. Ahora, ambos íbamos a pagar las consecuencias.

Sentí como si algo me hubiese golpeado la espalda y se me hubiera alojado entre las costillas.

Leta nos había traicionado a ambos.

—¿Cayder? —preguntó Graymond—. ¿Has oído lo que te he dicho?

Sentado en el asiento improvisado de cajas de cartón de la oficina de mi mentor, alcé la vista.

—¿Qué?

Llevaba una hora contemplando con la mirada perdida el informe que la Regencia había escrito sobre el caso de Leta, incapaz de aventurarme más allá de la primera página.

«Trescientas personas. Todas muertas».

A pesar de que había visto el eco de muerte en sus manos, no podía creer que fuese la responsable.

Graymond frunció los labios.

—He dicho que deberías irte a casa. Necesitas tomarte un tiempo para procesar lo que ha pasado. Ahora mismo, no te preocupes por tu hermana; cuida de ti mismo. Yo me ocuparé de todo por aquí.

—¿Que no me preocupe por mi hermana? —repetí—. ¡Se va a pudrir en este sitio!

Alcé las manos, esparciendo las páginas del informe por toda la oficina. La mirada de Graymond se volvió dura como el acero.

—No será así, te lo prometo.

—La encontraron en la única zona del campo que no estaba quemada. —Al parecer, sí había retenido parte de la información—.

Rompió un foco. Estaba fuera de casa después del toque de queda. Y, además, ese eco de muerte que lleva en las manos...

—Sé que ahora no pinta bien, hijo, pero estate tranquilo, llegaremos al fondo del asunto. Te prometo que Leta no pasará el resto de su vida encerrada aquí.

—Pero no puedes prometerme que no pasará una parte de su vida, ¿verdad?

Sabía que era injusto cargar a Graymond con esto. No nos había visto ni a mi hermana ni a mí desde la muerte de nuestra madre, así que no nos debía nada.

Se puso de pie y yo me descubrí imitándole.

—Te prometo que haré todo lo que esté en mis manos para sacarla de este sitio.

Asentí porque tenía que hacerlo, porque tenía que creer en él. De lo contrario, acabaría derrumbándome.

—De acuerdo —dije, dirigiéndome hacia la puerta—. Nos vemos mañana.

Graymond se pasó la mano por el pelo bien cortado.

—Tómate la semana libre.

—No puedo hacer eso.

Si Leta no podía tomarse la semana libre, entonces, yo tampoco lo haría. Él asintió, comprensivo. Estaba seguro de que él no se marcharía si la que estuviese entre rejas fuese Kema.

—Vendré mañana —le aseguré.

Acababa de extender el brazo para abrir la puerta de la oficina cuando esta se abrió de golpe hacia dentro. Di un salto hacia atrás para evitar que me golpease en la cara. Mi padre se abalanzó sobre mí. Era un hombre grande, con el pelo negro pegado a la piel pálida y llena de pecas. Me empujó contra la pared. Si bien no era tan alto como yo, era más ancho y pesaba más.

—¡¿Cómo te atreves?! —me gruñó, con los ojos azules convertidos en un mar tormentoso—. ¡Se suponía que tenías que cuidarla! ¡Se suponía que tenías que mantenerte alejado de este sitio! Te pedí que hicieras una única cosa y me has fallado.

—Suélta... me.

Mis manos se agitaban con impotencia en torno a la suya.

—¡Alain! —Graymond intentó quitarme a mi padre de encima—. ¡Suéltalo!

Él se giró hacia mi mentor. Dejé escapar un jadeo y caí de rodillas. Padre era un hombre iracundo, pero jamás nos había levantado la mano ni a mi hermana ni a mí.

—¿Cómo has podido? —mi padre señaló a Graymond. Su rostro estaba tan rojo y bramaba tanto que tan apenas podía hablar.

—Acepté la solicitud de Cayder porque pensé que podría ayudar a arreglar la brecha entre nosotros, Alain. El problema lo tienes conmigo, no con tu hijo.

—¡El problema lo tengo con ambos! Cayder sabía que no quería que tuviera nada que ver con Vardean. Sabía que quería que mis hijos estuvieran lejos de este sitio. —Volvió a girarse hacia mí—. El edem se llevó a mi mujer y, ahora, ¡mira lo que has hecho!

—¿Qué es lo que he hecho yo? —Seguía agachado, pero alcé la mirada al oír aquello—. Para empezar, es por ti que Leta estaba en Ferrington. Es por ti que busca esas ridículas teorías conspirativas. El agujero que tiene en el corazón no es solamente por la muerte de madre, ¡es porque tú nos abandonaste!

—¡Se suponía que tenías que vigilarla! —exclamó, echando humo.

Me reí, pero más bien sonó como un jadeo.

—¿Alguna vez has intentado decirle a Leta lo que puede o no puede hacer?

Él hizo un sonido de burla.

—Han postpuesto todos mis juicios hasta que pase la lectura de cargos de Leta. ¿Crees que me permitirán mantener mi posición como juez si se declara a mi propia hija culpable de asesinato?

—¿En serio? —dije, echando humo—. ¿Eso es lo que te preocupa ahora mismo? ¿Tu trabajo? ¡Se trata de la vida de Leta, de nuestra familia!

—Lo sé —contestó con sencillez.

El cuerpo de mi padre perdió toda la energía y se dejó caer sobre una de las cajas de Graymond, enterrando el rostro entre las manos. Pensé que tal vez fuese a llorar, pero él nunca lloraba.

—He tomado el caso —dijo mi mentor, colocándole una mano en el hombro—. Haré todo lo posible para asegurarme de que la pongan en libertad.

—El jurado verá el eco de muerte y la condenará antes de que abras la boca —replicó mi padre.

—He llevado casos más duros —insistió Graymond—, confía en mí.

Ambos queríamos creer en él, pero sabíamos que todo aquello no era más que una mentira.

A pesar de que había estado de acuerdo en marcharme de Vardean durante el resto del día, eso no significaba que fuese a dejar de lado el caso de Leta. Graymond me permitió llevarme el informe de la Regencia mientras él y mi padre debatían las opciones de alegato de mi hermana.

De regreso a la estación del centro de Kardelle, compartí la góndola con varios trabajadores de la prisión, que se sentaron tan lejos de mí como pudieron, como si el encarcelamiento de mi hermana fuese una enfermedad que pudiera contagiarles. En Vardean, la noticia se había difundido con rapidez y, pronto, también se propagaría por Kardelle, no solo gracias a la red de cotilleos, sino a los periódicos. A la mayoría de los periodistas les importaba más ser los primeros en contar la historia que contar la verdad. En la Milla Soleada y entre la alta sociedad, los círculos en los que se movía mi padre, tu valía dependía de tu nombre y, desde aquel momento, el nombre de los Broduck estaría mancillado para siempre.

Me acordé de cuando acababa de regresar del reformatorio de Vardean. Mis amigos de la infancia se habían negado a verme, aunque nunca descubrí si había sido por elección propia o de sus padres. Durante una temporada, había creído que Kema había dejado de visitarnos por mi culpa. La única constante en mi vida había sido Narena Lunita, mi mejor amiga. Su madre trabajaba en el *Heraldo de Telene* y era una de las pocas periodistas a las que le importaba más la verdad que los cotilleos.

Mantuve la cabeza agachada y, para cuando la góndola llegó a la estación, había leído tres veces el informe de la Regencia. Hasta el momento, nada de lo que había leído ayudaría a que pusieran a Leta en libertad. La única semilla de la duda que esperaba que pudiera germinar era la de la fogata de las celebraciones del Edemmacht. Aunque los informes señalaban que el incendio había comenzado cerca de donde habían encontrado a Leta inconsciente, esperaba que hubiese algo más, algo que hubiera podido provocar que la fogata se convirtiera en una llamarada que hubiese atravesado todo el pueblo en una sola noche.

Como Leta seguía contando la misma historia, yo necesitaba una nueva fuente de información. Y solo había otra persona que supiera más sobre el velo que mi hermana: Narena.

Fui corriendo desde la estación hasta la Biblioteca Estatal. El imponente edificio de mármol blanco se encontraba en el centro exacto de la ciudad, cerca de la plaza Penchant y enfrente de la estación de tranvías. Antes del velo, Telene se había centrado en el conocimiento y el progreso. Los primeros edificios que se habían construido habían sido la biblioteca, el ayuntamiento, la universidad y los bancos. Después, el gobierno se había centrado en preservar lo que ya teníamos. Mientras otras naciones seguían progresando en todas las áreas tecnológicas, en Telene nos centrábamos solo en aquello que reducía las sombras y el edem. La industria principal de nuestra patria era la de las soluciones de iluminación, pero aquello no tenía ningún valor para otras naciones a menos que el edem llegara hasta sus costas y la Regencia hacía todo lo posible para asegurarse de que aquello no ocurriera.

Narena pasaba la hora de la comida en la escalinata de la biblioteca mientras ayudaba a su padre, que era el bibliotecario principal, durante las vacaciones de verano. La vi sentada en los escalones de piedra con los ojos cerrados y la cabeza echada hacia atrás mientras intentaba atrapar el calor de la difusa luz del sol que hacía que su piel ambarina tuviese un resplandor cálido. Su melena larga y negra casi tocaba el escalón de detrás.

—¡Narena! —grité mientras me abría paso entre la multitud.

Abrió los ojos y, al sonreír, se le formaron unos hoyuelos en ambas mejillas.

—¡Cayder! ¿Qué haces aquí?

—¿Lo sabías? —le pregunté cuando llegue junto a ella con el pecho subiendo y bajando mientras respiraba jadeando.

Pestañeó y la sonrisa y los hoyuelos se desvanecieron.

—¿Si sabía qué?

—¡Lo de Leta! ¿Sabías que anoche estaba en Ferrington? ¿Sabías que la han arrestado?

—¿Qué? —Mi amiga se puso en pie de un salto—. ¿Qué me estás contando?

—¿No te lo dijo? —Escudriñé su rostro en busca de la verdad. Si bien era mi mejor amiga, había estrechado lazos con Leta gracias a las teorías sobre el velo—. ¿No te contó su plan?

—¿Su plan para qué? —Me agarró de los hombros—. Cayder, me estás asustando.

Me agaché y me dejé caer con pesadez sobre las escaleras. Narena se sentó a mi lado.

—Encontraron a Leta esta mañana en lo que queda de Ferrington. Todo el pueblo ha ardido durante la noche. Creen que ella fue la responsable. —Me pasé las manos por la cara.

—¿Ferrington? —Ella frunció las cejas—. ¿El pueblo en el que murió vuestra madre?

—¿No sabes nada al respecto?

Se mordió el labio inferior.

—No, Cayder, no me contó nada sobre Ferrington. Sabía algunas cosas, pero...

Alcé una mano.

—Cuéntame lo que sepas.

Cuando contestó, Narena evitó mi mirada.

—Sabía que había conocido a alguien nuevo. Una nueva fuente, aunque no me quería decir de quién se trataba.

Leta había afirmado que su fuente decía la verdad, pero ¿y si la habían metido en esto? Mi hermana era fácil de influenciar cuando se trataba de las historias sobre el velo y el edem.

¿Dónde se encontraría aquel informante en aquel momento? ¿Habría muerto en el fuego o estaría por ahí, en algún lugar, feliz de que Leta le hubiese servido de chivo expiatorio para el crimen?

Esto podría ser de ayuda para el caso. No necesitábamos demostrar que mi hermana era inocente, tan solo probar que había dudas razonables de que las marcas eco no se debieran al incendio. El informante podría ser la razón.

—Cayder... —Narena puso un mano sobre la mía—. Estás temblando. ¿Has comido algo hoy?

Me pasé las manos por el pelo.

—No puedo comer. Ni siquiera puedo pensar con claridad.

Ella me dedicó una sonrisa amable.

—Comer puede ayudarte con eso. —Agarró su mochila y me puso en pie de un tirón—. Vamos.

—Pero ¿y tu puesto en la biblioteca?

—Mi padre lo entenderá.

Narena me llevó a un restaurante meiyraniano que no estaba demasiado lejos de la biblioteca. Aseguró que la comida no era tan buena como la de su madre, pero que hacían una fritura de pescado buenísima. Yo no podía saberlo, pues tenía la mente a kilómetros de distancia y no era capaz de saborear un solo bocado. Sin embargo, mi amiga se negó a hablar hasta que no terminara de comer.

Narena tenía la costumbre de querer rescatar animales heridos y cuidarlos hasta que recuperasen la salud: un conejo con una pata rota o un ratón atrapado en una trampa. A veces, me preguntaba si el único motivo por el que había seguido a mi lado después de que me enviasen al reformatorio de Vardean era que me veía del mismo modo: como algo roto.

Después de la comida, nos dirigimos a un pub estudiantil llamado Eructos Sonoros que estaba al lado de la Facultad de Derecho de Telene. El viejo y estrecho edificio de tres plantas estaba anidado entre dos escaparates con carteles descoloridos de «EN ALQUILER». A menos que te dedicaras a la iluminación o a vender recursos valiosos como la comida, tu negocio estaba destinado a fracasar y la mayor parte de los impuestos de la nación iban destinados a la Regencia.

Narena compró tres tónicos de torlu fermentado, dos para mí, y los llevó haciendo equilibrismos mientras subíamos hasta el último piso. El pub sobrevivía gracias a la sed de los estudiantes y, por lo tanto, no le daban demasiada importancia a tener un par de clientes menores de edad. El techo del local estaba combado y las escaleras se sacudían y, aun así, había algo atrayente en el lugar, un recordatorio de una época pasada en la que los tiempos eran más sencillos y la palabra «edem» era una que nadie había escuchado jamás.

—Bebe —dijo, poniendo dos de los vasos frente a mí—. Te calmará los nervios.

Normalmente, no me gustaba demasiado el alcohol, pero la mirada dura de los ojos de Narena evitó que cuestionara sus métodos. Di un trago. Sentí un burbujeo en la lengua y se me calentó el pecho. Sabía más a burbujas que a las bayas dulces con las que se elaboraba.

—Ahora, cuéntamelo todo —dijo mi amiga.

Le conté todo lo que había ocurrido aquel día. La historia sonaba como si fuera algún tipo de pesadilla ridícula, pero sin el final en el que yo me despertaba para descubrir que todo había sido un sueño. Le mostré el informe de arresto de Leta. Ella sacó su cuaderno y un lapicero.

—¿Cuándo fue la última vez que la viste? —me preguntó—. ¿Os ha dicho cómo sería posible que una criatura del edem encendiese un fuego? De todos modos, ¿qué estaba intentando demostrar allí?

Sonaba igual que su madre, la periodista.

—Espera un momento —dije—, ¿es esto una entrevista?

Me dedicó una sonrisa avergonzada.

—Claro que no. —Dejó de lado el cuaderno—. Lo siento.

—No pasa nada. Tenía la esperanza de que hubieras oído hablar a tu madre de los hullen.

Narena se encogió de hombros.

—Las historias sobre criaturas que salen arrastrándose del velo son viejas supersticiones que la Regencia ha desmentido una y otra vez. Nunca ha habido pruebas de que nada salga del velo más allá del edem.

—¿Leta te contó alguna vez que cree que a nuestra madre la mataron esas criaturas?

Dio un golpecito sobre el cuaderno con el lapicero.

—Cada semana tenía una teoría diferente sobre el velo y el edem, pero no recuerdo que me dijera algo así nunca. Si lo hubiera hecho, te lo habría contado.

—Tenemos que encontrar al informante —dije—. Es nuestra única pista.

—Puedo preguntarle a mi madre por teóricos de la conspiración conocidos. Podríamos comprobar si alguno de ellos ha hablado con tu hermana hace poco.

—¿No te dio más información sobre su fuente? Has mencionado que era alguien diferente.

—No, tan solo que iba a conducirla a la verdad. —Narena ladeó la cabeza—. ¿No ha querido decirte de quién se trata?

—No.

—Otro secreto —dijo mi amiga mientras asentía, pensativa. Al parecer, Leta guardaba muchos secretos—. ¿Crees que esa persona le tendió una trampa para que fuera su chivo expiatorio? ¿Qué hay de su marca eco?

—No lo sé —contesté con sinceridad—. Pero no puedo imaginarme a Leta haciéndole daño a nadie, ¿y tú?

—Claro que no, pero ¿por qué encubriría a su fuente?

—Dímelo tú. No entiendo las mentes de las mujeres.

Narena puso los ojos en blanco.

—No entiendes la mente de tu hermana.

Tenía razón.

—¿Y tú? —Lo pensó durante un rato, pasando los dedos por el borde de su vaso. El sonido que emitía resonó por todo el pequeño pub—. ¿Y bien? —le pregunté.

—Déjame que te consiga una lista de nombres —contestó—. Averiguaremos qué secretos está ocultando.

No me sorprendió encontrar el edificio vacía cuando llegué a la Mansión Broduck; no había esperado que padre regresase a casa.

Mientras subía las escaleras de mármol en dirección a mi dormitorio, intenté imaginarme cómo sería la vida si me dejaran solo en aquel lugar lleno de recuerdos y de sufrimiento, pero la mera idea me resultó sofocante. No podía perder a otro miembro de la familia.

Haber nacido con menos de un año de diferencia significaba que, de niños, Leta y yo habíamos sido inseparables. Además de Narena y de Kema, no había tenido demasiados amigos incluso antes de ir al reformatorio. Mi hermana y yo siempre nos habíamos comprendido bien. Entonces, nuestra madre había muerto y habíamos empezado a virar en direcciones muy diferentes.

Al regresar de Vardean, habíamos intentado recuperar nuestras viejas costumbres. Sin embargo, tras haber estado a solas con padre, Leta había querido librarse de la Mansión Broduck. Se había obsesionado con la creencia de que había algo más que descubrir sobre el edem. Durante todo un año, había vestido de negro, afirmando que eso la hacía sentirse más cerca del velo y de madre. Se había convencido de que estaba continuando las investigaciones de nuestra progenitora.

Nos habíamos peleado de forma constante. Yo le había dicho que estaba actuando de forma infantil y que madre era una científica que nunca había creído en tonterías supersticiosas sobre el velo. Había deseado que abandonase su obsesión, ya que estaba evitando que superara su dolor. Yo había sido consciente de que, si se aferraba a ello demasiado, acabaría siendo su perdición.

Odiaba haber tenido razón.

Tras varios años intentando controlarla, me había dado por vencido y había permitido que hiciera lo que quisiera. Había dejado que se escapara por las noches para reunirse con adoradores del velo, a sabiendas de que se estaba saltando el toque de queda. Le había permitido guardar sus secretos. Intentar que cambiara tan solo la había alejado más. Si la quería en mi vida, tenía que aceptar quién era y nuestras diferencias. También había aceptado que nunca volveríamos a estar tan unidos como en el pasado.

Mientras tanto, yo me había centrado en mis estudios y en entrar en la facultad de derecho. Me había preocupado por mí mismo.

Padre tenía razón: era culpa mía que ahora estuviese en una celda. Era su hermano mayor y se suponía que tenía que protegerla. Sin embargo, me había dado por vencido y había permitido que sus obsesiones la consumieran.

Puede que Leta me hubiese mantenido alejado, pero yo no la había detenido. Ahora, era posible que la perdiera para siempre.

CAPÍTULO 9

JEY

Jey se despertó en medio del silencio. Sin mucho que hacer entre las horas de las comidas, había decidido echarse una siesta entre la comida y la cena. En los pocos días que llevaba en la prisión, se había dado cuenta de que Vardean no era famosa por la calma. La gente siempre estaba chillando, gritando o dando golpes a los barrotes. En especial su vecino, que tan solo dejaba de rugir que era inocente cuando se quedaba sin voz. Desde su arresto durante el fin de semana, se había acostumbrado al jaleo. Tras haber vivido solo junto al río Recto, era un cambio agradable. El silencio le preocupaba.

El único momento en el que los presos estaban en silencio era cuando algo atraía su interés.

«¿Un nuevo prisionero tal vez?».

Jey se acercó a los barrotes de su celda e intentó mirar hacia la caverna que había abajo, pero no podía ver nada más allá del rellano rocoso. Entonces, oyó el chirrido de la puerta del ascensor al cerrarse. Empezó a contar conforme el sonido mecánico retumbaba por la caverna. Se tardaban cuatro segundos entre piso y piso, y trescientos veinte en pasar traqueteando por delante de su celda, que estaba en el piso dieciocho.

Captó un atisbo del rostro pálido de una chica.

«Leta Broduck, la hermana de Cayder».

Había oído hablar de la última llegada durante la hora de la comida. Las noticias se habían propagado como una enfermedad, de celda en celda y de piso en piso. Era probable que la estuviesen llevando de vuelta a su celda tras otra tanda de interrogatorios. Debía de haberse declarado inocente, pues tan solo a los que hacían algo semejante los interrogaban una y otra vez. A aquellos que confesaban sus crímenes, tal como había hecho él, los dejaban solos en sus celdas hasta la lectura de cargos de su caso. Excepto el señor Toyer, que había seguido visitándolo cada día con la esperanza de que cambiara su historia.

Regresó a su camastro. No iba a volver a ver a su abogado hasta el día siguiente, pero estaba cansado de tantas preguntas. Estaba bastante seguro de que el señor Toyer no le creía, lo cual le molestaba, ya que eso implicaba que se le daba mal mentir. No podía arriesgarse a que descubrieran que era inocente. No podía arriesgarse a ir a juicio.

Era hora de cambiar de táctica.

Vardean no separaba a los reos según la edad o el sexo, sino según el nivel de sus crímenes. La otra única separación ocurría durante las horas de las comidas. Si bien el edificio se elevaba en dirección al cielo hasta una altura considerable, el único comedor se encontraba en el primer piso, por encima del vestíbulo. Para aliviar la congestión, los prisioneros recibían horarios según los cuales podían comer con otros reos de edad similar, independientemente de si habían cometido un crimen relacionado con el edem o no. Si bien Jey tenía dieciocho años y, técnicamente, era un adulto, seguía comiendo con los presos juveniles.

A las siete de la tarde, la puerta de su celda se abrió automáticamente. Cuando pasó junto a la de su vecino, el hombre extendió las manos marchitas por el paso del tiempo.

—¡Soy inocente! —gimió en un tono de voz que tan apenas era poco más que un suspiro.

—Tú y todos los demás que están aquí encerrados, colega —murmuró Jey.

Aunque, tal vez el anciano dijese la verdad. Era imposible saberlo. Incluso los culpables se declaraban inocentes, ya que era su única opción de ser libres.

Otros presos juveniles habían sido liberados de sus celdas y se dirigían hacia las escaleras como ratas bien entrenadas. Bajó los peldaños de dos en dos con el ansia recorriéndole el cuerpo. Nunca se le había dado bien quedarse quieto o encerrado. Sus piernas largas suplicaban ser libres, mucho más que su mente. Sabía que, en aquel lugar, más que las esposas mentales, lo que acabaría con él sería la contención física. Anhelaba un muro para trepar o una montaña por la que escalar. Tenía que salir de allí.

—¿Has visto a la nueva prisionera? —le preguntó Bren mientras caminaba a su lado.

Bren tan solo tenía diecisiete años y estaba en el piso cincuenta. Lo habían arrestado junto con la notoria Hermandad del Velo, que recibía su nombre de un club clandestino y red de apuestas donde los miembros usaban el edem para luchar los unos contra los otros. Bren tan solo había tenido quince años cuando se había visto atrapado por las promesas de riquezas, poder e infamia de la hermandad. Y si bien lo de la infamia había resultado ser verdad (dos meses atrás, habían cerrado el club y habían arrestado a todos), nunca habían cumplido sus promesas de riqueza o poder.

Si bien acababa de conocer al muchacho aquel mismo fin de semana, habían estrechado vínculos gracias a su amor compartido por el queso y el pan blanco y esponjoso, un lujo que, con toda probabilidad, no volverían a probar en el interior de Vardean.

—Tan solo un atisbo.

Mientras Bren intentaba seguir su ritmo, el sudor le perlaba la piel morena.

—¿Te has enterado de lo que ha hecho? —No esperó a que respondiera—. ¡Ha matado a trescientas personas en una noche!

—Presuntamente —contestó él.

—Claro —resopló Bren—. Del mismo modo que yo me uní presuntamente a la Hermandad del Velo porque creía que eran una banda.

Jey aflojó el paso.

—¿Eso es lo que tu abogado quiere que digas?

Bren frunció los labios y la boca le desapareció en medio del rostro.

—Sí.

—Será mejor que te ciñas a la verdad —señaló él, consciente de que estaba siendo un hipócrita—. No sabías que los miembros de la hermandad usaban edem para luchar los unos contra los otros. Dile al jurado que te uniste para formar parte de un club de lucha, no para usar el edem. —Al muchacho le tembló la barbilla y a Jey le preocupó que fuese a romper a llorar, porque mostrar miedo era lo peor que podías hacer en aquel lugar. Todo el mundo debía llevar una máscara y él más que nadie. Le dio una palmadita al otro chico en la espalda—. No te va a pasar nada, colega. Te arrestaron por estar involucrado con un club ilegal. Ni has usado el edem ni tienes marcas eco. —La vista de su amigo sería en dos días y el temor era palpable en su rostro—. Todo saldrá bien —insistió.

Sin embargo, Bren no lo estaba escuchando. Le temblaban las manos y sus ojos recorrían la estancia a toda velocidad.

El comedor era una habitación estrecha de techos bajos. Las luces parpadeaban a causa de la cercanía a la rasgadura en el velo, como si la dimensión que había al otro lado desease que siempre estuvieran a oscuras. Sin embargo, había luces suficientes en los techos y las paredes como para asegurar que no había ninguna sombra para que el edem se entretuviese. Cuatro bloques alargados de madera recorrían la largura de la estancia, haciendo la función de mesas y, en la pared del fondo, junto a la cocina, había un bufé.

Jey dejó que Bren se acercase al bufé primero con la esperanza de que la comida calmase los nervios del chico por el próximo juicio. Por otro lado, él no había bajado por la comida. Al menos, no aquel día.

—Buenas tardes, Ryge —saludó, haciéndole un gesto con la cabeza a un preso que estaba sirviendo la cena. Parecía como si el hombre de mediana edad no hubiese comido en meses y las arrugas de su rostro pálido formaban acantilados y valles profundos.

—Jey, amigo mío —dijo el hombre con una sonrisa. Jey tenía la costumbre de hacer amigos allí donde fuera, lo cual era una habilidad que esperaba utilizar para su beneficio—. ¿Cómo estás hoy?

—No puedo quejarme —contestó, sonriendo—. No puedo quejarme.

—Eres el único que no lo hace. Toma...

Ryge le colocó en la bandeja dos pedazos de carne de gallina cocida. Jey pensó en su vieja amiga. El día antes de que lo arrestaran, había decidido liberar al animal.

—No como carne. ¿Qué más tienes?

—¡Ay, lo siento! —En su lugar, el hombre le sirvió unas pocas verduras estofadas en la bandeja—. Doble ración.

Jey le hizo el saludo militar.

—Eres un auténtico héroe, Ryge. —Agarró un panecillo duro de la cesta y, antes de seguir adelante, preguntó—: ¿Tienes algo para cortar el pan? —Agitó el panecillo en el aire.

Ryge se detuvo con el cucharon de las verduras congelado en la mano.

—¿Qué has dicho?

—Me gustaría tener algo con lo que untarle un poco de mermelada de torlu al panecillo. Ya sabes que tienen el mismo sabor que las piedras.

El hombre sacudió la cabeza.

—No es eso lo que quieres.

Jey le dedicó su habitual sonrisa relajada.

—Me temo que sí.

—¿Estás seguro? —Ryge se inclinó sobre el mostrador, mirando rápidamente en dirección a los guardias de prisión que montaban guardia junto a las puertas.

—Estoy seguro. —Asintió con la cabeza de forma decidida.

—¡Venga! —exclamó otro prisionero a sus espaldas—. ¿Por qué os paráis?

Las manos de Ryge desaparecieron bajo el mostrador.

—Lo siento, Jey, tendrás que usar las manos; como sabes, los cuchillos están prohibidos en Vardean. Puedes limpiarte con esto —añadió, tendiéndole una servilleta doblada.

Jey soltó un suspiro fuerte y decepcionado.

—¡Justo el día que me había limpiado las uñas! —Tomó la servilleta que le tendía el hombre y la colocó en su bandeja—. Gracias de todos modos, amigo mío.

El preso le dedicó una mirada de complicidad y dijo:

—Cuídate.

—Eso siempre.

Bren se había sentado cerca de los guardias que estaban vigilando. No confiaba en los otros presos, sobre todo en aquellos que usaban el edem. Jey era la excepción, por supuesto. Sin embargo, ignoró su mirada confusa cuando pasó de largo y, en su lugar, se dirigió al fondo del comedor y se unió a una mesa de prisioneros, dejando su bandeja sobre la superficie con un estrépito.

—¡Qué día tan bonito! —dijo, metiéndose a presión entre un chico con los brazos tostados por el sol tan grandes como su cabeza y uno de los amigos del mismo chico. Cuando nadie de la mesa dijo nada, él continuó hablando—. Ha salido el sol, los pájaros cantan y el agua está bien. Deberíais saltar dentro.

Le dio un gran mordisco a su panecillo y se obligó a tragar aquel pedazo rocoso. «¡Por las sombras ardientes!», pensó. Echaba mucho de menos el pan esponjoso.

—¿Te has perdido? —le preguntó el reo de los brazos fornidos.

Tal como había comprobado en una pelea durante el desayuno del día anterior, sabía que aquel chico tenía muy mal temperamento. Además, resultaba que era el líder de la Hermandad del Velo. Incluso sin mirarlo, era consciente de que Bren tenía la vista fija en él.

«¿Por qué no matar dos pájaros de un tiro?», pensó. Bren merecía venganza.

—¿Si me he perdido? —Sacudió la cabeza—. Estoy justo donde quiero estar. —Sonrió—. Contigo.

—Márchate ahora que todavía puedes, asesino de padres.

«Ah, parece que no soy el único que sigue la pista del resto de prisioneros».

—¿O qué? —preguntó de buenas maneras.

El reo se puso en pie de golpe, moviéndose más rápido de lo que era humanamente posible. Jey sabía gracias a Bren que los músculos del líder de la hermandad estaban afectados de forma permanente por haber usado el edem sobre sí mismo para mover un ring de boxeo. Tenía el mono gris desgarrado por los hombros y los brazos musculosos cubiertos por marcas eco que parecían venas.

Mientras que él se había mantenido en forma gracias a tener que escapar corriendo de los agentes de la Regencia en la plaza Penchant, era evidente que aquel tipo era más fuerte. Mucho más fuerte. Por no mencionar que también era más rápido.

—Muy bien —dijo Jay, alzando la vista hacia el rostro del chico—. Vas a ponerte de pie... Interesante. —Se rascó la barbilla—. Y ahora, ¿qué?

Brazacos arrugó la nariz como si hubiese olido algo desagradable.

—Tienes suerte de que no estemos solos.

Jey contempló a los guardias de la prisión que había junto a la entrada. Todavía tenía que llamar su atención. Mientras tanto, Bren los contemplaba con mirada preocupada.

«Bueno, esto no va a funcionar».

—¿Suerte? —Jey se puso en pie también—. En realidad, me encantaría salir de Vardean. ¿Y a vosotros? ¿Soñáis con algo más allá de este sitio? ¿Tenéis a alguien a quien poder amar y abrazar esperándoos ahí fuera? —Hizo un puchero con los labios y pestañeó de forma exagerada.

—No vas a sobrevivir al resto de la semana. —Brazacos apretó los puños, pero no hizo nada. No quería molestar a los guardias y acabar en una celda de aislamiento.

En aquel momento, los guardias empezaron a observarlos, listos para la acción, aunque todavía no se habían movido de su lugar junto a la entrada.

—¿Es eso una promesa o una predicción? —dijo Jey, retorciéndose las manos.

—Cierra el pico —replicó Brazacos—, o haré que se convierta en una promesa.

Jey se inclinó hacia él, usando en beneficio propio la altura que había heredado de su padre.

—Me parece que no tienes las agallas para hacerme algo. Aquí, no.

Brazacos señaló a los presos que estaban sentados en la mesa.

—¿Te has vuelto loco? ¿Acaso no sabes quiénes somos?

—Tan solo me he sentado en vuestra mesa, sois vosotros los que os habéis vuelto locos. Yo solo quería un cambio de aires porque este sitio puede volverse un poco aburrido. ¿No es así, chicos? —Miró al resto de miembros de la Hermandad, pero todos lo contemplaban boquiabiertos. «Ahí no hay nada que hacer». Suspiró y volvió a sentarse—. ¿Quién más piensa que debería irme? —preguntó. Los presos siguieron con la mirada perdida. Algunos miraron a Brazacos en busca de orientación—. ¿Nadie? Bien. Espero con impaciencia pasar las horas de las comidas con vosotros. Para que lo sepáis: me gusta que me cortejen. Los sonetos están bien. ¿La comida adicional? —Se inclinó hacia delante y agarró un panecillo de la bandeja de uno de los reos—. Eso es incluso mejor.

—¿Qué haces? —preguntó Brazacos, enojado y con la piel de un rojo abrasador.

Jey se dio la vuelta, haciendo un gesto con la mano.

—Estoy estableciendo las normas. De eso va todo esto —dijo, señalando entre ambos—, ¿no? Una muestra de superioridad. Bueno, estoy bastante seguro de que he ganado. Ahora, esta es mi mesa y estos son mi grupo.

Continuó masticando el panecillo hasta que un brazo grueso le rodeó el cuello. «Al fin», pensó mientras lo levantaban del asiento.

El primer golpe lo recibió en el estómago. Se dobló y el último trozo de pan le salió volando de la boca y cayó al suelo. El comedor se quedó en silencio antes de estallar en abucheos. Los presos se levantaron rápidamente de los asientos para acercarse más a la acción, formando un círculo en torno a la pelea y bloqueando a los guardias para que no pudieran intervenir.

Brazacos lanzó el puño hacia atrás y le golpeó en el ojo izquierdo, haciendo que se tambaleara hacia la mesa y cayera sobre su bandeja. La agarró y le dio en la cara con ella a su contrincante mientras se despedía del delicioso estofado de verduras.

Podía escuchar a los guardias gritando por encima de la conmoción mientras separaban a la multitud de uno en uno para llegar hasta la pelea. No serían lo bastante rápidos.

Brazacos lo derribó y lo dejó clavado al suelo con un pie sobre el pecho. Parecía que el ataque con la bandeja le había roto la nariz. Sonrió como un pirado.

—Te lo mereces, maldito hijo de...

Sin embargo, Jey no le dejó terminar.

—Y tú te mereces esto.

Le clavó en el lateral de la pierna el cuchillo que estaba escondido en la servilleta. No era un cuchillo de atrezo. Brazacos abrió los ojos de par en par y se tambaleó hacia atrás. Algo oscuro se amontonó bajo la pernera de su mono gris.

Una guardia con una melena teñida de rubio que contrastaba con su piel morena levantó a Jey del suelo de un tirón y le arrebató el cuchillo de las manos. Él lo soltó con facilidad. Ya no lo necesitaba.

Estaba hecho.

CAPÍTULO 10

CAYDER

Cuando entré en su oficina al día siguiente, Graymond apartó la vista del escritorio con un gesto turbado.

—Cayder —dijo—, ¿cómo lo llevas?

—Estoy bien. ¿Volviste a casa anoche?

El hombre suspiró y se estiró sobre el asiento. La camisa que llevaba parecía arrugada.

—Quería quedarme con tu padre.

—¿Os ha contado Leta algo más?

Sacudió la cabeza.

—Persiste en el asunto de las criaturas. Cree que fueron las que prendieron el fuego.

—Está mintiendo.

En mitad de un bostezo, apretó la mandíbula de golpe.

—¿Cómo lo sabes?

Coloqué un trozo de papel sobre su escritorio.

—Esta es una lista de todos los teóricos de la conspiración conocidos con los que el *Heraldo de Telene* ha hablado a lo largo de los años. Uno de estos nombres tiene la verdad sobre lo que pasó aquella noche en Ferrington.

—Explícamelo como si fuese un niño pequeño. —Graymond se frotó las sienes—. Un niño muy cansado.

No pude evitar reírme.

—Ayer hablé con mi amiga Narena y me dijo que Leta se estaba reuniendo con un informante secreto. Creo que el verdadero culpable está aquí. —Le di un golpecito a la lista—. Tenemos que descubrir quién es el que habló con mi hermana y la animó a ir a Ferrington.

—No sé, Cayder... —dijo Graymond—. Que Leta no te hablase de su fuente no quiere decir que dicha fuente esté involucrada.

Mi hermana no era una asesina; por lo tanto, aquella tenía que ser la respuesta.

—Solo hay una manera de descubrirlo.

—De acuerdo, pero si quieres...

Detrás de Graymond sonó una campana. Él se giró hacia una ranura que había en la pared por la que cayó un rollo de papel. Mi mentor gruñó mientras sus ojos volaban por la página al leerla.

—¿De qué se trata? —le pregunté.

—Ese pequeño... ¡Uf! —Se puso en pie, arrugando el papel entre las manos.

—¿Qué ocurre?

—Jey. —Soltó una palabrota en un susurro—. Se ha metido en una pelea y ha apuñalado a otro preso.

—¿Que ha hecho qué? —Aunque Jey había sido arrestado por el asesinato de su padre, costaba imaginárselo atacando a alguien. Usar el edem significaba que podías cometer un crimen sin ensuciarte las manos. No me parecía alguien al que le gustase la violencia—. ¿Qué ha ocurrido?

—No lo sé. Tengo que hablar con la superintendente. Ahora, Jey está en una celda de aislamiento en el último piso, lo que significa que no podré hablar con él durante unos días. La superintendente cree que es más peligroso de lo que pensaron al principio. —Alzó la vista hacia el techo—. ¿Por qué haría algo así?

Me encogí de hombros.

—Ha dejado que su temperamento sacara lo peor de él.

Graymond me miró.

—Jey no es tonto. —Empezó a dar vueltas detrás de su escritorio, encorvando los hombros anchos con cada paso que daba—. Hay algo más detrás de esto, lo sé. Tengo que convencer a la superintendente para que me deje hablar con él. —Hizo un gesto con la barbilla en dirección a la puerta—. Ve a hablar con Leta. A ver si hay algo de cierto en tu teoría. ¿Acaso estos chavales no quieren que los ayude? —masculló mientras salía de su oficina.

Cuando entré en la celda, Leta estaba dibujando. En el suelo había docenas de papeles. Al principio, no podía distinguir qué eran los dibujos.

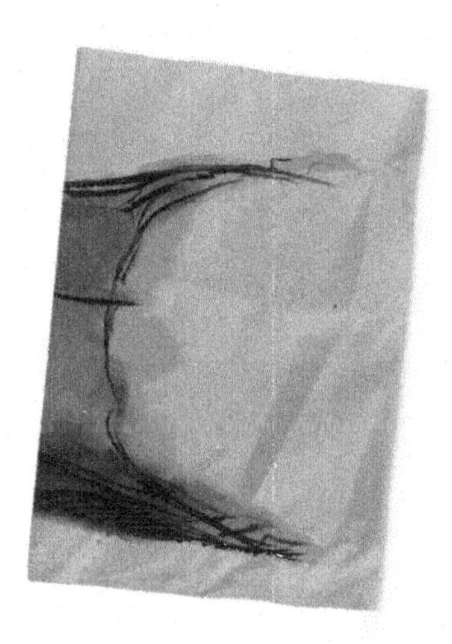

Después, me di cuenta de que cada folio era una pieza de la misma imagen. Una enorme criatura alada me devolvía la mirada. Me estremecí.

—Los hullen —dijo ella, poniéndose en cuclillas.

Tenía puestos los guantes y las puntas de los dedos manchadas con el mismo carboncillo con el que se había manchado la frente. La arruga dentada que tenía entre las cejas parecía estar separándose en dos.

—Leta —dije.

Ella alzó la vista.

—¿Dónde está el tío Graymond?

Era extraño oírla referirse a él de aquel modo después de tantos años. Eso me transportó a una época en la que Leta, Kema y yo solíamos jugar al escondite mientras nuestros padres hablaban de asuntos aburridos como la política y la situación económica de Telene. Leta solía querer esconderse en la oficina de padre, consciente de que, si la pillaban, nos castigarían a ambos. Yo intentaba convencerla de lo contrario, pero no podía controlarla. Ni siquiera entonces. Así que Kema y yo nos veíamos obligados a terminar el juego y jugar a algo diferente. Entonces, Leta solía marcharse enfurruñada y sintiéndose excluida.

—Está ocupado —dije—. Es hora de que los hermanos Broduck tengan una charla.

Ocupamos nuestros lugares en torno a la mesa.

—¿Cómo estás? —le pregunté.

—Estupendamente —contestó con una sonrisa falsa.

—Leta, ahora solo estamos tú y yo...

—Y ese tipo —dijo, señalando al guardia que había en el rincón.

—Deja de fingir.

—¿Fingir el qué? —Tenía los ojos de corderito muy abiertos.

—Que no estás aterrada por estar aquí. Y cuéntame la verdad sobre Ferrington. Cuéntame lo que ocurrió de verdad.

Hizo un gesto con la cabeza en dirección a los dibujos que había tras ella.

—Eso es todo lo que tienes que saber.

—No te creo.

Su hermana frunció el ceño.

—¿Por qué a la gente como tú os cuesta tanto creer que hay algo más que el edem en este mundo? ¿Que hay algo más que descubrir sobre el velo?

—¿La gente como yo? —pregunté.

—Los escépticos. Madre creía, tenía una mente abierta. Tú te pareces demasiado a padre. Necesitas pruebas y evidencias para creer en algo.

—No voy a ponerme a debatir contigo sobre esas criaturas. Necesito que me cuentes quién te metió en esto.

—Nadie —dijo—. Llevo toda mi vida investigando el velo, ya lo sabes.

—¿Quieres pasar el resto de la vida entre barrotes?

Frunció las cejas espesas y oscuras.

—Claro que no.

—Entonces, ¿por qué no nos ayudas a Graymond y a mí? —le pregunté—. Necesitamos algo, cualquier cosa, que nos ayude con tu caso. Algo que haga que el jurado dude de tu culpabilidad.

Le miré las manos. Ella se dio cuenta y se bajó las mangas para cubrir las marcas.

—Ya os he contado todo lo que sé. Sacrifiqué a un pájaro usando el edem y el mundo se sumió en la oscuridad. Me desperté con la Regencia diciéndome que había quemado todo el pueblo, pero yo no lo hice.

—¿Cómo sabes que fueron las criaturas las que empezaron el fuego y no otra persona?

—Porque no había nadie más conmigo.

—¿Nadie?

Coloqué la lista frente a ella. Ella alzó una ceja.

—¿Qué es esto?

—Una lista de todos los adoradores del velo y teóricos de la conspiración a los que el *Heraldo de Telene* ha entrevistado o con los que ha contactado en los últimos cincuenta años.

Observé cómo escudriñaba la lista para ver si se detenía en algún nombre más que en otro.

—Y... ¿por qué? —preguntó. No me había revelado nada.

—¿No conoces a ninguna de estas personas?

—Sí. —Se encogió de hombros—. He conocido a algunos de ellos en el pasado.

—¿Has visto a alguno de ellos recientemente?

Leta empujó el trozo de papel hacia mí.

—¿A dónde quieres llegar, Cayder? Normalmente, no eres tan ambiguo.

—Ayer hablé con Narena —dije—. Sé que tienes una nueva fuente con la que te has estado reuniendo.

Dos círculos rosados aparecieron en la piel pálida y pecosa de mi hermana.

—¿Y qué?

—Creo que esta nueva fuente te hizo ir a Ferrington. Creo que fue quien encendió el fuego y que, por algún motivo, estás encubriéndola.

Sacudió la cabeza y los mechones más cortos de su melena se agitaron.

—No, eso no es verdad. Fue idea mía ir a Ferrington para descubrir la verdad. Y estuve allí sola.

—¿Cómo puedo creerte cuando has estado ocultándome cosas todo este tiempo? —le pregunté.

Ella se inclinó hacia delante y me tomó las manos entre las suyas.

—Porque soy tu hermana.

—Entonces, dime la verdad, hermana. ¿Por qué tienes una marca eco en las manos si no empezaste el fuego, si no mataste a nadie?

—Ya te lo he dicho. —Se apartó—. Fue el pájaro. ¿Acaso no puedes creerme? ¿Por qué siempre necesitas pruebas?

Dejé escapar un suspiro encendido antes de responder.

—Sí que te creo, Let. Pero sin pruebas el jurado no lo hará. Necesitamos algo más que supersticiones tontas.

—Entonces, estoy condenada.

—No me lo creo. Podemos sacarte de este lío. Por favor, cuéntame lo que pasó de verdad.

—No soy una persona violenta. —La barbilla le tembló.

—Sé que no lo eres. —Me escocía el fondo de los ojos—. Claro que lo sé.

Los ojos se le llenaron de lágrimas, que empezaron a derramársele.

—Odio que todas esas personas estén muertas por mi culpa. Lo odio, Cayder. Pero no puedo reescribir el pasado. Ni siquiera el edem puede hacer eso.

No podía respirar.

—¿Estás diciendo que sí que prendiste el fuego?

—No —dijo—. Los hullen. Ellos fueron los que empezaron el fuego. Pero si yo no hubiera estado allí... Si no los hubiera convocado...

Otra vez con las criaturas...

—Leta...

—Fueron ellos, Cayder. Necesito que me creas. Por favor, créeme. —Se limpió las lágrimas con las manos enguantadas, llenándose las mejillas de carboncillo. ¿Cómo podía creerla? Hablaba de criaturas cuya existencia era tan tangible como las propias sombras. Y sus manos...—. Les ofrecí la vida de un pájaro, pero en su lugar, tomaron la mía. —Se ahogó con las lágrimas—. En su lugar, tomaron la mía.

Apoyó la frente sobre los brazos y rompió a llorar.

CAPÍTULO 11

LETA

El resto de la semana pasó lentamente, como si el hecho de estar cerca del velo jugase con la forma en la que transcurría el tiempo. Tan solo las horas de las comidas marcaban el paso de los días y el techo de cristal iluminado se aseguraba de que la oscuridad nunca se colase en su celda. Como criminal de primera clase, no se le permitía comer con el resto de los presos, así que le daban la comida a través de una ranura en la puerta.

La única ocasión en la que veía a otro ser humano era cuando Graymond y Cayder iban a visitarla. A pesar de que su padre era juez, no tenía permitido el acceso al sector penitenciario. La superintendente no podía mostrar un trato preferente por su caso, por lo que tenía suerte de que a Cayder le permitiesen entrar.

Cada vez que su hermano la visitaba, intentaba obligarla a decir algo que no era cierto, a culpar a otra persona o a abandonar por completo la idea de los hullen.

A pesar de la distancia que se había creado entre ellos a lo largo de los años, amaba a su hermano. Odiaba verlo dolido y saber que ella era la causante. Sin embargo, compartía con él la determinación y la testarudez que habían heredado de su padre. No pensaba vacilar.

El viernes por la mañana, se preparó para la lectura de cargos. Un espejo diminuto y lleno de rayas que había sobre su lavabo le sirvió de ayuda en su empeño infructuoso por domar su cabello corto y espeso y peinárselo con algún tipo de orden. Intentar cambiar su tez pálida era un esfuerzo fútil, pues la falta de sueño le había pasado factura. Le hubiera encantado tener unos polvos y un pintalabios oscuro. Aunque suponía que era mejor que no pareciese demasiado serena para la vista. Debía parecer que se sentía miserable, y así era.

El uniforme de la prisión se le ceñía en torno a las caderas redondeadas de un modo que le habría hecho sentirse insegura unos años atrás, pero había aprendido a amar su cuerpo y las curvas suaves que había heredado de su madre con ayuda del amor por los dulces de Delft, especialmente el deebule, una bola de masa frita rellena de mermelada de torlu cubierta con una cantidad generosa de azúcar glas.

No podía pensar en las bayas torlu sin pensar en los campos de Ferrington y en todas las personas inocentes que habían perecido en el fuego. Tal vez debería declararse culpable en la lectura de cargos, tal como quería Graymond. Si no hubiera estado allí aquella noche, todos seguirían vivos.

El abogado le había recomendado que no hablase de los hullen. Con la marca eco en las manos a la vista del jurado, era mejor que se hiciera responsable del fuego y mostrase remordimiento con la esperanza de reducir la sentencia con un cargo de homicidio involuntario. Si se declaraba inocente, el jurado seguiría pudiendo votar a favor de condenarla y, en tal caso, se enfrentaría a un cargo de asesinato y a una cadena perpetua.

Aunque no tuviese evidencia de los hullen, aunque no hubiese visto a las criaturas con sus propios ojos, sabía que eran reales. Tenían que ser reales. ¿Cuál era la alternativa? ¿Que fuese culpable?

Se estremeció como si una sombra se hubiera posado sobre ella.

¿Por qué no podía recordar aquella noche? ¿Era posible que, en el intento de sacrificar al pájaro, hubiese prendido el fuego? ¿Recaían las muertes de todas esas personas sobre sus hombros?

Sacudió la cabeza. No podía pensar así. Tenía que aferrarse a su verdad, pues era todo lo que le quedaba.

Sacó el dibujo de una flor de entre los papeles del suelo y lo dobló hasta formar un cuadrado pequeño para metérselo dentro del mono que vestían los presos. Era la representación de un corazón floreciente, una flor en forma de corazón que era la favorita de su madre. Se trataba de una flor poco habitual fuera de Delften a causa del suelo más terroso de Telene. Y, sin embargo, su madre había conseguido que, en el jardín delantero, creciera un macizo de corazones florecientes gracias a unos bulbos que la abuela, que vivía en Delften, le había regalado. Mirar esas flores que había al otro lado de la ventana de su dormitorio siempre le había dado fuerza. Esperaba que el dibujo también le diera fuerza en aquel momento.

El guardia de la prisión desbloqueó la puerta y dejó pasar a Graymond y a Cayder para que la acompañasen hasta la sala del tribunal. Su hermano iba vestido con un traje azul oscuro de tres piezas que nunca antes le había visto. Llevaba el pelo castaño apartado de la frente, lo que hacía que sus ojos ambarinos resaltasen. Parecía a punto de vomitar.

—¿Cómo te encuentras hoy, Leta? —le preguntó Graymond.

Ella se bajó más las mangas del mono, deseando poder estar vestida también con sus mejores galas.

—Estoy bien.

Lo cierto era que, la noche anterior, no había pegado ojo. Si bien ya no lloraba hasta quedarse dormida, odiaba la noche. Las horas más duras eran entre las dos y las seis, cuando la fatiga calmaba la rabia de los presos y sobre la prisión se posaba cierta paz. Solo en ese momento, mientras el silencio se alzaba de la oscuridad junto con la luna que había en el cielo nocturno, Leta escuchaba los pasos de los guardias siempre presentes.

A pesar de que en Vardean no había sombras, en medio de tanta calma, se imaginaba las peores cosas. Se imaginaba a los hullen, libres de limitaciones físicas, colándose por las paredes de su celda. Cuando cerraba los ojos, se imaginaba que se acercaban arrastrándose, cerniéndose sobre su camastro, listos para terminar lo que habían empezado en Ferrington.

La sala del Tribunal de la Corona estaba situada bajo el vestíbulo. Un disco de resplandeciente luz difusa colgaba del techo para evitar cualquier tipo de sombra. En la parte delantera de la habitación había dos mesas y, sobre ellas, un palco de hierro ornamentado. Graymond condujo a Leta y a su hermano hasta las mesas y les hizo un gesto con la cabeza para que se sentaran.

Un hombre joven con la piel de color moreno y el cabello negro y espeso estaba sentado bajo el juez y frente a una máquina de escribir. Se trataba del taquígrafo. Un mechón rebelde se le rizaba sobre la frente en dirección a unas gafas enormes y redondas. Los dedos de Leta se crisparon en busca de papel y un lapicero, deseando capturar su retrato. Él la miró y, después, apartó la vista rápidamente. Tenía miedo de ella. Se tragó la autocompasión, ya que no tenía tiempo para ella.

—El juez de la Corona se sentará ahí —susurró Graymond, señalando un asiento al borde del palco que había frente a ellos.

—¿Y el jurado? —preguntó.

El hombre hizo un gesto a sus espaldas.

—En las vistas para las alegaciones no hay jurado, solo el fiscal y el juez.

—¿Y mi padre?

Él sacudió la cabeza.

—En las lecturas de cargos del Tribunal de la Corona no se permite acceder a nadie ajeno a los procedimientos inmediatos.

Leta no había buscado el apoyo de su padre muy a menudo, pero había imaginado que se sentaría detrás de ella durante la audiencia.

—Si vamos a juicio, ¿cuántas personas conforman el jurado? —preguntó.

—Doce —contestó Graymond.

Doce personas decidirían el resto de su vida.

Se estremeció y su mano buscó el dibujo doblado de la flor que llevaba dentro del mono, cerca del corazón.

—Todo va a salir bien —dijo Cayder. Era lo primero que le decía en toda la mañana. Su voz no mostraba la convicción habitual.

Leta odiaba haberle arruinado aquel momento, pues había deseado ver el interior de una sala de tribunales desde que había estado en el reformatorio de Vardean. Había arruinado la vida de ambos. En la ciudad de Kardelle, los chismes eran un tipo de moneda de cambio. Cometer un crimen y ser sospechoso de cometer un crimen eran lo mismo y ambas cosas harían que acabases en Vardean. Si tenías alguna relación con un criminal, tú también debías de ser peligroso y, por lo tanto, alguien a quien evitar. La naturaleza insaciable de Leta había dado paso a la caída de toda la familia Broduck. Aun así, no pensaba ceder.

—Esta es la última oportunidad para que cambies de opinión —le dijo Graymond. Su rostro mostraba mucha preocupación y tenía las cejas fruncidas. Se dio cuenta de que llevaba la barba entrecana menos arreglada que al comienzo de la semana—. Si te declaras culpable, podemos evitar el dolor de un juicio y ver a qué trato podemos llegar.

—¿Un trato en el que paso la mayor parte de mi vida, aunque no toda, en prisión? —preguntó ella en busca de una aclaración.

Graymond cerró los ojos un breve instante.

—Eso pondría el poder en nuestras manos y se lo arrebataría al juez —dijo.

Leta asintió. No podía sentir nada por debajo del cuello.

—¿Y si me declaro inocente?

—Como ya te he dicho antes... —Agachó la cabeza para mirarla a los ojos—. No te recomiendo que lo hagas. Con el atraso que hay en los juicios, podrían pasar meses antes de la fecha del tuyo. Además, es poco probable que las pruebas jueguen a tu favor. No puedo garantizarte un veredicto de inocencia.

—Son meses que podemos emplear para descubrir la verdad —interrumpió Cayder—. Meses en los que podemos fortalecer la defensa.

Ambos intercambiaron una mirada intensa. Estaba claro que Cayder no estaba a bordo del plan de que se declarara culpable. Y, aunque Leta no quería que su vida diera un vuelco por un juicio, no podía admitir haber cometido un crimen que, hasta donde sabía, no había cometido.

—Entiendo —dijo.

—Por favor, ten en cuenta que un juicio por un crimen de tal naturaleza será largo y arduo para todos los involucrados —señaló Graymond—. El fiscal mirará con lupa cada aspecto de tu vida.

—Me halagas, Graymond —dijo un hombre pálido con un bigote blanco mientras se acercaba dando grandes zancadas.

Se sentó en su silla, frente a ellos. Leta lo reconoció: era el fiscal que la había interrogado cuando acababa de llegar a Vardean. Sonrió a Leta y se le formaron unos surcos profundos a cada lado de la boca.

—Señor Rolund —dijo Graymond de forma brusca.

Cayder metió la mano bajo la mesa y le estrechó la suya.

—Decidas lo que decidas, estaré a tu lado.

Aquello precisamente era lo que Leta temía. Por mucho que quisiera que estuviera a su lado, le preocupaba lo que el juicio pudiera revelar.

—Todos en pie para la honorable jueza Dancy —anunció desde el fondo de la sala un ujier.

Leta se puso en pie con dificultad. Deseó haberle hecho más preguntas a su padre sobre los procesos legales o haberle hecho más caso a su hermano a lo largo de los años. No sabía qué esperar más allá de lo que Graymond le había contado.

La jueza Dancy era una mujer elegante con la piel de un tono entre moreno y bermejo y unos rizos estrechos y plateados. Vestía con una túnica vaporosa gris, el color que representaba que la justicia era imparcial. Su cuerpo menudo le recordaba a un árbol torlu viejo y torcido que podría romperse bajo un viento fuerte. Mientras se acercaba a su asiento, su bastón, cuyo mango era un pájaro de bronce alzando el vuelo, resonó contra el suelo de madera.

—Siéntense —ordenó mientras se sentaba en la silla con un tono de voz que era de todo menos frágil. Leta tan apenas había rozado su propia silla cuando la jueza comenzó su discurso—. Señorita Broduck, se la acusa de haber empezado un incendio alimentado por edem que causó la destrucción del pueblo de Ferrington y la muerte de trescientos aldeanos. ¿Cómo se declara?

El sonido de los dedos del taquígrafo tecleando a toda velocidad resonó por toda la sala. Miró a Cayder. Había supuesto que el fiscal y Graymond presentarían su caso antes de que ella tuviese que decir nada. ¿No era eso lo que ocurría en las audiencias?

—Señorita Broduck, ¿cómo se declara? —insistió la jueza Dancy con ojos inescrutables.

Leta se frotó las manos.

—Aquella noche, mientras estaba en Ferrington, yo no...

—Ahora no es el momento de dar explicaciones —la interrumpió la mujer con un gesto de la mano—. Solo necesitamos saber cómo se declara.

Graymond le ofreció un gesto de ánimo con la cabeza. Sabía lo que se suponía que tenía que hacer, lo que causaría menos dolor a su familia y le permitiría hacer un trato con el fiscal. Sabía qué era lo correcto.

—Inocente —dijo.

La jueza no dejó entrever si aquello era lo que había esperado escuchar o no.

—Hmmmm —murmuró.

Cayder volvió a estrecharle la mano.

—Teniendo en cuenta la gravedad del caso y la considerable pérdida de vidas —dijo el señor Rolund—, la Regencia pide al Tribunal de la Corona que adelante el juicio al lunes.

«¿Este lunes? —pensó ella—. ¡Es demasiado pronto!».

—Señoría —dijo Graymond, poniéndose de pie junto a su oponente—, si se adelanta al lunes, la defensa no tendrá tiempo suficiente para preparar el juicio. La señorita Broduck fue arrestada el martes. Este marco temporal es muy poco usual.

—La chica es peligrosa, señoría —insistió el señor Rolund mientras sus ojos se volvían hacia ella y, después, volvían a apartarse.

Mientras el taquígrafo tecleaba las palabras, sintió como si, con cada sonoro golpeteo, aquella afirmación quedase grabada en piedra.

«La chica es peligrosa».

El agarre que Cayder tenía sobre su mano se volvió doloroso. Miró a su hermano, pero él tenía la vista fija en el señor Rolund. Podía ver la tensión de su postura y el odio en sus ojos.

—Todavía se ha de determinar si la señorita Broduck es culpable de tal crimen —le recordó Graymond a la jueza—. Os pido que nos otorguéis el tiempo necesario para preparar el caso, tal como haría con cualquier otro acusado.

—La señorita Broduck no es un acusado cualquiera —contestó el fiscal—, es un peligro para la comunidad.

Leta se sintió pequeña e insignificante. Hablaban de ella como si no estuviese sentada allí mismo, como si ya estuviera condenada. Los chismes eran hechos; la verdad, irrelevante.

—Perdóneme, señoría —dijo Cayder, soltándole la mano para ponerse en pie—, pero mi hermana ya está en Vardean. ¿Qué peligro podría suponer?

—¿Cómo no iba a decir eso sobre su propia hermana? —dijo el fiscal con una mueca de desdén—. Insto a la jueza a que expulse a Cayder Broduck de esta sala de tribunales, dado que cualquier cosa que diga será parcial.

—Entonces usted también debería ser expulsado —replicó Cayder—, dado que todo lo que dice es parcial. No le importa la verdad, tan solo que alguien cargue con la culpa.

—¡Ya basta! —dijo la jueza Dancy mientras golpeaba el podio con el mazo, haciendo que el taquígrafo que estaba debajo de ella se sobresaltara—. Si no se calman, los expulsaré a ambos.

—Le pido disculpas, señoría. —Cayder se sentó.

Leta no estaba acostumbrada a ver a su hermano tan agitado. Era el tipo de persona que siempre lo tenía todo bajo control. Ella siempre había sido la alborotadora de la familia.

—Estoy de acuerdo en que este es un caso poco usual —dijo la jueza con un gesto de asentimiento—. Por lo tanto, debemos adaptarnos a las circunstancias que se nos presentan. La noche del lunes murieron trescientas personas. Las familias merecen respuestas y que la justicia sea rápida. No podemos retrasarnos. —La mujer miró a Leta durante un largo momento y ella deseó poder desaparecer—. Sin embargo, acepto las preocupaciones del señor Toyer. Por lo tanto, les concedo hasta el próximo viernes antes de comenzar el juicio. Entonces, el jurado decidirá cuál es la verdad.

«¿El jurado decidirá cuál es la verdad?», pensó. La verdad era la verdad. ¿Quiénes eran los miembros del jurado para decidir qué era lo que había pasado realmente cuando ninguno de ellos había estado allí aquella noche?

—Gracias, señoría —dijo Graymond.

Leta se tragó las lágrimas; después de todo, no iban a servirle de nada.

CAPÍTULO 12

CAYDER

Padre estaba en el despacho de Graymond, esperando a que regresáramos. Parecía haber envejecido diez años en el transcurso de una noche. Su piel que, habitualmente, tenía un tono beige, estaba pálida y tenía los ojos inyectados en sangre.

—¿Y bien? —preguntó sin rodeos.

—Inocente —contestó Graymond con cansancio mientras colgaba la chaqueta de su traje del perchero que había junto a la puerta.

—Bien por ella —dijo padre—. Los Broduck no huyen de una batalla.

—El juicio empezará el viernes —dije, dejándome caer sobre mi silla improvisada con cajas—. Tan solo tenemos una semana para prepararnos.

Él palideció.

—¿Es una broma?

Graymond le dio una palmadita en la espalda antes de sentarse tras el escritorio.

—Me temo que no, Alain. Han adelantado el caso de Leta por petición de la Regencia. La jueza Dancy quiere una resolución tan rápida como sea posible. Esto va a salir en todos los periódicos. Todo el mundo va a querer que Leta pague por las vidas que se han perdido y la Regencia recibirá críticas por no haber evitado semejante crimen. El fiscal quiere que corra la sangre.

—Entonces tenemos que trabajar con rapidez —dije—. Hablaré con todas las personas de mi lista a lo largo del fin de semana. Descubriré quién la metió en esto.

Mi mentor se frotó el puente de la nariz.

—Ese es un plan tedioso. Si nadie admite haber estado allí con ella, no tendremos nada. Es mejor que usemos nuestro tiempo de otro modo.

—La Regencia solo tiene pruebas circunstanciales —apunté—. El mero hecho de que estuviese allí aquella noche no significa que lo hiciera.

—Sus manos, Cayder —me recordó Graymond—. Dicen más de lo que podría hacerlo cualquier otra prueba. Y su declaración de que las marcas eco aparecieron tras matar al pájaro es, en el mejor de los casos, débil.

—¡Entonces no podemos hacer nada!

—No —dijo mi mentor—, siempre se puede hacer algo. Al menos hasta que se pronuncie el veredicto final. El caso podría durar semanas. Tenemos tiempo de encontrar pruebas nuevas.

—¿Cuál es el plan? —preguntó mi padre. La fuerza de su mirada y de sus palabras pesaban en la habitación. No hablaba a menudo, pero cuando lo hacía, entonces, tenías que prestarle atención.

—Subimos al estrado a todas las personas que hayan conocido a Leta alguna vez —dijo Graymond—. Demostramos que es una buena persona que nunca querría hacerle daño a nadie. Como abogado de oficio, no puedo mentir. No puedo afirmar que el fuego lo empezó otra persona. —Me miró—. Pero sí puedo redirigir los pensamientos del jurado. Puedo arrojar dudas sobre las afirmaciones del fiscal. —Ojeó sus notas—. La mejor forma de proceder de la que disponemos es la de sembrar la idea de que la fogata se esparció por todo el pueblo y el humo afectó a Leta, que se desmayó. Eso explicaría sus recuerdos fragmentados.

—¿Y qué hay del hecho de que la encontraran en la única zona que el fuego había dejado intacta? —pregunté.

—No podremos tener respuestas para todo —admitió—. Alain, ¿subirás al estrado?

—Por supuesto.

Se volvió hacia la puerta y se tambaleó. Por primera vez en mi vida, me preocupé por él. Siempre me había parecido muy fuerte y casi divino. En aquel momento, sin embargo, parecía un muro de piedra a punto de derrumbarse.

—¿Padre? —dijo—. Lo siento. Sé que...

—Tus disculpas no me sirven de nada —replicó sin darse la vuelta—. Ayuda a poner en libertad a tu hermana o la familia Broduck estará acabada.

Durante el fin de semana, Narena y yo rastreamos a todos y cada uno de los teóricos de la conspiración de nuestra lista. Si bien muchos habían hablado con Leta a lo largo de los años, ninguno admitió haber hablado con ella recientemente o haber viajado a Ferrington. Además, ahora que los periódicos estaban poniendo el rostro de mi hermana en portada, llamándola «la criminal más peligrosa de la historia de Telene», no iban a hacerlo. Su nombre estaba mancillado para siempre, marcado como la marca eco que le había dañado la piel.

Mi amiga me dijo que el *Heraldo de Telene* tenía fuentes dentro de Vardean y deseé conocer sus nombres para poder tener una buena charla con ellos. Sin embargo, Narena dijo que no había manera de que su madre pudiera desvelar sus fuentes sin perder su puesto de trabajo. No podía pedirle eso. No quería llevar a la ruina a otra familia con el propósito de salvar a la mía.

El lunes por la mañana, Graymond y yo creamos una lista de todos los testigos que podrían atestiguar el buen carácter de mi hermana.

Aquella noche, tendríamos que mostrarle la lista al fiscal en preparación para el juicio del viernes. Hasta el momento, tan solo estábamos en la lista mi padre, Narena y yo mismo. Si bien durante el fin de semana algunos de los teóricos de la conspiración me habían dicho que responderían por ella, no me fiaba de que no fueran a subir al estrado y tergiversar el juicio siguiendo sus propios intereses. Deseaban ser el centro de atención más que ayudar a poner a Leta en libertad.

Graymond dijo que sería mejor que yo no subiera al estrado, ya que el fiscal intentaría utilizar contra mí el tiempo que había pasado en el reformatorio de Vardean. Yo estaba de acuerdo, pero nuestra lista de testigos era patéticamente corta. No conocía a ninguno de sus amigos del colegio y, para ser sincero, no estaba seguro de que tuviese alguno. Durante los últimos años, había supuesto que pasaba los días investigando teorías ridículas con gente con sus mismas ideas, pero ¿y si me equivocaba? ¿Y si, durante todo aquel tiempo, había estado ella sola?

Una llamada a la puerta interrumpió nuestra planificación.

—Papá —dijo Kema, haciendo un gesto con la cabeza en dirección a Graymond—, la superintendente te necesita en su oficina.

—¿Para qué? —preguntó él, alzando la vista de sus papeles. Parecía tan cansado como yo me sentía y tenía la piel morena de debajo de los ojos más oscura.

Kema se encogió de hombros.

—No soy más que una humilde guardia. Si Yarlyn me pide que salte, yo le pregunto que hasta qué altura.

Me dedicó una sonrisa compasiva.

—Seguro que se trata de alguna novedad con respecto al aislamiento de Jey —me dijo mi mentor, asintiendo con la cabeza—. Volveré enseguida.

Kema se entretuvo junto a la puerta, dándole un tirón al borde de su gorra.

—Siento haber tenido que retenerte el otro día, Cayder —dijo—. Espero que sepas que solo estaba…

—Haciendo tu trabajo.

—¡No! —Se acercó hacia mí rápidamente con un brillo fiero en los ojos marrones—. ¡No quería que te arrestaran a ti también! Aquí han encerrado a gente por cosas más tontas.

—Lo único que hice fue defender a mi hermana.

—Lo sé. —Asintió con la cabeza en muestra de comprensión—. Y yo hubiera hecho lo mismo, pero tienes muchas más posibilidades de ayudarla aquí fuera que ahí dentro —añadió, señalando el sector penitenciario que colgaba sobre nosotros como un mazo gigante a punto de caer.

—Gracias, Kema. Es de mucha ayuda tener una amiga en el interior.

Se rio con un sonido corto y aliviado.

—No estás aquí encerrado.

Me estreché las manos hasta que se me pusieron blancas.

—Pero parece que sí. Si no ponen en libertad a Leta...

Padre tenía razón: nuestra familia estaría acabada.

—Tienes que ser positivo —dijo ella—. Mi padre lo hará lo mejor que sabe y te prometo echarle un ojo mientras esté aquí. No va a pasar nada malo... —Hizo una mueca de arrepentimiento—. Quiero decir que no va a pasar nada peor. La cabeza bien alta, Chico Maravilla.

Cuando Graymond regresó a su oficina dos horas después, estaba aturullado. La camisa se le había salido por un lado y tenía la corbata torcida.

—¿Qué quería la superintendente? —pregunté.

Desestimó mi pregunta con un gesto de la mano.

—Tengo que... —Miró en torno a la habitación—. Necesito enviar una carta a la oficina. Necesito ayuda con...

—Yo puedo ayudarte. —Me acerqué a su escritorio—. ¿Qué necesitas?

—No, Cayder, no puedes ayudarme con esto. —Removió todos sus cajones, buscando algo—. ¿Dónde he metido esa pluma?

—Toma... —Se la quité del bolsillo delantero y se la tendí.

—Oh... —dijo sin mirarme a los ojos—. Gracias.

Algo no iba bien.

—¿Qué ocurre?

Se mantuvo en silencio durante un instante.

—Necesito que alguien se encargue del caso de tu hermana.

—¿Qué? —dije, sobresaltado—. ¿De qué estás hablando?

Se derrumbó sobre la silla, tapándose los ojos con una mano.

—Me han asignado un caso ya existente. —Sacudió la cabeza—. No puedo ocuparme de ambos, no sería justo para ninguna de las clientas. Ambos casos son demasiado complejos.

Crucé los brazos sobre el pecho.

—Entonces, haz que otra persona se encargue del caso nuevo.

Mi mentor bajó la mano. Tenía los ojos enrojecidos.

—No puedo, Cayder. Tengo que hacerlo; el caso me lo ha asignado el Tribunal de la Corona.

—El juicio de Leta también se celebrará ante el Tribunal de la Corona.

—Este otro tiene una mayor prioridad. Lo siento, pero...

—¿Lo sientes? —No podía creerme lo que estaba escuchando—. ¡Me prometiste que harías todo lo posible para asegurarte de que Leta no pasaría el resto de su vida aquí!

—Pondré a cargo a mi mejor abogado...

—¡Tú eres el mejor! —le espeté—. Dile a esa otra clienta que no la representarás. No puedes hacerlo. Me dijiste que podía confiar en ti.

Graymond respiró hondo y soltó el aire poco a poco.

—Lo siento, hijo, pero esto se escapa de mi control. Una de las desventajas de ser un abogado de oficio es que siempre tienes más casos de los que puedes manejar. Necesito que alguien asista a la audiencia preliminar de esta noche. Será entonces cuando el fiscal proporcionará la lista de todos los testigos y tenemos que estar preparados para cualquiera que pueda subir al estrado. Y por mucho que quiera, no puedo estar en dos sitios a la vez.

No iba a permitirle que abandonase a Leta. Me había prometido cuidarla. Lo necesitábamos. Ella lo necesitaba.

—¿Quién es la otra clienta? —le pregunté—. ¿Por qué es más importante que la libertad de mi hermana? ¿Por qué es más importante que mi familia, tío Graymond?

Leta no era una clienta cualquiera. En el pasado, habíamos significado algo para él. Mi mentor apartó la mirada.

—Eso no puedo decírtelo.

—¿Ahora no confías en mí?

—No se trata de ti o de Leta. —Tenía el rostro desfigurado, lleno de remordimientos—. Lo siento, Cayder, pero tengo las manos atadas.

—¿Y entonces, qué? —La ira se expandió en mi interior como un animal enjaulado desesperado por ser liberado—. ¿Vas a hacer que un abogado de segunda se ponga al día en poco tiempo y que empiece el juicio el viernes? ¡Sabes que es una idea terrible! ¡Estás condenando a mi hermana a pasar la vida en prisión!

—Por favor, Cayder. —El hombre dejó escapar un gruñido afligido—. No hagas que esto sea más difícil de lo que tiene que ser.

—Déjame hablar con la otra clienta. Déjame explicarle por qué no puede contar contigo.

Seguro que si le explicaba la situación en la que nos encontrábamos lo entendería. Su rostro se arrugó.

—No puedo.

Empecé a dar vueltas por la oficina abarrotada, pero no había espacio suficiente para apagar mi furia caminando.

—¿Qué otro caso podría ser más importante que el de Leta? —le pregunté—. Ya escuchaste a la jueza: este es un caso único. ¡Mi hermana te necesita!

Mi padre nos había abandonado tanto a mi hermana como a mí tras la muerte de nuestra madre y Graymond había regresado a nuestras vidas para abandonarnos de nuevo.

—Sé que es difícil de entender... —comenzó a decir.

—Entiendo que todo lo que me has contado sobre lo que es ser un abogado de oficio es una mentira —dije con tono de voz monocorde—. No te preocupa ayudar a la gente. No te preocupa mi familia. Tan solo te preocupas por ti mismo.

—Ya basta, hijo —dijo, poniéndose de pie—. Sigo siendo tu jefe y esta es una lección que has de aprender en la vida: no todo va a salir como tú quieras. Tienes que aprender a torcer y darte la vuelta cuando es necesario.

Solté una carcajada.

—Mi madre murió cuando tenía diez años. Pasé un año en el reformatorio de Vardean. Mi padre nunca está en casa. Y, ahora, la única familia que me queda está en riesgo de acabar encerrada para siempre. Sé lo que se siente al recibir un golpe. Lo que necesito ahora es alguien que me ayude a devolverlos.

Me costaba controlar la respiración y mis jadeos me rechinaban en los oídos. Graymond se pasó las manos por el pelo corto y canoso.

—La única manera de que pudiera continuar con el caso de Leta es si alguien me ayudara con el caso nuevo, pero...

—Lo haré yo. Necesites lo que necesites, pídemelo.

—Sé que lo harías, hijo. —Tironeó la corbata que llevaba al cuello como si estuviera demasiado prieta—. Pero se trata de un caso extremadamente delicado; incluso más que el de tu hermana.

—¿Quién es la clienta? —le exigí saber de nuevo.

Graymond cerró los ojos. Pensé que lo había perdido, que me iba a ordenar que saliera de su oficina. Sin embargo, entonces, volvió a abrir los ojos con la mandíbula tensa y los hombros cuadrados.

—No puedes decir ni una sola palabra de lo que estoy a punto de contarte. ¿Me has entendido? Ni siquiera a tu hermana. Nadie puede saber esto. Ni siquiera yo lo he sabido hasta hoy.

En realidad, no lo entendía. Pero si eso significaba que iba a permanecer involucrado en el caso de mi hermana, entonces, haría todo lo que fuera necesario.

—Lo prometo.

—Bien —dijo él. Agarró la chaqueta que había colgado junto a la puerta—, entonces, vamos a hacerle una visita a la princesa.

Parpadeé.

—Perdona, ¿quién has dicho?

—La princesa de Telene —repitió él.

Tal vez mi mentor necesitase tomarse un descanso, porque lo que decía no tenía sentido.

—¿Por qué iríamos a visitar a la princesa?

—Es mi nueva clienta.

—¿Clienta? —repetí.

—Mató a su hermano.

Lo miré fijamente, sin comprender.

—¿A su hermano? Eso quiere decir que...

Él asintió.

—Que mató al rey.

CAPÍTULO 13

PRINCESA ELENORA

Seis semanas antes, la princesa Elenora se vistió con su mejor vestido de seda color rojo rubí con cristales incrustados en el escote antes de salir por la puerta de su dormitorio y recorrer los pasillos de palacio con los zapatos en las manos.

Llegaba tarde. Siempre llegaba tarde.

Elenora tenía el hábito de quedarse absorta con cualquier cosa que estuviera haciendo: recorriendo el perímetro de la isla del castillo mientras soñaba con el día en que pudiera marcharse; leyendo un libro en la biblioteca del castillo para aprender sobre el mundo exterior, o contemplando desde el chapitel más alto del castillo los barcos que se dirigían a tierra firme deseando estar a bordo.

Cualquier actividad la llevaba a desear algo más que la pequeña isla escarpada en la que estaba construido el castillo real y las paredes de piedra azul pulida que la rodeaban. A menudo se había quejado de la mala decisión que habían tomado los reyes y reinas de antaño al construir el castillo en una isla remota en lugar de en el continente a pesar de que sabía que era por su seguridad, ya que el único método de transporte hasta allí era el barco y las aguas estaban vigiladas día y noche por la guardia del rey. Tan solo aquellos que tenían permiso del rey podían pisar la isla, lo que hacía que las fiestas de cumpleaños fuesen muy aburridas. Por una vez, a

Elenora le hubiese gustado tener algún invitado al que no le hubieran pagado para estar allí.

Se ató los zapatos rápidamente en medio del pasillo. Su hermano, Erimen, se sentiría decepcionado por su tardanza. Odiaba decepcionarlo porque era su hermano, no porque fuera el rey. Aquel era un día importante para él.

Mientras se dirigía a toda prisa a la cámara de gobierno, divisó a uno de los miembros del personal del rey.

—¡Elle! —susurró Simone. La chica tenía la piel morena y el pelo oscuro y brillante. De normal, mostraba una sonrisa genuina, pero no en aquel momento—. ¡Llegáis tarde!

—Lo sé, lo sé —dijo, pasando a su lado.

—¡Esperad! —Simone le tendió una máscara con cuernos retorcidos y cubierta de lumanitas brillantes, unas piedras preciosas—. Os olvidáis de esto.

Elenora soltó un suspiro que llevaba practicando diecisiete años. Odiaba tener que ponerse la máscara. No solo era pesada, sino que tan apenas podía respirar con ella y, cuando la llevaba durante demasiado tiempo, hacía que le picara y le ardiera la piel.

Ponerse una máscara en público era una costumbre real que ella deseaba que su hermano aboliera. Originalmente, las máscaras reflectoras se habían confeccionado no solo para señalar la autoridad de los reyes y reinas, sino para mantener alejada la oscuridad. Las piedras preciosas resplandecientes atrapaban el mínimo rayo de luz y lo reflejaban por toda la habitación, protegiendo a la realeza del edem. Además, que llevasen la máscara puesta en todos los eventos públicos significaba que nadie, a excepción de su propio personal, conocía sus rostros.

Aunque Elenora no había salido de la isla desde que tenía doce años, todavía tenía que ponerse la máscara de su madre cuando recibían visitantes en palacio. Erimen se negaba a eliminar la costumbre. Tan solo había tenido dieciséis años cuando había sido coronado y le gustaba aquella conexión con sus difuntos padres, que habían muerto cinco años atrás, cuando la familia real había viajado al continente para celebrar el decimosegundo cumpleaños de la princesa. Se había planeado una gran celebración a la que podía asistir todo el pueblo en la parte favorita de la ciudad de Elenora: los Jardines Reales de Telene.

La multitud había ondeado las banderas grises (el color oficial de la nación) mientras la familia real recorría la calle principal en un tranvía que se movía con lentitud. La idea había sido terminar el desfile en los jardines, donde una orquesta muy bien preparada estaría lista para darles la bienvenida junto con mesa tras mesa de todos los tipos de comida que se pudieran imaginar.

El tranvía había recorrido medio camino hasta su destino cuando los focos que los rodeaban se habían encendido a causa de una escasez de luz. Normalmente, el encendido de las luces durante un día nublado no habría causado ningún problema, pero alguien había saboteado el cableado y el habitual halo de luz difusa se había convertido en un triángulo nítido de luz que iluminaba el tranvía y la calle circundante.

La multitud se había dispersado, asustada por las sombras negras como el carbón que habían aparecido a su alrededor y que ellos mismos habían proyectado. Unos cincuenta rebeldes vestidos de negro, adoradores del velo, se habían inclinado para tocar el edem que se removía en las sombras.

La Elenora de doce años jamás había visto a nadie usar aquella sustancia, así que había contemplado con asombro cómo las sombras oscuras se alzaban del suelo y cubrían a los rebeldes.

—Control —habían dicho todos al unísono.

La sustancia se había extendido hacia la calle empedrada desde el lugar en el que los rebeldes se habían escondido entre la multitud. La guardia del rey había cambiado de formación para proteger a la familia real. El edem se había congelado en el centro de la calle y se había alzado como si fuera una luna de ónice.

El rey y la reina habían empujado a Elenora y Erimen al fondo del tranvía, alejándolos de la burbuja de aquella sustancia que, sin duda, iba a estallar.

Más tarde, durante el juicio, los rebeldes habían negado que hubieran planeado hacerle daño a nadie. Tan solo habían pretendido mostrarles a los monarcas que se podía controlar el edem, que podía ser contenido y resultar útil para Telene, que era un recurso y no un virus que tuviera que ser erradicado.

Sin embargo, les había salido el tiro por la culata.

Demasiados rebeldes habían intentado controlar la sustancia a la vez. La burbuja se había estremecido sin saber la mente de quién debía obedecer. Entonces, como si se tratase de un fuego artificial, había explotado. Los fragmentos de los adoquines destrozados habían salido volando en todas las direcciones y la gente había gritado con tanta fuerza que Elenora no había podido escuchar las últimas palabras que le habían dicho sus padres.

El rey y la reina, así como diez de sus guardias, habían sido golpeados por fragmentos voladores de piedra. Elenora y su hermano habían estado protegidos por un asiento del tranvía al que le habían dado la vuelta, pero se habían quedado atrapados debajo. Habían contemplado horrorizados cómo sus padres se desangraban frente a ellos con los rostros ocultos tras las máscaras.

A la semana siguiente, con dieciséis años, Erimen había sido coronado y se habían establecido nuevas normas para garantizar la seguridad de la realeza. Las barreras que rodeaban la isla garantizaban que nadie pudiera entrar o salir sin permiso explícito. Elenora tenía prohibido viajar a tierra firme y Erimen tan solo iba de visita en caso de que fuese imprescindible.

Algunas noches, mientras yacía en la cama, todavía podía escuchar los ecos de la explosión.

Aun así, estaba desesperada por formar parte del mundo exterior. Deseaba que alguien la conociese por sí misma, no como «la princesa Elenora de Telene». Deseaba tener una vida más allá de la isla. Quería deshacerse de la maldita máscara y no tener que volver a ponérsela nunca más. Sin embargo, no deshonraría el recuerdo de sus padres y sus tradiciones más de lo que lo hiciera su hermano.

Respiró hondo y, a regañadientes, se cubrió el rostro con la máscara antes de entrar en la cámara real. El material áspero le arañaba la piel y la respiración le retumbaba en los oídos, lo que hacía que todo pareciese más dramático, como si cada bocanada de aire fuese un lamento.

Erimen estaba sentado presidiendo una larga mesa de madera con el rostro oculto tras una máscara resplandeciente de lobo. Por debajo, le sobresalían unos mechones de la melena rojiza. Le hizo una reverencia antes de sentarse a su lado.

De cada sección de la sala hexagonal, entre columnas luminosas de cristal, colgaban unos tapices tejidos. Cinco de los seis tapices representaban los diferentes sentidos con una representación del rey y la reina viendo, saboreando, olfateando, escuchando y tocando todo lo que la nación tenía para ofrecer. Un tapiz los mostraba a ambos, enmascarados, contemplando el océano desde la costa escarpada; en otro, aparecían bebiendo copas de tónico de torlu burbujeante; el tercero representaba a la pareja real llevándose una flor a los rostros escondidos tras las máscaras; en el cuarto aparecían los monarcas escuchando a una orquesta, y el quinto los mostraba estrechando las manos de su pueblo. El último tapiz representaba al rey y a la reina contemplando el velo con sus reflejos ligeramente distorsionados y un poco demoníacos. El edem era el sexto sentido.

Al comienzo de cada estación, la Regencia informaba a la realeza de la estabilidad del velo. ¿Cuánto había crecido? ¿Había algún foco de uso del edem en algún lugar de la nación? ¿Cuánta gente era encarcelada en Vardean cada mes? ¿Cuál era el crimen relacionado con el edem más común?

Basándose en lo que descubriera aquel día, su hermano ajustaría sus planes. Puede que enviase más agentes a supervisar ciertas regiones durante la noche o que aumentase la gravedad de las multas por cualquier intento de usar la sustancia. Incluso con la permanube en su sitio, ni la Regencia ni el rey podían controlar lo que ocurría en el interior de las casas.

La boca del general de la Regencia se crispó como si quisiera mencionar la tardanza de Elenora, pero no pudiera. Entre ambos hombres yacían varios pergaminos con líneas de colores surcando las páginas.

A Elenora no le gustaban los informes de la Regencia. Las presentaciones eran aburridas y eliminaban el componente humano. Por encima de todo, detestaba al general de la Regencia, el doctor Bueter. Era un hombre alto, más alto que ella, y llevaba el pelo rubio apagado peinado hacia atrás, apartado de la frente que siempre tenía fruncida como si el mero hecho de estar en aquella sala lo llenase de desdén.

Estaba bastante segura de que el general pensaba que era una tonta infantil, una mera cara bonita. Sin embargo, los miembros de la casa real eran los líderes del gobierno. Eran ellos los que decidían el futuro de Telene, no la Regencia. La Regencia tan solo estaba a cargo de vigilar el velo y arrestar a aquellos que usasen el edem.

El doctor Bueter hablaba del aumento de las fluctuaciones de la sustancia o de las mayores tasas de arrestos como si esos datos no estuvieran ligados a los habitantes de la nación, como si la vida de todos no fuera más que un número que estudiar o que colocar en un gráfico. Ella imaginaba el gráfico de su vida como una línea regular y aburrida. No siempre había sido así, no cuando había podido salir de la isla y sus padres aún vivían.

A pesar de que era el miembro de repuesto de la realeza, se le requería asistir a todas las reuniones sobre el edem y el velo. Si bien era su hermano el que tomaba las decisiones, se esperaba de ella que comprendiera los aprietos por los que pasaba su pueblo. Como princesa, se le encargaba que fuese la anfitriona de eventos y de organizaciones benéficas reales, lo cual incluía ayudar a aquellos cuyas vidas habían sufrido el impacto de un accidente con la sustancia. Sin embargo, en aquel momento, con el gobierno casi en bancarrota, no podían proporcionar mucho apoyo más allá de una carta para ofrecer sus condolencias. Deseaba poder hacer más de lo que podía hacer.

—La gente está dispuesta a saltarse la ley y arriesgarse al encarcelamiento para mejorar sus vidas y sus situaciones —dijo el doctor Bueter de forma tan altiva como su postura. El hombre pensaba cada palabra antes de pronunciarla y su tono de voz era grave y uniforme. Se sabía que, en alguna ocasión, Elenora se había quedado discretamente dormida detrás de la máscara hasta que había empezado a roncar—. La avaricia es lo que supone un mayor riesgo para el velo —insistió él.

—La avaricia y el deseo de tener una vida mejor no son lo mismo, general —discrepó Erimen. De algún modo, su voz quedaba amortiguada por la máscara—. Usted procede de una familia de clase trabajadora, así que estoy seguro de que entiende ese deseo de mejorar su situación.

—Yo mejoré mi vida a base de trabajo duro —contestó el doctor Bueter—. Además, proteger al pueblo, aunque sea de sí mismo y de sus deseos egoístas, también mejora su situación. El asunto más urgente es restablecer el comercio y acabar con las fronteras entre las naciones. Es la única forma de que Telene no solo sobreviva, sino de que prospere.

—Estoy de acuerdo, pero también me pregunto si no se puede llegar a un término medio. Si descubriéramos cuánto edem se puede usar sin que eso afecte al velo, tal vez podríamos mejorar el nivel de vida general de Telene. Han pasado cien años y ni el velo ha llegado a nuestras costas ni el edem se ha esparcido a otras naciones.

El doctor Bueter frunció las cejas claras.

—Tan solo hemos sobrevivido todo este tiempo porque hemos mantenido una postura de cero tolerancia ante el uso de la sustancia.

—Y, aun así, Vardean está lleno de gente —dijo Erimen, sacudiendo la cabeza con tristeza—. Nuestros métodos disuasorios distan mucho de ser perfectos. Le quitamos la libertad a la gente por usar un recurso que se les presenta por sí mismo con mucha facilidad. En el pasado, Telene fue una nación floreciente, pero ahora estamos estancados. Como bien ha dicho, necesitamos restaurar el comercio internacional, así como la inmigración en ambos sentidos. Mientras otras naciones se han centrado en el progreso tecnológico y médico, nosotros estamos atascados intentando arreglar una presa que gotea.

—El edem no es un recurso que haya que usar para concederle al pueblo sus insignificantes deseos —insistió el general con amargura—. Si queremos mantener la esperanza de, algún día, tener acceso al resto del mundo, no se puede permitir que la gente lo use. Le imploro que centre sus esfuerzos en obligar a las demás naciones a que abran sus fronteras lo antes posible. Eso es tan problemático como el edem, o quizá más.

—¿Obligar? —preguntó Erimen—. No, tenemos que cumplir sus requisitos, pero también debemos prestar oído a nuestro pueblo y a sus deseos y necesidades. —Acercó hacia él uno de los pergaminos. El mapa de Telene mostraba todos los focos de uso del edem que había repartidos por la nación—. Organizaré reuniones con los alcaldes de cada región para discutir sus principales preocupaciones y ver si podemos lograr algún balance en el uso del edem.

—Eso sería una pérdida de tiempo —replicó el doctor Bueter, cruzando los brazos sobre el pecho.

A Elenora le sorprendió el tono del general. Estaba segura de que su hermano no iba a permitir que le hablara de forma tan directa.

—Ayudar a Telene nunca es una pérdida de tiempo —insistió Erimen—. Mis padres nos criaron a mi hermana y a mí para poner el bienestar del pueblo por encima de todo. —Miró a Elenora—. Nos enseñaron a no temer al edem, sino a respetarlo.

Ella extendió el brazo bajo la mesa y le estrechó la mano.

—Y mire lo que les ocurrió —señaló el doctor Bueter con un tono de voz que fue como un latigazo.

¿Cómo se atrevía a hablar de forma tan insensible de sus padres? Rechinó los dientes.

—Debemos encontrar una solución —dijo Erimen, irguiéndose en la silla como el rey que era—. Debemos encontrar la manera de ayudar a nuestra gente antes de volver la vista hacia costas más lejanas. Y si el edem es la solución, entonces no podemos darle la espalda. A veces, la fruta prohibida es la más deseable. Acabemos con la tentación.

El general pestañeó como si el rey hubiese hablado en otro idioma.

—Majestad, no hay manera de que podamos...

—Es una orden —dijo Erimen, poniéndose de pie y dando el debate por zanjado—. Gracias, general.

Elenora se descubrió asintiendo. Tal vez no habría tantos arrestos si a la gente se le diera lo que quería. Tal vez se necesitaba saborear un poco el edem. Tal vez con eso fuese suficiente.

Ella deseaba poder saborear la libertad y el mundo exterior. Lo echaba de menos. Extrañaba formar parte del mundo en lugar de ser una prisionera de su propia vida.

A pesar de los lujos de los que disfrutaba, su vida no era tan diferente de la de un preso de Vardean. Y, como un criminal, tampoco tenía opciones de escapar.

DEPARTAMENTO DE JUSTICIA

VARDEAN, TELENE

Informe de arresto

Nombre: Princesa Elenora

Edad: 17

Altura: 1'65 m

Lugar del arresto: Isla del castillo

Crímenes del edem: Sospechosa de matar al rey

Sentencia recomendada: Cadena perpétua

CAPÍTULO 14

CAYDER

La princesa. Allí, en Vardean. No podía creerlo. Y, aunque Leta era mi prioridad, quería saber más sobre aquel caso. Lo necesitaba.

—¿Por qué no sabía que el rey había muerto? —pregunté mientras subíamos al ascensor para dirigirnos al último piso—. ¿Cuándo ocurrió?

Graymond se pasó las manos por el rostro. El blanco de los ojos le resaltaba sobre la piel. Sentí lástima por él. ¿Cuándo había sido la última vez que había salido del edificio o que había dormido?

—Hace cuatro semanas —me contestó—. La Regencia no quería incitar el pánico, así que están manteniendo su desaparición en secreto hasta que juzguen a la princesa.

—¿Cuándo es el juicio?

Graymond resopló.

—Ese es el problema; no dejan de retrasarlo mientras la Regencia recoge todas las pruebas. Su anterior abogada ha renunciado recientemente. Por eso el Tribunal de la Corona me ha reasignado el caso.

—¿Cómo murió el rey?

—Es curioso. La Regencia dice que se desvaneció sin más.

—¿Cómo es eso posible? —le pregunté—. ¿No está siempre rodeado por su guardia?

—La mayor parte del tiempo. —Asintió mi mentor—. Pero no cuando está con su hermana. La Regencia la descubrió intentando escapar del castillo en una barca con una marca eco en el cuello y ni rastro del rey. Como puedes imaginar, es un caso increíblemente importante para el gobierno y para Telene en general.

—¿Qué es lo que dice la princesa que le pasó a su hermano?

—No lo sé —contestó Graymond—, por eso debemos hablar con ella.

El ascensor siguió subiendo hacia el prisma de cristal que formaba el techo. Conforme pasábamos frente a sus celdas, los reos nos gritaban. Era preocupante lo rápido que me había adaptado al jaleo y lo había apartado al fondo de mi mente.

—¿Acaso la realeza no tiene inmunidad? —pregunté. Habría jurado que había leído algo así en uno de mis libros de derecho.

—Tan solo el rey o la reina gobernante —me explicó mi mentor—. La princesa no ha sido coronada. La trajeron aquí tan pronto como el rey desapareció.

La celda de la princesa era diferente de las otras que había en el piso superior. Era una caja cerrada de piedra sin barrotes que dieran al descansillo. ¿De verdad pensaban que era tan peligrosa?

La superintendente se mostraba tan inamovible como la puerta frente a la que estaba. También había unos pocos guardias vigilándola, incluida Kema. Los demás estaban apostados frente a las celdas de Jey y Leta. Vi un atisbo del rostro de mi hermana echando un vistazo entre los barrotes. Cada vez que la veía, el aliento se me atascaba en la garganta, la furia me recorría las venas y tenía el extraño pensamiento de querer hacer arder Vardean hasta los cimientos.

Con suerte, no llegaríamos a ese punto. No mientras Graymond permaneciese en su caso.

Kema alzó una ceja al verme pasar. ¿Desde cuándo sabía que la princesa estaba en la prisión?

Cuando nos acercamos, la superintendente se llevó una mano a la porra.

—¿Qué está haciendo aquí el chico? —dijo, mirándome con los ojos entrecerrados.

—Cayder me va a ayudar con la pri...

—Shhhh —nos reprendió—. Tan solo unos pocos guardias lo saben. Tenemos que mantener en secreto su presencia en Vardean hasta que se acabe el juicio.

—Por supuesto, Yarlyn —dijo Graymond con tono cansado—. No se lo he contado a nadie.

—Excepto a él. —Me señaló con un gesto de la barbilla.

—Mi nombre es Cayder, por si lo has olvidado —dije—. Y no se lo contaré a nadie.

—Eres familiar de una criminal. —Sacudió la cabeza y la media melena plateada se le agitó en torno al rostro estrecho—. No se puede confiar en ti.

No me sorprendió que pensase algo así. Después de todo, los presos de Vardean eran culpables hasta que se demostrase lo contrario.

Graymond dio un paso al frente.

—Yo respondo por Cayder.

—¿Estás dispuesto a arriesgar tu puesto de trabajo por este chico? —preguntó ella, alzando una ceja.

Él no dudó.

—Por supuesto.

—Bueno, es tu carrera. —La mujer se encogió de hombros.

—¿Desde cuándo vigilas las celdas, Yarlyn? —preguntó mi mentor—. ¿No está eso por debajo de tu posición?

—No puedo arriesgarme a que le pase algo a esta prisionera mientras esté bajo mi techo —contestó, gesticulando hacia la puerta de metal que tenía tras ella.

—Vaya, casi parece que te importa —dijo Graymond con una sonrisa.

—De eso nada —se burló ella—. Tan solo quiero asegurarme de que la chica sobrevive para ser juzgada por su crimen atroz.

—Cuidado —dijo mi mentor—, estás a punto de cruzar los límites. Tienes que ser imparcial, Yarlyn, no ponerte de parte de la Regencia o de quien sea.

Se miraron fijamente a los ojos. Graymond era un hombre alto, así que la superintendente tuvo que echar hacia atrás la cabeza para poder mirarlo. Aun así, no resultaba menos imponente por ello. Si yo hubiese sido él, habría retrocedido.

—Bien —dijo ella en tono monocorde—, pero no esperes un trato especial por ser quien es.

—Con eso es con lo que cuento —contestó él, señalándola.

La mujer sacó una llave de la cadena que llevaba en el cinturón y abrió la puerta. El interior de la celda tenía una disposición similar a la de Leta, aunque había unos barrotes adicionales entre la princesa y nosotros. El techo de la celda se abría hacia el prisma iluminado de arriba. La luz brillante rebotaba en algo que había en el centro del camastro, confundiendo mi visión. Me costó un momento darme cuenta de que se trataba de la máscara enjoyada de la princesa.

Ella estaba sentada sobre el camastro con un vestido blanco y negro esparcido a su alrededor. Parecía el capullo de una flor o, más bien, una flor marchitándose. La máscara brillante tenía cuernos a cada lado del rostro y pude ver que tenía los ojos cerrados. ¿Estaba dormida?

—No quería quitarse la máscara, así que le hemos permitido que se la quedara —dijo la superintendente, encogiéndose de hombros—. Pensamos que sería más seguro así.

—¿Para quién? —pregunté.

La mujer hizo un ruido de burla.

—Mató al rey. Adivina.

—¿Qué hay del vestido? —quiso saber mi mentor—. ¿Por qué no le habéis dado un uniforme limpio?

—No se lo merece —contestó ella.

Entonces, giró sobre sus talones y salió dando un portazo a nuestra espalda.

—Qué buenos modales —mascullé.

—Princesa Elenora —anunció Graymond, acercándose a los barrotes que nos separaban de ella—. Me llamo Graymond Toyer y este es mi aprendiz, Cayder Broduck. El Tribunal de la Corona me ha nombrado vuestro nuevo abogado de oficio después de que la anterior renunciase. —Cuando la muchacha no respondió, él añadió—: Siento mucho lo que le ha ocurrido a vuestro hermano. El rey era un gran hombre y un gran gobernante. —Ella no se movió del camastro. Tampoco abrió los ojos—. ¿Princesa? —repitió, alto y claro, como si le preocupara que la máscara afectase a su capacidad para oír.

—Te está ignorando —susurré.

Ante aquello, la muchacha abrió los ojos y me miró fijamente. Los tenía de un color azul, casi gris, que no se diferenciaba demasiado del de las paredes de piedra que nos rodeaban.

—¿Deberíamos hacer una reverencia o algo así? —le pregunté a Graymond—. ¿O todo ese asunto de haber sido arrestada por asesinar al rey anula las cortesías que han de mostrarse ante la realeza?

Él me dedicó una mirada sombría y, después, se acercó a ella todo lo posible teniendo en cuenta los barrotes interiores que nos separaban.

—Estoy aquí para ayudaros, princesa. Haré todo lo que esté en mis manos para asegurarme de que no os declaren culpable. Pero antes, necesito vuestra ayuda. Necesito que me contéis lo que le ocurrió a vuestro hermano.

Yo tenía la costumbre de decir cosas equivocadas para llenar el silencio cuando estaba nervioso. Me supliqué a mí mismo mantener la boca cerrada. Estaba seguro de que Graymond estaba haciendo lo mismo.

—¿Princesa? —insistió él. Tras una larga pausa, sacó su cuaderno y empezó a leer—. Los agentes que os arrestaron me informaron de que os encontraron hace cuatro semanas mientras intentabais subir a una barca y escapar de la isla del castillo con una marca eco en el cuello y ni rastro de vuestro hermano. ¿Podéis explicarnos lo que pasó aquella noche con vuestras propias palabras? Me pondré en contacto con vuestra anterior abogada para conseguir sus anotaciones, pero mientras tanto, necesito toda la información que pueda conseguir. Cualquier detalle, por pequeño que sea, puede ayudarnos con la defensa. Cualquier cosa.

La princesa no se movió. La única señal de que estaba viva era el pestañeo ocasional y el leve subir y bajar de su pecho. ¿Por qué no decía nada? Tras unos minutos en silencio, el gesto esperanzador de Graymond vaciló.

—¿Qué le ocurre? —le pregunté cuando salimos de la celda.

Él se frotó el puente de la nariz.

—No confía en mí. No confía en nadie.

—Más allá de la marca eco y del hecho de que estaba huyendo de la isla del castillo, ¿hay alguna prueba de su culpabilidad?

—Es la única persona que obtendría algún beneficio de la muerte de su hermano. Aun así... —Torció los labios, pensativo—. Necesito escuchar lo que pasó. Como bien sabes, las suposiciones no son motivo suficiente para condenar a alguien a cadena perpetua.

Tragué saliva con fuerza. No necesitaba que me recordaran el caso de mi hermana.

—Si es inocente, ¿por qué no explica lo que pasó? Es evidente que usó el edem aquella noche.

—O bien alguien le ha dicho que no lo haga o le preocupa que sincerarse la acerque todavía más a un veredicto de culpabilidad. Pero estoy de su parte, sea culpable o no.

No estaba seguro de si intentaba convencerse a sí mismo o a mí.

—¿Qué podemos hacer? —pregunté para mi propia sorpresa.

Nunca había tenido demasiada buena opinión de los monarcas de Telene. El rey y la princesa vivían en una isla pequeña, en medio de la bahía, lejos de las miradas y, a menudo, de las mentes del pueblo. Si bien era el rey el que tomaba las decisiones sobre las leyes y el futuro de la nación, la presencia de la Regencia era más inmediata y palpable.

—Ahora mismo —contestó él—, solo sé lo que me han contado los agentes que la arrestaron. Tal vez puedas ayudarme a conseguir las notas de la anterior abogada de la princesa. El tribunal no pudo hacerse con ellas. —Asentí—. Entonces, yo seguiré trabajando para el juicio de Leta del lunes.

—¡Gracias!

Quería rodearlo con los brazos, pero me contuve.

—Recuerda —dijo mientras me señalaba con un dedo—: nadie debe saber que la princesa está en Vardean.

—Por supuesto. —Mantendría la boca cerrada si eso significaba que Graymond seguía en el caso de mi hermana—. Ni el rey ni la princesa tienen herederos. ¿Quién está ahora al cargo de la nación?

—La Regencia. Hasta después del juicio.

—¿Y si la declaran culpable? —pregunté—. Entonces, ¿qué?

—Se coronará a la siguiente persona en la línea de sucesión al trono.

Pensé en los ojos de la princesa y en cómo habían seguido mis movimientos.

—Quizás no habló contigo porque yo estaba presente.

Graymond caviló unos instantes.

—No creo que se trate de eso —dijo—. Acabará por sincerarse con nosotros. Con el tiempo. —Sin embargo, no pareció tan seguro como era habitual.

Aunque tenía el rostro oculto tras la máscara, aquella muchacha no me pareció débil o con tendencia a derrumbarse. Parecía fuerte y decidida. Me dio la sensación de que, si no quería hablar, nos quedaba por delante una larga espera.

CAPÍTULO 15

JEY

Jey odiaba el aislamiento. Echaba de menos las horas de las comidas. Incluso echaba de menos los alaridos de su antiguo vecino de celda. Si bien compartía el último piso con otros dos presos, había celdas vacías entre las suyas, así que ni podía oír ni ver quién se encontraba en el interior, aunque sí sabía que una de ellas estaba ocupada por la tristemente célebre Leta Broduck. La otra celda tenía guardias en la puerta día y noche.

Más allá de los guardias que vagaban por el descansillo del último piso, la única otra distracción de la que disponía era cuando le pasaban la comida por la ranura de la puerta de la celda. Los platos eran más pequeños que cuando Ryge le servía en el comedor y, además, le daban filetes de carne poco hechos y sangrantes que hacían que se le revolviera el estómago. Sin embargo, no podía hacer nada al respecto. Él mismo había creado esa situación y, ahora, tenía que aprovecharla.

El martes, temprano por la mañana, la puerta de la celda se abrió. Seis días de soledad y, al fin, alguien con quien hablar.

—¡Mis dos personas favoritas! —exclamó cuando Cayder y el señor Toyer entraron dentro—. Me he sentido muy solo aquí arriba. Incluso echo en falta a mi sombra. —Hizo un gesto hacia el techo iluminado—. ¿Alguna idea de cómo lo hacen para eliminar todas las sombras? —El señor Toyer suspiró a modo de respuesta y se sentó en la mesa junto a Cayder—. He intentado intimar con mis vecinos en este piso, pero están demasiado lejos —continuó con un puchero—. ¿Qué pueden decirme de ellos? —Se acercó a la mesa—. Denme noticias del mundo exterior o, al menos, del exterior de esta celda.

—Preocúpate de tu situación, Jey —dijo el señor Toyer con los labios formando una línea firme y taciturna.

Le gustaba aquel hombre que, hasta el momento, había aguantado sus gracietas. ¿Acaso se había pasado con él? Era consciente de que podía ser alguien a quien hacía falta acostumbrarse. Al menos, eso era lo que había aprendido de su padre.

Después de no haberlo visto en catorce años, cuando habían vuelto a reunirse tras la muerte de su madre, Jey había pensado que tenían que ponerse al día con muchas cosas. Había acribillado a su padre con preguntas sobre su vida y su trabajo en un intento vano por conocerlo. Había evitado cualquier pregunta sobre cómo había sido su madre de joven, consciente de que, al mencionar su nombre, su padre se cerraría por completo.

Si bien el hombre había contestado sus preguntas durante las primeras semanas, Jey se había dado cuenta de que nunca había tenido su atención por completo. Si la vida fuese un escenario (le gustaba pensar que lo era), entonces, el trabajo del doctor Bueter hubiese sido el acto principal de la obra y su hijo ni siquiera hubiese estado en el teatro.

No estaba acostumbrado a compartir el centro de atención, ya que su madre siempre lo había puesto en el centro de su vida, pero cuanto más había intentado destacar, más se había centrado su padre en el trabajo. Había descubierto enseguida que, si bien al doctor Bueter le parecía bien responsabilizarse de su hijo a nivel financiero, su compromiso había terminado ahí.

El contraste entre el hogar pequeño, cálido y lleno de amor que había compartido con su madre y la mansión a menudo vacía de su padre no había podido ser más grande. Jey se había acostumbrado a mantener discusiones animadas mientras comía un cuenco casero de pescado pochado y fideos crujientes de raíz de torlu, no a las horas incómodas comiendo platos preparados por una cocinera mientras su padre leía informes de la Regencia y asentía de vez en cuando ante el monólogo de su hijo.

Su padre nunca había sido cruel, pero su indiferencia había hecho que echara de menos a su madre todavía más. Sin embargo, no lo culpaba a él. Después de todo, eran demasiado diferentes y habían pasado demasiados años separados.

Sin su madre, Jey se había preguntado si alguna vez volvería a sentirse amado de nuevo. Entonces, había conocido a Nettie. Había planeado marcharse de casa de su padre y vivir con ella en cuanto cumpliese los dieciocho años, pero el destino le había repartido unas cartas diferentes. En su lugar, había celebrado su cumpleaños en las calles, pocos días antes de su arresto.

—Hay alguien que no está de muy buen humor hoy —dijo con voz cantarina mientras cruzaba los pies sobre la mesa de la celda.

—Alguien apuñaló a otro preso y puso todo su futuro en riesgo —contestó el señor Toyer de forma seca.

—¿Quién? —Se colocó ambas manos en el pecho, sobre la marca eco con forma de calavera que, dado que llevaba el uniforme desabrochado, resultaba visible—. ¿Yo?

El señor Toyer hojeó unos papeles.

—No estoy de humor para tus juegos.

Al parecer, Cayder tampoco, dado que no dijo ni una sola palabra a pesar de que lo estaba contemplando con los ojos entrecerrados como si estuviera intentando comprenderlo. Él apartó la mirada.

—Bien, la he fastidiado. —Se pasó una mano por el pelo negro y apretó la mandíbula angulosa—. Un preso se abalanzó sobre mí. Tuve que protegerme o, de lo contrario, no estaría aquí ahora mismo. ¿No sería eso una lástima?

—¿Dónde conseguiste el cuchillo? —preguntó el señor Toyer.

Él sacudió la cabeza.

—Lo fabriqué yo.

—¿Tú fabricaste esto? —El hombre le tendió una fotografía del cuchillo de cocina ensangrentado.

—¿El personal de cocinas ni siquiera limpió la sangre? —preguntó—. Menudos vagos...

—La sangre sigue ahí porque forma parte de las pruebas del fiscal, que está presionando al tribunal para que cancele tu juicio.

Jey se sorprendió un poco, aunque aquello lo beneficiaría.

—¿Es que Brazacos se ha muerto o algo así? —Había tenido cuidado de no atravesarle ninguna arteria importante.

—¿«Brazacos»? —El señor Toyer frunció el ceño—. No, tu víctima no ha muerto. Sigue en la enfermería.

Jey hizo un sonido de burla.

—Era difícil considerarlo una víctima mientras me apaleaba.

—Eso no importa, Jey. Lo que importa es que ahora se te considera un criminal peligroso.

—¿Acaso no lo pensaban ya? —Se rascó la barbilla con los dedos largos—. Pensaba que había hecho un trabajo bastante bueno.

—¡Maldita sea, Jey! —El señor Toyer lanzó su historial sobre la mesa—. Estoy intentando sacarte de aquí, pero tú sigues esforzándote por arruinar las posibilidades que tienes de ser libre. ¿Por qué?

Se encogió de hombros con un gesto indiferente.

—La libertad está sobrevalorada. Y, después de todo, sí que maté a mi padre. Estoy justo donde se supone que debo estar.

Al oír eso, Cayder arrugó la nariz.

—Si quieres pasar el resto de tu vida aquí —dijo el señor Toyer—, entonces, no puedo ayudarte.

«Bien».

Aquella era la primera vez que su abogado parecía derrotado.

Si bien no quería o no planeaba pasar el resto de su vida en prisión, tampoco podía ir a juicio. No podía tener al fiscal husmeando sobre la noche en la que había muerto su padre, ya que el señor Toyer tenía razón: le estaba ocultando muchas cosas que habían ocurrido aquella noche.

Necesitaba que el abogado se rindiera con él y, además, notaba que estaba a punto de lograrlo.

—No necesito su ayuda —dijo.

No podía permitir que nadie descubriera la verdad.

CAPÍTULO 16

CAYDER

Por lo que a mí respectaba, si Jey quería pasar su vida en Vardean, entonces podía hacerlo. Tener un cliente menos del que preocuparse permitiría a Graymond centrarse en Leta. Sin embargo, sabía que la mente de mi mentor estaba centrada ante todo en el caso de la princesa. Por muy frustrado que estuviera, no podía culparlo. Después de todo, se trataba del asesinato del rey.

Después de comer en la oficina de Graymond, regresamos a la celda de la princesa. Cuando entramos, ella seguía en su camastro. De hecho, no parecía haberse movido desde que la habíamos visitado el día anterior. Mientras se acercaba a los barrotes internos, mi mentor dijo:

—Quiero que sepáis que, como abogado de oficio, es mi trabajo ayudaros, pero también necesito que os ayudéis a vos misma. Necesito que me digáis lo que ocurrió antes de que podamos trazar un plan. Sé que estáis cansada y asustada, pero también sé que hay algo más detrás de vuestra historia. Siempre hay algo más detrás de cada historia. Por favor, princesa, dejadme que os ayude.

La princesa salió despedida hacia delante como si fuese una marioneta a la que le hubieran cortado las cuerdas. El corazón me dio un vuelco cuando cayó de la cama boca abajo. La máscara resonó contra el suelo de piedra, pero no se rompió.

—¡Guardias! —gritó Graymond—. ¡Ayuda!

La superintendente entró a toda velocidad, vio la figura caída de la princesa y se apresuró a abrir la puerta interior.

—¡Princesa! —Graymond alzó su cuerpo flácido del suelo—. ¿Estáis bien?

—No ha comido ni bebido nada en los últimos días —dijo Yarlyn con un tono de voz desapasionado.

—¿Puede beber siquiera con la máscara puesta? —pregunté.

—Llevadla a la enfermería —dijo Graymond—. Aseguraos de que tenga una habitación privada y quitadle la maldita máscara.

Escuché sus inhalaciones cortas y cortantes. La pobre chica tan apenas podía respirar.

«¿Pobre chica?». ¿Acaso era todo una estratagema para ganarse nuestra compasión?

Cuando Leta tenía doce años, había pasado un mes en la cama, llorando por un dolor de estómago que no desaparecía sin importar los tónicos que tomara. A mí me había aterrado que pudiera morir, dejándome a solas con padre. Sin embargo, cuando la médica la había visitado, había asegurado que no estaba enferma en absoluto, que tan solo quería atención. Sin embargo, la atención que había querido era la de padre y, a pesar de aquella actuación tan convincente, él había depositado su bienestar sobre mis hombros.

Tras la máscara, los ojos grises como la pizarra de la princesa buscaron los míos. La preocupación se apoderó de mí. Parecía débil, derrotada. ¿Me había equivocado con ella el día anterior o nos estaba tomando a todos por tontos?

Graymond y Yarlyn la sostuvieron cada uno de un brazo, pero ella no conseguía ponerse en pie. Sus pies descalzos resbalaron sobre la piedra sucia y se desplomó sobre mi mentor. El peso del vestido intentaba arrastrarla de nuevo al suelo. Él se dio cuenta y agarró con las manos la tela de la larga cola.

—Cayder —me indicó—, ábrenos la puerta.

La cabeza de la muchacha se ladeó hacia un lado y la máscara se le deslizó. Capté un atisbo de remolinos grises como el humo por todo su cuello: las marcas eco.

Mientras Graymond y Yarlyn medio la llevaban, medio la sacaban a rastras de la celda, su mano flácida rozó la mía y me presionó algo contra la palma. Era un pedazo de tela de su vestido.

Alcé la vista, espantado. Ella tenía los ojos abiertos y centrados.

Una vez que la celda se quedó vacía, desplegué la tela. En ella había una nota escrita en rojo.

¿Sangre?

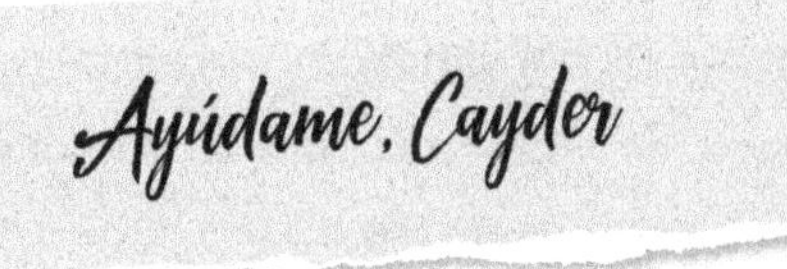

La princesa quería mi ayuda, pero ¿por qué? ¿Por qué no confiaría en Graymond? Él era su mejor baza para conseguir la libertad. Además, ¿por qué no hablaba con nosotros y, en su lugar, me entregaba aquella nota?

No tenía tiempo para aquello, tenía que ayudar a mi hermana a salir de allí. Necesitaba encontrar un motivo para que el jurado pusiera en duda su culpabilidad y pasase por encima las marcas eco que llevaba en las manos.

Y, aun así, no podía dejar de mirar la nota.

—Hola, Chico Maravilla. —Kema entró en la celda—. ¿Estás bien?

Arrugué la tela en el puño.

—Estoy bien —dije—, pero es impactante ver a la princesa en Vardean.

Ella asintió con los labios apretados de forma solemne.

—Deberías irte a casa.

—He prometido ayudar a tu padre con este caso —dije—, es la única manera de que pueda continuar trabajando en el de Leta.

Kema echó un vistazo a su espalda, hacia la puerta y los guardias que había fuera.

—¿Puedo hacer algo?

Pensé en la nota de la princesa. Si bien no conocía su historia todavía, estaba claro que ella quería hablar conmigo y solo conmigo. En aquel momento, no me importaba el porqué: tenía que hacer que ocurriera.

—¿Puedes organizar un encuentro entre la princesa y yo? —le pregunté—. Solo nosotros dos.

Kema frunció los labios.

—¿Por qué?

Le mostré la nota.

—¿Esto es sangre? ¿Su sangre? —preguntó, horrorizada, aunque estaba seguro de que, tras haber trabajado varios años en Vardean, había visto cosas peores.

—Eso creo. Necesito que tu padre se centre en el caso de Leta y es evidente que la princesa quiere hablar conmigo. ¿Me ayudas?

Ella se mordisqueó el labio inferior.

—No sé... Soy una de las pocas guardias que sabe que está aquí. Si alguien descubriera que he organizado...

—Estás organizado un encuentro entre un cliente y su abogado. —Sacudí la cabeza—. No hay nada de malo en eso.

Ella sonrió.

—Chico Maravilla, por mucho que lo creas así, no eres abogado.

—Todavía no. —Cuando no añadió nada más, me encogí de hombros—. Mira, tan solo voy a hablar con ella. ¿Qué es lo peor que podría pasar?

La chica alzó una ceja.

—¿Quieres descubrirlo?

—¿Tú no querrías?

Kema se pasó los dedos por los tirabuzones cortos y blancos.

—De acuerdo —dijo finalmente—. No es la primera vez que tengo que ocultarle un secreto a mi padre.

—¿La princesa?

Ella asintió.

—Llevo vigilando su celda desde que la arrestaron. He querido contárselo todos los días, pero...

—Valoras tu trabajo.

—No se trata de eso —contestó con el ceño fruncido—. Hay algo raro en este caso.

—«Raro» es quedarse corto. El rey desapareció sin dejar rastro.

Kema sacudió la cabeza.

—Papá es el tercer abogado de este caso en un mes. Nunca antes había visto algo así en tan poco tiempo. No sé qué es lo que está haciendo o diciendo la princesa, pero nadie se queda demasiado tiempo.

—Entonces, ya va siendo hora de que lo descubramos.

—Solo tienes que actuar como si no estuvieras haciendo nada malo —me susurró Kema mientras nos acercábamos a la enfermería, que estaba en el primer piso.

—Es que no lo estoy haciendo —dije—. No creo que...

A mi padre nunca le había gustado demasiado la realeza, pero a mi madre sí. Ella había adorado a la familia real como si hubiesen sido ellos los que colgaban la luna y el sol del cielo y como si hubiesen sido el motivo por el que las estrellas brillaban por la noche. Cuando el antiguo rey y la reina visitaban Telene, nos vestía a Leta y a mí con nuestras mejores galas y nos llevaba a la ciudad para echar un vistazo a sus máscaras. Ella había creído que los monarcas eran algo más, algo fuera de lo ordinario y digno de contemplar.

Mi padre, por otro lado, odiaba que la realeza recibiese un mejor trato que el resto, especialmente que él, solo por su linaje. No era capaz de comprender por qué mi madre, una empleada de la Regencia, había podido estar tan fascinada por ellos.

—El mejor liderazgo para Telene consiste en la Regencia trabajando en armonía con la Corona —solía decir ella—. Si la

Regencia fuese un barco, entonces, los monarcas serían el timón. No somos nada sin ellos.

—Son unos títeres pomposos —gruñía mi padre—, nada más. El gobierno está prácticamente en la bancarrota y el nivel de vida nunca antes había sido tan bajo, lo que hace que haya más gente usando el edem —declaraba desde su comedor alicatado con mármol.

Mi padre nunca había comprendido la ironía de aquello.

A veces, me preguntaba cómo era posible que mi radiante madre se hubiera sentido atraída por mi padre, que era irritable y volátil. Ni siquiera en mis recuerdos de la infancia podía recordarlo siendo feliz. Jamás había visto aquel lado más amable que mi madre debía de haber visto para desear pasar su vida con él.

Si mi madre hubiera estado viva en aquel momento, habría hecho cualquier cosa para ayudar a la princesa.

Dentro de la enfermería, había cortinas colgadas en torno a las camas para crear cierta ilusión de privacidad. Luces difusas colgaban por encima de cada cama para asegurar que ninguna sombra extraviada pudiera colarse en la habitación.

Era fácil adivinar dónde estaba retenida la princesa, ya que Yarlyn montaba guardia en la puerta con los brazos cruzados sobre el pecho. No iba a ser fácil.

—Toyer —dijo la superintendente con un gesto de la cabeza—. ¿Qué haces aquí?

El «con él» iba implícito en la frase.

—Mi padre... —comenzó a decir Kema—. Quiero decir... El señor Toyer ha pedido que el señor Broduck visite a su cliente.

Yarlyn me miró fijamente durante un buen rato. Pude sentir el sudor acumulándoseme entre los hombros.

—Acaba de estar aquí —contestó la mujer—. ¿Por qué no ha venido él de nuevo?

—Está ocupado —dije—. Como sabes, está trabajando en tres casos a la vez.

—Un de los cuales es el de tu hermana. —Su tono de voz estaba cargado de sospecha.

—No estoy haciendo nada malo. —Lo cual era cierto. La princesa había pedido mi ayuda y yo estaba allí para dársela. De manera oficial, estaba ayudando a Graymond, aunque él no lo supiera todavía—. Si no me dejas hablar con mi cliente —dije, cuadrando los hombros e intentando sonar como mi mentor—, entonces, estarías interfiriendo con la ley, lo cual podemos usar para que se desestime el caso de la princesa.

Yarlyn apretó los dientes. Quería discutir conmigo, pero sabía que tenía razón.

—Bien, adelante —dijo, apartándose de la puerta—. Para lo que te va a servir... Lleva días sin pronunciar una sola palabra. Al menos desde que se retiró la última abogada.

Le hice un gesto de agradecimiento a Kema.

La habitación de la princesa era pequeña y sin ventanas. Una luz blanca ardiente resplandecía justo por encima. Era tan brillante que hizo que me dolieran los ojos. Tuve que pestañear un par de veces antes de poder discernir la forma de la cama y de la chica que yacía en ella. La cama no era más que un camastro sencillo encima de un bloque de madera, de modo que no pudiera proyectar sombras en la parte inferior. Junto a la cama había unos vasos vacíos, que debían de haber contenido diferentes tónicos, y la máscara ornamentada de la princesa.

Me acerqué con cautela. La chica estaba cubierta hasta la barbilla con una sábana fina y tenía la melena rubia esparcida por la almohada como si fuese un halo. Su piel parecía del mismo color y la misma fragilidad que un pergamino descolorido. Tenía los labios blancos y las mejillas hundidas.

—¿Princesa? —susurré con suavidad.

Más allá del leve subir y bajar de su pecho, no se movió. Debía de estar durmiendo, así que esperaría. No me parecía que la princesa de Telene fuese a apreciar que la despertara un desconocido, incluso aunque ella hubiese pedido hablar conmigo. Me estaba dando la vuelta para alejarme cuando unos dedos fríos me agarraron por la muñeca.

—No te marches —susurró ella.

Tenía los ojos grandes y más bien azul oscuro que grises, como el lugar donde el océano se unía con la grieta del velo.

—Princesa Elenora. —Resultaba diferente dirigirse a ella sin la máscara, más íntimo—. ¿Queríais hablar conmigo?

Le tendí su nota. La mano le tembló cuando se estiró para tomarla. Era evidente que su supuesta enfermedad no había sido del todo una treta.

—Gracias por venir. —Su voz era suave y jadeante.

—Vuestra nota me hizo pensar que era urgente. —Sonreí con ironía—. ¿Cómo puedo ayudaros, alteza? ¿Y por qué no habláis con el señor Toyer? Es un buen abogado; de hecho, es el mejor. Puede ayudaros. Tan solo tenéis que...

Ella alzó una mano.

—Hablas demasiado.

—Lo siento. —Incliné la cabeza.

El atisbo de una sonrisa se dibujó en su rostro y el corazón me flaqueó. Al sonreír, todo el rostro se le sonrosó, como si estuviera volviendo a la vida.

—Necesito tu ayuda —dijo. Entonces, la sonrisa desapareció.

—No puedo ayudaros, de verdad. Pero podéis confiar en Graymond. Él hará todo lo posible.

Cerró los ojos durante un breve instante.

—Todos los que conocen la verdad, desaparecen.

«¿Desaparecen? ¿Como su hermano?».

—¿Qué queréis decir?

Volvió a mirarme fijamente y resistí la necesidad de apartar la vista.

—Desde que estoy en Vardean, he tenido dos abogados diferentes. A ambos les conté la verdad, todo lo que había pasado aquella noche. —Resopló—. Ahora, ya no están.

—Renunciaron —dije yo.

—¿Eso es lo que te ha dicho el tribunal? —Se incorporó con la sábana cubriéndole todavía hasta el cuello—. Se deshicieron de ambos porque sabían la verdad.

—¿Quiénes?

Sus ojos se dirigieron rápidamente hacia la puerta, donde Yarlyn esperaba en el exterior.

—Si te lo cuento, tienes que prometerme que no vas a contárselo a tu jefe, porque ya está en peligro.

¿De qué estaba hablando?

—Si él está en peligro, entonces, yo también. Tenéis que contarnos lo que está ocurriendo.

—No eres más que un muchacho cuya hermana ha sido arrestada por asesinar a trescientas personas. Tu palabra está mancillada. Asegurarán que tan solo estás buscando venganza.

Se me erizó la piel.

—¿Cómo sabéis lo de mi hermana?

—Eso no importa. Lo que importa es la vida del señor Toyer. Si guardo silencio, si no le cuento la verdad, entonces, no compartirá las anotaciones con el fiscal durante la exposición previa al juicio. Es la única manera de protegerlo.

—¿De quién? —insistí.

—¿Me lo prometes? —preguntó ella, ignorando mi pregunta—. ¿Prometes proteger a tu jefe?

Si Graymond estaba en peligro por representar a la princesa, entonces, tenía que conocer la verdad. Pero si era conocer la verdad lo que lo ponía en peligro, entonces… ¿qué? No podía decidir sin conocer todos los hechos.

—Esto quedará entre nosotros —dije.

«Por ahora».

Ella suspiró.

—Gracias, Cayder. No sé qué más hacer. No quiero ser la causante de otra muerte.

—Contadme lo que ocurrió —la presioné—. ¿De qué tenéis tanto miedo?

Alzó los hombros hacia las orejas.

—De la Regencia.

En realidad, a nadie le gustaba la Regencia, pero mantenían Telene a salvo. Eran un mal necesario.

—¿Qué ocurre con la Regencia?

Le tembló el labio inferior.

—Hicieron desaparecer a mi hermano.

—En tal caso, Graymond os ayudará a quedar en libertad.

Aquello era algo bueno, pues le daría a mi mentor suficiente información para un alegato y, mientras tanto, podría centrar sus energías en el caso de Leta.

La princesa se rio de forma cínica.

—Ahora, la Regencia controla Telene. No dejan de atrasar mi juicio para que no se sepa la verdad y silencian a cualquiera que sepa lo que ocurrió. —Cambió de postura sobre la cama—. El único motivo por el que no me han silenciado a mí es porque la superintendente controla Vardean. Al menos, por ahora. Tengo que salir de aquí. Tengo que hacer que paguen por lo que hicieron. Todo el mundo debe saber la verdad.

—¿La verdad sobre qué?

—No lo sé con exactitud —contestó, dejándose caer de nuevo sobre los almohadones—. Mi hermano desapareció antes de que pudiera decirme lo que había descubierto. Pero nos están mintiendo. Están mintiendo al pueblo de Telene.

—¿Cómo lo sabéis?

Ella bajó la sábana. Tenía el cuello adornado con remolinos grises que giraban en torno a unas estrellas, como si las estuvieras contemplando a través de un lago lleno de olas.

—Porque mi hermano me lo dijo antes de desaparecer.

Me aparté de la cama con un sobresalto.

—Lo matasteis vos.

Ella cerró los ojos un momento.

—No, estaba intentando ayudarlo, pero todo salió mal.

—El uso del edem es impredecible —dije—, eso ya lo sabéis. —No pensaba ocultarle aquello a Graymond. Leta era inocente; por lo tanto, tenía que centrarse en su caso y no en el de la princesa—. Causasteis la muerte de vuestro hermano, así que os declararán culpable.

Ella se llevó la mano pálida al cuello, como si pudiera hacerme olvidar lo que había visto.

—No sabes lo que ocurrió. —Cierto, no lo sabía. Aun así, estaba perdiendo el tiempo. Empecé a alejarme. Ella extendió un brazo en mi dirección—. Por favor, déjame que te lo explique. —¿Qué había que explicar?—. Estaba intentando ayudar a mi hermano —dijo, poniéndose de rodillas—. Vino a mí, herido de gravedad por culpa de la Regencia. Quería curarle usando el edem, pero era demasiado tarde... —Soltó un hipido mientras las lágrimas le empezaron a correr por el rostro—. ¡La Regencia lo destruyó! ¡Lo convirtieron en polvo!

—Entonces, ¿por qué sois vos la que tiene la marca eco? —le pregunté.

—¡Porque estaba intentando salvarlo!

—Si eso es cierto —dije—, ¿por qué no se lo contáis vos misma a Graymond?

—No lo entiendes —me dijo con ojos suplicantes—. La Regencia jamás me dejará subir al estrado. Todo el juicio es una farsa. No dejan de retrasar la fecha con la esperanza de apoderarse de Vardean. Entonces, podrán silenciarme como han hecho con todos los demás.

—Si no puedo contarle la verdad a nadie, entonces, ¿cómo puedo ayudaros? ¿Por qué me habéis pedido que viniera?

—Tu hermana.

Algo se quebró en mi interior.

—¿Qué pasa con ella?

—Si bien yo no puedo subir al estrado, ella sí puede. Seguro que su caso recibirá una gran cobertura mediática. ¡Es la única forma de exponer a la Regencia!

—No soy abogado —dije—. Y, aunque lo fuera, no voy a poner en riesgo la libertad de mi hermana para airear vuestros problemas políticos con la Regencia.

—Mis problemas son los problemas de Telene. —Apretó los puños—. ¡Hicieron desaparecer al rey! Han tomado el control del gobierno para que nadie pueda oponerse a ellos. Nadie conocerá jamás la verdad.

Me incliné hacia delante.

—¿Y cuál es la verdad?

Ella apartó la vista antes de responder.

—Mi hermano estaba preparado para exponer un secreto sobre la Regencia antes de morir. Mis padres, y sus padres antes que ellos, siempre habían establecido las leyes según los consejos de la Regencia sin rechistar. Sin embargo, Erimen era diferente. Él desafiaba sus sugerencias. Quería permitir el uso de pequeñas cantidades de edem para apaciguar al pueblo sin causar un gran impacto en el velo. Cuando el general de la Regencia se mantuvo firme con sus opiniones, mi hermano comenzó su propia investigación y descubrió que los informes que le presentaban, o que, más bien, nos presentaban a ambos, no eran precisos.

Elenora encogió los hombros hacia dentro y se rodeó con los brazos.

—¿Y qué es lo que descubrió? —la presioné.

—¡No lo sé! —gimoteó, exasperada—. Desapareció antes de poder contármelo.

—Entonces, ¿qué? —pregunté—. ¿Queréis que mi hermana suba al estrado y arriesgue todo su futuro para hablar de algún tipo de conspiración sobre la Regencia de la que no tenéis ninguna prueba? —Si mi hermana estaba en Vardean era precisamente por creer en las conspiraciones. Me daba igual que la princesa de Telene me estuviese pidiendo ayuda, no iba a permitir que Leta hiciera peligrar su propio juicio—. No pienso hacerlo. Esto no tiene nada que ver con su caso.

Los ojos grises de la muchacha eran como un pedernal a punto de prender un fuego.

—¿Quién crees que destruyó Ferrington? —preguntó.

La habitación era un horno. La visión se me volvió borrosa y tuve que agarrarme al lateral de la cama para mantenerme en pie.

—¿La Regencia?

Aunque las había susurrado, aquellas palabras sonaron demasiado alto en medio de aquella habitación pequeña. La princesa asintió.

—Quemaron Ferrington hasta los cimientos.

CAPÍTULO 17

CAYDER

Ferrington, el pueblo en el que mi madre había muerto y en el que, presuntamente, mi hermana había matado a trescientas personas.

—¿Cómo lo sabéis? —le pregunté con un tono de voz que sonó como si tuviera un puñado de gravilla en la garganta.

La princesa Elenora se inclinó hacia delante en la cama con la esperanza resplandeciendo en sus ojos.

—Mi hermano no estaba conforme con los informes de la Regencia y decidió reunirse con los alcaldes de cada región para comprobar qué mejoras podían llevarse a cabo. En primer lugar, visito la sede de la Regencia para ver el edemetro de primera mano. —Señaló hacia abajo, hacia los niveles inferiores de Vardean, donde se encontraba la sede de la Regencia—. Mientras estuvo allí, descubrió casos de uso del edem en Ferrington de los que no se había informado, así como los planes para incendiar toda la ciudad durante el Edemmacht.

—¿Por qué? —Las palabras me salieron como un resuello, pues sentía demasiada presión en los pulmones como para respirar bien.

—No lo sé —admitió. Se llevó una mano al pecho como si las palabras le dolieran—. Cuando regresó al castillo, mi hermano estaba herido de gravedad. Nunca descubrió qué era lo que la Regencia estaba intentando ocultar allí.

—¿Qué queréis que haga? —Sentía la boca seca y la cabeza me palpitaba.

—Necesito que vayas a Ferrington —dijo—. Necesito que encuentres pruebas de la tapadera de la Regencia y necesito que Leta suba al estrado durante su juicio y le diga al mundo lo que le ocurrió de verdad a mi hermano. Es la única manera de poder recuperarlo.

Pestañeé.

—¿Disculpad?

Me tomó la mano entre las suyas.

—Mi hermano sigue vivo, Cayder.

—¿No me habíais dicho que lo habían destruido?

—Aquí, sí. —Me sostuvo la mirada con una intensidad que era fascinante y aterradora al mismo tiempo—. Pero está vivo al otro lado del velo.

«Otra superstición del velo».

En el pasado, Leta también había creído que, ahora, nuestra madre vivía al otro lado del velo, dado que allí era donde iba la gente después de morir. Cuando su tiempo en nuestro mundo se acababa, continuaba en el otro.

Me solté del agarre de la princesa. No había creído en semejantes fantasías infantiles en el pasado y tampoco las creí en aquel momento. Sin embargo, comprendía la necesidad de tener esperanza, pues servía como ancla ante las oleadas de dolor.

—Ferrington ha desaparecido, princesa —dije con amabilidad. Había desaparecido como su hermano—. No queda nada.

Ella cerró los ojos.

—Entonces, tanto tu hermana como yo estamos condenadas. Ella no puede ganar su caso. No contra la Regencia, no cuando pueden manipular las pruebas para que encajen con sus intereses.

—Lo siento, princesa.

—Eres el único que puede ayudarme —dijo con las lágrimas rodándole por las mejillas—. Ahora que me representa, vigilarán al señor Toyer. Tú eres el único en el que puedo confiar aquí dentro, el único que puede encontrar la verdad. La Regencia debe pagar por lo que ha hecho.

Si había algo de verdad detrás de sus afirmaciones de que había sido la Regencia la que había hecho arder Ferrington, entonces, tenía que descubrirla. Por mucho que quisiera ir corriendo a contarle toda aquella información a Graymond, tenía que ir sobre seguro.

—¿Qué debería buscar? —le pregunté.

—¿Vas a ir?

—Voy a ir. —Le estreché las manos—. Por vos y por mi hermana.

Ella se incorporó y me dio un beso en la mejilla.

—Allí están ocultando algo —dijo—. Usaron el fuego para cubrir sus huellas. Tienes que descubrir qué estaban haciendo.

Si quedaba algo, lo encontraría.

—Volveré pronto —le prometí.

Cuando regresé a la oficina de Graymond, lo encontré encorvado sobre su escritorio.

—¿Dónde has estado? —me preguntó.

—Con Kema.

Era cierto. Más o menos.

Mi mentor dejó escapar un gruñido lastimero y se frotó las sienes.

—¿Te encuentras bien?

—Migraña —contestó con voz tensa—. Una vieja enemiga que me visita demasiado a menudo.

—Tal vez deberías irte a casa. —Mientras no se encontrase bien, no nos serviría de nada a ninguno—. Hace días que no descansas.

—Tal vez... —dijo, aunque no hizo amago de dirigirse a la puerta.

Admiraba su determinación y odiaba lo que le había dicho antes. Se preocupaba de verdad por sus clientes y yo me preocupaba por él.

—¿Graymond?

Alzó la cabeza poco a poco.

—¿Sí?

Tenía dos días para encontrar pruebas de que la Regencia estaba involucrada antes de que el juicio de Leta empezase el viernes, pero había cierta información que necesitaba antes de ponerme en marcha rumbo a Ferrington. A diferencia de la mayoría de los habitantes de Telene, necesitaba pruebas antes de creer en los rumores. Los chismes no eran hechos.

—¿Qué les ocurrió a los dos abogados anteriores de la princesa?

Mi mentor se frotó los ojos.

—Renunciaron. No es algo raro. Este sitio puede quebrar hasta a los más fuertes.

—¿Estás seguro de que renunciaron?

Él me miró, pestañeando.

—¿Por qué lo preguntas?

—Tan solo estoy interesado en el asunto. —Si lo que la princesa decía era cierto, no quería implicar a Graymond. Lo conocía demasiado bien como para saber que se metería de cabeza en este caso si creyera que la Regencia tenía algo que ver, pero si de verdad estaba en peligro, tenía que ocultarle la verdad—. ¿No pudiste conseguir sus archivos? —le pregunté.

—No —contestó—, el tribunal no tenía registros del trabajo que habían llevado a cabo. No debieron entregarlo antes de marcharse.

Eso me sonó sospechoso.

—¿Es eso normal?

—Antes del juicio, ambas partes deben presentar toda la información con la esperanza de llegar a un acuerdo —me explicó—. Sin embargo, no hay registros de que algo así sucediera para el juicio de la princesa. Supongo que es debido a la naturaleza sensible de este caso.

Yo no estaba muy seguro de eso.

—¿Puedes ponerte en contacto con sus anteriores abogados directamente y pedírselos?

Él asintió.

—Buena idea, hijo. Me temo que esta tarde no estoy en mi mejor momento.

Me moví inquieto sobre las puntas de los pies mientras Graymond llamaba a la oficina del primer abogado.

—Hola. Soy Graymond Toyer de Asistencia Legal Edem. Por favor, ¿podría hablar con Traxon Marks? —Mientras escuchaba a la persona que estaba al otro lado, mi mentor frunció el ceño—. Vaya. Lo lamento. No, no me habían informado al respecto. Mis más sinceras condolencias. Gracias.

Mientras me trasladaba la noticia de que Traxon había fallecido unas semanas ante, sentí la cabeza desconectada del cuerpo.

—¿Cómo murió? —pregunté.

Él volvió a fruncir el ceño y a frotarse las sienes.

—Me ha parecido que era una pregunta demasiado insensible.

Tragué saliva. La princesa tenía razón: su antiguo abogado estaba muerto. Pero ¿era culpa de la Regencia?

Graymond llamó a la abogada más reciente. Tan apenas procesé sus palabras mientras me decía que, unos días atrás, había renunciado a su puesto en la firma para la que trabajaba y que, desde entonces, no se había vuelto a saber nada de ella.

La princesa estaba diciendo la verdad.

Antes de marcharme de Vardean, me sentí tentado de ir corriendo hasta la celda de Leta para contarle todo lo que sabía sobre la implicación de la Regencia, pero no quería que se hiciera ilusiones. No sabía qué iba a encontrarme en Ferrington, si es que encontraba algo. Todavía tenía que encontrar las pruebas.

Le dije a Graymond que pasaría el día siguiente en las oficinas legales de los anteriores abogados de la princesa mientras él se concentraba en el juicio de Leta. No me pareció demasiado preocupado por el destino de aquellos otros abogados o, tal vez, se encontrara demasiado mal como para reaccionar ante semejantes noticias. Esperaba que Vardean no estuviese quebrándolo al fin.

Desde que había estudiado el sistema legal en el reformatorio, había visto la prisión como un monumento a la esperanza en el que se liberaba a los buenos y se castigaba a los malos. Sin embargo, ya no estaba tan seguro de lo que representaba Vardean o de qué significaba realmente la justicia. Para las familias de aquellos que habían fallecido en Ferrington, la justicia implicaba el sacrificio de otra vida: la de Leta. Para la Regencia, era ver a Jey castigado por arrebatarles a su líder. ¿De verdad quería formar parte de ese sistema?

El futuro que había imaginado para mí mismo se alejaba cada vez más de la realidad.

Narena vino a la Mansión Broduck el miércoles, temprano por la mañana, para unirse a mí en la expedición a Ferrington. Emanaba impaciencia. Me percaté de que, en su mente, ya estaba escribiendo la historia de aquel viaje. Sin embargo, no podía hablarle de la princesa. En su lugar, le dije que quería saber más sobre el pueblo que, presuntamente, mi hermana había quemado hasta los cimientos antes del juicio que comenzaba el viernes. No era exactamente una mentira.

El primer tranvía hacia Ferrington salía a las 9:30 de la mañana. Llegamos a la estación de Kardelle media hora antes, dado que había aprendido a no fiarme de los tranvías. No podíamos permitirnos perderlo, dado que el segundo no salía hasta cuatro horas después y yo no podía esperar tanto tiempo.

Necesitaba conocer la verdad. Necesitaba ir a Ferrington.

La estación de Kardelle era la arteria principal de todos los medios de transporte que recorrían Telene. Era un edificio colosal de arenisca construido con luces brillantes empotradas en el techo como si fueran estrellas. Mi madre solía llevarnos a mi hermana y a mí para ver a todos los viajeros que iban y venían.

—¿Veis? —nos decía—. La vida está llena de posibilidades ilimitadas. —Señalaba los diferentes pasillos que conducían a diferentes plataformas del tranvía—. Todos los días, tomamos decisiones y cambiamos nuestro futuro sin usar el edem.

Me daba un golpecito en la nariz y se reía. Mientras tanto, Leta le preguntaba qué tranvía la llevaría hasta el velo.

Mientras esperábamos a la hora de salida, Narena y yo compramos en una cafetería unos pocos hojaldres deebule rellenos de torlu. La terminal estaba repleta de gente que viajaba hacia la ciudad o fuera de ella.

Mi amiga me dio un codazo.

—Estás inusualmente callado.

Le di vueltas al deebule en mi plato y me lamí el azúcar glas de los dedos.

—Ha sido una semana agotadora.

—Tan solo es miércoles. —Arrugó las cejas, preocupada—. ¿Cómo lo lleva Leta?

—Tan bien como cabría esperar. Está contenta de poder defender su caso frente a un jurado, pero no sé si servirá de algo...

Si la princesa tenía razón, entonces la Regencia haría cualquier cosa para ocultar su intervención y, después de todo, el fiscal del caso de Leta representaba a la Regencia. Odiaba pensar en las cosas a las que recurriría para asegurarse de que se quedara detrás de los barrotes.

—¿Qué ha dicho tu padre? —me preguntó Narena.

—Nada. No ha pasado por casa desde que arrestaron a Leta. —Le di un golpecito a mi hojaldre—. Supongo que cree que eso es una forma de expresar su amor.

—Todos mostramos nuestro amor de formas diferentes, Cayder —dijo ella—. Estoy segura de que está haciendo todo lo que puede.

—Bueno, pues no es suficiente. —Me puse en pie, dejando el hojaldre deebule sin tocar. Tenía el estómago revuelto por la ansiedad—. Vamos, casi es la hora de salida.

El tranvía que llegaba hasta Ferrington consistía solo en cuatro vagones unidos, dado que aquel pueblo rural no era exactamente un centro turístico. Las únicas personas que se asentaban allí eran granjeros que tenían la esperanza de sacar el máximo beneficio de la tierra fértil.

Pagamos al conductor la tarifa más barata y nos mandaron sentar en el último vagón. Una luz difusa circular enorme colgaba del techo como si fuera la luna en mitad de la noche. Los asientos estaban distribuidos en torno a unas mesas pequeñas para alentar a los viajeros a comprar unos aperitivos carísimos que sabían a cartón. Aunque no es que tuviera intención de comer nada. Tenía la mente a kilómetros de distancia, con Leta, en su celda.

En cuanto nos sentamos en los asientos más alejados, Narena empezó a sacar libros de su mochila y a dejarlos en la mesa. El sonido de los tomos al golpear la mesa me devolvió al presente.

—¿Lectura ligera? —le pregunté con una ceja levantada.

—Pensé en investigar un poco por mi cuenta. —Tomó un libro y pasó las páginas hasta una que había señalado con una cinta decorada con la caligrafía propia de Meiyran—. Este capítulo lo escribió una mujer cuyos ancestros vivían en una casa flotante frente a la costa de Kardelle, no muy lejos de donde se encuentra el velo. Asegura que sus bisabuelos hablaban de las cosas raras que pasaban en el agua mucho antes de que la Regencia descubriera el velo hace cien años.

Mantuvo el libro abierto para mí. En la página contraria había una imagen de una criatura con varias patas dibujando círculos en torno a la parte baja de la casa flotante.

—¿Crees que existían las criaturas antes de que la Regencia descubriera el velo? —le pregunté mientras pasaba los dedos por las filas de dientes afilados como cuchillas. Tenía un parecido asombroso con los dibujos que Leta había hecho de los hullen, las criaturas del edem.

Narena pasó de página a otra diferente.

—Todo esto son historias, pero pensé que tal vez serían de ayuda para el juicio de Leta. Estoy segura de que ya había visto el libro en la habitación de tu hermana. No sería la primera persona que cree que en el velo hay algo más que el edem.

Le arrebaté el libro de las manos.

—No, pero es la primera persona a la que arrestan por incendiar todo un pueblo para demostrar que eso es cierto.

Mi amiga se recostó sobre el asiento de forma brusca.

—No crees que sea culpable, ¿verdad?

—Verdad. —Incapaz de mirarla directamente, miré por la ventanilla y contemplé cómo el paisaje pasaba volando ante mis ojos—. Pero tiene un eco de muerte, eso no puedo negarlo. Si no encontramos en Ferrington nada que lo contradiga, me temo que lo que yo piense no importará demasiado. El jurado la declarará culpable.

Narena no respondió, pero sentí que estaba de acuerdo. Un eco de muerte servía para dos cosas: te marcaba como asesino y marcaba el final de tu propia vida, pues se traducía en una vida perdida en Vardean.

Volví a mirar por la ventanilla y contemplé cómo la ciudad se tornaba en bosque y, después, cómo el bosque se convertía en desierto y polvo.

Era mediodía cuando llegamos a Ferrington, pero el tren no se detuvo, sino que pasó de largo la estación.

—¿Por qué no ha parado? —pregunté.

—Ferrington sigue siendo considerado la escena de un crimen —dijo Narena mientras alzaba un hombro.

Habíamos llegado hasta allí, así que no iba a marcharme sin alguna prueba de que Leta era inocente y de que la Regencia estaba involucrada.

—Nos bajaremos en la siguiente estación y volveremos caminando.

Aquella era la única manera de hacerlo. Nos bajamos del tranvía en Tavitch, un pueblo costero al norte de Ferrington y cerca del límite del alcance de la permanube. Era extraño ver parches de luz solar resplandeciente sobre los acantilados rocosos y el agua que había más abajo. Era como si todo nuestro mundo estuviera teñido en blanco y negro y estuviéramos contemplando algo colorido por primera vez. Por mucho que quisiera admirar las rocas rojas y el océano azul brillante, aquel no era un viaje para hacer turismo.

Nos costó una hora recorrer andando las colinas hasta llegar a nuestro destino. A nuestros pies se encontraba el valle de Ferrington. Todo el paisaje se componía de cenizas y humo. Cada árbol. Cada tienda. Cada casa. Todo había desaparecido.

«Lo convirtieron en polvo».

Bajamos la colina y recorrimos la calle principal, manteniéndonos alejados de la estación. El humo permanecía en el aire como si el incendio se hubiera producido apenas unas horas antes y no más de una semana atrás. Los ojos me escocían y se me oprimió el pecho.

Odiaba pensar que tanto la vida de mi madre como la de mi hermana habían acabado allí.

—Vamos —le dije a Narena—. Vamos a exonerar a Leta.

CAPÍTULO 18

CAYDER

Narena y yo recorrimos lo que quedaba de la calle principal de Ferrington en silencio. Todavía quedaban en pie las estructuras de algunos edificios y las farolas derretidas que se curvaban hacia el suelo. Aquello no eran los restos de un fuego, aquellas eran las secuelas de un infierno. No era de extrañar que tan pocas personas hubieran sobrevivido. Además de Leta.

Una fogata fuera de control jamás podría haber causado aquel tipo de destrucción. Al jurado no le costaría creer que la causa de un incendio antinatural como aquel había sido el edem y, en cuanto vieran las manos de mi hermana, su destino estaría sellado.

El pueblo estaba sumido en el silencio. No se oía ni el canto de los pájaros ni los pasos de otras criaturas. Aquel lugar estaba verdaderamente desierto. Era un cementerio. Esperé que no nos topáramos con ningún resto esquelético, pues no estaba preparado para enfrentarme a la realidad de las vidas que se habían perdido allí del mismo modo que no había sido capaz de enfrentarme a la realidad de la muerte de mi madre siete años antes. A pesar de que, en el entierro, el féretro había estado cerrado, no me había podido acercar a él. Había deseado recordar a mi madre como la mujer increíble que había sido y no como el cuerpo desmadejado que había dejado atrás.

Seguimos el mapa que había tomado de la carpeta del caso de Leta hasta el campo en el que la habían encontrado. Para cuando llegamos a lo que quedaba de aquel vergel ondulante, la camisa de manga larga que llevaba puesta bien podría habérseme fusionado con la piel. Con la permanube atrapando el calor del incendio, la humedad resultaba abrasadora y, aun así, no era nada en comparación con lo que la gente de Ferrington habría tenido que sentir en sus últimos momentos antes de morir. Tosí en señal de solidaridad, expulsando de los pulmones el humo residual que permeaba el aire y que se alzaba del suelo mientras caminábamos.

No quedaba nada del huerto, ni un solo árbol torlu. Incluso los altos postes de los focos habían quedado destruidos. Si el metal no había podido soportar el incendio, ¿qué opciones había tenido cualquier otra cosa? Lo cual planteaba una pregunta: ¿cómo había sobrevivido Leta? Si no había sido la causante del fuego, si la princesa tenía razón con respecto al hecho de que había sido la Regencia la que había prendido la llama, entonces, ¿cómo había sobrevivido?

—Cayder —susurró Narena. Las cenizas se quedaban pegadas a sus pestañas oscuras y le salpicaban la piel ambarina como si fueran pecas grises—, creo que deberíamos volver. Aquí no hay nada.

El entusiasmo que le había iluminado el rostro por la mañana había desaparecido gracias al mundo gris que estaba frente a nosotros. No la culpaba por no querer pasar más tiempo libre allí fuera. Asentí, pero dije:

—Necesito verlo.

—¿Ver el qué? —preguntó ella.

Todavía no estaba seguro, así que no respondí.

Continué hacia el centro de lo que supuse que solían ser los campos de torlu, aunque no quedaba nada más que tierra ennegrecida. Sentí un picor en la nariz ante el olor embriagador de la muerte, pero seguí adelante.

«Ahí». Un parche de hierba, el único toque de verde en aquel mundo que, de otor modo, era color ceniciento. Un círculo perfecto.

—¿Qué es eso? —preguntó Narena, cuya naturaleza inquisitiva se sobrepuso a cualquier turbación. Se agachó hacia el suelo, pero no tocó la hierba, como si fuese a estar caliente al tacto.

—Ahí es donde encontraron a Leta inconsciente —dije—. Aquí es donde, supuestamente, comenzó el incendio.

Narena lanzó su mochila al suelo, levantando una voluta de polvo.

—Eso no es posible.

—¿Qué?

Narena recorrió el perímetro de aquel círculo pequeño.

—Si Leta hubiese empezado el fuego, entonces, esta zona sería la más dañada. —Pasó el pie por la hierba que yacía junto al parche intacto—. La hierba aquí está oscurecida, pero no incinerada como el resto de la ciudad.

La miré sin pestañear durante un largo momento.

—¿Me estás diciendo que el incendio comenzó en otro lugar?

¡Aquello podía ser la prueba que necesitábamos! Pero ¿cómo demostraba que la Regencia estaba detrás del fuego? ¿Cómo ayudaba eso a la princesa?

Mi amiga se encogió de hombros como si fuese obvio.

—Parece como si el fuego se hubiera dirigido hacia ella desde todos los ángulos, pero se hubiera apagado antes de poder alcanzarla. ¿Qué dijo ella que había ocurrido?

—Dijo que las criaturas del edem, los hullen, habían prendido el fuego después de que ella los hubiera convocado al matar a un pájaro con la sustancia. No recuerda exactamente cómo ocurrió, ya que se desmayó.

—Eso no tiene sentido.

Tomé un lapicero de la mochila de Narena y pasé las hojas de uno de sus cuadernos hasta encontrar una en blanco en la que garabatear lo que estaba viendo. No podía imaginarme lo asustada que debía de haber estado mi hermana al despertarse y descubrir que el pueblo había ardido hasta los cimientos y que tenía las manos cubiertas con un eco de muerte. Había debido de sentirse muy sola.

Oí el aleteo de unas alas y un pájaro azul pequeño se posó sobre la hierba verde. Narena y yo lo contemplamos, incapaces de movernos. Era la única cosa viva que habíamos visto en todo el pueblo.

—Parece el pájaro de Leta —dije. El pájaro que aseguraba que había matado y que era el motivo del eco de muerte que tenía en las manos—. ¿Cómo ha sobrevivido cuando todo lo demás está muerto?

Narena sacó un panecillo de su mochila y lo desmigajó sobre la hierba.

—Pobrecito, debe de estar famélico. —El pájaro picoteó las migas. Mientras estaba distraído con la comida, mi amiga lo colocó en su mochila—. Lo liberaré en Tavitch. Aquí no puede sobrevivir. No puedo creer que lo haya hecho durante más de una semana.

Asentí, aunque, realmente, no la estaba escuchando. Si Leta no había matado al pájaro, eso significaba que había mentido sobre su eco de muerte. Entonces, ¿qué lo había causado?

—¿Cayder? —dijo Narena con voz tensa—. De verdad, deberíamos volver a Tavitch. No queremos perder el tranvía de vuelta a casa.

Tenía razón. No queríamos quedarnos allí atrapados durante la noche. Ya era un lugar lo bastante triste durante el día y, sin los focos... Odiaba admitir que las historias sobre los hullen estaban empezando a afectarme. Los dibujos de Leta revoloteaban en mi mente y me imaginaba a unas criaturas sombrías siguiendo todos mis movimientos.

—Cierto —repliqué, echando un vistazo rápido a mis espaldas para asegurarme de que estábamos solos—. Le diré a Graymond que venga él mismo. Tiene que ver esto —añadí, señalando el círculo perfecto.

Si bien no se trataba de las pruebas de la intervención de la Regencia que había esperado encontrar, al menos era algo que serviría para el caso de Leta, algo que sembraría el germen de la duda entre el jurado. Fuera lo que fuese que la Regencia había intentado ocultar, me temía que habían tenido éxito. No había nada que sugiriera siquiera que habían estado allí.

Emprendimos el regreso a Tavitch. Yo llevaba los hombros encorvados. Seguía esperando captar un atisbo de algo moviéndose en la periferia, pero no se produjo ni un solo movimiento. No había nada con vida, lo cual era peor.

—Ahora estoy más confundida que antes —dijo Narena. Desde su mochila, el pájaro pio un par de veces.

Asentí. Mis pensamientos estaban demasiado enturbiados como para hablar.

No quedaba nada del pueblo, nada que sugiriera que Leta tenía razón sobre aquellas criaturas del edem o que la princesa estaba en lo cierto con respecto a la conspiración de la Regencia. Aun así, el trazado del incendio indicaba que Leta no lo había comenzado.

Mientras caminábamos, nuestros pasos removían los campos de ceniza, dejando atrás un rastro como el de las botas sobre la nieve. Nuestras pisadas eran las únicas visibles. Nadie más había estado allí desde que la ceniza se había posado sobre el suelo. Todo el paisaje estaba muerto. ¿Cuánta gente yacía enterrada entre aquellas cenizas que estábamos respirando con cada bocanada de aire? Al pensarlo, se me revolvió el estómago.

Una brisa removió las cenizas que había frente a nosotros. Fue un movimiento muy pequeño, pero con un paisaje totalmente en calma, cualquier perturbación captaba nuestra atención.

—¿Qué es eso? —preguntó Narena.

Conforme nos acercábamos, la ceniza siguió moviéndose y, después, rodó hacia nosotros.

—¿Qué demonios...? —comencé a decir.

Había algo bajo las cenizas. El movimiento no se debía en absoluto al viento.

Nos detuvimos, asombrados, mientras algo se alzaba. Allí donde el polvo gris se le pegaba al cuerpo, distinguí unas alas extensas y unos cuernos que se alzaban a cada lado de una cabeza como si fueran las ramas de un árbol. Sus ojos eran dos agujeros ardientes de luz solar. Dejó escapar un chillido y se sacudió las cenizas del cuerpo. Una vez que el polvo se desprendió, la criatura dejó de ser visible y, aun así, podíamos seguir escuchando su respiración y el chasquido de las garras mientras se arrastraba hacia nosotros.

—¿Cayder? —A Narena se le quebró la voz.

Antes de que pudiera responder, oímos el latigazo de dos pesadas alas y una nube gris nos rodeó.

Mi amiga gritó y ambos nos encogimos hacia el suelo. Esperé a que unas garras nos rasgaran el rostro. En su lugar, tan solo sentimos el roce del aire mientras la criatura invisible se elevaba sobre nosotros.

—¡Corre! —exclamó Narena.

Sin embargo, yo estaba demasiado aturdido para moverme.

Allí donde había estado oculta bajo las cenizas, la criatura había dejado un círculo perfecto del mismo tamaño que el trozo de hierba en el que habían encontrado a Leta inconsciente.

Mi hermana tenía razón: los hullen eran reales.

CAPÍTULO 19

CAYDER

Narena se sentó frente a mí en el tranvía de regreso al centro de Kardelle, rodeando su mochila con los brazos como si fuese una almohada. Estábamos cubiertos de ceniza de pies a cabeza a causa de la columna de polvo que habían levantado las alas del hullen.

«Los hullen».

Todavía no podía hacerme a la idea de que semejantes criaturas existieran. No estaba seguro de que pudiera llegar a hacerlo en algún momento. Además, ahora cobraba sentido por qué nadie podía proporcionar pruebas de su existencia. ¿Cómo podías presentar evidencias físicas de algo que era invisible?

¿Acaso era posible que Leta también estuviese en lo cierto sobre nuestra madre? ¿Había estado investigando aquellas criaturas para la Regencia antes de morir? ¿La habían matado ellas, tal como sugería mi hermana, y la Regencia lo había ocultado?

—¿Estás bien? —le pregunté a Narena, que no había dicho nada desde que nos habíamos subido al vagón. Llevaba las mejillas manchadas de ceniza como si fuera colorete.

—No —contestó—. Una cosa es leer teorías sobre las criaturas del edem y otra muy distinta estar frente a frente con una de ellas. —Sacudió la cabeza y la ceniza le cayó del pelo—. ¿Y tú?

Nunca había creído en ninguna de las teorías de Leta, siempre había pensado que se aferraba a historias infantiles para evitar la realidad en la que vivíamos, aquella en la que nuestra madre ya no estaba y nuestra familia estaría rota para siempre. Su obsesión con el velo nunca me había parecido sana. Pero ahora... Ahora sabía que tenía razón: había algo más al otro lado del velo y del edem.

Cerré los ojos con fuerza. ¿Cuántas veces le había dicho que se dejara de tonterías y creencias excéntricas y que viviera en el mundo real? Tendría que haber estado con ella en Ferrington. Tendría que haberla ayudado a investigar desde el principio. Si hubiera sido así, tal vez no estaría encerrada en Vardean. O, tal vez, estaríamos encerrados juntos en la misma celda.

Abrí los ojos.

—Estoy bien. Tenemos pruebas de que Leta estaba en lo cierto. Los hullen son reales.

Narena colocó su mochila a un lado mientras su cuerpo volvía a la vida poco a poco.

—Odio tener que decírtelo, Cayder, pero en realidad, no tenemos ninguna prueba.

—¿En serio? —Sacudí la cabeza con incredulidad y me cayó ceniza sobre los hombros—. ¡Hemos visto a un hullen con nuestros propios ojos! ¡Leta no estaba mintiendo!

—¿Y qué? —preguntó mi amiga, inclinándose hacia delante. A sus ojos castaños había regresado algo de luz—. ¿Qué tiene eso que ver con el fuego? Sabes que solo tenemos parte de la historia. Eso no es suficiente para escribir un artículo.

Ladeé la cabeza.

—No estamos escribiendo un artículo, Narena. Estamos intentando librar a mi hermana de los cargos de asesinato.

Ella me agarró las manos cubiertas de ceniza.

—Lo siento. Sabes que quiero a Leta como si fuera mi propia hermana, pero tiene un eco de muerte en las manos. A menos que podamos explicar una teoría alternativa, me temo que el jurado seguirá declarándola culpable.

Yo también temía que sería así.

—No tenemos que demostrar que es inocente. —Pensé en lo que Graymond había dicho sobre la carga de la prueba del fiscal—. Tan solo tenemos que sembrar la duda. Si subo al estrado y digo que he visto a esas criaturas hechas de edem, entonces, con suerte, haremos que el jurado se cuestione todo lo que diga el fiscal. Especialmente si la Regencia está ocultando la existencia de los hullen.

Ella se recostó hacia atrás y agarró su cuaderno.

—¿Qué te hace pensar que es así?

Quería contarle lo de la princesa, pero me preocupaba que la noticia llegara a su madre, que era periodista. La mujer tenía la costumbre de sonsacarle la verdad a cualquiera, tanto si querían como si no. Teniendo en cuenta que dos de los abogados de la princesa estaban muertos o desaparecidos, no podía arriesgarme a que Narena o su madre supieran lo que yo sabía.

—No estoy seguro —dije—, pero si nos hemos encontrado a los hullen tras un único viaje a Ferrington, estoy seguro de que la Regencia también los ha visto.

Leta creía que las criaturas habían iniciado el fuego, pero tras haber visto una, no estaba seguro de cómo podrían haberlo hecho. Además, la princesa decía que había sido la Regencia. Tal vez los agentes hubiesen iniciado el incendio para deshacerse de los hullen y proteger el pueblo. Tal vez el fuego se les hubiese ido de las manos. ¿Acaso era mi hermana el chivo expiatorio de un horrible accidente?

Volví a cerrar los ojos. Mi cerebro estaba trabajando a marchas forzadas para descubrir las conexiones entre toda aquella información.

—El hullen no nos ha atacado —dije, pensando en voz alta—. Tal vez, a diferencia de lo que cree Leta, no sean peligrosos.

No podía ser una coincidencia que mi hermana fuese la única persona presente en la zona que hubiese sobrevivido y que el único ser que siguiera vivo, más allá de la criatura, hubiese sido el pájaro... Si de verdad era el pájaro de Leta, ¿podría haber sobrevivido porque mi hermana lo hubiese agarrado mientras las llamas arrasaban con todo a su alrededor? Entonces, ¿qué era lo que los había protegido mientras todo lo demás perecía?

Todo menos el hullen...

—¡Maldito sea el edem! —maldije—. ¡Los hullen no estaban intentando hacerle daño a Leta! ¡Estaban intentando protegerla!

—¿Qué? —Narena abrió los ojos de par en par—. ¿Cómo lo sabes?

—El círculo de hierba intacta tenía la misma forma que la envergadura de las alas de la criatura. Creo que la protegió del humo y las llamas. ¿De qué otro modo podrían haber sobrevivido Leta y el pájaro?

—Si crees que el pájaro es de verdad el pájaro de tu hermana —dijo Narena—, y no estoy diciendo que no lo sea, entonces, ¿por qué tiene el eco de muerte en las manos?

En Tavitch, mi amiga le había encontrado al animal un bonito árbol para que viviera allí.

—Tal vez porque entró en contacto con el hullen. —Sacudí la cabeza—. No lo sé.

La existencia de aquellas criaturas no respondía todas las preguntas, pero llenaba parte de los espacios en blanco. Ahora, no podía detenerme. Tenía que seguir escarbando.

CAPÍTULO 20

CAYDER

Me despedí de Narena en la estación de Kardelle. Me prometió que, por ahora, la existencia de los hullen quedaría entre nosotros. No podía arriesgarme a que las pruebas se filtraran al público durante la fase de investigación del juicio de Leta por si el fiscal lo usaba contra nosotros, afirmando que estábamos intentando influenciar la opinión del jurado. Tendría que esperar.

Llegué a casa antes del toque de queda con las cenizas todavía pegadas a la ropa a pesar de que había intentado sacudírmelas en el porche.

—¿Cayder? —La voz de mi padre resonó desde algún lugar del interior de la casa—. ¿Eres tú?

«Maldito sea el edem». ¿Qué hacía en casa tan pronto? O, sin más, ¿por qué estaba en casa?

—¡Sí! —respondí. No estaba muy seguro de quién más esperaba que pudiera ser a aquella hora.

—¡Ven aquí!

Respiré hondo y seguí su voz hasta el despacho.

—¿Sí, padre?

Asomé la cabeza por la puerta, pero no crucé el umbral. Aquella habitación tenía vistas al jardín delantero y a la preciada colección de corazones florecientes de madre. Una de las paredes estaba cubierta por una librería y la contraria contenía centenares de recortes periodísticos sobre los casos en los que padre había trabajado. Aquella era la pared de la victoria de cuando había sido abogado. Detrás de él colgaba un retrato solitario de madre en el que aparecía con una sonrisa radiante y el cabello negro brillante cayéndole sobre el hombro como una onda oscura. Una esfera celeste de latón colgaba del techo. Mis ojos se detuvieron en Ferrington, el lugar más oriental de Telene, lejos del velo. Si los hullen eran criaturas hechas de edem, ¿por qué no existían en toda la nación? ¿Por qué solo en Ferrington?

—¿Qué es lo que miras tan embobado? —espetó mi padre—. Entra, chico. —Di un paso muy pequeño hacia el interior—. ¿Dónde has estado? —preguntó, recostándose en la silla y colocándose las manos entrelazadas sobre la curva de la barriga—. Te he estado buscando.

—¿Ah, sí?

Aquello era una novedad. A padre nunca le había preocupado saber dónde estaba. Se quitó las gafas de leer y las dejó sobre el escritorio. Fue como contemplar mi futuro: ambos teníamos el mismo pelo oscuro y los mismos hombros anchos, pero él siempre los tenía encorvados.

—El juicio de Leta empieza en dos días —dijo, como si aquello fuera algo de lo que pudiera olvidarme—. Te necesito aquí, no por ahí de paseo con tus amigos.

—Estaba intentando ayudar a Leta.

Se inclinó hacia delante y colocó los codos sobre el escritorio.

—¿Y la has ayudado?

Me sentí como si estuviera ante un tribunal, pero no había hecho nada malo.

—¿Y tú? —pregunté, devolviéndole el golpe.

Él se aclaró la garganta.

—Esta es la primera vez que he salido de Vardean desde que la arrestaron. He estado buscando cualquier cosa que pueda servir de ayuda en su caso.

—Yo también. —Me acerqué al escritorio—. ¿Sabes exactamente qué pasó la noche que murió madre?

Hice un gesto con la cabeza en dirección al retrato que había tras él. Padre se encogió como si hubiera recibido una bofetada; después de todo, teníamos un acuerdo tácito de nunca mencionar a madre.

—¿Qué tiene eso que ver con nada de todo esto? —preguntó.

—Leta estaba en Ferrington para descubrir la verdad sobre su muerte —le contesté—. Madre tiene todo que ver con el encarcelamiento de mi hermana.

—Ya sabes lo que pasó —dijo de forma abrupta, colocándose las gafas de nuevo sobre la nariz.

—Sé lo que me contaron.

La verdad podía ser una historia diferente.

—Sabes todo lo que hay que saber —replicó él, exasperado.

—No sé qué era lo que hacía en Ferrington aquella noche o qué trabajo estaba haciendo para la Regencia.

—Sí, sí lo sabes. Estaba recogiendo las pruebas de un crimen relacionado con el edem. Estaba ayudando al tribunal. Estaba haciendo su trabajo.

—¿Eso es todo?

Frunció las cejas espesas y oscuras sobre los ojos.

—Cayder, si tienes algo que decir, dilo ya. No tengo tiempo para juegos.

—Bien —dije, enderezando los hombros—. ¿Te mencionó madre alguna vez unas criaturas del edem llamadas «hullen»?

Mi padre gruñó y apoyó la cabeza en las manos.

—Tú también, no.

—¿Y qué pasa si es cierto? ¿Qué pasa si la Regencia está ocultando la verdad?

—Las teorías de la conspiración no serán suficiente para salvar a tu hermana —dijo—. De hecho, fueron lo que, para empezar, la metieron en este lío. ¿Eso es en lo que has estado trabajando?

—Tengo la mente abierta.

Puso los ojos en blanco.

—Pensaba que eras más inteligente, chico. Pensaba que te parecías más a mí.

—No me parezco en nada a ti —dije con amargura—. Yo no abandoné a mi familia.

Padre se sentó más erguido en la silla con el rostro destilando furia.

—¿Abandonar? Estoy aquí, ¿no?

—Ahora —murmuré.

Él golpeó la mesa con el puño.

—Desde que tu madre murió, he hecho todo lo que estaba en mis manos para mantener a esta familia unida.

Alcé las manos en el aire, muy abiertas.

—¿Y cómo ha salido? Ahora mismo, solo estamos tú y yo, padre, y si no ponemos en libertad a Leta, tan solo quedarás tú porque, créeme, no me quedaré en esta casa ni un segundo más de lo que sea necesario. Leta es el único motivo de que siga aquí, de que me siga considerando un Broduck. En lo que a mí respecta, mis dos padres murieron hace siete años.

Si quería culparme por la disolución de la familia, entonces, dos podían jugar al mismo juego.

—¡Cómo te atreves! —La barbilla le tembló mientras me señalaba con un dedo—. ¡Perdí a mi esposa aquella noche! ¡Lo hago lo mejor que puedo!

—¡No es suficiente! —dije—. Leta está en Vardean porque odiaba estar aquí. Pasaba todas las noches escapándose para intentar encontrar la verdad de por qué nuestra madre nunca regresó a casa. Si hubieras estado aquí alguna vez, lo sabrías. ¿Y ahora me preguntas que dónde he estado? —Solté una carcajada seca—. ¡He estado intentando salvar a mi hermana de pasar una vida en prisión porque sé que nuestro padre no sirve para nada!

Se le dilataron los orificios de la nariz y el rostro se le encendió mientras el sonrojo se le esparcía desde las mejillas hacia las orejas como un sarpullido.

—¡Largo! —rugió—. ¡Sal de mi oficina!

—¡Con gusto!

Cerré la puerta a mi espalda con un portazo. Subí corriendo las escaleras hasta mi habitación con el pulso latiéndome contra los oídos.

Ahora, todo dependía de mí. Subiría al estrado y expondría lo que estaba ocurriendo en Ferrington aunque eso significase enfrentarme a la Regencia.

Haría todo lo necesario para poner a mi hermana en libertad.

A la mañana siguiente, Graymond tan apenas había cruzado la puerta de su oficina cuando me abalancé sobre él.

—¡Leta está contando la verdad!

—¿De qué estás hablando?

Mientras dejaba su maletín sobre el escritorio, ya sonaba cansado, aunque tenía mejor aspecto que cuando lo había visto el martes. Tenía la piel oscura y cálida y los ojos despejados.

—Ayer fui a Ferrington.

Graymond pestañeó lentamente.

—¿Fuiste a visitar la escena de un crimen?

—Sí. Bueno, yo...

—Cayder. —Mi nombre sonó como un gruñido—. El fiscal puede usar eso contra nosotros. Eres el hermano de Leta. Sea lo que sea que descubrieras allí, puede asegurar que se trata de manipulación de las pruebas.

—¡Entonces nosotros deberíamos afirmar lo mismo sobre la Regencia! ¡Están mintiendo!

—¿Sobre qué?

—Los hullen —dije—. He visto a una criatura. ¡Son reales!

—¿De verdad? ¿Qué aspecto tenía?

—Bueno... —Aquella era la parte difícil—. Realmente no tenía aspecto de nada. Era invisible.

—¿Una criatura invisible? —preguntó, dubitativo—. Entonces, ¿cómo la viste?

—Había ceniza a su alrededor —dije, gesticulando con las manos—. Se le pegaba a la piel o lo que sea que tenga en lugar de piel. Vi su silueta y, después, desapareció en dirección al cielo.

Graymond me hizo el favor de no reírse en mi cara.

—¿Se parecía a esto?

Abrió el archivador del caso de mi hermana sobre la mesa y me mostró el dibujo que había hecho.

—Similar, aunque los cuernos que tenía a cada lado de la cabeza eran más altos y las alas no se parecían tanto a las de un murciélago, sino a las de un pájaro.

—No sé qué decirte, hijo. —Cerró el archivador—. Tu descripción no concuerda con la de Leta y, además, no tienes pruebas, tan solo tu testimonio.

—No me crees.

Cerró los ojos y exhaló con lentitud.

—Creo que quieres ayudar a tu hermana de cualquier manera posible y eso incluye ver algo que puede que no estuviera allí.

—¡Pero no estaba yo solo! Mi mejor amiga, Narena, estaba conmigo.

—¿Narena? —preguntó—. Ya sabes que no puedes hablar de los detalles de los casos fuera de los muros de Vardean. Pensaba que estas prácticas y la ley eran importantes para ti.

El pánico me estaba ahogando.

—¡Lo son! Pero descubrir la verdad es aún más importante.

Se llevó una mano a la cabeza, pasándose las uñas por el pelo entrecano.

—Hay formas más adecuadas de conseguir pruebas y, desde luego, colarse en la escena de un crimen no es una de ellas. Además, Cayder, debo advertirte de que es posible que descubrir la verdad no nos asegure necesariamente que Leta vaya a quedar en libertad. El sistema legal no siempre favorece a los inocentes.

—¡Pues debería! Leta está diciendo la verdad y eso es lo que importa en realidad, ¿no? Seguro que tú también hiciste cosas cuestionables para ayudar con los casos en los que trabajabas cuando eras más joven.

Mi respiración se volvió cada vez más agitada.

—Siéntate y respira —dijo—. No quiere que te desmayes.

Me derrumbé sobre la silla de cajas improvisada.

—¿No me vas a echar del caso de mi hermana?

Frunció los labios hasta convertirlos en una línea fina.

—No, pero no puede haber ningún secreto más entre nosotros ni más excursiones a escenas del crimen. ¿Trato hecho?

Me tendió la mano. El estómago me dio un vuelco, porque ya le estaba ocultando otro secreto.

—Antes de eso, tengo que hacerte otra confesión —dije con una mueca.

Mi mentor me contempló casi sin energía.

—Adelante.

—Antes, tienes que prometerme que no le dirás a nadie más lo que estoy a punto de contarte y que no informarás al fiscal o al tribunal sobre las nuevas pruebas que has descubierto.

—Cayder... —En aquella ocasión, mi nombre fue un rugido—. No voy a prometerte eso. Parte de mi trabajo consiste en informar al fiscal de las nuevas pruebas. Si no lo hago, esas pruebas no se tendrán en cuenta ante el tribunal.

Me incliné hacia atrás.

—Entonces, no puedo darte la mano.

Señaló la puerta con un gesto más serio del que nunca le había visto.

—Entonces, puedes marcharte.

—Entonces, nunca sabrás cómo murió el rey.

Se incorporó bruscamente.

—¿Qué es lo que sabes sobre eso?

—Me apuesto algo a que más que tú. La princesa y yo tuvimos una reunión el viernes. Nosotros dos solos. Estaba muy parlanchina.

Graymond se rio.

—Debería estar enfadado, pero de algún modo, estoy orgulloso. ¿Qué te dijo?

—Primero tienes que prometerme que no le contarás nada al fiscal.

Frunció el ceño.

—Cayder...

—Prométeme que esto quedará entre nosotros dos y te lo contaré.

—Bien —dijo—. Te prometo que no saldrá de aquí, pero no quiero más secretos.

Le estreché la mano.

—Vamos a ver a la princesa. Así, podrá contártelo ella misma.

CAPÍTULO 21

PRINCESA ELENORA

Cuando Elenora regresó a su celda, empezó a comer y beber todo lo que le daban. Necesitaba estar fuerte si quería sobrevivir a aquel lugar y vengar a su hermano.

La superintendente le llevaba las comidas, lanzándole el cuenco de sopa a través de los barrotes de la celda como si fuera basura, por lo que se veía obligada a comer del suelo de piedra. Estaba bastante segura de que se suponía que Yarlyn tenía que abrir los barrotes internos y dejar la comida en el interior, pero cualquier poder que hubiese tenido como princesa se había desvanecido en el momento en el que su hermano había muerto.

Tras un mes encerrada en Vardean, había descubierto que su abogado no podía ayudarla; al menos, no contra la Regencia. Necesitaba a alguien que no estuviera atado a las leyes del tribunal, alguien que no estuviera obligado a revelar sus descubrimientos antes del juicio.

La semana anterior, había oído a los guardias de la prisión hablando sobre una nueva presa a la que habían encerrado en el último piso, una chica a la que habían arrestado por incendiar todo el pueblo de Ferrington: Leta Broduck.

Había sido consciente de que no podía ser una coincidencia que una chica de dieciséis años hubiese prendido fuego al mismo pueblo y durante la misma noche en la que la Regencia había planeado destruirlo. Y si bien había sospechado que la chica era inocente, había habido poco que pudiera hacer al respecto.

Entonces, había conocido a Cayder Broduck y, de pronto, los muros de Vardean no le habían parecido tan impenetrables.

Necesitaba su ayuda y, a cambio, podía ayudar a que su hermana quedase en libertad. Contarle la verdad al chico era un riesgo y ella no era de las que asumían riesgos. Por mucho que hubiese anhelado el mundo que había fuera de la isla del castillo, no había luchado por ello. Por mucho que odiase su máscara, había seguido poniéndosela. Incluso cuando, de niños, había jugado con Erimen, ella siempre había ido sobre seguro, por lo que su hermano siempre le había ganado.

Esperaba que el riesgo que había asumido al confiar en Cayder tuviese sus frutos. Era el único as que le quedaba bajo la manga y arriesgaría todo por su hermano.

Cuando oyó una llave girando en la cerradura de la puerta exterior de la celda, se apresuró a tomar la máscara. No quería que nadie de la prisión conociera su rostro. Además, después de tantos años odiando aquel artículo, ahora lo encontraba reconfortante, como si su madre estuviese con ella.

Para cuando Cayder entró, seguido por el señor Toyer, había conseguido colocarse la máscara. El suspiro de decepción resonó en sus propios oídos.

«¿Qué está haciendo aquí el señor Toyer?». ¿Acaso la había traicionado Cayder? ¿No se daba cuenta de que eso ponía en peligro al hombre? Le había prometido que el secreto quedaría entre ellos. ¿Tan poca práctica tenía ella tratando con otras personas que no fueran de su personal? ¿Le habían nublado el juicio las expectativas propias de una princesa acostumbrada a conseguir lo que quería? ¿Cómo podía saber en quién confiar ahora que su poder y su título habían desaparecido junto con su hermano?

—¡Hola! —dijo Cayder.

Por el tono impaciente de su voz, supo que había descubierto algo en Ferrington. El señor Toyer le lanzó una mirada disgustada.

—No hables con la princesa de manera tan informal. —Inclinó la cabeza para mostrarle respeto—. Alteza.

A Elenora no le importaba; quería que Cayder sintiera que eran iguales, que confiara en ella. Sin embargo, no pensaba hablar con el señor Toyer. No quería ser la responsable de que nadie más desapareciera. Había creído que Cayder lo había comprendido.

El chico se acercó y apretó los barrotes entre las manos.

—Princesa —dijo—, necesito que le contéis a Graymond lo que me contasteis a mí.

El aliento se le quedó atascado en el pecho como un pedazo de hielo. ¡Sí que la había traicionado! Una furia ardiente derritió el hielo que sentía en el pecho y la quemó hasta la punta de los dedos. Giró sobre sus talones y se retiró al camastro. Nunca antes la habían traicionado. Eso sin contar a la Regencia, claro. No podía confiar en Cayder. No podía confiar en nadie.

Se había mantenido fuerte, pensando que tenía alguna esperanza de escapar de aquella celda, pero aquella esperanza se escapó de su cuerpo como la sangre de una herida profunda. Los ojos se le inundaron de lágrimas y le recorrieron las mejillas hasta la boca, obstruyéndole la respiración.

—Graymond puede ayudarnos —dijo Cayder—. ¿Verdad? ¡Prométele que no le contarás la verdad al fiscal!

Tan apenas pudo escuchar la respuesta a causa de sus propios jadeos fuertes y resonantes.

—Os lo prometo, princesa —dijo el señor Toyer—. Como vuestro abogado, mi lealtad está con vos y con nadie más. —Cuando se giró hacia él, el hombre se había colocado la mano sobre el pecho—. Si no queréis que hable de lo que descubra dentro de estas paredes, entonces, no se lo contaré a nadie. Vos, mi clienta, sois mi prioridad.

Ya había escuchado a otros abogados decir lo mismo y, después, habían desaparecido.

—Por favor, princesa —dijo Cayder, acercándose a los barrotes—. No quiero arriesgar la vida de nadie, pero necesitamos vuestra ayuda.

—¿Cuántas veces tengo que decírtelo? —dijo con voz grave y llena de ira—. La Regencia jamás me permitirá pisar una sala de tribunales.

El señor Toyer miró a su aprendiz.

—¿De qué está hablando?

—Mi juicio está maldito —dijo ella, encogiéndose de hombros—. Cualquiera que me representa, desaparece.

—He sabido lo que les pasó a vuestros anteriores abogados —dijo el señor Toyer—, pero hay una explicación...

—Claro que la hay —replicó ella, haciendo un gesto con la mano—. La Regencia tiene una explicación para todo. Ahora que no está mi hermano, no queda nadie que cuestione todo lo que digan o que los ponga a raya.

Ella anhelaba ser esa persona, pero no podía hacerlo desde el interior de una celda.

El señor Toyer y Cayder intercambiaron una mirada.

—Por favor, princesa —dijo el hombre—, permitidnos ayudaros.

Ya había hablado más de la cuenta, pero ya no podía echar marcha atrás. Seguía necesitando la ayuda de Cayder si quería quedar en libertad en algún momento.

—De acuerdo —dijo. Su voz sonaba destrozada y llorosa—. Os contaré lo que le ocurrió a mi hermano. —Le hizo a Cayder un gesto con la cabeza—. Os contaré lo que ocurrió la noche que desapareció.

No le había contado al muchacho todos los detalles. En primer lugar, había necesitado que confiara en ella, que la creyera.

Se quitó la máscara y respiró hondo.

Ahora que confiaba en ella, le contaría todo.

Durante las dos semanas que habían pasado desde la reunión con el general de la Regencia, Erimen había estado actuando raro. Había estado siempre ocupado, corriendo de una reunión a la siguiente sin detenerse nunca, sin pararse ni un solo momento a comprobar cómo se encontraba su hermana.

Tras la muerte de sus padres, Elenora y Erimen habían establecido una rutina. Al final de cada semana, sin importar lo que hubiera ocurrido, cenaban juntos. Los dos solos. Aquella era la manera que tenían de ponerse al día, de asegurarse de que, sin importar las presiones que sufrieran desde fuera o desde dentro del castillo, seguían estando ahí el uno para el otro. Y en los cinco años que habían pasado desde el ataque rebelde en los Jardines Reales, no se habían perdido una sola cena.

Elenora había esperado con ansia aquellas veladas. En ellas, había podido quitarse la máscara, tanto en sentido figurado como literal, y ser ella misma. No había tenido que fingir que todo estaba bien, no con Erimen, y no había habido ningún asunto que hubiese sido demasiado insignificante como para no discutirlo, incluso aunque se hubiese tratado del hecho de que no le gustase el corte de pelo que le había hecho el nuevo estilista.

Habían continuado con las cenas en familia tal como habían hecho cuando aquella familia había constado de cuatro miembros.

—Antes que nada, nosotros cuatro somos una familia —solía decir su padre—. Después, somos realeza. Nunca lo olvidéis.

Y Elenora no había creído que su hermano lo hubiera olvidado hasta la noche anterior a su desaparición.

Erimen no había aparecido para cenar a la hora habitual y ella se había visto obligada a terminar la comida ella sola. El personal de la corona le había asegurado que la reunión con la Regencia se había retrasado y que volvería a casa aquella misma noche, pero más tarde.

A medianoche, sin rastro de Erimen, había decidido descubrir la verdad por sí misma. Se había escabullido por su ventana, descendiendo por el exterior rocoso del castillo y dejando atrás la espantosa máscara. Si bien los interiores del castillo estaban construidos con hermosas piedras pulidas, el exterior no era demasiado admirable: un extenso edificio con cuatro torreones principales que cubría la isla casi por completo.

Al llegar a la playa llena de guijarros que rodeaba el castillo, había dudado. No había sabido hacia dónde ir o qué hacer, pero no había sido capaz de irse a dormir sin saber que Erimen estaba bien, así que había esperado a que llegase el barco de su hermano.

Los focos que rodeaban la isla habían iluminado a los peces plateados que pasaban dando saltos. El movimiento le había recordado al edem removiéndose en el interior de una sombra, una imagen que no había vuelto a ver desde el incidente con los rebeldes.

Aun así, el océano la calmaba, pues le recordaba que, sin importar lo pequeña que fuese la isla del castillo, un mundo enorme yacía más allá. Y un día, subiría a bordo de un barco y cruzaría la bahía. Algún día volvería a ver el continente.

Elenora se había sentado en las rocas, inhalando el aire fresco y salado mientras esperaba el barco de su hermano. Le obligaría a decirle qué estaba pasando y le preguntaría por qué había llegado tan tarde.

Tras una hora de esperar, había divisado una llama roja en medio del agua, ardiendo bajo la luz de la luna. Se trataba del cabello de Erimen. Se había sorprendido al ver que no viajaba en el habitual navío real, rodeado por la guardia del rey. Había estado solo en un bote pequeño que era poco más que una balsa sin focos.

—¡Erimen! —había exclamado mientras caminaba por el agua helada para reunirse con él. Había subido al bote y le había rodeado la cintura con los brazos—. ¡Estaba preocupada por ti! ¿Estás bien?

—En realidad, no, Elle —había contestado él, desplomándose sobre ella.

—¡Eri! ¿Qué ocurre? ¿Dónde está tu guardia? ¿Y tu barco?

Él había tosido a modo de respuesta y se había resbalado hacia el fondo de la barca. Elenora había remado hasta la orilla. Al llegar a tierra firme, había arrastrado a su hermano hasta la playa. La luz de los focos había revelado una marca de quemadura en su camisa. Cuando había apartado la tela chamuscada para examinar la herida del rey, había visto que no había sangre. Y, aun así, le había parecido como si algo le hubiera mordido el costado.

—¡Oh! —había gimoteado ella—. ¿Qué ha ocurrido?

Erimen había abierto y cerrado la boca unas pocas veces antes de decir:

—La Regencia.

—¿La Regencia te ha hecho esto? —Habría pensado que estaba delirado, pero el gesto mórbido de su rostro le había indicado que no debía interrogarlo al respecto.

—He ido hasta la sede de la Regencia, pero...

El resto de sus palabras se habían perdido en un gruñido y por la comisura de los labios le había brotado sangre. Elenora había sentido como nunca antes una furia ardiente recorriéndole cada célula del cuerpo.

—Voy a buscar ayuda.

Había intentado ponerse de pie, pero su hermano le había agarrado la muñeca. Teniendo en cuenta el estado en el que se había encontrado, lo había hecho con una fuerza sorprendente.

—Elle... —había susurrado—. Voy a morir. Puedo sentirlo. Tan solo me alegro de haber podido regresar hasta ti.

—No. —Los ojos se le habían llenado de lágrimas—. No puedes morirte. No vas a morir. —Había visto morir a sus padres y no había estado dispuesta a revivir la experiencia con su hermano—. Voy a buscar al médico.

Sin embargo, no se había movido, temiendo que su hermano se hubiera marchado para cuando hubiera regresado. No había querido dejarlo a solas en sus últimos momentos.

El castillo, donde se encontraba la ayuda, se había cernido sobre ellos, cercano y, a la vez, inalcanzable.

Elenora había visto una luz aparecer en el agua, mostrando los contornos de una nave grande: el barco de la Regencia. El foco del mástil mantenía el edem a raya, pero hacía que fueran fáciles de distinguir en medio del mar.

Erimen había soltado una tos cansada.

—Necesito que me escuches, Elle. ¿De... de acuerdo?

Ella había asentido, aunque no había querido hacerlo. Había deseado volver a trepar por la celosía para regresar a su dormitorio. Había querido taparse la cara con las mantas y olvidarse de que todo aquello había ocurrido. Pero eso no habría salvado a su hermano.

—La Regencia nos ha estado mintiendo —había dicho él—. No puedes confiar en ellos. —Le había estrechado la mano entre las suyas mientras la luz de sus ojos empezaba a menguar—. Ferrington —había añadido, tosiendo sangre.

La herida que había tenido en el costado se había hecho más grande y la piel se le había empezado a desprender, convirtiéndose en polvo, como un pañuelo de papel demasiado cercano a una llama. No le había quedado demasiado tiempo. Elenora había sentido un dolor en el costado, como si ella misma hubiera estado herida.

—Shhhh —había dicho—. Conserva tus fuerzas. Cuéntamelo mañana.

Él había sacudido la cabeza.

—No hay un mañana. Debes detenerlos. Van a incendiar Ferrington durante el Edemmacht. Tienes que... —Las manos se le habían quedado flácidas.

—¡No!

Elenora lo había sacudido por los hombros, esperando que sus súplicas fueran suficientes. Entonces, se había dado cuenta de que podía hacer algo más que suplicar y que tenía que actuar con rapidez, antes de que la Regencia llegase a la playa. Erimen había pesado demasiado como para moverlo y, además, le había quedado poco tiempo.

De pequeños, el príncipe y la princesa habían tenido la costumbre de recorrer la costa rocosa de la isla. Erimen solía retar a su hermana a un concurso de arrojar piedras al agua. Las habían lanzado hasta que les habían dolido las muñecas y, al final, él siempre había sido el ganador. Aun así, con los años, Elenora había desarrollado una buena puntería.

Aquella noche, había agarrado el guijarro más cercano y lo había lanzado en dirección al foco. Había fallado y había maldecido su mano temblorosa.

—Quédate conmigo, hermano.

Había agarrado otro guijarro y había apuntado a la farola. En aquella ocasión, se había visto recompensada con el cristal haciéndose añicos. La oscuridad los había envuelto como un bálsamo.

Al principio, la princesa no había visto nada. Había pensado que la luz vacilante era la de la luna sobre los guijarros lisos. Sin embargo, en aquel momento, la oscuridad se había movido. Ella había tocado el edem y, después, había colocado las manos sobre la herida de su hermano, que se estaba desintegrando.

—Cúrale —había susurrado con urgencia—. Deshaz la herida. Haz que vuelva a estar completo.

Erimen había abierto los ojos.

—¡No! Elle...

Sin embargo, no había sido lo bastante fuerte como para detenerla. El edem se había esparcido por su pecho y por la herida. Elenora había sentido la esperanza brotando en su interior como una flor.

«¡Va a funcionar!».

No había pensado en las consecuencias de usar el edem. No le había importado. Todo lo que le había importado era que su hermano sobreviviera. Tendría tiempo de preocuparse por lo demás más tarde.

—Detente —había susurrado él.

Había extendido un brazo hacia ella y le había posado una mano cubierta de edem en el cuello. Sin embargo, ella no había tenido intención de parar, ya que no podía seguir adelante sin él.

El navío de la Regencia había atracado y había podido escuchar sus pasos estruendosos acercándose.

—Venga —había susurrado—. Más rápido.

El edem se había extendido por el pecho, la garganta y la cabeza del rey. Por un instante, había estado totalmente cubierto por la oscuridad. Elenora había contenido la respiración, esperando a que la sustancia se apartara, dejando atrás a un Erimen sanado.

—¿Qué habéis hecho, princesa? —le había preguntado con un tono de voz grave y monocorde un hombre a sus espaldas.

Ella ni siquiera se había dado la vuelta: había permitido que la arrestaran.

Sin embargo, cuando el edem se había desvanecido de nuevo entre las sombras, Erimen había desaparecido.

CAPÍTULO 22

CAYDER

Contemplé el rostro de Graymond mientras escuchaba la historia de la princesa. Su gesto no desvelaba nada.

—¿Creéis que la Regencia llevaba semanas planeando incendiar Ferrington? —preguntó.

Ella asintió.

—Sea lo que sea que quisieran ocultar allí, era algo por lo que valía la pena traicionar al rey.

—Los hullen —dije, asintiendo.

—¿Los qué? —preguntó la princesa.

—Son criaturas hechas de edem —dije.

Graymond paseó de un lado a otro de la celda.

—¿Crees que la Regencia estaba guardando el secreto de la existencia de esas criaturas y que quemaron todo un pueblo para seguir ocultándolo? ¿Por qué?

—No estoy seguro —admití—. Si bien los hullen no me atacaron, tiene que haber un motivo por el cual quieren que no se conozca su existencia.

Mi mentor se frotó la barba, pensativo.

—Ese podría ser el motivo por el que quieren que Leta cargue con la culpa.

—¿Me crees? —le pregunté, exultante.

—Hijo —dijo con una sonrisa sombría—, no creo que seas un mentiroso. Creo que viste algo y que algo le ocurrió a tu hermana. Merece la pena investigarlo.

—¿Cómo podemos demostrar lo que han hecho? —preguntó la princesa—. Mi hermano intentó exponer la verdad sobre Ferrington, pero ahora ya no está y yo estoy aquí atrapada. La Regencia tiene demasiado poder, así que tenemos que tener cuidado.

—La princesa cree que la Regencia silenció a sus anteriores representantes —dije—; por eso no quiere que informes al fiscal de los descubrimientos. No pueden enterarse de que sabemos lo que están haciendo. Es demasiado peligroso para todos nosotros.

Ella se colocó un mechón de cabello rubio tras la oreja.

—Están ocultando a los ciudadanos de Telene mi presencia en la prisión y la desaparición de mi hermano en beneficio propio. Quieren tener el control de la nación y temo el resto de planes que puedan tener. Tengo que salir de aquí.

—¿Qué queréis que haga? —preguntó Graymond.

—La Regencia no quiere que me presente ante el tribunal —contestó ella—. Necesito que utilicéis el caso notorio de Leta para exponer su participación en la desaparición de mi hermano y en el encubrimiento del incendio. ¡Es la única forma de que pueda salir de esta celda!

Tenía los ojos resplandecientes y las mejillas teñidas de rosa. Parecía mucho más sana que cuando la había visto en la enfermería.

Graymond continuó caminando de un lado a otro.

—Pero ¿cómo demostramos que fueron los agentes de la Regencia los que prendieron el fuego? Encontraron a Leta en medio de la escena del crimen con un eco de muerte.

La princesa se apartó la melena rubia de los hombros y mostró su marca eco.

—Yo también la tengo y, aun así, no maté a mi hermano.

—Pero sí usasteis el edem —replicó mi mentor—. Estabais intentando sanarle, aunque no funcionó.

—No —contestó ella mientras se le arrugaba la frente—. Fuera lo que fuese que le hicieran en la sede de la Regencia no podía pararse con el edem.

—Entonces, ¿qué hacemos? ¿Cómo demostramos que existen unas criaturas invisibles?

—No podemos demostrarlo —respondió Graymond, negando con la cabeza.

Tenía razón; no había forma de demostrarle al jurado que los hullen eran reales, a menos que llevásemos uno a la sala del tribunal.

—En realidad, no creo que sea necesario que lo hagamos. —Él me lanzó una mirada extraña—. Me dijiste que la carga de la prueba recae en el fiscal, así que es él el que tiene que demostrar que Leta es culpable más allá de toda duda razonable, ¿no? —Graymond asintió con gesto cansado—. ¿No ocurre lo mismo con los hullen? No tenemos que demostrar que existen, tan solo presentar las pruebas suficientes para hacer que el jurado dude.

Graymond entrecerró los ojos marrones, mirándome, y yo esperé a que desechara mi idea.

—¿En qué habías pensado?

Me erguí, sintiendo cómo me quitaba un peso de los hombros.

—Bombardeamos al jurado con historias sobre los hullen y con informes detallados de las personas que vivían en Ferrington.

—¿No están todos muertos? —preguntó la princesa.

—Entonces, les mostramos imágenes y les contamos historias que aparezcan en los libros. Cualquier cosa que les llene las cabezas de criaturas hechas de edem hasta que empiecen a temer a sus propias sombras.

Tal como me había ocurrido a mí en Ferrington antes de haber visto a los hullen con mis propios ojos.

—Y, entonces, ¿qué? —preguntó Graymond—. Si conseguimos convencer al jurado de que Leta no es culpable, ¿cómo implicaría eso a la Regencia?

—Eso no los convencerá, es cierto. No hasta que presentemos a nuestra última testigo. Una testigo que le contará al jurado todo lo que ha hecho la Regencia. Una testigo que les contará con exactitud lo que le pasó al rey. Una testigo de la que ningún jurado dudaría jamás.

—¿Y quién es esa testigo? —preguntó la princesa con un gesto lleno de esperanza.

Una sonrisa se extendió lentamente por mi rostro.

—Vos.

CAPÍTULO 23

LETA

Leta no había visto a su hermano en toda la semana y aquel era el primer día de su juicio. ¿Se había dado por vencido? ¿Acaso pensaba que era culpable?

Cuando eran pequeños, Leta no le había ocultado ningún secreto. Generalmente, habían deseado las mismas cosas y cualquier riña había sido fugaz. Sin embargo, cuando su madre había muerto y habían enviado a su hermano un año al reformatorio, él había regresado cambiado. Por supuesto, Cayder afirmaba que había sido ella la que había cambiado, y tal vez fuese así, pero él también había regresado siendo una persona diferente. Desde entonces, las únicas cosas que le habían preocupado habían sido Vardean y el sistema legal. Había creído que con el asesino de su madre tras las rejas, la familia Broduck podría seguir adelante, pero se había equivocado.

Intentar reconstruir su familia era como cerrar una herida con celo. Además, Cayder y ella se encontraban en dos extremos diferentes, rasgando la herida y abriéndola mientras tiraban en direcciones opuestas. ¿Y su padre? Él ni siquiera entraba dentro de la ecuación, pues usaba su trabajo como excusa para nunca estar presente en casa.

Antes de la muerte de su madre, Leta había tenido una relación estrecha con su padre. A él le había parecido que su naturaleza inquisitiva era encantadora y había creído que podría llegar a ser una buena abogada. Era irónico que fuese ella la que estuviese encerrada en una celda y que Cayder desease convertirse en abogado.

Leta estaba contenta de poder tener la oportunidad de contar la verdad y de que no la obligaran a declararse culpable de un crimen que no había cometido. Aun así, deseaba que Cayder la creyera. Si el jurado la declaraba inocente, pero su hermano seguía sin estar seguro, entonces, no lo consideraría una victoria. Era consciente de que él quería defenderla y protegerla, pero creer en ella era una historia diferente.

Cayder y Graymond fueron a recogerla antes del desayuno. Su hermano le lanzó una mirada al guardia que siempre estaba presente en un rincón y se abalanzó sobre ella, rodeándola con los brazos.

—Lo siento muchísimo —dijo.

No fue necesario que dijera nada más, Leta se derrumbó y sus lágrimas mojaron el hombro de su hermano. La creía.

—¿Cómo? —le preguntó, consciente de que él entendería a qué se refería.

—Los vi —susurró él—. A los hullen. —Volvió a mirar al guardia y, después, comenzó a hablarle al oído de forma frenética—. El rey está muerto y la princesa está prisionera por su asesinato. Ferrington es el punto común. La Regencia está detrás de todo ello. Ellos fueron los que prendieron el fuego y mataron a toda esa gente.

Le costaba asimilarlo todo y, aun así, todo lo que le dijo su hermano tenía sentido. ¡Había estado segura de que los hullen existían!

—¿Estás lista, Leta? —Graymond estaba de pie junto a la puerta.

Ella corrió hasta él y lo abrazó.

—Gracias, tío Graymond.

Él bajó la vista hacia ella y le sonrió con los ojos vidriosos.

—Todavía no he hecho nada.

—Estás aquí.

—Tu padre también lo estaría si pudiera. Bien... —Hizo un gesto en dirección a sus guantes—. Vas a tener que quitártelos.

Leta se pasó las manos por debajo de los brazos.

—Pero...

—No tenemos nada que ocultar, Leta —le dijo con amabilidad—. Necesitamos que el jurado lo vea.

Le lanzó una mirada a su hermano. ¿Acaso creía ya que la muerte del pájaro era lo que había causado aquellas marcas eco? Cayder le hizo un gesto tranquilizador con la cabeza.

—Vamos, hermanita —dijo—. Vamos a sacarte de aquí.

Cuando Leta entró, la sala del tribunal era un hervidero de ruido. Los miembros del jurado estaban sentados en el palco, charlando entre ellos mientras esperaban al juez. El silencio se posó sobre la sala cuando la vieron junto a sus abogados, acercándose al estrado. Cayder estaba a un lado y Graymond al otro.

Ella estiró el cuello para intentar ver al jurado, pero los asientos quedaban ocultos tras una balaustrada de hierro ornamentado.

—Se ocultan sus identidades para protegerlos —le explicó Graymond.

El miedo le recorrió la columna vertebral.

—¿Cómo voy a saber qué decir para ganármelos? —preguntó.

¿Cómo podía conectar con un jurado al que no podía ver? ¿Cómo podía saber que se inclinaban hacia el veredicto correcto?

—Les estás contando la verdad, ¿no? —La frente de Graymond se arrugó por la incertidumbre.

—Por supuesto —masculló.

Además del taquígrafo que había estado presente en su última aparición ante el tribunal, había tres reporteros sentados al fondo de la sala. Identificó a una mujer de melena corta negra y piel dorada como la señora Lunita, madre de Narena y reportera del *Heraldo de Telene.* La había visto varias veces en casa de Narena. A pesar de que Cayder no quería entrar en teorías sobre el edem y el velo, su amiga tenía la mente más abierta. Si la señora Lunita había reconocido a Leta, no lo dejó ver.

Cayder le posó una mano en el hombro y le dedicó una sonrisa de ánimo.

—Todo va a salir bien. Eres inocente.

—Sí.

No se atrevió a decir nada más en caso de que le temblara la voz.

Dos guardias vestidos con armadura completa estaban de pie a cada lado de la mesa, como si esperaran que Leta los atacara o intentara escapar. Deseaba que huir fuese una opción.

Tras ellos, una puerta se cerró de golpe y Leta se giró en aquella dirección. Allí estaba su padre, que le hizo un gesto con la cabeza y se sentó al fondo de la sala del tribunal.

—Pensaba que no se le tenía permitido estar aquí —dijo ella mientras una sensación cálida se le apoderaba del pecho.

—Tan solo puede quedarse para las declaraciones iniciales —dijo Graymond—. Como testigo, tendrá que marcharse antes de que el fiscal llame a declarar a su primer testigo.

—Todos en pie ante la honorable jueza Dancy —anunció el ujier del tribunal desde debajo del palco.

La jueza Dancy entró rápidamente en la sala mientras el extremo de su bastón golpeaba el suelo como si fuese el tictac de un reloj. Leta deseó que aquello no fuese una señal de que casi se le había acabado el tiempo.

—Abogados de la defensa y fiscal, por favor, siéntense —dijo la mujer.

A Leta, su piel morena le recordaba a la madera de caoba pulida. La joyería de oro le resplandecía en los dedos, las muñecas y en torno al cuello. Era más glamurosa que cualquier juez que hubiese visto, y eso que, a lo largo de los años, había conocido a unos cuantos en las fiestas que había organizado su madre.

El estómago le dio un vuelco al pensar en ella. ¿Había sido consciente la Regencia de la existencia de los hullen cuando la habían enviado a Ferrington? ¿Era aquel el motivo de que hubiera estado allí aquella noche? Si ese era el caso, entonces, la Regencia era la culpable de la muerte de su madre. ¿Era por eso por lo que querían que cargase con la culpa del incendio? ¿Les preocupaba que hubiese descubierto algo que los incriminara? ¿Estaban intentando desacreditarla?

Cerró las manos en puños, permitiendo que el dolor de clavarse las uñas en las palmas de las manos la devolviera a la sala del tribunal.

—Jurado, en pie —ordenó la jueza Dancy.

Leta se obligó a no mirar hacia atrás. No quería mostrar que estaba nerviosa. Además, de todos modos, no sería capaz de ver sus rostros.

El ujier se colocó en el centro de la sala.

—Miembros del jurado —dijo en voz alta—, ¿juran solemnemente sobre todo lo que es bueno y luminoso que escucharán este caso y darán un veredicto verdadero y una sentencia justa para esta acusada?

—Lo juramos —replicó un coro de voces.

La jueza Dancy asintió y acarició la parte superior de su bastón como si fueran las plumas de un ave.

—Por favor, siéntense. —Entonces, miró a Leta por primera vez desde que había entrado en la sala—. Hoy comienza el juicio de la Regencia y la nación de Telene contra Leta Broduck. Señor Rolund —añadió, señalando al fiscal esbelto que estaba sentado junto a Leta—, por favor, presente su alegato inicial.

El señor Rolund se puso en pie y se giró hacia el jurado mientras se apartaba el cabello blanco de la frente. Cuando miró a Leta, los extremos del bigote se le agitaron y Cayder gruñó a modo de respuesta.

—Solo está haciendo su trabajo —murmuró ella.

—Está cubriendo a la Regencia —le contestó su hermano en un susurro—. Es tan malo como ellos.

—Señora jueza, miembros del jurado —dijo el hombre, proyectando la voz por toda la sala, acallando sus susurros—, durante este juicio, van a oír hablar sobre una muchacha que ha estado vilipendiando la ley desde que tenía nueve años. Se ha saltado el toque de queda, ha desmontado focos y ha esparcido mentiras sobre la Regencia. Se trata de una chica que nadie puede controlar, ni siquiera su propia familia. —El señor Rolund le lanzó una sonrisa a Cayder y uno de los lados del bigote se le levantó más que el otro—. Cree que está por encima de la ley y hace lo que le place. Se saltó el toque de queda para viajar a Ferrington para vengarse de la gente que le arrebató la vida a su madre hace siete años. Si bien dicho crimen es verdaderamente atroz, estuvo motivado por un acto sencillo de venganza; por lo tanto, lo que les pido es un veredicto sencillo. Si necesitan pruebas de la culpabilidad de la señorita Broduck, tan solo les pido que miren sus manos.

Oyó cómo los miembros del jurado se inclinaban hacia delante sobre sus asientos, mirando por encima de la balaustrada aquello que el fiscal había mencionado.

—No te inmutes —le susurró Graymond—, pensarán que tienes algo que esconder.

Pero sí que tenía algo que esconder. Hundió los dientes en el labio inferior. Quería ocultar las manos y ocultarse a sí misma con desesperación.

Cayder le dio un golpecito con el brazo. Tenerlo al lado le daba fuerza y le recordaba a las veces en las que se habían enfrentado al mundo ellos dos solos. Por ejemplo, aquella ocasión en la que, por accidente, habían dejado un rastro de barro por todo el mármol del vestíbulo horas antes de una de las fiestas de su madre. Por supuesto, ella no le había dado importancia. Su padre, sin embargo, les había ordenado quedarse en su habitación y les había prohibido bajar y disfrutar de la fiesta. Más tarde, aquella misma noche, Cayder se había colado en su habitación y la había encontrado llorando en la cama.

—Todavía podemos participar en la fiesta —le había dicho—. Vamos...

Habían recorrido el pasillo de puntillas y, desde un escondite en la veranda, habían contemplado cómo se desarrollaba la celebración. Leta había dibujado a los asistentes, intentando captar sus apariencias y movimientos. Muchos de los amigos de su madre habían sido compañeros de trabajo y a ella le había encantado captar trocitos de sus conversaciones sobre el velo, el edem y sus poderes para alterar el tiempo.

Ahora, odiaba a la Regencia y cada vez que escuchaba su nombre sentía como si pequeñas punzadas le recorrieran las venas.

Permaneció quieta con las manos a plena vista del jurado. Todavía no sabía si Graymond planeaba usar su historia del pájaro para explicar las marcas.

—Que el informe refleje que las manos de la señorita Broduck están cubiertas por un eco de muerte —dijo la jueza Dancy mientras le echaba un vistazo al taquígrafo.

El sonido del taquígrafo al teclear sonaba como un mazo golpeando el podio de la jueza una y otra vez. «Culpable, culpable, culpable».

Sin embargo, no podía pensar de ese modo. Cayder le había dicho que la princesa demostraría que ella no había prendido el fuego y que el jurado se olvidaría por completo de su eco de muerte.

Se giró para mirar a su padre, pero su gesto era inescrutable. ¿Se estaba replanteando su decisión de declarar como uno de los testigos?

A continuación, Graymond tenía que presentar su alegato inicial. Antes de acercarse a la jueza, le posó una mano en el hombro.

—Honorable jueza Dancy —dijo, haciendo un gesto con la cabeza en dirección al asiento de la jueza en el palco. Después, se giró hacia el jurado—, miembros del jurado. La señorita Broduck y yo les agradecemos el tiempo que le están dedicando a este caso. —Enderezó las solapas de su traje y se dirigió al centro de la sala con la cabeza echada hacia atrás para mirar al jurado, que estaba por encima—. ¿Quién es Leta Broduck? Durante el transcurso del juicio, descubrirán que es una chica inteligente, amable y artística que, trágicamente, perdió a su madre a una edad influenciable a causa de un misterioso accidente relacionado con el edem. Un accidente del que Leta deseaba conocer más detalles gracias a un viaje hasta Ferrington. Mientras estaba allí, todo el pueblo ardió durante la noche. Esta muchacha tiene suerte de estar viva —añadió, señalándola—, y, aun así, la fiscalía pretende presentarla como la villana solo porque sobrevivió. Miembros del jurado, les suplico que mantengan la mente abierta y miren más allá de lo obvio. —Señaló las manos de la chica—. Les suplico que escuchen la información que va a presentarse y descubran que la fiscalía no tiene pruebas de que Leta prendiera el fuego. —Se llevó las manos al pecho—. ¿Estoy intentando restarle importancia al impacto que dicho incendio ha tenido en la comunidad y en las familias de aquellos que perdieron la vida aquella noche? —Sacudió la cabeza—. Por supuesto que no. Pero no necesitamos perder otra vida y eso sería lo que ocurriría si se sentenciara a Leta Broduck a pasar un día más en Vardean. Les pido que declaren inocente a esta muchacha de dieciséis años que estaba en el lugar equivocado en el momento equivocado.

Antes de sentarse, le hizo un gesto con la cabeza a Leta. Comprendía por qué había repetido su edad: era joven y se merecía una segunda oportunidad. Si se hubiera tratado de un crimen menor, en aquel momento habría estado en el reformatorio de Vardean en lugar de enfrentándose a una posible sentencia de cadena perpetua.

—Fiscal —dijo la juez Dancy con el rostro pétreo y sin mostrar un solo atisbo de si se había sentido conmovida por el alegato inicial de Graymond—, llame a su primer testigo.

Leta se dio la vuelta y vio cómo su padre salía de la sala del tribunal. Él no volvió la vista atrás. Se le encogió el corazón y se llevó la mano al dibujo de la flor que llevaba escondido en el pecho.

El señor Rolund comenzó su interrogatorio pidiéndole a una científica de la Regencia, la doctora Estern, que subiera al estrado como testigo.

—¿Jura decir la verdad y nada más que la verdad en nombre del rey? —le preguntó el ujier a la doctora Estern.

—Lo juro —contestó ella. Después, se sentó en el podio que había en un lateral de la sala, justo debajo del palco de la jueza.

La doctora Estern presentó informes del gran cambio en el tiempo que se había producido en Ferrington la noche del incendio. Mostró las coordenadas del lugar en el que se había detectado el uso del edem y explicó cómo se habían utilizado esos datos para localizar a Leta, que había aparecido inconsciente en la única parte de Ferrington que había quedado en pie.

Leta sabía que aquello tenía mala pinta, que siempre la había tenido. Si ella misma hubiera formado parte del jurado, se habría considerado culpable. Deseaba poder recordar lo que había ocurrido en el momento en el que había intentado sacrificar al pájaro, pero lo único que le quedaban eran sombras y el olor del humo.

—El abogado de la defensa puede interrogar a la testigo —dijo la jueza Dancy en cuanto el señor Rolund se hubo sentado.

Cuando se puso en pie, Graymond le tocó el brazo a Leta. No dejaba de hacer lo mismo. ¿Pretendía mostrarle al jurado con aquella acción que no era intimidante? Se rio para sus adentros ante la idea de que alguien de su estatura pudiera ser intimidante. Tan apenas llegaba a la altura del hombro de Graymond.

Su hermano le dedicó una sonrisa tranquilizadora que ella intentó devolverle. Sin embargo, sentía como si tuviera la cabeza desconectada del cuerpo y no podía controlar sus propios músculos faciales.

—Doctora Estern —comenzó Graymond—, ¿cuántos años lleva trabajando para la Regencia?

—Protesto —dijo el señor Rolund, levantándose del asiento—. Irrelevante.

—Pronto se verá por qué es importante, señoría —replicó su abogado.

—Proceda —indicó la jueza Dancy con un gesto de la mano—. Responda a la pregunta, doctora Estern.

La mujer se frotó las manos, que tenía tan blancas como la nieve recién caída.

—Diez años —contestó.

—Y, en esos diez años, ¿cuántas veces se ha utilizado el edem para iniciar un fuego?

—Yo... No conozco todos los casos de uso del edem.

Graymond le dedicó una sonrisa paciente.

—Entonces, hasta donde llegue su conocimiento —insistió—. ¿Cuántas ocasiones conoce usted en las que el edem haya generado fuego?

La científica miró al señor Rolund antes de contestar.

—Solo una.

—¿Una diferente a esta? —clarificó Graymond.

Ella sacudió la cabeza.

—Solo en este caso.

—Ya veo. Y ¿cómo puede alguien prender un fuego con el edem?

—No lo sé, nunca he utilizado la sustancia. —La doctora Estern tamborileó los dedos con nerviosismo sobre el podio de los testigos—. Supongo que...

—¿«Supone»? —Graymond alzó una ceja—. Usted es la testigo experta en uso del edem de la fiscalía. Espero que sea capaz de proporcionarnos algo más que una mera suposición.

—¡Protesto! —El señor Rolund se levantó de su asiento como un resorte—. Acoso a la testigo.

Graymond agachó la cabeza.

—Le pido disculpas, doctora Estern. Tan solo deseo comprender cómo sabe la Regencia que Leta Broduck inició el fuego.

Cayder se había puesto tieso como un palo. Leta podía sentir la emoción recorriéndole el cuerpo. A pesar de que sabía que estaba preocupado por ella, también estaba disfrutando todo aquello. Estaba disfrutando viendo a Graymond en acción.

La testigo se aclaró la garganta.

—Según tengo entendido, el edem se utilizó para iniciar el fuego a base de transportar múltiples fuegos de diferentes líneas temporales y colocarlos en una sola zona, Ferrington, para que se convirtiera en un incendio enorme que se esparciera por toda la región en unos instantes.

—Eh... ¿Y cómo se decidió por esta... teoría?

Por el rabillo del ojo, Leta vio cómo su hermano sonreía. Graymond estaba socavando sutilmente a aquella experta.

—Cuando alguien usa el edem, está desplazando el tiempo —contestó la doctora Estern—. Pasado, presente y futuro. La única forma de que la sustancia prenda un fuego es trayendo las llamas desde otra línea temporal. Una vez que el edem ha cumplido el deseo de la persona, se restaura la línea temporal. En este caso, el fuego habría regresado al lugar del pasado o del futuro del que procedía.

—Ya veo —dijo Graymond—. ¿Y sabe esto gracias a las lecturas del edemetro?

La doctora Estern miró los informes que tenía esparcidos por el podio de los testigos y, después, contestó:

—No. El edemetro no nos dice para qué se utiliza el edem, solo nos señala dónde se produce el uso.

—Interesante —comentó él, dándose un golpecito en la barbilla—. Entonces, ¿no hay ninguna manera de confirmar con certeza que el influjo de edem que se produjo en la región de Ferrington aquella noche fuese la causa del incendio?

Las mejillas de la científica ardían, sonrojadas.

—No, pero podemos suponer...

—Gracias, doctora Estern —dijo Graymond—. No tengo más preguntas, señoría.

El abogado y Cayder intercambiaron una sonrisa.

Leta quería tener esperanza, pero sentía como si estuviera esperando a que el suelo desapareciera bajo sus pies.

CAPÍTULO 24

CAYDER

Me resultó difícil permanecer sentado mientras Graymond aniquilaba a la fiscalía. Quería levantarme de un salto y chocar el puño con él, pero me obligué a quedarme sentado y en silencio. Leta estaba sorprendentemente calmada. Se removía de vez en cuando, pero por lo demás, parecía serena, si bien no insensible.

A continuación, el señor Rolund llamó a testificar a uno de los compañeros de clase de Leta, aunque yo no lo reconocí. A mi lado, mi hermana se puso tensa.

—¿Qué ocurre? —le susurré.

Me miró fijamente con sus ojos oscuros y grandes, pero no dijo nada.

—Diga su nombre ante el tribunal y cuál es su relación con la señorita Broduck —dijo el fiscal.

El chico parecía más joven que ella. Llevaba el pelo peinado hacia atrás con gomina y tenía la tez rosada.

—Rener Wessex —contestó—. Voy a la misma clase de Historia que Leta en la Academia Kardelle.

—Señor Wessex —dijo el señor Rolund mientras caminaba frente al podio—, por favor, ¿puede describir ante el tribunal cómo fueron sus interacciones con la señorita Broduck?

—Es una harpía horrible —contestó Rener.

—Protesto, señoría —dijo Graymond mientras se ponía en pie con un suspiro—. Esto es una opinión, no un hecho. Además, no tiene relación con el caso que nos ocupa.

—Concedida —apuntó la jueza Dancy con el ceño fruncido—. Si quiere llegar a alguna parte, señor Rolund, le sugiero que lo haga —añadió, entrecerrando los ojos.

El fiscal inclinó la cabeza ante la jueza, pero desde mi posición, pude ver el gesto de burla en su rostro.

—Señor Wessex —comenzó de nuevo—, por favor, ¿puede contarnos lo que le oyó decir a la señorita Broduck en su clase de Historia?

Rener lanzó un vistazo a Leta y, después, apartó la mirada rápidamente, como si tuviera miedo de ella. «Si algún día lo veo fuera de esta sala del tribunal, debería temerme a mí…».

—Dijo que la Regencia no era más que un puñado de idiotas —contestó el chico con una sonrisa afectada—. Dijo que haría todo lo posible para destapar lo que estaban ocultando.

El fiscal se atusó el bigote.

—¿Y qué pensaba Leta que estaba ocultando la Regencia, señor Wessex?

Miré a Graymond de reojo. ¿Por qué abriría el fiscal esa línea del interrogatorio? Aquello jugaba en nuestro favor, no al suyo.

—Que había un mundo entero al otro lado del velo —dijo Rener—. Un mundo en el que unas copias de nosotros mismos viven la vida contraria a la que nosotros hemos escogido, la vida que no hemos vivido.

El señor Rolund alzó una ceja mirando al tribunal.

—Entonces, ¿ella cree que hay dos versiones de todos y cada uno de nosotros?

—Sí —contestó el chico, inclinándose hacia delante con entusiasmo—. También dijo que la Regencia estaba ocultando un mundo en el que el tiempo avanza en reverso y todos caminan al revés.

Sobre nosotros, el jurado estalló en carcajadas.

«Maldito sea el edem». ¿De verdad le había contado todas aquellas teorías absurdas a cualquiera que quisiera escucharla?

El señor Rolund sabía con exactitud lo que estaba haciendo. Estaba desacreditando a mi hermana antes siquiera de que hubiésemos mencionado a los hullen. Graymond me lanzó una mirada solemne y de complicidad que me decía que tuviera paciencia. Sin embargo, Leta se puso en pie de golpe.

—¡No dije eso! —exclamó—. Bueno, sí lo hice, pero eso fue hace mucho tiempo.

Tiré de la manga de su mono gris para que se sentara.

—Ya basta, señorita Broduck —dijo la jueza Dancy, golpeando el podio con el mazo—. A la acusada no se le permite hablar mientras haya un testigo en el estrado y tampoco puede dirigirse al jurado directamente.

El comportamiento de Leta tan solo servía para reforzar la afirmación del señor Rolund de que era incontrolable. Por eso mismo había puesto a Rener a testificar.

—No hay más preguntas, señoría —dijo el hombre, sacudiendo la mano como si Leta ya hubiera dañado su imagen lo suficiente ella solita.

Odiaba que tuviera razón.

—¿Recuerda cuándo dijo estas cosas sobre la Regencia la señorita Broduck? —le preguntó Graymond cuando llegó su turno de interrogar al testigo.

Rener lanzó una mirada al fiscal.

—No lo recuerdo... No hace tanto tiempo.

—¿Ah, no? —preguntó Graymond mientras sacaba una hoja de papel del archivo de mi hermana—. Solicito permiso para acercarme al testigo, señoría.

La jueza asintió con la cabeza y sus collares entrechocaron con un sonido metálico.

—Permiso concedido.

Rener se encogió sobre sí mismo cuando Graymond, que era mucho más alto, se acercó al estrado. Mi mentor colocó la hoja de papel sobre el podio de los testigos.

—Por favor, ¿podría leernos esta hoja desde el principio?

Mientras leía, la voz de Rener tembló.

—«Academia Kardelle. Clase de Historia de último curso».

Graymond asintió con la cabeza.

—Señor Wessex, lea las siguientes dos líneas, por favor.

—«Leta Broduck» —dijo el chico—. «Cien por cien de asistencia». —Torció los labios, disgustado.

Yo no estaba seguro de a dónde quería llegar Graymond con aquello, pero sabía que debía confiar en él.

—¿Y la última línea?

—«Rener Wessex». —El chico gruñó mientras hundía la barbilla en el pecho—. «Cero por ciento de asistencia».

Raymond dejó que la información se asentara y yo le dirigí una sonrisa a Leta. Sin embargo, ella no me la devolvió.

—¿Y cómo oyó que Leta decía tales cosas en una clase a la que nunca asistió? —preguntó Graymond.

—Yo... Yo... —Rener tironeó del cuello de su camisa—. Debió de ser en otra clase.

Mi mentor le tendió al señor Wessex otra hoja de papel.

—Que quede registrado que, ahora mismo, estoy presentando los horarios tanto de la señorita Broduck como del señor Wessex y que, más allá de Historia, no compartían ninguna asignatura. No desde que estaban en primaria. Si es cierto que la señorita Broduck compartió sus ideas sobre el velo, debió de ser aproximadamente hace seis años, cuando tan solo tenía diez. —Sonrió—. Estoy seguro de que ustedes también creían historietas tontas cuando eran pequeños, ¿no es así?

—¡Debió de contármelo alguna otra persona! —exclamó Rener que, claramente, no quería que se le tachara de mentiroso en frente de un tribunal.

—Eso, señor Wessex —dijo Graymond, alzando un dedo en dirección al techo bien iluminado—, es un testimonio referencial y, por lo tanto, le pido al taquígrafo que elimine del informe todas las menciones a las creencias previas de la señorita Broduck.

Me recosté con un suspiro. Mi mentor había hecho un gran trabajo a la hora de desacreditar al testigo. Dudaba que el jurado tuviese en cuenta como prueba cualquiera de las cosas que había dicho el chico.

Le lancé una sonrisa al señor Rolund. No había visto nada todavía.

—Lo has hecho bien —dijo Graymond al final del día cuando regresamos a la celda de Leta, que parecía exhausta. Yo, mientras tanto, seguía activo gracias a la adrenalina—. El fiscal no se ha hecho ningún favor con los testigos. El lunes, plantaremos la semilla de la duda de los hullen y haremos que crezca.

Leta se dejó caer en su camastro y se llevó las rodillas al pecho.

—Siento el arrebato de antes.

—Sería la primera vez que lo lamentas —dije, sentándome a su lado y dándole un golpecito con el codo.

—Ja, ja —replicó ella de forma seca—. Rener y yo nunca nos hemos llevado bien. Siempre se ha burlado de mí.

Me tragué la culpabilidad que sentía por no saber nada sobre la vida escolar de mi hermana, sobre quién la había acosado o sobre quiénes eran sus amigos. Había estado muy centrado en mí mismo y en mi propia supervivencia, creyendo que siempre estaría a mi lado cuando la necesitase. Había sido egoísta.

—Lo has hecho bien —repitió Graymond con un gesto de la cabeza. Con él en la misma habitación, era difícil no sentirse confiado. Siempre se mostraba muy seguro de sí mismo, lo cual era contagioso.

—¿Cómo sabías que Rener no había asistido a ninguna de las clases que teníamos en común? —preguntó Leta. Mientras hablábamos, estaba dibujando en su cuaderno, ya que decía que era algo que la ayudaba a poner los pies en la tierra y calmarse.

—El fiscal y yo tuvimos que presentar una lista de los testigos antes del juicio —le explicó Graymond—. Sabía que Rener Wessex estaba en la lista de testigos de la Regencia del mismo modo que el fiscal sabía que la semana que viene subirán al estrado Narena y tu padre. Le pedí a la escuela que me enviase todos los informes que tuvieran y descubrí que, este año, no habíais tenido ninguna clase juntos. —Sonrió con suficiencia—. Sospeché que la fiscalía estaba tramando algo.

—¿Y qué hay de la princesa? —preguntó Leta mientras detenía el lápiz sobre la hoja de papel. Estaba dibujando de nuevo a un hullen. El vello de la nuca se me puso de punta—. ¿No es peligroso revelar tu plan?

—La divulgación de información antes del juicio fue el lunes por la noche —contestó él—. No descubrí lo de la princesa y Ferrington hasta ayer. Se permite aportar pruebas nuevas. Puede que el fiscal se oponga, pero dudo que la jueza le dé la razón cuando vea quién es nuestra testigo.

—¿Ves? —le dije—. Todo va a salir bien.

—¿Qué os parece si os dejo a los dos solos un momento? —preguntó Graymond mientras le hacía un gesto con la cabeza al guardia que había en el rincón, que gruñó, pero no se quejó.

Una vez que mi mentor hubo salido de la celda, Leta me pasó los brazos por los hombros.

—¡Gracias, gracias, gracias!

—¡Separaos! —nos ordenó el guardia—. ¡Ahora!

No quería meter a mi hermana en más problemas, así que me libre de su abrazo y me senté en la otra punta del camastro. Ella le lanzó al guardia una mirada de odio.

—No me des las gracias todavía —dije.

—No sé cómo podría superar esto sin ti. Gracias a ti, es posible que pueda salir de aquí.

Me costó tragar saliva. No podía desprenderme de la sensación de que, si hubiese sido un buen hermano de verdad para ella, para empezar, no estaría aquí dentro.

—Sabes que padre se involucraría más si pudiera —dije.

Ella arqueó una ceja.

—¿Lo estás defendiendo?

Solté una carcajada.

—Supongo que sí.

La sonrisa desapareció del rostro de mi hermana tan rápido como el edem bajo la luz del sol.

—¿Qué crees que le pasó a madre aquel día? —me preguntó—. ¿Crees que los hullen tuvieron algo que ver?

—No lo sé —dije—. No nos atacaron ni a mí ni a Narena. Creo que te protegieron del fuego.

Le conté lo que había visto en Ferrington y le hablé del círculo sin quemar que coincidía con la envergadura de las alas de la criatura invisible.

—Eso no tiene sentido. Todo lo que he leído y escuchado sobre los hullen los retrata como criaturas destructivas y peligrosas. Además, si están relacionados con el edem, ¿por qué se encuentran en un sitio tan lejos del velo y en ningún otro? —Me encogí de hombros. Sabía que no tenía sentido, pero sabía lo que había visto—. Me apuesto algo a que madre lo sabía —dijo ella mientras volvía a dibujar. No dejaba de trazar espirales con el lapicero en los agujeros vacíos donde deberían haber estado los ojos.

—Entonces, ¿por qué no nos dijo nada?

—Tal vez no pudo hacerlo —contestó con el rostro demacrado—. ¿Y si la Regencia la silenció como hizo con el rey?

Fruncí el ceño.

—¿Crees que es posible que fueran ellos los causantes de su muerte?

—¿Tú no? —preguntó ella.

Ya no estaba seguro de en qué creía y en qué no. Desde que había empezado a trabajar con Graymond en Vardean, toda mi forma de ver el mundo se había invertido. En el pasado, había querido ser fiscal para interrogar a gente como Leta en el Tribunal de la Corona, pero ahora, estaba en el otro lado, desesperado por salvarle la vida a una presa.

Leta era la única familia de verdad que me quedaba y, sin embargo, la había tratado como algo prescindible, tal como nuestro padre nos había tratado a ambos.

Le agarré la mano. Ella se encogió y me di cuenta de que era la primera vez que la tocaba sin la barrera que suponían sus guantes. El eco de muerte gris resaltaba sobre sus brazos pálidos y llenos de pecas. Pasé los dedos por el diseño de los huesos. La sensación no fue diferente a la de tocar piel sin marcas.

—¿Cómo te las hiciste? —le pregunté.

Ella apartó las manos de las mías.

—Ya te lo dije —contestó—. Maté a ese pájaro.

Sacudí la cabeza.

—Puedes contarme lo que pasó de verdad.

—¿Acaso importa? —Se encogió de hombros—. Ya sabes que yo no empecé el fuego.

—Quiero saberlo.

—No. —Se apartó todavía más de mí sobre el camastro estrecho—. No quieres saberlo, necesitas saberlo. Has sido así desde que regresaste del reformatorio. Necesitas saberlo todo. «¿Dónde vas, Leta?», «¿Por qué lees esa mierda para descerebrados, Leta?». —Puso una voz grave para imitar mi tono con un gesto altivo—. «¿Por qué sales con esos absurdos teóricos de la conspiración, Leta?». —Encorvó los hombros—. ¿Por qué no eres capaz de aceptarme tal como soy?

Pestañeé mientras la miraba.

—¿Me lo dices en serio? —Sacudí las manos a nuestro alrededor—. ¡Gracias a tus secretos, estás encerrada en una celda y estamos luchando por tu libertad! ¿Quieres que no haga preguntas? ¿Que no me preocupe?

—¿Preocuparte? —Se levantó del camastro de un salto y sus dibujos salieron disparados hacia el suelo. El guardia dio un paso hacia nosotros, pero ella lo fulminó con la mirada y él se detuvo—. ¡Me dejaste sola con padre un año entero! —gimoteó—. No tenía a nadie, así que hice amistades nuevas.

—¿Amistades como ese informante del que no quieres hablarme? —pregunté, hirviendo de ira—. ¿Es por esa persona que tienes eso? —Señalé sus manos.

Ella se tambaleó hacia atrás.

—¿Estás sugiriendo que maté a mi fuente y que por eso no te digo su nombre?

—Has matado a alguien.

Me odié a mí mismo en cuanto lo dije, pero era cierto. A pesar del amor que sentía por mi hermana, seguía creyendo en las pruebas y las marcas eco no mentían, especialmente cuando se trataban de ecos de muerte.

—O algo así —mascullló.

—No creo que mataras a aquel pájaro. Creo que Narena y yo lo vimos. —Tragué saliva con fuerza—. En Ferrington no sobrevivió nada excepto tú y un pájaro.

—Debía de ser un pájaro diferente —dijo, dándome la espalda. El rubor de sus mejillas la delataba.

Me puse de pie y dudé antes de posarle la mano en el hombro.

—Lamento que te sintieras abandonada todos estos años, pero ahora estoy aquí. —Ella asintió, pero no me miró a los ojos—. Me gustaría que confiaras en mí.

Soltó una carcajada silenciosa.

—A mí también me gustaría que confiaras en mí.

CAPÍTULO 25

JEY

El sábado por la mañana se abrió la puerta de la celda, pillando a Jey con la guardia baja. Se había bajado el mono de preso hasta la cintura y estaba haciendo flexiones.

—¡Señor Toyer! —exclamó—. ¿Una visita en fin de semana? Tendría que haberme avisado. No estoy preparado para recibir visitas. —Cruzó los brazos sobre el pecho, avergonzado.

—Siéntate. —El hombre hizo un gesto con la barbilla en dirección a la mesa.

—¿Cómo? —dijo Jey mientras se acercaba al asiento—. ¿No va a saludarme?

El señor Toyer suspiró.

—Tengo noticias.

Jey giró la silla y se sentó en ella al revés. Después, apuntó al hombre con dos dedos.

—Dispare. —El abogado deslizó una hoja de papel hacia él sobre la mesa, pero permaneció en silencio—. No me he traído las gafas de cerca —gimoteó.

—Léelo y punto, Jey. Y, después, firma abajo.

Tragó saliva con dificultad. Al parecer, se trataba de algo serio.

DEPARTAMENTO DE JUSTICIA

VARDEAN, TELENE

Historial criminal

Preso: #19550717

Edad: 18

Delito penal: Usar el edem para asesinar al doctor Bueter (padre del acusado)

Delitos secundarios: Apuñalamiento de otro preso y hurto

Veredicto del jurado	N/D
Sentencia	Cadena perpetua, sin juicio ni libertad condicional

—¿Preso 19550717? —preguntó—. ¿Qué? ¿Ahora solo soy un número? ¡Es un ultraje!

—¿Entiendes lo que significa, Jey? —El señor Toyer señaló el papel—. Vas a pasar el resto de tu vida aquí. Por petición de la Regencia, el Tribunal de la Corona cree que representas un riesgo demasiado grande para la sociedad y han cancelado tu juicio.

Intentó no mostrar su alivio.

—Présteme una pluma y dígame dónde tengo que firmar.

—Podemos presentar una apelación —señaló el hombre—. Ahora es el momento. Una vez que lo firmes, no habrá vuelta atrás.

—¿Presentar una apelación? —preguntó—. ¿Por qué? Ya confesé haber matado a mi padre. —Señaló la calavera que llevaba en el pecho desnudo. El señor Toyer asintió, pero estaba claro que tenía algo en mente que no quería o no podía compartir—. ¿Qué ocurrirá a continuación? —preguntó con verdadero interés.

—Te quedarás aquí —contestó el hombre. Parecía agotado, como si cargara con el peso de la nación sobre los hombros—. Después de un par de años, tal vez te trasladen de vuelta a alguno de los pisos inferiores y te otorguen privilegios de grupo para las horas de las comidas. Siempre que muestres un buen comportamiento, por supuesto.

Jey sonrió.

—Por supuesto.

El señor Toyer le tendió la pluma.

—En cuanto firmes esto, mi labor como tu abogado de oficio habrá terminado. —La pluma permaneció entre ellos—. Ahora es el momento de que me cuentes cualquier cosa que no me hayas contado ya, cualquier cosa que pueda presentarle a la jueza para intentar cambiar la sentencia o presionarlos para celebrar un juicio.

Jey le quitó la pluma de las manos y firmó con su nombre.

—Dígale a la superintendente que me gustan las patatas, que no como carne y que espero con ansias un cortejo largo y agradable.

En cuanto el señor Toyer se hubo marchado, Jey exhaló. No había pensado que fuesen a cancelar su juicio, pero le iba bien. No quería que nadie husmeara en lo que había ocurrido la noche en la que había muerto su padre. Por eso había insistido en declararse culpable. No pasar por un juicio era más fácil.

Eso no significa que se hubiere resignado a su suerte. En el pasado, había estado dispuesto a quedarse en Vardean tanto tiempo como determinara un juez. Pero, una vez allí, sus planes habían cambiado, y eso implicaba que tenía que encontrar una manera de salir de aquella celda.

No había esperado que hubiese tantos guardias en el piso superior. Realmente, eso había sido una tontería, ya que era donde encerraban a los criminales más peligrosos. Aun así, no había esperado ver a un grupo de guardias apostados fuera de una sola celda, la que no tenía ventanas. Todavía no había decidido si referirse de forma colectiva a un grupo de guardias como «un trueno» (por el sonido que hacían sus botas cuando recorrían el suelo de piedra) o «una manada» (por cómo se seguían los unos a los otros como un grupo de gansos). De todos modos, su presencia le estaba dificultando la tarea de trazar un plan de huida.

La mayoría de los guardias solía pasar por delante de su celda sin pensarlo dos veces. Todos, menos una.

La chica no parecía mucho más mayor que él y tenía una melena teñida de blanco que se le rizaba en torno a la piel morena, una nariz pequeña y los ojos grandes. Cuando pasaba por delante, lo miraba a los ojos y asentía con la cabeza. Jey no estaba seguro de por qué asentía, pero sentía como si hubiera cierta comprensión entre ellos, cierta empatía. Él contemplaba cómo los guardias se unían a los demás y, mientras todos permanecían quietos como estatuas, ella cambiaba el peso de un pie a otro y miraba su reloj cada pocas horas.

Desde la primera vez que le había hecho aquel gesto, había intentado llamar su atención varias veces. Durante su segundo día en el último piso, cuando ella había pasado, la había llamado.

—¡Oye!

Ella se había detenido, lo había mirado y, después, había seguido caminando. No había sido el mejor de los principios, pero tampoco el peor. Su novia, Nettie, había tardado en rendirse ante él. A la mayoría de la gente, su chulería le resultaba encantadora. O, al menos, eso era lo que había creído su madre. Cuando había conocido a Nettie, ella se había limitado a poner los ojos en blanco. Tenía que admitir que «¿Vienes a menudo?» no era la frase más original para decirle a una persona a la que veía todos los días en el tranvía de camino a clase. Pero había pensado que tal vez se riera. No lo había hecho.

Su indiferencia (si no su aversión absoluta) hacia él era lo que le había intrigado en primer lugar. Nettie nunca parecía hacer o decir lo que él había esperado, y a él le encantaba que le sorprendieran. Cada mañana, de camino al colegio, había vuelto a intentarlo. A veces, le había dicho un piropo y, otras, había dicho algo totalmente aleatorio para ver cuál era su reacción. ¿Se le encendería el rostro de ira, o le daría la espalda, ocultando el rostro tras el escudo de su melena para que no la viera sonreír?

Jamás habría esperado que el motivo por el que Nettie había acabado relacionándose con él había sido su padre. Suponía que tendría que haberle dado las gracias por eso. Al menos, si no hubiera sido también el motivo detrás de su ruptura.

Por su experiencia con Nettie, sabía que era posible que tardara un tiempo en ganarse la atención favorable de la guardia.

En aquella ocasión, cuando la llamó, ella se acercó.

—¿Sabes? —dijo, ladeando la cabeza—. Que no dejes de incordiarme va a acabar convirtiéndose en algo aburrido en los próximos cuarenta años.

Jey fingió fruncir el ceño.

—¿Crees que solo voy a llegar a los sesenta? —Hizo un ruido de burla e hinchó el pecho desnudo—. Eso me resulta tremendamente insultante.

La chica observó el eco de muerte con los ojos entrecerrados. Jey sintió una oleada poco habitual de inseguridad y, a toda velocidad, se subió la parte superior del mono para cubrir las marcas. Ella torció la boca hacia abajo.

—¿Qué quieres?

Él se forzó a recuperar la seguridad en sí mismo. Le gustaba pensar en ella como en un pozo sin fondo que ni siquiera Vardean podía secar.

—¿Cómo te llamas?

—¿Quieres saber cómo me llamo? —preguntó ella.

Jey asintió y ella se alejó.

—¡Espera! —volvió a llamarla.

Ella hizo girar los hombros y, después, regresó hasta su celda.

—Escucha —le dijo—, no estamos en la hora de socializar. Se supone que no puedo hablar con los presos.

—Entonces, ¿por qué lo estás haciendo?

Le dedicó su sonrisa más seductora y ella se rio.

—Olvídate de eso —dijo, señalándole la boca—. Tengo novia.

—Yo también —contestó él—. O, al menos, la tenía. ¿No podemos ser amigos? Venga, no tengo nada más que hacer aquí dentro. Hasta mi abogado defensor se ha cansado de mí.

Ella se apartó un rizo blanco de los labios.

—No puedo imaginarme por qué.

Jey sonrió.

—Me gustas.

La guardia se encogió de hombros.

—Me da igual.

—Concédeme esto, por favor. Dime quién está en la celda que está vigilada a todas horas; la que no tiene ventanas.

—¿Por qué debería decírtelo?

—Porque también estás aburrida. No quieres estar aquí más de lo que quiero estarlo yo.

Frunció los labios y lo miró echando chispas por los ojos.

—No sabes nada de mí.

Jey contempló cómo se alejaba echa una furia y tomó nota del lugar del cinturón del que le colgaban las llaves de la celda.

La próxima vez, necesitaba que se acercara más, pero, ¿cómo lo lograría?

CAPÍTULO 26

LETA

El fin de semana pasó con lentitud mientras Leta esperaba su regreso ante el tribunal. Echaba de menos a su hermano y a Graymond, cuya presencia le recordaba a tiempos más felices en los que su vida todavía no había sido mancillada por el dolor y la pérdida, en los que el abogado y su hija solían visitarlos en casa y el mundo había parecido lleno de posibilidades. En aquel entonces, incluso las historias sobre las criaturas hechas de edem le habían parecido mágicas.

Llenaba los días dibujando todo lo que podía recordar del mundo exterior en caso de que nunca más volviera a verlo.

El segundo día del juicio transcurrió más o menos como el primero. El fiscal llamó al estrado a diferentes testigos para que presentaran pruebas contra Leta: antiguas amistades, profesores e incluso el conductor del tranvía que la vio embarcar hacia Ferrington aquel fatídico día y que dijo que tenía «la muerte en los ojos y la maldad en el corazón».

Los testigos, uno tras otro, aseguraron que era terca, indomable y peligrosa. Aunque Graymond protestaba ante semejantes comentarios y, por lo tanto, eran eliminados del informe, el jurado no podía olvidar las palabras del mismo modo que no se podía evitar el sonido de una campana que ya había tañido.

El último testigo de la fiscalía fue el agente que había llevado a cabo el arresto. Leta recordaba a aquel hombre de pelo color arena, rostro estrecho y barba desaliñada. El suyo había sido el primer rostro que había visto al despertar y él había sido el que le había atado con poca delicadeza las manos marcadas por un eco de muerte a la espalda y le había dicho que se pudriría en Vardean durante el resto de su vida por lo que había hecho. Leta se había sentido paralizada y no había dicho una sola palabra hasta que había llegado a la sala de interrogatorios.

—Agente Pharley —le dijo el señor Rolund al hombre—, ahora, me gustaría que leyera la declaración original de la señorita Broduck al momento del arresto.

Leta miró a su hermano, pero él tenía la vista al frente. Las palabras que se habían dicho el viernes todavía pendían sobre ellos. No podía estar demasiado enfadada con él. Después de todo, sí que le había mentido con respecto al eco de muerte.

Para evitar su mirada, Cayder hojeó los archivos para encontrar la transcripción y, mientras el fiscal leía en voz alta, empezó a pasar el dedo por las palabras.

TRANSCRIPCIÓN DEL INTERROGATORIO A LETA BRODUCK

AGENTE PHARLEY: Señorita Broduck, voy a leerle sus derechos. Debe decirme si los comprende. De lo contrario, se los explicaré.

LETA BRODUCK: ¿Qué ha ocurrido?

AGENTE PHARLEY: Ya hablaremos de eso.

LETA BRODUCK: ¿Por qué va a leerme mis derechos? ¡Nadie me ha dicho por qué me han arrestado!

AGENTE PHARLEY: Leta Broduck, tiene derecho a permanecer en silencio. Cualquier cosa que diga podrá ser usada en su contra ante un tribunal. Permanecerá en prisión preventiva en Vardean hasta su comparecencia, momento en el cual, si se declara inocente, se le asignará una fecha para el juicio. Si se declara culpable, más adelante, un juez determinará su sentencia. Tiene derecho a un abogado y, si no puede pagarlo, el Tribunal de la Corona le asignará uno de oficio. ¿Entiende estos derechos?

LETA BRODUCK: Sí, pero...

AGENTE PHARLEY: Leta Broduck, ¿puede contarnos dónde se encontraba anoche? Vive en la Milla Soleada, ¿no es así?

LETA BRODUCK: ¿Me han arrestado por saltarme el toque de queda?

AGENTE PHARLEY: No juegue conmigo. Ha sido arrestada por lo que ocurrió en Ferrington. Y por sus manos.

LETA BRODUCK: No sé lo que ocurrió en Ferrington.

AGENTE PHARLEY: Anoche, todo el pueblo de Ferrington y la mayor parte de sus habitantes fueron destruidos. ¿Por qué la encontramos en medio de un campo incinerado con un eco de muerto en las manos?

LETA BRODUCK: No... No lo sé. No sé qué ocurrió.

AGENTE PHARLEY: ¿Qué estaba haciendo en Ferrington?

(Pausa)

LETA BRODUCK: Estaba intentando descubrir la verdad. Quería demostrar que (inaudible). Estaba allí para ofrecer un sacrificio. Me habían dicho que era lo único que necesitaba para invocarlos.

AGENTE PHARLEY: ¿Un sacrificio? ¿Sacrificó al pueblo entero?

LETA BRODUCK: ¡No! ¡Tenía un pájaro! Estaba planeando matarlo y entregárselo a los hullen.

AGENTE PHARLEY: ¿Qué es un «hullen»?

LETA BRODUCK: Criaturas que solo quieren causar destrucción.

(Pausa)

LETA BRODUCK: ¿De verdad están todos muertos?

AGENTE PHARLEY: Todos menos unos pocos residentes que vivían en las afueras. Y usted.

LETA BRODUCK: ¡Lo siento mucho! ¡No pretendía hacerle daño a nadie!

AGENTE PHARLEY: ¿Admite haber provocado el fuego?

LETA BRODUCK: No... No lo sé. Tan solo quería saber la verdad. Pero es culpa mía. Por mi culpa, están todos muertos.

(Fin del interrogatorio)

Leta sintió el peso de todos los ojos de la sala posándose en sus hombros. Unos pocos miembros del jurado habían ahogado un grito en la parte en la que ella había declarado que era culpa suya. Incluso la madre de Narena estaba sacudiendo la cabeza con tristeza.

A pesar de que aquello era malo, tenía que soportarlo. Tendría que hacerles ver que no había sido ella la que había matado a los habitantes de Ferrington, que no era peligrosa.

—Admitió la culpa con sus propias palabras —dijo el fiscal—. No escuchen las mentiras que diga ahora.

Cuando fue el turno de Graymond de interrogar al testigo, tomó la copia de la declaración de Leta y se acercó al agente.

—Agente Pharley, ¿a qué hora encontró a la señorita Broduck en aquel campo de Ferrington?

—Antes del amanecer —contestó el hombre—. Sobre las cinco de la mañana.

Graymond asintió como si se tratase de la información más interesante que hubiese escuchado en todo el día.

—¿La encontró antes o después de que se hubieran apagado los fuegos?

—Protesto —dijo el señor Rolund—. Irrelevante.

Graymond le lanzó una sonrisa a la jueza Dancy.

—Le prometo que hay un motivo para esta pregunta, señoría.

—Denegada —asintió la mujer—. Abogado, continúe.

—Gracias.

Leta no estaba segura de a dónde quería llegar con aquello. Se descubrió a sí misma inclinada hacia delante, aferrándose a cada una de las palabras de aquel hombre y a cada uno de los cambios de gesto de su rostro.

—La Regencia no apagó el incendio. —El agente Pharley se rascó el cuello. Leta se dio cuenta de que tenía manchas rojas en la piel. ¿Acaso estaba nervioso?—. Los fuegos habían regresado a la línea temporal de la que procedieran horas antes de que encontrásemos a Leta Broduck.

—Qué interesante —dijo Graymond, dándole la espalda a la jueza y mirando al jurado—. Entonces, dígame, ¿cómo sabía la Regencia que Ferrington había ardido?

El agente Pharley observó la declaración como si fuese a encontrar allí la respuesta.

—Yo vi... Vimos el humo desde un pueblo cercano —dijo.

—¿Visteis el humo?

—Sí.

—¿Y el pueblo más cercano es...?

El testigo volvió a mirar la declaración.

—Eh...

—¿No recuerda el nombre del pueblo en el que estaba estacionado hace solo dos semanas?

—Sí, lo recuerdo —contestó el hombre de forma brusca. Sin embargo, estaba claro que no era así, ya que no añadió nada más.

—Responda la pregunta, agente Pharley —dijo la jueza Dancy.

—¡Tavitch! —intervino el señor Rolund, casi gritando.

La jueza lo fulminó con la mirada.

—Señor Rolund, si vuelve a interferir, lo acusaré de desacato al Tribunal de la Corona.

—Lo lamento, señoría.

Sin embargo, el daño ya estaba hecho. El señor Pharley ya conocía la respuesta a la pregunta de Graymond. Leta había estado apretando los puños con tanta fuerza que las uñas se le partieron sobre la piel.

—Cierto —asintió el agente Pharley—. La Regencia estaba investigando un crimen relacionado con el edem en el pueblo cercano de Tavitch cuando vimos el humo.

—Qué interesante —repitió Graymond, tocándose los labios con un dedo—. ¿Y cómo vieron el humo cuando era de noche?

—¿Qué? —El testigo se removió en su asiento—. No era de noche, era de día. Nosotros...

—Taquígrafo —dijo el abogado, mirando al muchacho que estaba sentado detrás de la máquina de escribir—. Por favor, ¿puede repetirme a qué hora ha asegurado el agente Pharley que encontró a Leta Broduck en el campo calcinado?

El chico pasó las notas frenéticamente.

—Ha dicho... —La voz le tembló, aunque Leta no sabía si era de emoción o de miedo—. «Antes del amanecer. Sobre las cinco de la mañana».

—Gracias, hijo —dijo Graymond, asintiendo—. Entonces, dígame, agente Pharley, ¿cómo vio el humo en la oscuridad desde el pueblo cercano de Tavitch, que se encuentra a más de seis kilómetros de distancia?

—Bueno... —comenzó el hombre—. Verá... Bueno... Vimos las llamas. Sí, fueron las llamas, no el humo.

—Taquígrafo, recuérdele al tribunal lo que el agente Pharley ha dicho con respecto al estado de los fuegos cuando llegaron.

En aquella ocasión, al responder, la voz del muchacho fue firme.

—«Los fuegos habían regresado a la línea temporal de la que procedieran horas antes de que encontrásemos a Leta Broduck».

—Qué interesante... Si de verdad vio las llamas, ¿por qué no se desplazó hasta allí de inmediato para apagarlas? ¿Por qué llegó horas después de que el incendio hubiese destruido Ferrington cuando Tavitch está a tan solo seis kilómetros?

—Yo...

—¿Y cómo supo en qué momento las llamas habían desaparecido de vuelta al pasado o al futuro si no estuvo en Ferrington hasta las cinco de la mañana?

—Bueno... —comenzó el hombre, aunque no ofreció ninguna explicación.

—Lo cual nos plantea una pregunta, agente Pharley: ¿qué estaba haciendo la Regencia en Ferrington antes de las cinco de la mañana si no era ayudar a los aldeanos y apagar las llamas?

El rugido de protestas del señor Rolund y los balbuceos del testigo se fundieron con el ruido de fondo.

Cayder se inclinó hacia ella y le colocó una mano sobre la suya.

CAPÍTULO 27

CAYDER

Me quedé toda la noche en la oficina de Graymond. Estaba demasiado emocionado como para dormir. Aquel día era nuestro turno para llamar a los testigos, lo que significaba que Narena y padre se subirían al estrado y, finalmente, la princesa. Aquel día, sellaríamos el destino de mi hermana.

Sobre las cuatro de la mañana, mientras yo seguía revisando las preguntas para Narena y padre, Graymond se había quedado dormido en su escritorio, sobre los archivos. Teníamos que seguir presionando a la fiscalía. Habíamos empezado a desenmarañar el nudo de la verdad y, ahora, teníamos que presentárselo al jurado.

Habíamos planeado que la princesa fingiera un desmayo mientras Kema la vigilaba. En lugar de acompañarla hasta la enfermería, la hija de Graymond la llevaría a la sala del tribunal donde revelaría lo que la Regencia le había hecho a su hermano y al pueblo de Ferrington.

Entonces, Leta quedaría en libertad, la princesa sería coronada como reina y la Regencia quedaría disuelta.

Toda la nación estaba al borde de un cambio permanente. Pronto, todo el mundo conocería la existencia de los hullen. ¿Cómo iba a ser posible que durmiera?

Sin embargo, dejé que Graymond descansara mientras pudiera. Era el sueño más largo del que había disfrutado en dos semanas, desde el encarcelamiento de Jey, y todos necesitábamos estar en plena forma por la mañana ante el tribunal.

Cuando entramos con Leta, la sala del tribunal bullía de conversaciones. Se había producido un cambio en el ambiente. Lo que en el pasado había parecido un caso sencillo se estaba desarrollando de forma muy diferente y ni siquiera habíamos sacado todavía el as ganador.

Después de que anunciasen a la jueza Dancy y esta tomara asiento, la mujer alzó una hoja de papel.

—Antes de que comencemos con la parte del proceso judicial de hoy, tengo que hacer un anuncio —dijo.

«Esto no puede ser bueno». Intercambié una mirada con Graymond, que sacudió la cabeza. Él tampoco sabía de qué se trataba.

—Señor Toyer —dijo la jueza.

Graymond se puso en pie.

—¿Sí, señoría?

—Su testigo, Narena Lunita, no se ha presentado esta mañana en el registro —contestó la mujer—, por lo que ha sido eliminada de la lista de testigos.

«¿Qué?». ¿Dónde estaba Narena? ¿Estaba bien?

Miré a la zona de prensa y vi que su madre también estaba ausente. Sentí ganas de vomitar. El señor Rolund sonrió con suficiencia. «Esto es cosa suya». Pero ¿qué había hecho exactamente? Si le había hecho daño a mi amiga…

—Siéntate —me dijo mi mentor, cuya mano sobre mi hombro era como un ancla. Ni siquiera me había dado cuenta de que me había puesto en pie—. Estoy seguro de que ambas estarán bien.

Yo no estaba bien, y difícilmente se podía decir lo mismo de los otros dos abogados que habían representado a la princesa. Nunca tendría que haber involucrado a Narena en esto. Nunca tendría que haber…

—Respira, hijo.

—¿Necesitan un descanso? —preguntó la jueza. Me sorprendió ver cómo la preocupación se apoderaba de sus facciones.

—Sí, por favor, señoría —dijo mi mentor.

—Veinte minutos —concedió ella.

Me había levantado de la silla antes de que terminara la frase. Me daba igual si mis acciones iban contra el estúpido protocolo del tribunal, necesitaba asegurarme de que Narena estaba bien.

—¡Más despacio! —exclamó Graymond, que iba corriendo detrás de mí—. Ya no estoy tan joven como antes.

—Si la Regencia le ha hecho daño a Narena, los mataré —rugí.

—No te precipites al sacar conclusiones. Estoy seguro de que hay una explicación razonable.

No contesté. No podía pensar con claridad. Tan solo podía imaginarme a mi amiga sin vida sobre los escalones de piedra de la biblioteca.

Entré corriendo en la oficina de mi mentor y fui directo al teléfono. Contuve la respiración mientras marcaba el número de mi amiga. Graymond se quedó al otro lado del escritorio con las manos en los bolsillos. Su habitual postura orgullosa resultaba tensa, demasiado tensa. «Él también está preocupado».

—¿Hola? —dijo una voz al otro lado de la línea. Era la señora Lunita. Tragué saliva, aliviado.

—¿Está Narena? —pregunté—. Soy Cayder.

—Oh, Cayder —dijo ella con la voz llena de pena. Sentí como si la caja torácica se me fuese a partir en dos—. Lo siento mucho, pero no quiere hablar contigo.

—¿Qué? —Intercambié una mirada confundida con Graymond—. Entonces, ¿está ahí con usted? ¿Está bien?

—Sí, está aquí —contestó ella—. Siento mucho que se haya retirado del caso, pero no quería mentir. Después de todo, se trata de su futuro. Quiere entrar en una buena universidad. Quiere...

—Espere —la interrumpí—, ¿qué quiere decir con «mentir»?

—Sobre haber ido a Ferrington contigo —contestó la madre de mi amiga, endureciendo el tono de voz—. Me decepciona que se lo pidieras, pero entiendo que estás bajo mucha presión. Quiere ayudar a tu hermana, pero mentir no es la forma de hacerlo.

—Ya veo. —Colgué el teléfono.

—¿Qué ha ocurrido, hijo?

—Narena no quiere testificar —dije—. No sé cómo, pero la Regencia se ha puesto en contacto con ella y la ha silenciado.

De algún modo, Graymond relajó el ceño.

—Entonces, ¿está bien?

Asentí.

—Tenemos que acabar con esto. —Apreté los puños junto al costado—. Hoy mismo.

En lugar de Narena, fui yo el que subió al estrado. Habíamos tenido la esperanza de evitar que yo hiciese de testigo, pero sin mi amiga, yo era el único que podía testificar haber visto al hullen.

Graymond pensó que el señor Rolund iba a oponerse dado que yo había estado presente cuando el resto de los testigos habían presentado sus pruebas, pero el fiscal tan solo se rio y dijo que era la defensa quien debía decidir si quería cometer ese error. Esperaba con ansia poder demostrarle que se equivocaba.

Estar sentado detrás del estrado, con el jurado sobre ti, pero fuera de tu vista, era sobrecogedor. Entendía por qué otros testigos habían cedido ante la presión. Sentía como si todo el tribunal me estuviera mirando. Y así era.

Sin embargo, yo no iba a flaquear como los que me habían precedido. En mi mano, la verdad era una espada, y estaba listo para blandirla. Quería que la Regencia fuese a por mí.

—Cayder Broduck —dijo el ujier—, ¿jura solemnemente sobre todo lo que es bueno y luminoso decir la verdad y nada más que la verdad?

Tragué saliva con dificultad y alcé la mano derecha.

—Lo juro.

La juez Dancy le hizo un gesto a Graymond y sus numerosas pulseras tintinearon al chocar entre sí.

—Abogado de la defensa, puede comenzar el interrogatorio.

Antes de acercarse, mi mentor me hizo un gesto de asentimiento con la cabeza.

—Cayder Broduck —dijo—, quitémonos de en medio lo evidente, ya que estoy seguro de que la fiscalía insistirá en este asunto: ¿es usted el hermano mayor de Leta Broduck?

—Así es —contesté con tanta seguridad como fui capaz—. Soy un año mayor que Leta.

—¿Puedo preguntarle cómo es la relación que mantiene con su hermana?

Contemplé el rostro en forma de corazón de Leta y sentí una presión en el pecho. «Sé sincero —me había dicho Graymond antes de regresar ante el tribunal—, cuéntales la verdad».

—No muy buena —admití—. Estábamos muy unidos cuando éramos pequeños, pero nos distanciamos cuando estuve un año en el reformatorio de Vardean.

Entre la multitud, algunos miembros del jurado murmuraron. Graymond y yo habíamos discutido si debíamos dejar que el señor Rolund revelase esa información sobre mi pasado, tal como sabíamos que haría. «Será mejor que nos adelantemos —había dicho mi mentor—. No es nada de lo que avergonzarse».

Puede que en el pasado me hubiera avergonzado, pero ya no.

—¿Ha hecho uso del edem con anterioridad? —me preguntó mi mentor.

—Solo una vez. Tenía diez años y mi madre acababa de fallecer a causa de un accidente relacionado con el edem en Ferrington. Trabajaba para la Regencia y estaba...

—¡Protesto! —dijo el señor Rolund—. Irrelevante.

La jueza Dancy me hizo un gesto con la cabeza.

—Lamento su pérdida, señor Broduck, pero limítese a responder a la pregunta formulada.

—Por supuesto, señoría.

Me estaba precipitando. La información me pesaba en el pecho y estaba a punto de liberarse con un estallido. Quería que aquel momento contase para rectificar todas mis faltas pasadas.

—¿Fue el uso del edem lo que hizo que acabase pasando un año en el reformatorio de Vardean? —me preguntó Graymond.

—Así es.

—¿Ha usado el edem desde entonces?

No dudé en responder.

—Ni lo he hecho, ni lo haré.

—¿Es consciente de alguna ocasión en la que su hermana haya usado el edem?

Miré fijamente al fiscal.

—No.

—La noche en cuestión, ¿se encontraba usted en Ferrington con su hermana, la acusada?

—No —dije—. Estaba en mi casa, en la Milla Soleada.

—¿Ha estado alguna vez en Ferrington? —me preguntó Graymond.

Aquella era mi oportunidad.

—Sí. Estuve allí el miércoles pasado para intentar descubrir lo que le había ocurrido a mi hermana. Me acompañó una amiga, Narena, que se suponía que testificaría hoy, pero que... no ha podido.

Fulminé con la mirada al señor Rolund, pero él ni se inmutó. Estaba seguro de que, bajo el bigote blanco, ocultaba una sonrisa.

—¿Encontró algo en Ferrington digno de mención?

—¡Protesto! —exclamó el fiscal—. Está sugestionando al cliente.

—Denegada —dijo la juez—. Señor Broduck, puede responder la pregunta.

Le hice un gesto de agradecimiento.

—Vi uno de los hullen, unas criaturas hechas de edem, criaturas de las que la Regencia no ha informado a los ciudadanos de Telene, pero que son muy reales.

Esperaba oír un grito ahogado procedente de la multitud, pero no hubo nada más que silencio.

—Señoría —dijo Graymond, dirigiéndose a la jueza Dancy—, ¿podría mostrarle algo al jurado?

—Adelante.

A petición de mi mentor, el ujier entró un tablero de corcho en el que Graymond empezó a colgar hojas de papel hasta que toda la superficie quedó cubierta.

—Honorable jueza y miembros del jurado —dijo, abriendo los brazos de par en par—, esto son cientos de cartas de personas que han vivido en Ferrington en los últimos veinte años. Todas ellas son informes a los periódicos en los que aseguran que han visto u oído algo que no tenía explicación. Se referían a estas criaturas como «los hullen» que, en el lenguaje de Delften significa «oscuridad viva». Dichas cartas demuestran que la señorita Broduck y su hermano no son los únicos que han visto u oído algo poco habitual en Ferrington. —Graymond volvió a centrar toda su atención en mí—. Cayder, ¿conocía o creía en la existencia de los hullen antes de visitar Ferrington?

Negué con la cabeza.

—No, ni siquiera había oído esa palabra hasta que arrestaron a mi hermana. Tampoco creí en su existencia hasta que no tuve a uno de ellos mirándome directamente a los ojos.

Mi mentor quitó las cartas y empezó a colgar otras hojas de papel. Una vez que la imagen estuvo completa, el hullen nos devolvió la mirada a todos.

—¿Reconoce esta imagen? —preguntó Graymond.

—Sí —dije—. Es el dibujo que hizo mi hermana tras visitar Ferrington. Además, tiene un parecido asombroso con lo que yo vi allí. Eso es un hullen.

La criatura de ojos vacíos con alas enormes y cuernos había ocupado el centro de la sala del tribunal. Oí cómo unas pocas personas ahogaban un grito a modo de respuesta.

«¿Qué tal sienta saborear la verdad?», pensé mientras le sonreía al señor Rolund. Tan solo acabábamos de empezar.

CAPÍTULO 28

CAYDER

Mientras se acercaba al estrado, el señor Rolund se subió las mangas. El destello entusiasta que había en su mirada me preocupaba tanto como la forma en la que se le crispaba el bigote, como si estuviera esforzándose para no sonreír. Quería borrarle esa sonrisa de suficiencia del rostro de forma permanente.

—Cayder Broduck —dijo—, ¿es cierto que haría o diría cualquier cosa para ayudar a poner a su hermana en libertad? —Miré a Leta. Claro que lo haría, pero no podía ponerme en bandeja para el fiscal—. Recuerde que está bajo juramento.

Enderecé los hombros.

—Ayudaría a mi hermana de cualquier manera que estuviera a mi alcance, pero no mentiría.

—¿No? —preguntó el señor Rolund.

Me incliné hacia delante.

—No. Los hullen son reales. Protegieron a mi hermana del incendio de Ferrington. Por eso sigue estando viva.

El fiscal desestimó mi comentario con un gesto de la mano.

—No le estoy preguntando por esas ridículas criaturas de las que habla su hermana. Le estoy preguntando si mentiría para ayudar a su hermana.

—Protesto —dijo Graymond—. Ya se ha respondido la pregunta.

—Se acepta —dijo la juez Dancy—. Señor Rolund, haga una pregunta diferente o acabe el interrogatorio.

El fiscal asintió.

—Mi siguiente pregunta es: ¿alguna vez antes ha mentido?

Solté una carcajada.

—Todo el mundo ha contado una mentira piadosa al menos una vez en la vida.

—Entonces, ¿admite que es un mentiroso? —preguntó el hombre, arqueando una ceja.

—No —contesté, alzando la mirada hacia el jurado—. Admito que es posible que haya contado una o dos mentiras piadosas, pero no estoy mintiendo con respecto a los hullen. Y, desde luego, no estoy mintiendo sobre la inocencia de mi hermana.

—¿Nunca le ha mentido a nadie para salirse con la suya? —le preguntó el señor Rolund.

Me encogí de hombros.

—No que se me ocurra.

—Pido permiso para acercarme al testigo, señoría —dijo el hombre.

—Adelante —asintió la jueza, gesticulando a sus pies.

El señor Rolund me tendió una hoja de papel. Tragué saliva con dificultad cuando me di cuenta de lo que era.

—Por favor, ¿podría leerle esta carta al tribunal? —me preguntó el señor Rolund.

Respiré hondo, solté el aire por la nariz y leí la carta en voz alta.

Querido Alain:

Es un placer admitir a Cayder como aprendiz de la Biblioteca Estatal durante el verano.

antes de que comience el último curso del colegio. Estoy seguro de que, a mi lado, aprenderá muchas cosas que lo ayudarán en su empeño por estudiar derecho.

Espero que aceptes nuestra invitación para cenar. Ha pasado demasiado tiempo.

Un saludo:

Laino Lunita

¿De dónde había sacado la carta?

—Mmmmm —mascculló el señor Rolund—. Es muy interesante, ya que no ha pasado el verano en la Biblioteca Estatal, ¿verdad?

—No, pero...

—¿Su padre sabía que había cambiado de idea?

—No, pero era...

—Mintió —lo interrumpió el fiscal—. Mintió a su padre para poder pasar el verano en Vardean trabajando con un abogado defensor. —Se dio la vuelta para señalar a Graymond—. ¿No es así?

Alcé la mirada hacia el techo y cerré los ojos durante un segundo.

—Sí —contesté—, así es.

El señor Rolund sonrió.

—Se aseguró de poder pasar aquí el verano para que, cuando su hermana fuese arrestada, pudiera encargarse de que la pusieran en libertad.

—Protesto —dijo Graymond—. Eso es una opinión, no un hecho.

—Rechazada —contestó la jueza, aunque no parecía complacida, pues tenía las cejas fruncidas—. Responda a la pregunta, señor Broduck.

—¡Eso es ridículo! —farfullé.

—Señor Broduck —dijo la jueza—, baje la voz.

—¿Cómo podría ayudar a mi hermana cuando ni siquiera sabía que iban a arrestarla? ¡No soy más que un estudiante de instituto, no un genio criminal!

—Quite eso del informe —le dijo el señor Rolund al taquígrafo—. No he hecho ninguna pregunta.

Apreté los dientes. «Menudo imbécil».

—No hay más preguntas —concluyó el fiscal.

Bajé del estrado pisando fuerte y me derrumbé junto a Leta, que me dedicó una sonrisa triste.

Habían jugado con nosotros.

—Respira hondo —me susurró Graymond—. Está intentando minar tu testimonio. No le dejes ganar.

No podía mirar a mi hermana a los ojos. Le había fallado.

Nuestro padre fue el siguiente. Parecía furioso por el mero hecho de tener que estar allí, aunque iba vestido con su mejor traje, el que se había puesto para el funeral de madre. Ya no le quedaba bien y no se podía abrochar los botones sobre la barriga.

Graymond comenzó preguntándole por la infancia y el temperamento de Leta. Padre le contó al tribunal cómo solía recoger flores del jardín y colocarlas en cada una de las habitaciones de la casa o cómo solía rescatar a cualquier escarabajo que encontrase en los pétalos para volver a liberarlo en el exterior. Para ser un hombre que en casa se comunicaba principalmente a través de gruñidos y miradas fulminantes, consiguió tejer la imagen de una chica sensible y dulce con una mente curiosa.

—Era igual que mi esposa —dijo para finalizar.

Miré a mi hermana y vi que las lágrimas le corrían silenciosas por las mejillas. Nunca antes habíamos visto aquella faceta de nuestro padre.

Cuando llegó el turno de la fiscalía, el señor Rolund se colocó bien la corbata y se acercó a padre.

—Juez Alain Broduck —dijo—, ¿le sorprende descubrir que sus hijos han mentido, han engañado al tribunal y han quebrantado la ley?

Mi padre lo fulminó con la mirada.

—Mis hijos son adolescentes. ¿Me sorprende que me hayan mentido a mí? No. ¿Creo que han quebrantado la ley y engañado al tribunal? Tampoco.

—Y, aun así, su hija tiene un eco de muerte en las manos. —El hombre se acercó al corcho y sustituyó la imagen del hullen con un dibujo de la marca eco de Leta—. ¿Niega esta prueba?

Padre se aclaró la garganta.

—No puedo negarla, no.

—Entonces, debe admitir que su hija usó edem y, por lo tanto, infringió la ley. Y no fue un uso cualquiera del edem: lo usó para matar.

Padre gruñó.

—Admito que eso es lo que parece.

—¿Cree usted en los hullen? —preguntó el señor Rolund como si fuese la idea más ridícula que se le pudiera ocurrir a alguien.

—Creo que hay cosas sobre el edem que no conocemos —contestó mi padre—. Mi hija, igual que su madre, no es la única en desear saber y comprender la verdad sobre el velo.

Aquello fue inesperado. Padre nunca antes había prestado atención a las teorías de mi hermana. ¿Estaba mintiendo o le había estado mintiendo a Leta durante años cada vez que se acercaba a él para hablarle de sus teorías?

—Hablando de su esposa, Maretta Broduck… —dijo el fiscal—. Murió hace siete años en Ferrington, ¿no es así?

El rostro de mi padre se tiñó de rojo.

—Sí.

—Su hija afirma que estaba allí intentando descubrir qué le había ocurrido realmente a la señora Broduck aquella noche, pero ¿sabe la verdad?

Leta y yo intercambiamos una mirada. «¿La verdad sobre qué?».

—Va a tener que ser más claro con sus preguntas —dijo padre como si fuera el juez de aquel tribunal.

—¿Saben su hija o su hijo que usted ha quebrantado la ley?

Padre negó con la cabeza.

—Nunca jamás he usado el edem, si eso es lo que está insinuando.

—No. —Una sonrisa taimada hizo que el bigote del fiscal se estirase—. Lo que estoy insinuando es que ha utilizado su posición como juez para quebrantar las leyes que asegura defender.

El señor Rolund se dio la vuelta para observar nuestras reacciones. No estaba seguro de a qué juego estaba jugando, pero no pensaba darle la satisfacción de reaccionar.

—No sé a qué se refiere —dijo padre.

—Permítame que se lo aclare —comentó el fiscal—. Es ilegal visitar a un preso a menos que sea su representante legal, ¿no es así?

—No he visitado a mi hija —contestó mi padre—. Por mucho que me haya dolido mantenerme alejado, eso es lo que he hecho.

Yo lo creía.

A Leta, la respiración se le atascó en el pecho. Quise pasarle el brazo por los hombros y, por primera vez en muchos años, también quise abrazar a mi padre.

—Sé que lo ha hecho —dijo el fiscal—. Pero esa no es la visita de la que estoy hablando.

—Vaya al grano —dijo la jueza Dancy—. El tribunal se está impacientando.

—Sí, señoría —asintió el señor Rolund—. Mi pregunta es: ¿le hizo una visita a un preso hace siete años o no?

—Maldito sea el edem —masculló Graymond en voz baja.

Me sorprendió que no pareciese impactado, sino molesto. Molesto de que aquella información hubiese salido a la luz, lo cual significaba que él ya la conocía.

Padre no contestó y cruzó los brazos sobre el pecho. El sonrojo se le había extendido por el cuello.

—Recuerde que está bajo juramento —insistió el señor Rolund.

Padre dejó escapar un gruñido grave.

—Hice esa visita —admitió—. Necesitaba enfrentarme al hombre que nos había arrebatado a mi mujer a mis hijos y a mí.

—Usó su posición como juez para hablar con el hombre que, en aquel momento, estaba siendo juzgado por el asesinato de su esposa, pero eso no fue todo, ¿verdad?

¿Cómo era posible que supiera todo aquello? Si aquella información hubiera sido ampliamente conocida por el tribunal, habrían destituido a padre, que murmuró algo.

—Hable en voz alta para el tribunal, juez Broduck —dijo la jueza Dancy con un tono de voz implacable.

—Quería saber qué había ocurrido aquella noche en Ferrington —contestó mi padre con las manos unidas sobre el estrado como si estuviese suplicando clemencia—. Quería saber cómo habían sido los últimos momentos de mi esposa.

Miré a Leta. Después de todo, no eran tan diferentes.

—Lo obligó a cambiar su declaración —dijo el señor Rolund—. Lo amenazó y le hizo declararse culpable.

—¡Mató a mi esposa, maldita sea! —rugió padre—. ¡Merecía pudrirse en este sitio!

Toda la sala del tribunal se quedó en silencio.

—Quebrantó la ley —dijo el señor Rolund—. Se aseguró de que el hombre que había matado a su esposa no quedase en libertad.

—Sí —admitió padre con la cabeza agachada y respirando con dificultad—. Sí, es cierto.

El señor Rolund asintió con perspicacia.

—Comprendo la tremenda pérdida que debió suponer para toda su familia y cómo la trágica muerte de la señora Broduck convirtió a una familia que respetaba las leyes en una de delincuentes en serie y criminales del edem.

—Protesto, señoría —dijo Graymond en un tono de voz más débil de lo que nunca le había escuchado—. Especulación.

—¿Especulación? —El fiscal arqueó una ceja blanca—. Leta Broduck está ante este tribunal por haber usado el edem, su padre ha admitido interferir con un juicio y Cayder Broduck vivió un año en el reformatorio de Vardean. Eso son hechos, no especulaciones.

No podía respirar bien. La mente me daba vueltas.

—Se acepta —dijo la jueza Dancy.

El fiscal se encogió de hombros.

—Solo me queda una última pregunta, juez Broduck. ¿Cómo consiguió acceder al asesino de su esposa?

Padre colocó la cabeza entre las manos.

—¿Importa? No es relevante en este caso.

—Creo que el jurado debería ser quien decida eso —contestó el señor Rolund, haciendo un gesto con la cabeza en dirección al palco.

Vi que varias personas se aferraban a la balaustrada, inclinándose hacia delante para escuchar mejor cada palabra.

Nuestro caso pendía de un hilo y sentí que las siguientes palabras de padre inclinarían la balanza.

—Permítame reformular la pregunta —dijo el fiscal—: ¿quién es la persona que le dio acceso a ese preso, permitiéndole así quebrantar la ley?

Padre respiró hondo.

—Fue culpa mía. Le dije que tan solo quería verle la cara. Él no sabía que...

—Responda la pregunta —le ordenó la jueza Dancy. No me pasó por alto que no utilizó el título oficial de mi padre.

—Déjeme que se lo ponga fácil —comentó el fiscal con un brillo de ojos enfermizo—. ¿Se encuentra en esta misma sala la persona que le ayudó a quebrantar la ley?

Padre echó la cabeza hacia atrás y cerró los ojos.

—Sí.

Era como si aquella palabra, arrancada de su caja torácica, le doliera.

—Bien. —El señor Rolund sonrió—. ¿Puede señalarle al jurado a esa persona?

Padre levantó una mano temblorosa. No abrió los ojos, como si no pudiera presenciar lo que estaba a punto de hacer. El jurado jadeó.

—Que el informe refleje que el juez Alain Broduck está señalando al señor Graymond Toyer —dijo el señor Rolund.

CAPÍTULO 29

LETA

Después de aquello, todo ocurrió muy deprisa. Leta sintió como si no pudiera mantener la cabeza fuera del agua. A su alrededor, volaban los gritos y los insultos y ella estaba atrapada en el centro.

Obligaron a su padre a retirarse como testigo y como juez. Le ordenaron que abandonase Vardean y que esperase una vista disciplinaria para determinar si deberían quitarle el título de juez. Graymond fue destituido del caso de Leta por haber ayudado a quebrantar la ley. Dependiendo de su propia vista disciplinaria, podrían inhabilitarlo. Todo esto dejaba a la jueza Dancy con una única opción: declarar el juicio como nulo.

La escoltaron de vuelta a su celda mientras Cayder y Graymond se peleaban. No estaba escuchando nada de lo que estaban diciendo. Tan solo podía pensar en su padre, en cómo se había sentido tan consternado por la muerte de su esposa que se había saltado la ley para asegurarse de que su asesino acabase entre rejas. Y, ahora, por culpa de Leta, su secreto había sido revelado al mundo, poniendo en riesgo todo su futuro como juez, que era lo único que verdaderamente le importaba.

En aquel momento cobró sentido el hecho de que siempre se negase a escucharla y la apartase cada vez que empezaba a hablar de teorías sobre el velo. No quería que Leta permitiese que el dolor le nublase el juicio. Quería que dejara marchar a su madre, que pasara página y que viviera su propia vida.

Lo había destruido todo.

—Conseguiremos otro abogado —le dijo Cayder—. Íbamos ganando. El fiscal se ha dado cuenta y por eso ha desenterrado todo lo relacionado con nuestra madre.

—Los juicios no son un juego —replicó Graymond. Su rostro apuesto parecía afligido y tenía los labios secos y pálidos sobre la piel morena—. No hay un marcador, al menos no hasta que el jurado toma la decisión definitiva.

Leta se dio cuenta de que, en algún momento, habían regresado a su celda, aunque no podía recordar exactamente cuándo. Las lagunas que tenía en la memoria le recordaron al momento en el que se había despertado en medio de un campo en Ferrington y toda la noche anterior le había resultado una bruma oscura.

—Por mi culpa, ya no pueden admitir ninguna de las pruebas que hemos presentado —dijo Graymond—. El tribunal cree que no soy imparcial en este caso y, por lo tanto, no se puede usar ninguna de las pruebas que hemos reunido durante este tiempo. Avisaré a la oficina; tendréis que empezar de nuevo con un abogado nuevo.

Sus dibujos, el testimonio de Cayder... Todo ello se había desvanecido.

—Todavía tenemos a la princesa —comentó Cayder, que había estado dándose tirones en el pelo, haciendo que se le quedara de punta en todas las direcciones posibles.

—En esta ocasión, tendrías que incluir el nombre de la princesa en la lista de testigos previa al juicio —dijo Graymond—. La Regencia se asegurará de que nunca suba al estrado.

—Entonces, ¿qué? —preguntó Cayder—. ¿Qué hacemos?

Su hermano tenía el rostro demacrado, las cejas oscuras fruncidas y sus movimientos eran frenéticos.

Tomó un lapicero, desesperada por dejar de darle vueltas a la cabeza, pero no se le ocurrió nada que dibujar. El lápiz se negaba a moverse por la página. Ya ni siquiera era capaz de controlar su propio arte.

—Nada —dijo en voz baja.

No podía continuar. No podía seguir destruyendo a su familia solo porque no había sabido cuándo parar.

Se volvieron hacia ella. Cayder pestañeó como si se hubiera olvidado de que estaba en la celda con ellos.

—No vamos a hacer nada —insistió ella—. Ya he arruinado la vida de demasiadas personas. No importa que yo no iniciara el fuego. Es muy probable que padre pierda su trabajo por eso. Graymond, puede que te deshabiliten. Lo siento mucho. —Posó la mirada sobre sus manos cubiertas por marcas eco—. ¿Qué vida voy a destruir a continuación?

—Tienes que estar de broma. —Cayder la agarró del hombro—. Si nos rendimos, será tu vida la que acabará destrozada.

—Tal vez deba de ser así —murmuró ella, principalmente para sí misma.

Se apartó de su hermano y se derrumbó sobre el camastro. Estaba cansada, muy cansada. Cansada de fingir que no estaba aterrorizada, cansada de fingir que era fuerte, cansada de mentir.

—Leta —dijo Graymond con esa voz grave y reconfortante que tenía—, esto no ha sido culpa tuya. Tu padre y yo cometimos un error hace muchos años, un error que pensábamos que había quedado olvidado y enterrado hace mucho tiempo. Nosotros somos los que deberíamos lamentarnos. Esto nunca tendría que haber tenido un impacto en tu caso.

—¡Es un error que jamás habría salido a la luz si no fuera por mi culpa! —dijo ella.

—¿Cómo lo descubrió el señor Rolund? —preguntó Cayder. Cada vez que decía el nombre del fiscal, parecía dispuesto a pelear.

Graymond negó con la cabeza.

—No lo sé. Allí no había nadie más. A menos que nos viera algún guardia. Pero, ¿cómo podría saber lo que se habló en la celda? Además, ¿por qué no ha salido todo esto antes a la luz?

—¿Acaso importa? —preguntó Leta—. Mi caso está acabado: todas las pruebas son inservibles. Por favor, dejadme sola. —Cerró los ojos—. Quiero dormir.

Sintió un peso en el camastro cuando Cayder se sentó a su lado.

—No voy a abandonarte, Let. Esto no se ha acabado. Ni ahora ni nunca.

Quería decirle que su vida había acabado antes de la noche del incendio y la noche en la que había adquirido el eco de muerte. Pero no podía contarle la verdad porque, en tal caso, sí que dejaría de confiar en ella y, en realidad, no quería quedarse sola.

CAPÍTULO 30

PRINCESA ELENORA

El miércoles por la tarde, la princesa Elenora se preparó para el momento de enfrentarse al tribunal. Nunca había pensado demasiado en el proceso legal, ya que establecer leyes según los consejos de la Regencia había sido asunto de su hermano, mientras que el suyo había sido asegurar los esfuerzos humanitarios y que la gente estuviese contenta. Su agenda había estado repleta de reuniones, delegaciones y galas. Solía soñar despierta con tener tiempo libre y con el tipo de aficiones que exploraría si pudiera. Solía soñar con tener momentos consigo misma y para sí misma.

Sin embargo, en aquel momento, que pasaba todos y cada uno de los días en soledad, lo odiaba. Si iba a quedar en libertad, quería alguien con quien compartir su tiempo. Estaba desesperada por poder conversar. Se imaginaba que su alma se marchitaba como la corteza seca de un árbol torlu anciano. Si alguien la abriese de par en par, descubriría que, en el interior, estaba disecada.

Para pasar el tiempo, se inventaba juegos a los que jugar. Cada día contaba los gritos y las maldiciones procedentes de los pisos inferiores o cuántas veces escuchaba el traqueteo de la cadena del ascensor. Al día siguiente, se despertaba con la esperanza de superar esos números.

Erimen siempre había jugado con ella. De niños, habían pasado los inviernos en torno a la chimenea, jugando hasta bien entrada la noche mientras sus padres atendían los asuntos reales en el continente. A veces, se habían contado historias disparatadas del mundo que había más allá de la isla del castillo: de gente que vestía su ropa del revés los miércoles o que tomaba la cena para desayunar y el desayuno para cenar. Lo habían hecho, sencillamente, porque habían podido. Cada vez que habían contado una historia, esta se había vuelto cada vez más rocambolesca hasta que el continente, que estaba a menos de una hora de viaje en barco, se había convertido en un lugar fantástico que bien podría haber resultado tan extraño como estar viviendo en la luna.

Elenora soltó un suspiro. Echaba mucho de menos a su hermano. La única forma que tenía de aliviar su dolor era su plan de venganza para ver caer a la poderosa Regencia. Esperaba con ansia subir al estrado frente al juez, el jurado y los medios de comunicación y dejar que le vieran el rostro. La Regencia ya no podía seguir escondiéndose, y ella tampoco pensaba hacerlo.

Se había quitado el camisón de la enfermería y se había vuelto a poner el vestido ondulante blanco y negro con el que la habían arrestado. Se colocó la máscara sobre el rostro y en torno al cuello, como si fuese una serpiente, se enroscó un pañuelo gris, un trozo de tela que había arrancado de una de sus faldas para cubrirse la marca eco.

Quería tener un aspecto regio. Necesitaba parecer autoritaria. Después de todo, seguía siendo la princesa.

La puerta de la celda se abrió y, rápidamente, se pasó los dedos por la melena para desenredarse el cabello rubio. Deseó tener algún otro vestido que ponerse para aquella ocasión especial en lugar de aquel, que había acumulado mugre y suciedad a lo largo del mes que llevaba en la celda.

En lugar de la joven guardia a la que estaba esperando, Cayder entró en la celda.

—¡Cayder! —exclamó, precipitándose hacia los barrotes que los separaban—. Pensaba que era Kema la que me iba a escoltar hasta la sala del tribunal. —El chico estaba mirando el suelo sucio—. ¿Cómo va el caso? —Cuando al fin alzó la vista, Elenora jadeó al ver su gesto destrozado—. ¿Qué ocurre?

Tenía el cabello revuelto y los ojos inyectados en sangre.

—Princesa —dijo—, lo siento muchísimo, pero nuestro plan ha fracasado.

Sintió como si acabara de tragarse una piedra.

—¿Qué ha pasado?

¿Acaso habían herido al señor Toyer? ¡Sabía que tendría que haber mantenido la boca cerrada!

—Han cancelado el juicio de Leta —contestó él.

—¡No! —Se desplomó contra los barrotes—. ¿Dónde está el señor Toyer? —preguntó, quitándose la máscara.

—Lo han apartado de cualquier caso hasta después de su vista disciplinaria. No puede seguir representándoos. Le han pedido que abandone Vardean.

Se sintió aliviada de que el señor Toyer estuviera sano y salvo, ya que parecía un buen hombre, pero ¿cómo iba a salir entonces de aquella celda?

—¿Qué le va a ocurrir a tu hermana? —preguntó.

Cayder sacudió la cabeza.

—Graymond va a pedirle a otro abogado que se hago cargo, pero no podemos hacer que testifiquéis, no sin revelar la información antes del juicio. Pero no voy a darme por vencido. Encontraré la manera de liberaros a ambas.

Veía en su rostro el amor que sentía por su hermana. Ella había sentido lo mismo por su hermano: los dos contra el mundo.

—¿Cómo puedo ayudarte? —le preguntó.

Él alzó la vista y sonrió.

—La princesa de Telene quiere ayudarme —dijo—, ¿cómo es que tengo tanta suerte?

—Llámame «Elle». Erimen era la única persona que lo hacía y, ahora... Bueno, me gustaría que alguien me conociera por mí misma. —Él se acercó un poco más a los barrotes y ella lo imitó—.

Si pudiéramos encontrar a mi hermano, entonces podría contar lo que pasó realmente con la Regencia y cómo están involucrados en el incendio de Ferrington.

—¿Por qué crees que sigue vivo? —preguntó Cayder—. ¿Qué pruebas tienes?

—Por cómo ocurrió —contestó ella—. Nadie desaparece de ese modo. La Regencia le hizo algo. No sé qué fue, pero no se ha ido. Todavía puedo sentir su presencia.

Cayder sonrió.

—Yo me siento así con respecto a mi madre. Siete años después, sigue estando conmigo.

Él no la creía y esa idea le dolió. Bueno, tan solo tendría que demostrárselo.

—Tengo que salir de aquí —dijo. Le dedicó una sonrisa sombría—. Siento como si estuviera desapareciendo del mundo del mismo modo que mi hermano.

—No es así —replicó él—. Yo estoy aquí y tú no vas a ir a ningún sitio.

Ella le dedicó una sonrisa burlona.

—Eso me temo.

—No quería decir eso. —Apretó la mandíbula, tensando los músculos—. No sé qué más hacer —admitió—; tú eras la clave para demostrar que el incendio de Ferrington lo empezó la Regencia.

—Se nos ocurrirá algo —contestó ella, apoyando las manos sobre los barrotes que había entre ellos.

Cayder alzó la mirada con timidez antes de colocar las manos lentamente sobre las de ella. Una corriente cálida se propagó desde sus dedos hacia el resto del cuerpo. Deseando tenerlo más cerca, Elenora se inclinó hacia delante y apoyó la frente en los barrotes fríos. Él la imitó.

—¿Cómo te sacamos de aquí?

—No lo sé —admitió. No quería romper el hechizo de aquel momento ni acabar con sus respiraciones contenidas y los corazones acelerados. Sin embargo, todo aquello no era real, pero los barrotes sí, y la prisión, también—. Libérame.

—Lo intentaré —susurró él.

Había algo muy íntimo en cómo el aliento del chico le recorría la piel desnuda. En los brazos, se le puso la piel de gallina y se le erizó el cabello de la nuca. ¿Lo sentiría él también?

Con cuidado, él pasó la mano entre los barrotes.

—¿Puedo? —preguntó.

Ella asintió y, entonces, sus dedos le rozaron suavemente las mejillas, como si tuviera miedo de que fuera a romperse. Sintió pequeños destellos de calor brotar allí donde los dedos tocaban la piel.

—Princesa... —murmuró.

—Elle —le corrigió ella.

Él se rio entre dientes.

—Te prometo que te sacaré de aquí.

La llave que había en la cerradura giró y ellos se separaron, rompiendo el hechizo del momento. Elenora alcanzó su máscara y se la colocó sobre el rostro a toda velocidad.

—Se acabó el tiempo —dijo la superintendente con gesto fiero.

Elenora frunció el ceño. Aquella mujer había sido innecesariamente cruel con ella desde que había llegado a Vardean.

—Te veré mañana —dijo Cayder.

—De eso nada —contestó la superintendente.

Cayder se giró hacia ella.

—Graymond ha dicho que enviaría a otro abogado y que podría acabar las prácticas con esa persona. Me ha dicho que podía quedarme...

—No puedes.

—¿Qué? Yo... —comenzó a decir el chico.

Yarlyn volvió a interrumpirle con un gesto de la mano.

—Por la nueva ley que ha establecido la Regencia, todos los juicios pendientes han sido cancelados.

—Perdona, ¿qué has dicho? —farfulló Cayder. Después, miró a Elenora.

Ella había temido que ocurriera algo así. En ausencia de su hermano, la Regencia podía hacer lo que quisiera.

—Debido al crimen de tu hermana —le explicó Yarlyn—, la Regencia ha decidido aumentar el castigo para asegurarse de que no vuelva a ocurrir una tragedia como la de Ferrington. Toda infracción mortal relacionada con el edem será condenada con cadena perpetua sin necesidad de juicio. Solo las infracciones menores pasarán por los tribunales.

Cayder abrió y cerró la boca.

—¿Me estás diciendo que ya han condenado a mi hermana? ¿Sin el veredicto de un jurado?

Yarlyn asintió.

—La sentencia es cadena perpetua en Vardean.

La mujer le hizo un gesto con la cabeza a Elenora y le tendió un papel a través de los barrotes. Ella leyó el documento.

DEPARTAMENTO DE JUSTICIA

VARDEAN, TELENE

Historial criminal

Preso: #19710801

Edad: 17

Delito penal: Usar el edem para matar al rey Erimen

Delitos secundarios:

Veredicto del jurado	N/D
Sentencia	Cadena perpetua, sin juicio ni libertad condicional

—¿No se me permite ir a juicio? —preguntó. Le había preocupado que la Regencia hiciera algo así, pero no había pensado que pudiera ocurrir tan pronto.

—¡No podéis hacer eso! —dijo Cayder mientras enrojecía—. ¡Eso va contra las leyes! Todo el mundo tiene derecho a un juicio justo.

—La ley ha cambiado desde que la Regencia tiene el poder.

La superintendente se encogió de hombros como si, de todos modos, le diera igual. Elenora tan apenas podía tomar aliento y su respiración resonaba tras la máscara.

«Esto no puede estar pasando. Esto no puede estar pasando».

—¡El rey jamás apoyaría esto! —dijo con las manos a los costados y cerradas en puños—. Él creía en la justicia, en que todo el mundo tenía derecho a contar su historia. Quería lo mejor para los ciudadanos de Telene.

Yarlyn contempló a la princesa durante un instante.

—Tal vez tendrías que haber pensado en eso antes de matarlo.

—¡No lo maté! —gimoteó ella.

La mujer le hizo un gesto con la mano para que se alejara.

—Cayder, debes salir de esta celda de inmediato. Ya no representas a la princesa, así que no se te permite visitar a la prisionera. De hecho, sin Graymond, ni siquiera puedes estar aquí.

El chico tenía las cejas fruncidas y sus ojos eran una llamarada ambarina.

—No. Esto no está bien. Incluso tú eres consciente de ello, Yarlyn.

—Lo que sé es que la ley es la ley —contestó la mujer—, y yo debo cumplir con mi papel dentro del sistema.

Elenora no pudo hacer nada cuando los guardias condujeron a Cayder fuera de la celda. Y, de aquel modo, los planes que tenía para vengarse se le escurrieron entre los dedos.

CAPÍTULO 31

CAYDER

Me sentía paralizado. Aquello no podía estar ocurriendo. La Regencia se había hecho con el poder, tal como Elenora (Elle) me había advertido que ocurriría. Ni Graymond ni mi padre podían regresar a Vardean hasta después de sus vistas disciplinarias y mi hermana estaba atrapada en aquel lugar sin opción a otro juicio o a una apelación.

Nunca entendería por qué la Regencia había quemado Ferrington hasta los cimientos, por qué habían mantenido en secreto a los hullen o por qué culpaban a mi hermana de todo lo que había ocurrido.

Sentí la presión de los muros de piedra contra mi cuerpo, como si yo también fuese uno de los prisioneros de aquella cárcel. Necesitaba salir de allí mientras todavía pudiera.

Por primera vez en mi vida, Vardean era el último sitio en el que quería estar.

En cuanto regresé a casa, me dirigí a la oficina de mi padre. Pude oír el chasquido fuerte y furioso de las teclas de su máquina de escribir.

—¿Por qué no me lo contaste? —pregunté, entrando en el despacho hecho una furia.

Padre no apartó la vista de lo que estaba haciendo.

—Márchate, chico.

—No —dije—, no voy a marcharme; no voy a esconderme de la verdad, tal como has hecho tú.

Él se quitó las gafas y alzó la vista con el rostro lleno de desdén.

—Vosotros me habéis estado ocultando la verdad. Si tan solo hubierais...

—¿Qué? —Apreté los dientes—. ¿Si hubiéramos fingido que madre no había muerto? ¿Si hubiéramos fingido que nuestras vidas irían bien sin ella y que no te perdimos a ti también aquella noche o que nuestra familia no está hecha añicos?

Padre sacudió la cabeza. Tenía la piel pálida, unos círculos oscuros bajo los ojos y la respiración agitada. ¿Siempre había tenido ese aspecto tan enfermizo, o es que yo no me había fijado hasta ese momento?

—Lo hice lo mejor que pude —dijo—. Parece que pensáis que fuisteis los únicos que perdieron a la persona más importante de sus vidas, pero yo también la perdí.

—Y gracias a la obsesión de esta familia por los secretos y las mentiras, ahora, Leta nunca será puesta en libertad.

Parecía como si le hubiese dado una bofetada.

—¿De qué estás hablando?

—La Regencia —bufé—. Han cambiado la ley. Cualquier persona que sea arrestada por alguna infracción mortal relacionada con el edem será sentenciada de inmediato a cadena perpetua en Vardean. Leta no va a tener otro juicio.

Había esperado que padre diera un golpe en la mesa con el puño, se pusiera en pie y se uniera a mí para pelear. Sin embargo, se dejó caer sobre la silla con languidez.

—Entonces, no podemos hacer nada.

—¿Nada? —pregunté—. Tu hija está atrapada en ese sitio por un crimen que no ha cometido y ¿tú quieres darte por vencido?

Clavó los ojos oscuros en los míos.

—Es muy probable que pierda mi judicatura. Te rogué que permanecieras alejado de Vardean. Os rogué a ambos que pasarais página con la muerte de vuestra madre porque quería que vivierais vuestras vidas; no quería que estuvierais atrapados por el dolor como lo estoy yo. —Su tono de voz suave se transformó en un rugido.

—Tu ira está fuera de lugar, padre —dije—. Deberías estar enfadado con la Regencia por encubrir la muerte de madre, no con Leta y conmigo por querer descubrir la verdad.

Él sacudió la cabeza de nuevo.

—Lo que le ocurrió a Maretta aquella noche no importa —dijo—; después de todo, el resultado es el mismo.

—¿Pero qué hay de la justicia?

Si la Regencia o los hullen habían matado a mi madre, entonces, el hombre al que padre había obligado a declararse culpable era inocente.

Él soltó una carcajada.

—La justicia es una ilusión, una máscara que nos ponemos por encima del dolor. Si te quitas esa máscara, el dolor queda al descubierto para que todo el mundo lo vea.

Me agarré con fuerza al escritorio para evitar derrumbarme sobre el suelo.

—Eres juez, no puedes pensar eso seriamente.

Había construido los últimos siete años en torno a la idea de que la justicia era la única manera de apartarme de la tragedia de haber perdido a madre.

Padre se pasó las manos por el rostro y me di cuenta de que estaba llorando. No le había visto derramar una lágrima nunca. Ni una sola vez.

—La vida seguirá adelante —dijo—. Aprenderemos a vivir con la idea de que tu hermana esté en Vardean del mismo modo que hemos aprendido a enfrentarnos a la muerte de Maretta.

—Yo...

No pude hablar. De verdad se había dado por vencido con el caso de Leta. Sentí como si tuviera los huesos huecos y los músculos de piedra. Tan apenas pude alzar la cabeza para decir:

—Te equivocas.

Padre se inclinó hacia delante y suavizó el gesto.

—No, Cayder, no me equivoco. Paso los días en los tribunales. He pasado toda mi vida rodeado de personas que lo han perdido todo. Y escucha lo que te digo: la única manera de seguir adelante es pasar página. —Cerró los ojos un momento—. Es la única manera de sobrevivir. Y ya va siendo hora de que tú pases página también.

Me tambaleé hacia atrás. Por mucho que no quisiera darme por vencido con el asunto de Leta, sabía que, en parte, mi padre tenía razón. Vardean no era el santuario que había estado imaginando desde que había pasado aquel año en el reformatorio. No representaba la justicia y la paz. Se trataba de una institución retorcida que no veía la diferencia entre la inocencia y la culpabilidad. Y con la Regencia en el poder, representaba algo mucho más siniestro: un velo de mentiras.

Subí las escaleras hasta mi cuarto y arranqué de las paredes todos los pósters y planos de Vardean. No quería tener un recordatorio del lugar que me había arrebatado a mi familia. Era un lugar en el que aquellos que ostentaban el poder podían hacer exactamente lo que quisieran sin sufrir las consecuencias. Mi padre, mi hermana y Graymond habían tenido que pagar el precio de querer descubrir la verdad, pero la Regencia haría lo que fuera necesario para asegurarse de que esta permaneciese oculta.

Sin un juicio justo, Leta y Elle pasarían el resto de sus vidas encarceladas por crímenes que no habían cometido. Me sentí tan impotente como si yo también estuviera encadenado en Vardean. Tan apenas podía respirar.

¿Qué debía hacer? ¿Cómo podía vivir en un mundo sin mi hermana? Si bien nos habíamos distanciado en los últimos años, ella siempre había estado ahí para mí y yo había creído que siempre lo estaría. ¿Qué otra cosa podía hacer? Sin padre y sin Graymond tenía las manos atadas. No era más que un muchacho arrogante que se había adentrado en un mar lleno de monstruos y que había acabado devorado vivo.

CAPÍTULO 32

CAYDER

Durante todo el miércoles, permanecí sentado en mi silla, contemplando las paredes vacías. No se me ocurría cómo ayudar a Leta. Ni siquiera era capaz de moverme del asiento.

El jueves por la mañana, alguien llamó a la puerta.

—Cayder. —Se trataba de Narena—. ¿Puedo entrar?

Cuando no contesté, ella abrió la puerta. Llevaba una bandeja de plata con tortitas apiladas hasta gran altura acompañadas de bayas torlu y nata, así como un vaso de leche.

—Tu plato favorito —dijo con una sonrisa tentativa. Cuando permanecí en silencio, ella añadió—: No las he preparado yo, si eso es lo que te preocupa. —Dejó la bandeja en la mesita de noche—. Lo siento mucho, Cayder. —Se sentó en el borde de la cama—. He oído lo de la nueva ley. Ha aparecido en todos los periódicos. Y siento no haber estado allí para ayudar. Siento...

—¿Y por qué no estuviste allí? —Me giré para mirarla a la cara—. Nadie se tomó en serio mi testimonio porque soy hermano de Leta. Necesitábamos a alguien imparcial. Te necesitábamos a ti. Yo te necesitaba...

Los ojos de Narena se llenaron de lágrimas y su piel ambarina se sonrojó.

—¡Estaba asustada! Un agente de la Regencia vino a mi casa y me dijo que, si testificaba, mi madre desaparecería. Ambos sabemos que eso no es una amenaza en vano.

—Si me lo hubieras contado —le dije—, Graymond podría haber informado a la jueza de que la Regencia estaba manipulando a los testigos.

—¡No tenía pruebas! ¿Tú pondrías en riesgo a tu familia?

Le di la espalda.

—Mi familia ha desaparecido.

Ella negó con la cabeza.

—Esto no se ha acabado.

—Sí que se ha acabado —gruñí—. ¿Qué más puedo hacer? No hay ni juicios ni apelaciones. Se acabó. Leta va a pasar el resto de su vida en prisión por mi culpa.

Narena sacudió la cabeza, confusa.

—¿Por tu culpa?

—¡Porque le fallé!

Narena se arrodilló junto a la silla y me obligó a mirarla a los ojos.

—No le fallaste, Cayder. No eres responsable de lo que le ha pasado a tu hermana. Lo has hecho lo mejor que has podido, y Leta lo sabe.

—Eso no cambia el resultado.

—Ya lo sé. ¿Qué puedo hacer?

—¿Le has hablado a tu madre de los hullen? —le pregunté.

Ella negó con la cabeza y la melena oscura se le agitó en torno a la cara.

—No, me pediste que no lo hiciera.

—¿Te creería si se lo contaras? Tal vez podría escribir un artículo con una fuente anónima.

—A lo largo de los años, los periódicos ya han escrito informes y recogido testimonios así —contestó ella, encogiéndose de hombros—, pero siempre los refuta un experto de la Regencia.

Tenía razón. Habíamos usado esos informes como pruebas durante el juicio de Leta. Aunque ahora esas pruebas ya no podrían volver a usarse incluso aunque se permitieran nuevos juicios.

—La princesa es la única persona que puede cambiar la ley —dije—. Es la única con el poder para deshacer lo que ha hecho la Regencia.

—Estoy segura de que la Regencia no puede cambiar las leyes con semejante facilidad —replicó Narena, chasqueando los dedos.

—Sí pueden si están al mando. —Fruncí el ceño—. No podemos hacer nada.

—¿Te vas a dar por vencido? No es propio de ti.

Solté un resoplido de burla.

—Tú te rendiste antes que yo. Sabías que no podías enfrentarte a la Regencia, mientras que yo era demasiado tozudo como para admitir que la situación me estaba superando. Pero ya no, ahora sé exactamente hasta dónde puedo llegar.

Narena me dedicó una sonrisita.

—La terquedad es una de tus mejores cualidades.

Yo no me reí.

—Tan solo significa que retraso lo inevitable. —Me recosté en la silla y seguí mirando por la ventana—. Lo siento, Narena, pero no me quedan fuerzas para luchar.

Narena se quedó conmigo casi hasta el toque de queda. Nada de lo que me dijo me hizo cambiar de opinión. Cuando no pude quedarme dormido, atravesé el pasillo hasta la habitación de Leta y abrí la puerta. Me sorprendió descubrir que la estancia estaba sumida en la oscuridad y que a la permalámpara de mi hermana le faltaba una de las bombillas. Solté una risita y me senté en el borde de la cama.

El señor Rolund tenía razón: no controlábamos a Leta. Nunca habíamos podido. Sin embargo, su rebeldía y su curiosidad eran parte de su forma de ser.

Contemplé cómo el edem fluía a través de las sombras que me rodeaban. Cuando estabas en tu propio hogar, lejos de la mirada vigilante de la Regencia, era demasiado fácil acceder a la sustancia. Me sentí tentado de tender la mano en aquella dirección, de ordenarle a la magia que cumpliera mis órdenes para cambiar mi destino, el de Leta y el de Elle.

Sin embargo, tan solo conseguiría acabar en una celda. El edem no era la solución. Nunca lo había sido.

Salí de la habitación de mi hermana y cerré la puerta a mis espaldas.

A la mañana siguiente, me desperté con alguien gritando mi nombre.

—¡Cayder! —Me llamaba la voz desde el exterior—. ¡Cayder, déjame entrar!

Temía despejarme. En sueños, había sido felizmente ignorante de la realidad que empezaba a caerme sobre los hombros.

—¡Cayder! —insistió la voz—. Si no bajas tú, subiré yo.

Estaba demasiado aletargado como para moverme. Enseguida, el rostro de Kema apareció a través de la ventana de aquel tercer piso.

«¿Qué demonios?». Me estiré para abrir la ventana.

—Gracias —dijo Kema, rodando hasta el interior de mi habitación.

Se puso en pie. Tenía la piel morena perlada de sudor y los rizos blancos húmedos. Parecía como si hubiera venido corriendo desde el centro de Kardelle.

—Si has venido para pedirme que regrese a Vardean —dije—, estás perdiendo el tiempo. Aunque pudiera, no volvería.

Ella se apoyó contra el alfeizar de la ventana, tratando de recuperar el aliento.

—Tienes que hacerlo —dijo, jadeando.

—Como iba diciendo...

Me agarró de los hombros con los ojos muy abiertos.

—Escúchame, Cayder. Anoche, envenenaron a tu hermana. Tienes que volver.

Me quedé sin aire de golpe.

—¿Se encuentra bien? ¿Cuándo ocurrió? ¿Cómo...? —Me puse de pie de un salto, me tambaleé y volví a caer sobre la silla. Llevaba dos días sin comer ni beber nada.

—Está viva —dijo Kema, respondiendo en primer lugar a la pregunta más importante—, pero no se encuentra bien. Anoche, le pusieron algo en la cena. Yo estaba de guardia cuando empezó a vomitar. Está en observación en la enfermería.

Antes de que Kema terminase de hablar, yo ya estaba vistiéndome.

—¿Quién ha sido? —dije, enseñando los dientes.

Ella negó con la cabeza.

—No lo sabemos. El guardia que le dio la comida ha desaparecido.

—La Regencia. —Cerré las manos con fuerza para no darle un puñetazo a cualquier cosa—. Están intentando silenciarla.

Kema sacudió la cabeza.

—¿De qué estás hablando?

—Te lo contaré todo de camino —dije—. Vamos.

Mientras viajábamos en la góndola hasta Vardean, le hice a Kema un resumen de todo lo que había ocurrido. Mientras mi padre y Graymond estuviesen expulsados de la prisión, necesitaba alguien en quien confiar y Kema y yo habíamos estado muy unidos en el pasado.

La grieta que había en el cielo detrás de Vardean era como una vena palpitante y furiosa. El odio hacia la Regencia me recorría las venas y clamaba venganza. Primero, habían incriminado a mi hermana y ahora intentaban matarla.

Las cejas de Kema se arqueaban más y más conforme le contaba más cosas.

—Mi padre no me ha contado nada de todo esto.

—No podía —le dije—. Incluso sin tener en cuenta la confidencialidad entre abogado y cliente, no quería que estuvieras involucrada. Así era más seguro.

Me sorprendía que la Regencia me hubiese permitido seguir con vida después de lo que había dicho ante el tribunal.

—¿Qué vas a hacer? —me preguntó.

—Tengo que sacar a Leta de allí.

Lancé una mirada fulminante al edificio que se alzaba del océano como si fuese el tentáculo de algún monstruo marino que estuviera listo para atraparte y no soltarte nunca. No podía creer que, en el pasado, hubiera disfrutado de vivir allí. No podía creer que hubiese querido que Vardean fuese mi vida.

—No sé, Cayder... —dijo Kema—. Leta está más segura en la enfermería que de vuelta en su celda. Quienquiera que lo intentara la primera vez, es probable que vuelva a intentarlo de nuevo.

—No me refería a eso —dije, apartando la vista de Vardean—. No voy a sacar a Leta de la enfermería. —Cuadré los hombros—. Voy a ayudarla a escapar de la prisión.

CAPÍTULO 33

LETA

Ahora, Leta sabía lo que se sentía al estar muriendo.

El pulso se te aceleraba y, después, se ralentizaba. Sentías cada latido como si el cuerpo estuviese haciendo una cuenta atrás hasta el último, haciendo que cada uno de ellos contara. Y, aunque estuvieses muy sediento, no podías mantener en el interior ni una sola gota de agua, ya que tu cuerpo estaba intentando en vano librarse del veneno. La piel te ardía y después se ponía cada vez más fría hasta que los dientes te castañeteaban y los huesos te temblaban. Después... nada. Un entumecimiento se apoderaba de ti como una ola del océano, arrastrándote cada vez más lejos de la costa, de tu cuerpo y de la vida.

Leta nunca había pensado demasiado en su propia muerte, pues había estado demasiado preocupada por los detalles de la de su madre.

¿En qué había pensado su madre antes de morir? ¿Había tenido tiempo de pensar en sus hijos? ¿Había estado asustada?

Ahora, ya sabía la desafortunada verdad: morir era aterrador.

De algún modo, Leta se despertó. No estaba rodeada por oscuridad ni estaba al otro lado del velo que, en algún momento, había considerado una especie de paraíso. Su madre tampoco estaba a su lado.

No estaba muerta.

Sobre ella, se cernía una doctora, que le estaba llevando un vaso de líquido a los labios. Tenía la piel morena y pecosa y una melena de rizos ambarinos.

—Tienes que beber —le dijo la mujer con un tono de voz que era como el hielo en un día húmedo en pleno verano.

Leta quería incorporarse, pero cada músculo de su cuerpo se quejaba ante la idea del más mínimo movimiento. Estarse quieta era lo único que la aliviaba en aquel momento. La manta que le rozaba la piel le parecía una lija y la luz que tenía sobre la cabeza hacía que le ardieran los ojos.

—¿Dónde estoy? —dijo con voz ronca y la mandíbula dolorida al hablar.

—En la enfermería —dijo la médica—. No temas, querida, te vas a poner bien.

—¿Qué ha ocurrido?

La mujer apartó la mirada rápidamente.

—Comiste algo en mal estado.

Leta pensó en lo que había tomado para cenar, pero no podía recordar nada que hubiese tenido un sabor extraño.

La médica le dio una palmadita en la mano.

—Te vas a poner bien.

Eso ya se lo había dicho, lo cual le hacía preguntarse si, en realidad, iba a ponerse bien de verdad.

—¿Dónde está? —gruñó una voz.

«¡Cayder!».

Intentó incorporarse, pero su cuerpo no quería cooperar. Era como vivir en un sueño o, más bien, una pesadilla.

—¿Qué está haciendo aquí? —preguntó la médica.

—¡Es mi hermana!

Leta no podía verle. ¿Dónde estaba?

—No pasa nada —dijo otra voz. Se trataba de la guardia que había retenido a su hermano el día que la habían llevado a Vardean—. Yo me quedaré con él.

El rostro preocupado de Cayder apareció sobre ella y, de pronto, el alivio la inundó.

—¿Cómo te encuentras? —le preguntó él.

Nunca había visto a su hermano tan exhausto. Tenía el pelo hecho un desastre y la piel tan blanca como un hueso. Tenía unos círculos oscuros bajo los ojos, como si llevara varios días sin dormir, y estaba bastante segura de que llevaba una chaqueta encima del pijama.

—Estoy viva —comentó. En aquel momento, aquello era lo único que podía asegurar. Cada vez que tragaba saliva, sentía como si tuviera lava ardiendo en el interior.

Cayder se giró hacia la médica.

—¿Quién ha sido el culpable? —exigió saber—. ¿Dónde está Yarlyn? Quiero hablar con ella. ¡Ahora mismo!

—Iré a ver si puedo encontrarla —dijo la mujer.

En cuanto la médica se hubo marchado, Cayder se acercó más a ella.

—Voy a sacarte de aquí.

Su mirada color ámbar era intensa. Leta gimió a modo de respuesta.

—¿Qué es lo que te duele?

Cayder la miró de arriba abajo a toda velocidad.

—Todo —admitió ella.

—Cayder —dijo la guardia—, necesita descansar. No podemos hacer esto ahora.

—Tenemos que hacerlo, Kema. Tú misma lo has dicho: no podemos dejar que regrese a su celda. Es demasiado peligroso. En esta ocasión, has conseguido colarme, pero la gente va a darse cuenta de que no debería estar aquí.

«¿Kema? ¿La hija del tío Graymond?». Habían pasado muchos años desde la última vez que había visto a aquella chica diminuta, pero bajo el uniforme y los rizos teñidos, podía ver a su vieja amiga.

—¿Hacer el qué? —les preguntó Leta. Quería cerrar los ojos frente a la luz brillante y dormir.

Cayder frunció las cejas espesas y adquirió esa mirada tan particular que tenía cuando estaba dándole vueltas a algo.

—¿Hacer el qué? —insistió ella.

Se sentía como si estuviera de vuelta en la sala del tribunal, donde todo el mundo había estado discutiendo su destino como si su opinión al respecto no tuviese importancia. Ese era uno de los motivos por los que le encantaba el arte: podía controlarlo y, además, nunca la controlaba a ella.

—Voy a sacarte de aquí —dijo Cayder en voz baja y de forma apremiante.

Leta se rio y, al hacerlo, sintió como si hubiera tragado chinchetas.

—No seas tonto.

—Hablo en serio. —Su hermano le agarró la mano—. La Regencia ha intentado matarte, te han envenenado. Al parecer, que pases el resto de tu vida en Vardean no es suficiente.

—No —dijo Leta incorporándose levemente y haciendo caso omiso de la sensación de que los músculos se le estaban despegando de los huesos—. No vas a hacer tal cosa.

Cayder pestañeó.

—¿Quieres quedarte en la cárcel?

—¡Claro que no! —replicó ella—. Pero tampoco quiero que tú acabes aquí dentro también.

—¿Crees que podrías ponerte de pie? —le preguntó su hermano, haciendo caso omiso de lo que le había dicho.

—¡No van a dejar que me saques de aquí a pie! —contestó, exasperada, con un tono de voz que era poco más que un susurro—. ¿Kema? Me vendría bien algo de ayuda, por favor.

—Leta tiene razón —dijo la guardia.

Cayder la fulminó con la mirada.

—Pensaba que estabas de mi parte.

—Y lo estoy —contestó Kema—, pero tenemos que pensarlo bien. Necesitamos trazar un plan. No podemos abrirnos paso a través de seguridad. No cuando Leta tan apenas puede hablar y mucho menos ponerse en pie.

—Cuando esté mejor, la llevarán de vuelta a la celda. Entonces, ¿qué haremos?

Kema se llevó un dedo a los labios.

—Entonces, abriremos la puerta de la celda. —Hacía que sonara muy fácil—. Resulta que conozco a una guardia que está en el último piso y que tiene una copia de las llaves. —Sonrió y se le iluminó todo el rostro.

A Leta le sorprendió que Cayder no estuviera de acuerdo con ella.

—No quiero que te involucres, Kema. Perderás tu trabajo.

Ella se encogió de hombros y la melena blanca se le sacudió.

—De todos modos, no me gusta demasiado.

—¿De verdad? —preguntó él—. Entonces, ¿por qué sigues trabajando aquí después de dos años?

Ella desechó su comentario con un gesto de la mano.

—Quiero hacer lo correcto, y esto lo es. Mi padre diría lo mismo.

Cayder la contempló durante un instante antes de que una sonrisa le curvara las comisuras de los labios.

—De acuerdo. Entonces, ¿cuál es el plan?

Kema se puso a dar vueltas en torno a la cama de Leta.

—No va a ser fácil escapar de aquí. E incluso, después, ¿dónde iréis? Tendréis que pasaros la vida huyendo. La Regencia no se rendirá, no con toda la información de la que disponéis.

Cayder se quedó en silencio un momento. Leta quería sacudirlo. No estaba pensando con claridad. Estaba actuando de forma impulsiva. Eso no era propio de él.

—Solo hay una persona que pueda arreglar todo esto —dijo su hermano—. Si la ayudamos a fugarse también, puede contarles a todos lo que la Regencia le hizo a su hermano, puede sacarlos del gobierno e indultar a Leta.

—Los dos habéis perdido la cabeza —dijo ella, recuperando la voz—. Nadie se ha fugado de Vardean jamás. No quiero que os arresten a ninguno de los dos. —Cerró los ojos y dejó escapar un suspiro—. Ya hay demasiadas personas que están sufriendo por mi culpa.

Sin embargo, Kema y Cayder no la estaban escuchando. Leta se acordó de cuando eran pequeños y ambos solían dejarla fuera de sus juegos. Nunca había sido algo intencional, pero siempre habían estado muy unidos y ella siempre había acabado contemplándolos en la distancia.

—Hay un problema. —Kema levantó un dedo—. No tengo la llave de la celda de la princesa. Solo la tiene Yarlyn.

—¿Podrías quitársela? —preguntó Cayder.

—No con facilidad —admitió ella—. Después de todo, no soy una ladrona.

—Yo tampoco —contestó su hermano—, pero ¿sabes quién sí lo es y podría ayudarnos?

Cayder y Kema se sonrieron el uno al otro.

—¿Quién? —preguntó Leta—. ¿Por qué sonreís los dos?

—Vamos a sacarte de aquí, Leta. —Cayder le dio una palmadita en la pierna—. Es hora de hacerle una visita a mi cliente favorito.

CAPÍTULO 34

CAYDER

Tenía que tener cuidado con cómo abordaba a Jey con respecto a mi plan. No podía permitir que me delatase ante alguno de los guardias a cambio de algo que deseara. Todavía no estaba seguro de qué había pasado la noche en que había muerto su padre, lo que hacía que resultase impredecible y peligroso.

Kema fue a la sala de descanso de los guardias para ponerse su uniforme y «escoltarme» hasta el último piso.

—¿Cómo vamos a asegurarnos de que Jey no desvele el plan? —le pregunté mientras el ascensor subía—. Afirma que no le importa estar en Vardean, ¿cómo podemos garantizar que nos ayude?

—Nadie desea realmente estar en Vardean —contestó Kema—. Excepto tú, Chico Maravilla.

—Ya no —murmuré en un tono de voz sombrío.

—Tenemos que adivinar qué es lo que quiere —dijo ella—. En este sitio, todo el mundo quiere algo, aunque no sea la libertad.

—¿Podríamos sacarlo del aislamiento?

Kema se mordió el labio inferior.

—No tengo tanto poder, pero debe de haber algo del exterior que quiera. ¿Una carta de algún amigo? ¿Algo que pudiéramos entrar de contrabando?

Asentí.

—Veré qué consigo adivinar.

Kema me dio la llave de la celda y se alejó para distraer a los guardias que estaban apostados frente a la celda de la princesa. Abrí rápidamente la puerta y me colé dentro. Jey estaba haciendo flexiones.

—Novecientas noventa y nueve. —Hizo una flexión más—. Mil. —Me guiñó un ojo—. ¿Has venido a ver el espectáculo, colega?

Puse los ojos en blanco. Había olvidado lo molesto que podía llegar a ser.

—He venido a ver cómo estás.

El chico se puso en pie. Se había desabrochado el uniforme de la prisión para que se vieran sus marcas eco.

—Aquí hace calor.

—¿Y eso te supone un problema? —le pregunté—. Tal vez podría conseguirte un ventilador o algo similar.

Arqueó una ceja y se pasó una mano por el pelo negro.

—¿Vas a sentarte junto a mi cama para abanicarme o algo así? —Se sentó en la mesa y tamborileó los dedos sobre ella—. ¿Qué novedades hay? ¿Dónde está el señor Toyer? Pensaba que había dicho que ya no me representaba.

—Shhhhh —dije, haciendo un gesto en dirección a sus manos—. ¿Puedes callarte un segundo?

Se inclinó sobre la mesa como si fuese a susurrarme algo.

—¿Por qué? —dijo en un tono de voz normal.

Miré hacia el descansillo a través de los barrotes, pero no había nadie mirando en nuestra dirección. No todavía. Tenía que darme prisa. Se suponía que ya no podía estar en Vardean, y mucho menos en el último piso.

—Así es, Graymond ya no te representa.

—¿Y entonces? ¿Vas a hacerlo tú? —preguntó con una sonrisa de suficiencia.

—No —dije con rotundidad—. Ya nadie representa a nadie. No hay juicios, ni apelaciones ni nada.

Esperaba que me diese alguna respuesta de listillo, pero aquello pareció pillado por sorpresa.

—¿Cómo? ¿Es así para todo el mundo?

—Sí. Es una nueva ley de la Regencia. De todos modos, ese no es el motivo de que esté aquí.

Entrecerró los ojos.

—Entonces, ¿por qué estás aquí?

—Yo... estaba preocupado por ti.

Echó la cabeza hacia atrás y se rio.

—Se te da fatal mentir.

—Si quieres que te ayude, tienes que bajar la voz —susurré.

Él apretó la mandíbula de golpe.

—¿Cómo podrías ayudarme tú a mí?

—En realidad —dije—, necesito tu ayuda y, a cambio, te daré lo que quieras. Mejores comidas, una carta de algún ser querido...

—Qué sabrás tú sobre la gente a la que quiero...

Su gesto era serio, lo cual no era habitual.

—Sé que no apreciabas a tu padre, eso seguro —le dije de malas formas antes de poder reprimirme.

Sus ojos marrones se pusieron más oscuros.

—No sabes nada.

No había ido hasta allí para discutir con él. Necesitaba que estuviera de mi lado.

—Tienes razón. No sé nada sobre ti más allá de lo que nos has contado a Graymond y a mí. Pero estoy aquí, dispuesto a ofrecerte un trato.

Jey se recostó sobre la silla y cruzó los brazos detrás de la cabeza, siendo la viva imagen de la tranquilidad.

—¿Qué es lo que quieres de mí? Más allá de mi gloriosa compañía...

Me negué a morder el anzuelo.

—Quiero que robes algo.

—Perdona, ¿qué? —Sacudió la cabeza—. Debo de haberte oído mal porque me ha parecido entender que quieres que cometa un crimen.

Me senté frente a él.

—Jey, necesito tu ayuda.

—Estoy atrapado en esta celda —contestó con el mismo tono de voz serio que el mío—. ¿Qué podría robar que pueda serte de ayuda?

—Una llave —dije—. La llave de Yarlyn, para ser más exactos.

El otro chico colocó los codos sobre la mesa y apoyó la barbilla en la mano.

—¿Y por qué haría algo tan peligroso? Algún día, me gustaría salir del aislamiento y volver a la buena vida del piso dieciocho. —Me froté la nuca mientras repasaba mentalmente todo lo que Kema y yo podíamos ofrecerle, que no era demasiado—. De todos modos, ¿para qué quieres esa llave? Tan solo abre esa celda que... Ohhhhhhh. —Chasqueó los dedos—. Quieres tener acceso a quienquiera que sea el prisionero misterioso, ¿verdad?

—Sí. —Aquel era un motivo lo bastante bueno—. Tengo que hablar con esa persona sobre algo.

—No hay trato —dijo, encogiéndose de hombros—. No puedes darme nada que desee.

—Estoy seguro de que habrá alguna cosa que pueda organizar para hacerte más llevadera la cadena perpetua.

—Lo dudo bastante.

—Te gusta entrenar, ¿no?

Jey flexionó el bíceps.

—Sí. Gracias por fijarte.

Apreté los dientes para evitar contestarle de malas maneras.

—¿Y si pudiera conseguirte equipamiento deportivo?

Ladeó la cabeza, interesado.

—¿Eso está en tu mano?

No, pero Kema podría colar algo.

—¿Sería algo que pudiera tentarte?

—¿Por qué te interesa tanto hablar con ese prisionero? —preguntó Jey.

—Eso no puedo contártelo.

Él se levantó de la silla.

—Entonces, no puedo ayudarte.

—¿Y a ti qué más te da? —le pregunté mientras se dirigía al camastro—. Tú consigues algo que deseas y yo algo que necesito.

—Porque si voy a ayudarte —dijo—, arriesgándome a que no me saquen del aislamiento, necesito más información. Sabes que en este sitio los cotilleos son una moneda de cambio, ¿verdad?

Asentí.

—¿Y qué?

—Pues que sé que tu hermana está aquí encerrada —dijo, haciendo un gesto con el pulgar en dirección a la celda de Leta—. ¿Por qué robarías una llave para hablar con el prisionero misterioso cuando podrías robar la llave para hablar con tu propia hermana?

—Mi hermana no es asunto tuyo —dije. Odiaba el hecho de que Leta fuese un cotilleo más que pudieran intercambiar por diversión—. Además, no está en la celda. Está en la enfermería.

—Ya veo —dijo—. En este piso no se sintoniza tan bien la red de cotilleos. ¿Qué ha ocurrido?

Le interrumpí, sacudiendo la mano.

—¿Vas a ayudarme o no?

—No —dijo con un gesto de cabeza—. No necesito tanto equipamiento deportivo. Como puedes ver, me va bastante bien sin él. —Sonrió con malicia.

Estuve a punto de salir hecho una furia en ese mismo momento, pero Jey era mi única opción. En un par de días, tal vez menos, Leta habría vuelto a su celda. No tenía tiempo de pensar otro plan.

—Consígueme esa llave —le dije—, y yo te daré lo que quieras.

Él lo pensó un instante y, después, hizo un gesto con la cabeza en dirección a mi mano.

—Un intercambio —dijo—: una llave por otra llave.

—¿Quieres que te dé a llave de tu celda? —pregunté—. ¿Por qué?

—Pensaba que eras inteligente, colega. —Se levantó del camastro y se acercó a mí lentamente. Paso a paso—. Quiero escapar.

—Pero...

Había querido declararse culpable por la muerte de su padre. Había querido quedarse en Vardean. ¿Por qué había cambiado de opinión?

—Dame la llave que llevas y te conseguiré la otra. —Sacudió la cabeza—. Nunca entenderé por qué te preocupas más por el otro prisionero que por tu hermana.

No podía permitir que supiera que todo aquello era un plan para ayudar a Leta a escapar, en caso de que decidiera entregarme a Yarlyn.

—No entiendes nada sobre la familia —dije—. Después de todo, mataste a tu propio padre.

Me miró a los ojos fijamente y por los suyos pasó algo diferente a su habitual fría indiferencia.

—Una llave por otra llave —repitió.

Siempre y cuando sacara a Leta de allí, ¿qué importaba que él escapase?

—De acuerdo.

Jey extendió la mano, expectante.

—Buen intento —dije—. Tú me consigues la llave de Yarlyn y, entonces, yo te doy esta llave.

—¿Me lo juras?

—Por la vida de mi hermana.

—De acuerdo —dijo—. ¿Cuál es tu plan? No es que pueda acercarme a Yarlyn sin más. Mi encanto tiene ciertos límites.

—Esperaba que tuvieras alguna sugerencia sobre cómo podríamos robarla.

—Para robar es necesario tener manos hábiles y una distracción —dijo.

—¿Qué tipo de distracción? —pregunté.

Se encogió de hombros.

—Nadie me presta demasiada atención. Estaba intentando trabajarme a una de las guardias de este piso, pero no conseguía que se acercara a mí lo suficiente como para robarle las llaves.

Di vueltas de un lado a otro de la celda. La única vez que había visto que Yarlyn abriese la puerta de una celda había sido cuando la princesa había enfermado. Sin embargo, era poco probable que se preocupase por el bienestar de Jey. Solo le preocuparía alguien inocente.

«Alguien como yo».

Pero, ¿cómo podía ponerme a mí mismo en peligro? No había armas o algo afilado en Vardean. Cada vez que atravesábamos la puerta, nos cacheaban en busca de productos de contrabando.

—¿Cómo conseguiste el cuchillo? —le pregunté—. El que usaste para herir a aquel otro preso.

—De alguien que trabaja en las cocinas. Se llama Ryge. Es un buen tipo —contestó, asintiendo con la cabeza—. Si le das algo de valor, te dará lo que quieras.

—¿Y qué es valioso para Ryge?

—No tiene que ser necesariamente para él, ya que hace intercambios con otros reos. Ryge es el intermediario.

—Bien, ¿y qué necesitan el resto de presos?

Jey se rascó la barbilla, pensativo.

—Alcohol, tabaco, revistas, periódicos...

—¿Periódicos? —pregunté—. Tiene que ser una broma.

—Piénsalo —replicó él—. Estás aquí encerrado durante años y la única manera de marcar el paso del tiempo son las comidas. —Señaló el prisma de luz que había sobre nosotros—. No tienes contacto con el mundo exterior, ni amigos a los que escribir o familiares que puedan visitarte. Los periódicos te dan una perspectiva de cómo es el mundo exterior. Ayuda a pasar el tiempo.

—Una perspectiva de un mundo corrupto —dije con una sonrisa.

Jey frunció el ceño.

—¿Por qué me estás sonriendo como si estuvieras loco?

—Porque sé cómo crear una distracción y entregar algo valioso.

—¿Cómo?

—Un artículo periodístico ofreciendo algo mejor que cotilleos: la verdad.

—¿De qué estás hablando?

—No te preocupes por eso. Consígueme un cuchillo. ¿Trato hecho?

Le tendí la mano. Él me la estrechó sin titubear.

—Trato hecho.

CAPÍTULO 35

CAYDER

Intercepté a Narena en las escaleras de acceso a la Biblioteca Estatal mientras se dirigía a casa al final del día.

—¡Narena! —la llamé.

—¿Cayder? —Se dio la vuelta con la sorpresa reflejada en la cara—. ¿Qué estás haciendo aquí?

—Necesito tu ayuda.

El rostro se le iluminó.

—¡Sabía que no te rendirías! ¿Qué puedo hacer por ti?

Pensé que no le iba a gustar lo que iba a decirle a continuación.

—Necesito un artículo exponiendo a la Regencia y el hecho de que están involucrados en la muerte del rey y la existencia de los hullen.

—Oh, no... —Comenzó a bajar las escaleras con su larga melena negra formando una cortina entre nosotros—. ¡Cayder, no puedo hacer eso! Mi madre perdería su trabajo o algo peor. No puedo arriesgarme a involucrarla.

—Tu madre no tiene por qué saberlo.

Se detuvo.

—¿Qué quieres decir?

—El artículo puedes escribirlo tú —dije—. Cuélate esta noche en el *Heraldo de Telene* y antes de que empiecen con la tirada de mañana, cambia una de las páginas por el artículo. Yo los meteré de contrabando en Vardean para que los distribuyan durante las horas de las comidas, cuando los presos superan en número a los guardias.

—¿Por qué? —me preguntó, frunciendo el ceño—. ¿Cómo va a ayudar eso a Leta?

—Confía en mí: lo hará.

Le conté mi plan para ayudar a Leta a fugarse junto con la princesa. Ella me contempló un buen rato sin pestañear.

—No me parece gracioso, Cayder. Eso significa quebrantar la ley.

—¿Y qué es la ley más que aquello que decide la Regencia? —pregunté—. La semana pasada, la ley decía que todo el mundo merecía un juicio justo. Esta semana, cualquiera que sea sospechoso recibe una sentencia de inmediato. Lo único que estoy haciendo es ayudar a que gente inocente quede en libertad. Eso es lo que el sistema legal debería proteger. Eso es lo que yo creo que debería ser la ley. Pensaba que estarías de acuerdo.

Narena se llevó un dedo a los labios, mirando en torno a las escaleras.

—Alguien podría oírte.

Tenía razón: era peligroso hablar de la Regencia cuando cualquiera podría escucharnos.

Nos dirigimos al Eructos Sonoros (en aquella ocasión, ambos pedimos agua) y subimos las escaleras hasta el último piso. Era una noche animada de viernes y la música estaba lo bastante alta como para cubrir nuestra discusión.

—¿Y si fuera tu madre la que estuviera encerrada en Vardean para el resto de su vida por un crimen que no hubiera cometido? —le pregunté—. ¿O tu padre? ¿Qué harías?

Narena unió las manos.

—Cualquier caso.

Le sonreí con arrepentimiento.

—Entonces, ya sabes por qué estoy haciendo esto.

—Estoy preocupada, Cayder —dijo ella—. Si tienes razón, entonces la Regencia no se detendrá ante nada para mantener oculto su secreto. No quiero que te tengan en el punto de mira.

—Es demasiado tarde para eso —dije—. La única manera de salir de este embrollo es exponer a la Regencia por lo que son realmente.

—¿Y qué son?

—Unos mentirosos. Unos mentirosos codiciosos y sedientos de poder.

Ella asintió, pero no parecía convencida.

—¿Qué ocurre? —le pregunté.

—Todavía no sabemos por qué están dispuestos a tomar medidas tan drásticas para ocultar la existencia de los hullen. Eso me preocupa.

—Viste a esa criatura con tus propios ojos —le recordé—, esa es la información verdaderamente importante.

—Supongo que sí.

—Tu madre estará a salvo —le aseguré—. En el *Heraldo de Telene* trabajan cientos de personas. Nadie sabrá que estás involucrada. Solo tienes que asegurarte de que nadie te vea.

Ella asintió.

—Si eso ayuda a Leta...

—Gracias, Narena.

—Solo dime qué quieres que diga el artículo y lo tendré listo para mañana por la mañana.

Narena cumplió con su palabra. Durante la noche, se escabulló de casa y usó la llave de su madre para entrar en el *Heraldo de Telene.* Escribió un artículo señalando a la Regencia por ocultar la existencia de los hullen y por manipular pruebas para encarcelar a gente inocente. El lenguaje que empleó en el artículo era incendiario y, sin duda, provocaría una respuesta acalorada entre los presos que llevaban años encerrados en Vardean. Se hizo con unas cincuenta páginas y tiró el resto antes de que alguien se diera cuenta de que había habido un cambio de última hora. No podíamos poner a la Regencia sobre aviso de lo que estábamos planeando.

Arranqué las páginas de uno de mis libros de derecho y metí dentro las copias dobladas del artículo. Difícilmente parecerían fuera de lugar en el caso de un aprendiz de abogado.

Era el momento de poner mi plan en marcha, pero en primer lugar, tenía que visitar a alguien.

En la puerta de la oficina de Asistencia Legal Edem había colgado un cartel de «cerrado». Pero incluso siendo sábado por la mañana, sabía que no era así.

—¡Graymond! —Llamé a la puerta—. ¡Déjame entrar!

Oí unos pasos antes de que la puerta se abriera. Casi retrocedí, asombrado.

Nunca había visto a mi mentor sin uno de sus trajes azules de confección perfecta. La camiseta blanca que llevaba puesta estaba raída y los pantalones no le quedaban bien. Llevaba la barba entrecana descuidada y su piel morena había perdido parte de su calidez.

—¿Cayder? —Mientras me contemplaba, tenía los ojos enrojecidos y los párpados caídos—. ¿Qué haces aquí?

—Quería saber cómo estabas.

Se apartó a un lado y me dejó pasar. Aunque la oficina nunca había estado bien cuidada, parecía como si un tornado hubiese arrasado con todos los archivos.

—He estado buscando un vacío legal —dijo, señalando todo el desastre—, algo que podamos usar para desacreditar a la Regencia.

No pensábamos de manera tan diferente. Por mucho que quisiera confiar en Graymond y contarle mi plan para sacar a Leta y Elenora de la cárcel, no quería que se metiera en más problemas por culpa de mi familia. Tenía que guardar otro secreto y contar otra mentira.

—¿Y has encontrado algo?

Él se pasó las manos por el rostro con un suspiro.

—Sin un monarca reinante, la Regencia tiene el control del sistema legal de Telene. No podemos hacer nada.

—Lo siento.

Odiaba pensar en el hecho de que podría perder el trabajo al que le había dedicado toda su vida.

—¿Lo siento? —preguntó—. Soy yo el que debería pedir disculpas. Nunca debería haberme hecho cargo del caso de Leta, tendría que haberme dado cuenta de los peligros de que la fiscalía descubriera la verdad.

—Estabas intentando ayudar a mi padre —le dije—, no sabías lo que iba a ocurrir.

Dejó escapar un suspiro entrecortado.

—Soy un hombre de leyes. Para empezar, jamás tendría que haberle dejado entrar en esa celda.

—¿Por eso discutiste con mi padre hace tantos años? —le pregunté.

—Sí. Le dije que admitiera lo que había hecho, pero se negó a pesar de que sabía que yo tenía razón.

—No es culpa tuya.

—Siento mucho haberle fallado a tu hermana —dijo Graymond—. Y haberte fallado a ti. Lo único que he querido en todo momento ha sido proteger a tu familia.

Me tragué el nudo que sentía en la garganta.

—Lo sé, tío Graymond. Lo sé.

Miró mi bolsa y mi traje.

—¿Dónde vas? —Sacudió la cabeza—. No respondas a eso. Sé exactamente a dónde vas.

Deseé que no pudiera adivinar también lo que estaba planeando hacer.

—Tengo que verla—dije—. La Regencia intentó matarla.

Graymond soltó un juramento.

—Tenemos que sacarla de ahí.

—Lo haremos.

De hecho, yo ya estaba trabajando en ello.

—¿Hay algo que pueda hacer para ayudarte? —me preguntó.

—Sí —contesté—. Necesito una ficha para volver a entrar.

—Me quitaron las mías —dijo mientras una sombra le cruzaba el rostro—. Pero Olin tiene una para cuando venía a ayudarme.

Hablando de Olin...

—¿Cómo están todos?

—Les he dado vacaciones pagadas —contestó él, encogiéndose de hombros—. No tenemos juicios en los que trabajar. —Rebuscó en los cajones del escritorio de Olin—. ¡Ajá!

Sacó la ficha roja y me la puso en la mano.

—Sé fuerte, hijo. Ten fe.

Solía tener fe en el sistema judicial, en Vardean y en los juicios. Sin embargo, toda esa fe me había fallado.

—Gracias, tío Graymond.

Tenía que tomar las riendas.

Paso uno: conseguir un cuchillo.

Cuando me reuní con Kema en el control de seguridad, me registró la bolsa, tal como había hecho durante mi primer día en Vardean. Después, le tendí la ficha de Olin.

—¿Alguna novedad? —susurré mientras se inclinaba para registrar los bolsillos de mi chaqueta.

—Sigue en la enfermería —me respondió sin detenerse—. Está mucho mejor. Yarlyn planea llevarla de vuelta a su celda el lunes.

Tenía dos días para tramar el resto del plan.

Kema se estaba mordiendo el labio inferior.

—Ahora, la Regencia tiene agentes en el último piso —dijo—. Están vigilando a la princesa.

—Mierda.

—Exacto.

—¿Y qué hacemos?

Hizo un gesto con la cabeza en dirección a unos empleados de la prisión que se acercaban.

—Reúnete conmigo en el vestíbulo antes de marcharte a casa. Hablaremos entonces.

Me dirigí a la oficina de Graymond para que no me vieran. No quería que Yarlyn supiera que estaba allí. Si bien deseaba desesperadamente visitar a Leta para ver cómo iba su recuperación, tenía que centrarme en el plan de escape.

Saqué de mi bolsa el póster arrugado de Vardean, lo estiré lo mejor que pude sobre el escritorio de mi mentor y señalé las partes importantes de la prisión.

Solo había una manera de entrar y salir: el tranvía suspendido. Y la única manera de llegar allí era a través de las puertas principales del vestíbulo. Además, a cada lado de la verja había un guardia que, con toda seguridad, en los próximos días se convertiría en un agente de la Regencia. Tenía que haber otro modo.

Elle y Leta estaban en el último piso. ¿Podríamos romper el techo de cristal y fugarnos por allí? No sabía lo grueso que sería el cristal, pero imaginé que no se rompería con facilidad. Además, aunque lo consiguiéramos romper, los agentes de la Regencia nos arrestarían antes de que pudiéramos escapar.

Si bien había rendijas en la roca de cada celda para permitir cierta circulación del aire, no eran lo bastante grandes como para colarse por ellas o para meter cualquier herramienta de excavación desde el exterior. Por otro lado, los tenedores y los cuchillos no servirían de nada contra los densos muros de piedra.

La colada se hacía en el primer piso, detrás de las salas del tribunal. Las comidas se preparaban en la cocina, en el primer piso. A Vardean solo se entraba comida y productos de limpieza y se hacía los lunes a través del tranvía. Ese sería el mejor momento para escapar, ya que, una vez descargados los suministros, los vagones de cristal estarían llenos de cajas vacías en las que esconderse.

Aun así, necesitaríamos salir por la puerta principal y recorrer el puente hasta la estación del tranvía. Tan solo un guardia o un empleado podría salir sin tener ningún problema. Incluso aunque Kema estuviera de nuestra parte, no podría escoltar fuera de la prisión a tres criminales sin que la detuvieran. Lo que significaba que Elle y Leta tendrían que parecer guardias de la prisión.

CAPÍTULO 36

JEY

Kema visitó a Jey el sábado antes de la comida. Llevaba una toalla y un gesto de enfado.

—Toma —dijo, pasando la toalla entre los barrotes y apartándose los rizos blancos del rostro—. Cuídala mejor o no te traeré otra.

Se marchó echando humo antes de que los recién llegados agentes de la Regencia pudieran cuestionarse sus acciones.

Jey apreció su actuación, pues le recordó sus días subido a un escenario. Una actuación exitosa se basaba sobre todo en el compromiso.

Tomó la toalla y se dirigió al rincón del fondo de su celda antes de desdoblarla. En el interior había cincuenta copias de un artículo exponiendo a la Regencia. Jey sonrió. Tenía que reconocérselo a Cayder: no era un plan tan terrible. De hecho, deseó que se le hubiese ocurrido a él la idea de desacreditar tanto a la Regencia como el legado de su padre. Dentro del fajo de papeles había una nota.

«Estimado señor Ryge:

Por favor, organice la entrega de un cuchillo afilado lo antes posible. Por las molestias, le ofrezco los siguientes artículos de periódico. Por favor, distribúyalos entre los presos en el comedor el lunes por la noche.

Gracias por dedicarme su tiempo y por su ayuda.

Jey Bueter».

Jey no pudo evitar reírse. Aquello era demasiado formal y educado. Si Cayder conociese a Ryge, se habría dado cuenta de lo ridícula que era aquella carta y de que Jey nunca la habría escrito. Esperaba que Ryge no se cuestionara su procedencia.

Cuando llegó la bandeja con su comida, se obligó a comérsela a pesar de que tenía la misma sensación en el estómago que si hubiera comido piedras. No se había sentido tan enfermo desde el día en el que había muerto su padre y los días posteriores.

Ocho semanas después, seguía sin saber cómo procesar la muerte de su padre. Siempre había deseado poder pasar más tiempo con él y que, con el tiempo, el hombre hubiese aprendido a preocuparse por él. Sin embargo, después de dos años viviendo juntos, no habían estrechado su unión y Jey seguía sin saber qué era lo que había motivado a su padre.

En el caso de su madre, la familia lo había sido todo. Le había inculcado aquella idea desde niño. Lo que importaba era estar juntos y compartir sus vidas. Todo lo demás era secundario. Sin embargo, su padre había visto las cosas de otro modo. Lo único que le había importado era la Regencia y el trabajo que llevaban a cabo. Lo único importante había sido Telene. Su padre había tenido un sentido de finalidad y un nivel imposible de ambición que le impedía vivir en el momento y ver lo que tenía enfrente.

Jey suponía que, para un hombre tan obsesionado con la magia que alteraba el tiempo, tenía sentido que nunca hubiese vivido en el presente y que siempre hubiera estado echando la vista hacia atrás o hacia delante.

Y aquello había sido su perdición.

En cuanto se hubo tragado la última cucharada de estofado de verduras, colocó los artículos bajo el cuenco al que le había dado la vuelta. Que el cuenco estuviese colocado así le indicaría al lavaplatos que había un trato pendiente. Entonces, hablarían con Ryge y organizarían la entrega. Colocó la campana protectora de vidrio plateado encima de todo para ocultar las páginas del periódico.

El resto del día pasó de manera dolorosamente lenta. Odiaba no saber qué hora era. Intentó dormir, pero cualquier sonido lo despertaba y le hacía pensar en su padre, que había odiado el ruido. Aquel hombre había necesitado silencio absoluto para trabajar. En las pocas ocasiones en las que había estado en casa, Jey, desesperado por ganarse su aprobación, había recorrido la casa de puntillas hasta tal punto que se había convertido en un espectro demasiado temeroso de hacer ruido y ser descubierto por un hombre que, claramente, había querido que desapareciera.

Ahora que había llegado el momento de escapar de Vardean, estaba nervioso, a pesar de que no era el tipo de persona que se pone nerviosa. Los nervios entorpecían los pensamientos y las acciones. Había aprendido aquello gracias a su profesor de teatro. Tenía que conservar la confianza en sí mismo. Tenía que estar tranquilo. Pero conforme fueron pasando los segundos, su decisión empezó a tambalearse y desplomarse.

Los pensamientos le daban vueltas en la cabeza y le resonaban con tanta fuerza que estuvo a punto de no oír el sonido de la ranura por la que le pasaban la comida al abrirse.

Se obligó a contar hasta diez antes de levantarse del camastro. Sintió los ojos de la guardia sobre él mientras se alejaba. A partir de ese momento, cada acción importaba más que los dieciocho años anteriores juntos. No podía estropearlo.

Mientras se acercaba a la bandeja, se recordó a sí mismo que era posible que a Ryge le costara más tiempo conseguir un arma o que un lavaplatos nuevo no se hubiera dado cuenta del cuenco colocado del revés y que, en aquel momento, los artículos fueran papilla dentro de una pila de agua jabonosa. Podrían haber salido mal muchas cosas.

Creía en los pensamientos positivos, pero aquello era demasiado importante. Necesitaba reducir las expectativas. Si no recibía el cuchillo aquel día, tendría más oportunidades.

Había planeado quedarse en Vardean como castigo por la muerte de su padre, pero pocos días después de que lo encarcelaran, sus planes habían cambiado y, desde entonces, había estado tramando su fuga. Ahora que Cayder le había restregado en las narices la llave que le otorgaría la libertad, no podía dejarlo pasar. Después de todo, quizá la única cosa que compartía con su padre era su tenacidad.

Quitó la campana protectora de la bandeja. Debajo de ella había un pedazo grande de gallina. Eso era todo. Ni verduras, ni pan. Nada. Soltó una maldición. ¿Cuántas veces tenía que informar a cocina de que no comía carne? Entonces, se dio cuenta de que tampoco había cuchillo. Soltó un suspiro de frustración. Aun así, eso no significaba que hubiesen descubierto el contrabando.

Se sentó con la espalda apoyada en los barrotes. No tenía hambre y, desde luego, no iba a comer gallina. Había levantado la bandeja, dispuesto a empujarla de nuevo por la ranura, cuando se dio cuenta de algo. La piel de la carne estaba cocinada de una forma peculiar. Había un círculo calcinado grande con dos más pequeños y una línea curva. Le dio la vuelta al plato. Las zonas quemadas dibujaban una carita sonriente.

Tenía que ser un mensaje de Ryge, pero ¿cuál era el mensaje? ¿Que el cuchillo estaba de camino? ¿Por qué no le había dado nada para acompañar la comida, ni patatas ni verduras?

Sonrió mirando la piel crujiente del animal porque, al fin, lo había comprendido. Si la gallina hubiese ido acompañada de otra comida, jamás le habría prestado atención, lo cual solo podía significar que...

Abrió la pechuga por la mitad. Dentro, vio un destello plateado: un cuchillo.

CAPÍTULO 37

CAYDER

Paso dos: conseguir los disfraces.

Más tarde, la noche del sábado, me reuní con Kema en el vestíbulo. Llevaba despeinados los rizos blancos, como si se los hubiera estado revolviendo. Tenía la espalda muy erguida y pasaba los ojos rápidamente por toda la estancia hasta que se fijó en mí.

—Sígueme.

Me condujo por los pasillos que se encontraban detrás de las salas del tribunal hasta que llegamos a la sala de descanso de los guardias. Usó sus llaves para abrir la puerta. Dentro, no había nada especial. La sala circular estaba rodeada por taquillas con unas pocas mesas y sillas destartaladas en el centro que parecían llevar allí tanto tiempo como la propia prisión. Por suerte, la sala estaba vacía.

—¿Quieres comer algo? —dijo Kema, dando saltitos. Parecía tan nerviosa como yo me sentía.

—No creo que pudiera comer nada ahora mismo.

Ella hizo una mueca.

—Yo llevo todo el día sin comer nada.

Nos sentamos en torno a una de las mesas pequeñas.

—¿Está el águila en la jaula? —pregunté. Quería ser vago en caso de que algún otro guardia entrase.

—¿Qué?

—Ya sabes... —Hice un gesto con las manos, señalando nuestros alrededores.

—¡Ah! Sí, pero tenemos que revisar tu código secreto. Las águilas no viven en jaulas.

—Bien visto.

—Además, no hay nadie más aquí dentro.

—Bien visto de nuevo. —Sonreí, avergonzado. No estaba siendo el mejor de los comienzos.

—Entonces, ¿cuál es el plan, Chico Maravilla? Jey va a conseguir el cuchillo y, entonces, ¿qué? ¿Te va a tomar como rehén?

Asentí.

—Algo así. Necesitamos que Yarlyn se acerque lo suficiente como para que él pueda robarle la llave.

—¿Podemos confiar en él?

—Eso espero.

Que Jey hubiese cambiado de idea sobre querer quedarse en Vardean era preocupante, pero no tenía tiempo para cuestionarme sus motivaciones: Leta regresaría a su celda el lunes.

—¿Y después? —preguntó Kema.

—Tendremos que disfrazar a mi hermana y a la princesa de guardias. —Hice un gesto, señalando la estancia—. Espero que tú puedas ayudarme con eso.

—Claro que puedo hacerlo, Chico Maravilla. —Se levantó de un salto y empezó a rebuscar en una cesta—. Estos uniformes tienes que limpiarse en la lavandería. No se nos permite llevárnoslos fuera de la prisión. —Sacó prendas de varias tallas—. Estos deberían quedarles bien a Leta y la princesa. Tú también deberías ponerte uno para que nadie te pregunte por qué sigues aquí.

Asentí.

—Yo puedo colar el uniforme bajo la ropa, pero, ¿cómo se los llevaremos a ellas?

—¿Tienes una mochila? —me preguntó. Yo le tendí mi bolsa y ella sacó todos mis libros y colocó los uniformes doblados dentro—. Llévala al último piso el lunes y déjame el resto a mí.

—Kema, espera... Agradezco todo lo que has hecho por mí y por Leta, pero no tienes por qué hacer esto. Sé que, de niños, éramos amigos, pero eso no significa que tengas que poner en riesgo tu trabajo o tu libertad por nosotros. A menos que esto sea una venganza por lo que la Regencia le ha hecho a tu padre.

Ella respiró hondo y soltó el aire poco a poco.

—¿Alguna vez te he contado por qué empecé a trabajar aquí?

—¿Por Graymond? —intenté adivinar.

Ella sacudió la cabeza con los labios muy apretados.

—Arrestaron a una amiga mía.

—Vaya...

—La única manera de poder visitarla era trabajando aquí.

—¿Sigue aquí? ¿O la han liberado?

Kema se frotó el puente de la nariz en un gesto que me recordó a su padre.

—Aguantó dos años en este sitio —contestó, cerrando los ojos—. No quería pasar el resto de su vida aquí, pero le negaron la libertad condicional.

No la presioné para que me contara más detalles.

—Lo siento mucho, Kema.

Ella abrió los ojos.

—Yo también.

—¿Y por qué te quedaste después de que hubiera fallecido? —le pregunté.

Tragó saliva con fuerza.

—Porque no había cumplido con mi penitencia.

—No lo entiendo.

—¿Te acuerdas del incidente que ocurrió cerca de los Jardines Reales hace cinco años?

Se encorvó hacia delante como si fuese una muñeca rota.

—¿La explosión que mató al rey y a la reina?

Los padres de Elle. Muertos en un instante. Y todo porque los rebeldes habían querido demostrar que el edem podía usarse en el día a día, que hacía falta encontrar un término medio que sustituyese las restricciones rígidas. Habían creído que el uso de cantidades pequeñas de la sustancia mantendrían a la gente contenta. Habían dicho que aquello ayudaría a Telene a convertirse en una nación más estable, pero había logrado lo contrario. Tras la explosión, las sentencias por el uso del edem se habían vuelto más severas.

Kema se mordió los labios y asintió.

—¿Tu amiga formaba parte de la protesta?

El juicio había sido el caso más grande de la historia del Tribunal de la Corona y había aparecido en los periódicos durante meses.

—Sí. —Agachó la cabeza— Pero no estaba sola.

Cuando alzó la cabeza, una lágrima le recorrió la mejilla. Me incliné hacia delante.

—¿Me estás diciendo que tú...?

Se retorció las manos. Cuando las colocó sobre la mesa, me di cuenta de que se había estado quitando el maquillaje de la piel. Tenía las manos cubiertas por una red de líneas grises, como si alguien le hubiese golpeado la piel con un martillo y se la hubiera hecho añicos del mismo modo que el globo de edem había destrozado aquel día los adoquines de la calle.

—Yo era una de las rebeldes —dijo—, pero conseguí escapar antes de que la Regencia capturase a los demás.

Contemplé el eco de muerte que tenía en las manos.

—¿Cómo conseguiste este trabajo?

—Gracias a mi padre —dijo, asintiendo—. Y al maquillaje resistente al agua.

Intentó ocultar las manos bajo la mesa, pero yo se las agarré.

—¿Graymond sabe lo que hiciste?

Ella asintió. Recordé cómo mi mentor me había hablado sobre segundas oportunidades y no ser castigado por un error. Yo había creído que se había estado refiriendo a Jey, pero, ¿había estado hablando de su hija todo el tiempo?

—Kema, no tienes que pasar el resto de tu vida trabajando aquí solo porque a ti no te arrestaran. Tienes permiso para pasar página.

—Lo sé —dijo—. No se trata de eso. Quiero pasar tiempo aquí para ayudar a aquellos que no han tenido tanta suerte como yo, a la gente a la que atraparon. Necesitan alguien que los cuide. —Sonrió—. Igual que tu hermana y tú.

—¿Y ahora quieres tirarlo todo por la borda? —le pregunté—. Sabes que jamás te permitirán trabajar aquí si se dan cuenta de que me has ayudado.

—Lo sé. Pero no quiero seguir aquí, no cuando es la Regencia la que tiene el control. Mi plan tenía un fallo —admitió—. Si están encerrando a gente inocente sin la oportunidad de tener un juicio justo, ¿qué podría hacer para ayudarles? ¿Cómo puedo asegurarme de que sobrevivan a este lugar horrible cuando incluso envenenan a gente como Leta?

Comprendía su enfado, pero no estaba seguro de que Graymond fuese a estar de acuerdo.

—¿Qué diría tu padre si supiera que me estás ayudando?

Ella sonrió con suficiencia.

—Me diría que actúe con dos dedos de frente, pero en secreto, se alegraría. —Se encogió de hombros—. Alguien tiene que arreglar lo que está pasando aquí.

—Elle —dije—. Quiero decir... La princesa. Ella es la única que tiene poder para arreglar este entuerto.

—Cada vez que hablas de ella, te sale un hoyuelo justo ahí —dijo, dándome un golpecito con el dedo en el lateral de la cara—. Te gusta.

Se me encendieron las mejillas.

—Lo que sienta no importa. Lo que importa es sacarlas a ella y a mi hermana de aquí.

—Estoy de acuerdo. Te veré el lunes —dijo—. Antes de eso, intenta descansar un poco.

Asentí, pero no tenía intención de dormir. Necesitaba memorizar el plano de la prisión para que nada pudiera estropear mis planes. No había margen de error. O bien salíamos todos de allí, o moríamos en el intento.

Ya era hora del…

Paso tres: Robarle la llave a Yarlyn.

CAPÍTULO 38

PRINCESA ELENORA

Elenora estaba sentada en el camastro, con el vestido blanco y negro y la máscara sobre el rostro, tan quieta como una estatua.

«Esto es lo único que voy a ser jamás —pensó—: un títere».

Impotente. Atrapada. Sola.

A lo largo de los últimos días, se había permitido pensar en un futuro diferente, uno en el que no estaba atrapada en la isla del castillo, uno en el que no era «la princesa», sino Elle, y en el que no estaba sola.

Pero eso se había acabado. Nunca sería algo diferente a lo que era, a lo que el destino había determinado, a lo que la Regencia había decidido que sería.

Y nunca volvería a ver a Cayder.

Con cada visita de aquel chico, el vacío que sentía en el corazón se había ido llenando poco a poco. Sabía que nunca estaría lleno, que cada día sentiría la agonía de la pérdida de su hermano del mismo modo que sentía la de sus padres. Pero conforme pasase el tiempo, el dolor disminuiría y otras distracciones pasarían a un primer plano y todo lo demás al fondo.

Cayder era una de esas distracciones, pero la Regencia también se lo había arrebatado.

Yarlyn había seguido llevándole las comidas diarias, pero la ira que había mostrado la superintendente hacia ella parecía haber disminuido. El sábado por la noche, la mujer abrió los barrotes internos y colocó la bandeja con cuidado dentro de la celda. Elenora no estaba segura de qué había cambiado. Aun así, no se movió. No iba ni a comer ni a beber.

Con fuerza de voluntad, se alejó de su cuerpo, de la celda y de su vida.

Aquella noche, perdió el conocimiento varias veces, pero cada vez que se despertó, se encontró en su camastro, atrapada en Vardean.

Al llegar el domingo, empezó a tener alucinaciones por la falta de agua.

Vio a su hermano, con la melena roja perfectamente peinada y vestido con su regio traje gris con resplandecientes botones de cobre en el pecho.

—¡Erimen! —susurró—. ¡Estás aquí!

Pensó que se acercaría a ella y la abrazaría, pero él sacudió la cabeza con tristeza.

—¿Así es como te criaron nuestros padres? —le preguntó con una mueca de desdén en el rostro.

—¡No! —exclamó ella—. No soy una criminal. No te hice daño. Intentaba...

—No me refería a eso —replicó él de malos modos. Fue en ese momento cuando tendría que haberse dado cuenta de que se estaba imaginando a Erimen, pues su hermano nunca le habría levantado la voz—. Te has rendido. Eres una cobarde.

—No —repitió ella.

Sin embargo, sabía que aquellas palabras eran ciertas. Sí que se había rendido. Había dejado su destino en manos de otros, tal como había hecho siempre. Así era la vida de una princesa: no era tuya, sino que pertenecía a otras personas.

—Lo siento —susurró.

Las lágrimas le cayeron por las mejillas y sintió la respiración dificultosa dentro de la máscara. Erimen se arrodilló ante ella.

—No lo sientas. Levántate y sal de aquí.

—¿Cómo? —preguntó—. No tengo a nadie que me ayude.

—Hazlo tú misma —contestó su hermano con los ojos grises encendidos—. Haz lo que sea necesario. Haz que nuestros padres se sientan orgullosos.

Elenora se inclinó hacia él y se cayó sobre las piedras de la celda. La caída hizo que despertara del trance.

Su hermano no estaba allí para ayudarla. No tenía a nadie.

Se arrancó la máscara y se arrastró hasta los barrotes internos. Tomó un largo sorbo de la copa de agua y mordisqueó el panecillo duro de la cena de la noche anterior.

No podía rendirse. Ni en aquel momento ni nunca.

La Regencia no podía esconderse para siempre en los niveles inferiores de Vardean. La princesa de Telene iba a por ellos.

CAPÍTULO 39

LETA

No fue hasta el lunes por la mañana que Leta tuvo la fuerza suficiente para ponerse en pie sola. Quienquiera que hubiera intentado envenenarla sabía bien lo que hacía.

«O no», pensó. Después de todo, seguía viva. «Chupaos esa, imbéciles de la Regencia».

Cayder había jurado sacarla de Vardean, pero no estaba segura de qué era lo que había planeado. Y, ahora que podía comer, beber y ponerse de pie ella sola, la médica le había dado el alta para que volviera a su celda.

No quería regresar al último piso. Había oído los rumores que se corrían por la enfermería de que la Regencia había enviado a sus propios agentes, así que estaba más segura allí. Sin embargo, los médicos necesitaban su cama, ya que durante las comidas, siempre había alguien metiéndose en riñas.

Cuando llegó el momento de que la llevaran de nuevo a su celda, se sorprendió al ver que la que abría las cortinas era Kema.

—Hora de volver a casa —le dijo alegremente.

Leta se levantó de la cama.

—¿Es necesario? —preguntó con cansancio. Todavía no había recuperado su fuerza habitual.

—Claro que sí.

Kema le guiñó un ojo y, después, se agachó para pasarle el hombro por debajo del brazo y asegurarse de que no se caía. La chica era mucho más alta que ella y Leta estaba bastante segura de que podría cargar con ella si fuese necesario.

—¿Qué pasa? —le preguntó mientras la conducía al interior del ascensor.

Sin embargo, otro guardia se unió a ellas y la otra chica negó con la cabeza suavemente. No podían hablar. No allí.

En cuanto llegaron al último piso, los agentes de la Regencia las rodearon con las capas grises ondeando a sus espaldas como un riachuelo plateado. Leta no podía respirar bien. ¿Había sido uno de aquellos agentes el que la había envenenado? En cuanto estuviera sola en la celda, ¿cómo iba a estar segura?

—No pasa nada —le susurró Kema. Leta estaba segura de que había notado que estaba temblando—. Yo voy a estar aquí todo el tiempo. Nadie va a hacerte daño.

Leta quería creer que eso era cierto. Se ciñó la bata fina de la enfermería en torno al cuerpo, pues odiaba sentirse tan expuesta. Estaba esperando a que alguno de los agentes se abalanzase sobre ella, a que alguien le hundiese un cuchillo en el pecho, a que le dieran un golpe en la sien o a que unas manos le rodearan la garganta. Estaba esperando el final.

—Ya casi estamos —dijo Kema en un tono de voz reconfortante. Cuando abrió la puerta de la celda, Leta entró dentro de un salto como un conejillo asustado—. Aquí tienes tu ropa. —Tomó el fardo de tela—. No te cambies hasta esta noche —añadió Kema—. Tengo la sensación de que va a ser una noche fría. —Le guiñó un ojo—. Cuando llegue el momento, lo sabrás.

Después de que la chica se marchara, Leta desdobló la ropa y se sorprendió al encontrarse con un uniforme de guardia en lugar del mono que vestían los prisioneros. Pasó la mano por el emblema de Vardean que había en la gorra de plato.

—¿Qué es lo que estás tramando, Cayder? —murmuró.

CAPÍTULO 40

JEY

Empujaron la cena de Jey a través de la ranura de la comida, lo cual marcó el principio del fin. Lunes por la noche: hora de interpretar el papel de su vida.

Le dio un mordisco al panecillo, pues no pensaba permitir que se desperdiciara, y, después, sacó el cuchillo del interior de su mono. Le dio vueltas en las manos, contando los segundos hasta oír cómo se cerraba la puerta del ascensor y el traqueteo de la cadena.

Empezó a contar conforme el ascensor se elevaba. «Uno, dos, tres, cuatro...». Podría tratarse de un guardia escoltando a un prisionero, o podría tratarse de Cayder. Siguió contando hasta llegar al cuatrocientos, que era el último piso.

—A por todas —murmuró.

Poco después de que el ascensor se hubiera detenido y la puerta metálica se hubiese abierto con un chirrido, pudo ver la melena oscura de Cayder mientras recorría el descansillo hacia su celda. El chico se detuvo al otro lado de los barrotes, pero mantuvo la mirada fija al frente. A pesar de que no le estuviese mirando, Jey podía sentir la electricidad crepitando entre ellos.

Había llegado el momento. Cerró el puño en torno al cuchillo. Estaba listo.

—¡Eh, tú! —dijo una voz desde el otro lado del descansillo. Un agente de la Regencia, que portaba la capa como si estuviera confeccionada con plata de verdad, se acercó—. ¿Qué haces aquí, muchacho?

Cayder se encogió de hombros de forma teatral.

—Quiero ver a mi hermana. Acaba de salir de la enfermería.

El agente echó la cabeza hacia atrás y se rio como si aquello fuese lo más absurdo que hubiese oído jamás.

—Su juicio ya acabó y no se permiten visitantes en el último piso. Ahora, ¡fuera!

—Muy bien —refunfuñó Cayder—. ¡Oh! —Se señaló el zapato de forma dramática—. Se me han desatado los cordones. Qué fastidio.

Jey tuvo que apretar la mandíbula para reprimir un gruñido a modo de respuesta. Cayder era un actor terrible; jamás habría sobrevivido en la calle. No había nada sutil en él. El chico colocó su bolsa en el suelo y empezó a desatar unos cordones que ya estaban atados. Jey soltó una maldición para sus adentros. Si ibas a timar a alguien, tenías que llevar a cabo una serie de preparativos necesarios. Cayder tendría que haberse desatado los cordones antes de subir hasta allí. Jey tenía la esperanza de que el plan no fallase por culpa de la mala actuación del otro chico.

Para cuando alcanzó los barrotes, Cayder todavía estaba a medio camino de atarse los cordones, como si fuese un niño de tres años que aún tuviese que averiguar cómo hacerlo. Lo agarró del cuello y tiró de él hacia atrás, atrapándolo contra los barrotes. Cuando se golpeó la cabeza contra el muro metálico, Cayder gimoteó. Jey no iba a permitir que la mala actuación del chico le estropease aquella oportunidad; por lo tanto, tenía que sentir algo de dolor.

—¡No te muevas! —gritó para que los agentes de la Regencia que estaban más lejos pudieran oírlo—. De lo contrario, te cortaré la garganta.

Presionó el cuchillo contra el cuello de Cayder, cuya nuez se movió de arriba abajo. Probablemente, le preocupase que le hiciera sangre de verdad. «Perfecto». El miedo les ayudaría a que aquello fuese creíble.

Los agentes se pusieron en movimiento y cuatro de ellos rodearon la celda.

—¡Por favor, no me mates! —dijo Cayder con un tono de voz débil.

—Suelta al chico —le exigió una de las agentes.

—¿O qué? —dijo con una risotada—. Ya me tenéis en el último piso. ¿Qué más podéis hacerme?

—Podemos hacer muchas cosas para que tu vida sea más miserable —contestó ella—. Puedes ponernos a prueba. —Sus ojos azules y brillantes parecían un rayo en medio de una tormenta. Tenía una nariz altanera y una sonrisa severa.

Con la mano libre, señaló el cuchillo que tenía apoyado en el cuello de Cayder.

—Dame más detalles, por favor.

Cayder gimoteó.

—¡No dejes que me haga daño!

—¡Cierra el pico! —le espetó Jey—. Deja que hablen los adultos.

Sin rasgarle la piel, le presionó el cuchillo un poco más contra el cuello y Cayder se quedó callado de inmediato.

—¿Qué es lo que quieres? —le preguntó la agente.

Se sintió tentado de revelar lo que quería exactamente, pero eso habría desvelado todo el plan. Si quería escapar, necesitaba hacerlo sin que lo supiera nadie. Necesitaba a Yarlyn y su llave. Lo que significaba que tenía que montar un espectáculo.

—Lo primero de todo —dijo—: no quiero más gallina. De verdad, ¿cuántas veces tengo que informar a Yarlyn de que no como carne? Para ser sincero, es bastante desconsiderado.

—¿En serio? —preguntó la agente—. ¿Tus exigencias están relacionadas con la comida?

—No —contestó él—. También me gustaría tener un almohadón. —Giró la cabeza hacia un lado y otro, con cuidado de no herir a Cayder. Bueno, no con demasiado cuidado—. Tengo un cuello sensible.

—Tiene que ser una broma —gruñó otro agente.

—Deberías probar a dormir aquí dentro. Entonces te darías cuenta de que no es una broma.

Los agentes lo miraron como si se hubiera vuelto loco.

—Si te concedemos ambas cosas —dijo la primera agente—, ¿soltarás al chico?

Podía ver la tensión en la postura de Cayder, que poco tenía que ver con tener un cuchillo en la garganta. Necesitaban más que eso.

—¿Acaso he dicho que hubiese terminado? —Chasqueó la lengua—. Esas son las dos primeras cosas de mi lista. Chico —le dijo a Cayder—, saca la lista de mi bolsillo izquierdo.

Él bajó la mano con dedos temblorosos. Tal vez Jey estuviese interpretando aquel papel demasiado bien, porque el chico le tenía miedo. Cayder sacó un rollo de papel higiénico y lo desenrolló. A diferencia de él, Jey se había preparado para aquel momento. El atrezo era clave para una actuación creíble.

—Todavía me quedan noventa y ocho exigencias —dijo.

—¿Con qué las has escrito? —preguntó uno de los agentes, horrorizado.

—¿Tú qué crees? —Jey sonrió con malicia. No pensaba contarles que el color marrón se debía a la salsa de la carne.

—¡Ayuda! —gritó Cayder, dejando caer al suelo la lista—. ¡Por favor!

Los gritos habían atraído el interés de los prisioneros de los pisos inferiores, que empezaron a vocear y a vitorear. La oleada de sonido se fue expandiendo piso por piso. Si bien no podían ver lo que estaba pasando allí arriba, se sentían alentados por el jaleo. Además, era algo que hacer y hubieran hecho cualquier cosa con tal de apaciguar el aburrimiento. Los reos empezaron a zapatear y a golpear los barrotes.

No pasó demasiado tiempo antes de que el ascensor volviera a subir y, en aquella ocasión, la superintendente estaba entre los guardias. El pelo corto y plateado le caía a capas en torno a la barbilla afilada y los ojos marrones resplandecían en la oscuridad. Conforme se acercaba, le surcó el rostro una sonrisita. Jey fue consciente de que aquella mujer vivía por momentos como aquel. Bueno, pues él también.

—Señor Bueter —dijo con un gesto de la cabeza—, buenas noches.

—Superintendente Yarlyn —contestó él con el cuchillo todavía en la garganta de Cayder—, buenas noches tenga usted también.

—¿Qué es eso? —preguntó la superintendente, mirando el papel higiénico que había en el suelo.

—Su lista de exigencias —dijo la mujer de los ojos azules y vibrantes.

—Suelta al chico —dijo Yarlyn—. Entonces, me aseguraré de que se cumplan tus exigencias.

—¿Cómo sé que te limitarás a tirar por la taza del váter ese importante documento?

Yarlyn ni se inmutó.

—Tienes mi palabra.

—Ay… ¿Acaso existe una relación más dulce que aquella entre un prisionero y su superintendente? —caviló.

La mujer agarró el trozo de papel higiénico del suelo.

«Cerca, pero no lo suficientemente cerca», pensó Jey. Contempló cómo la superintendente leía sus garabatos, esperando a que llegara a la última petición.

—¿La libertad? —leyó ella en voz alta—. ¿Quieres que te deje en libertad?

Asintió.

—Tras pensarlo detenidamente, he decidido que la prisión no es una buena opción para mí.

Ella mantuvo la compostura. Jey tenía que reconocerle que tenía mérito.

—Solo para que me quede claro —dijo ella—: ¿solo soltarás a Cayder si te liberó de Vardean?

—Sí —contestó él de forma solemne—. Y que sea rápido, me gustaría estar en casa para la hora de la cena.

Cuando mencionaba su «casa», solo imaginaba el rostro de su novia, Nettie. Ella era su hogar. Sin su madre y sin su padre, era lo único que le quedaba.

—¡Ayuda! —le dijo Cayder a Yarlyn—. ¡Haz algo!

Mientras los demás guardias lo rodeaban, Jey exclamó:

—¡Si os acercáis más, lo mato!

—Está bien, está bien —dijo Yarlyn con las palmas de las manos hacia arriba—. Vamos a calmarnos un momento. Agentes de la Regencia —indicó, haciendo un gesto con la cabeza a aquellos que se habían reunido alrededor—, retrocedan un paso. No queremos que se derrame sangre.

Por el gesto de algunos de los agentes, supo que habrían quedado más que satisfechos de ver a Cayder sangrar. Sin embargo, aquella seguía siendo la prisión de Yarlyn. Al menos de momento.

—¡Abrid la puerta de la celda! —ordenó la superintendente.

Kema dio un paso al frente y abrió la puerta, dejando un espacio amplio para que Jay pudiera pasar.

Mientras pasaba por los barrotes y cruzaba la puerta abierta, mantuvo el cuchillo apoyado en el cuello de Cayder.

—Ahora, entrégame el cuchillo —dijo Yarlyn con la mano extendida.

A Jay se le escapó una carcajada auténtica.

—Me estás tomando el pelo, ¿no? Esto es lo que me da ventaja —dijo, señalando la cabeza de Cayder—. No pienso soltarlo hasta que huela el aire fresco.

—Muy bien —asintió Yarlyn—. Te seguiremos hasta la estación. Nada de movimientos repentinos.

Cayder soltó un quejido ridículo y Jey se sintió tentado de darle una patada en las espinillas.

—Me parece justo —contestó.

Fingió no darse cuenta de la mirada de complicidad que intercambiaron un guardia y la superintendente. No iban a permitir que se acercase a ningún tranvía, lo cual le iba bien, ya que tenía otros planes de los que ocuparse.

Mientras se dirigían juntos hacia el ascensor, apartó un poco el cuchillo del cuello de Cayder. Yarlyn lo interpretó como un desliz y aprovechó la oportunidad.

Se abalanzó sobre él y lo empujó hacia un lateral. Cayó al suelo, cerca del borde del descansillo. El cuchillo se precipitó hacia los pisos inferiores. Oyó el tintineo que causó al golpear el suelo de piedra del primer piso. Se giró para mirar a la superintendente, que estaba sobre él con el rostro exultante.

Todavía estaba demasiado lejos.

Le hizo una zancadilla y la mujer se derrumbó. Se lanzó sobre su espalda, extendiendo la mano hacia el cinturón y la llave. El resto de guardias y agentes se abalanzaron sobre él. Uno de los agentes de la Regencia tiró con fuerza de él hacia atrás mientras otro le propinaba un puñetazo que le golpeó en el rostro. La visión se le nubló mientras los ojos se le llenaban de lágrimas, pero todavía podía ver a Cayder. O, más bien, a dos Cayder. Ambos estaban sonriendo.

—Maldito hijo de...

Le escupió a la cara. Los agentes lo rodearon de nuevo, colocándole las manos a la espalda y esposándoselas.

En medio del caos, nadie había escuchado el sonido de algo pequeño y metálico golpeando el suelo. Mientras la superintendente lo aplastaba contra el suelo mugriento, vio cómo Cayder recogía la llave que le había escupido.

Le dedicó una sonrisa ensangrentada.

CAPÍTULO 41

CAYDER

Paso cuatro: liberar a la Princesa.

Mientras Yarlyn y los agentes de la Regencia detenían a Jey, Kema se colocó sigilosamente detrás de mí, me quitó la bolsa de los hombros y tomó la llave que tenía en la mano extendida. Después, se escabulló del grupo.

—¡Exijo una compensación! —dije, frotándome la nuca allí donde Jey me había apoyado el cuchillo.

Había interpretado su papel demasiado bien y me alegraba que estuviera detenido, pero una promesa era una promesa. Antes de escapar, le entregaría su llave.

—¿Compensación? —dijo él, mirándome de reojo—. ¡Ya estoy aquí encerrado!

Le dio una patada a uno de los agentes de la Regencia para soltarse y se puso bocarriba.

—¡Sujetadlo! —rugió Yarlyn.

Me arriesgué a mirar por encima del hombro. De la celda de la princesa salieron dos guardias. «Kema y Elle».

Tragué saliva, exultante, cuando capté un atisbo de la sonrisa de Elle antes de volver la atención a la refriega.

—¿Cómo se supone que voy a comer? —preguntó Jey, tironeando de sus ataduras.

—Tendrías que haberlo pensado antes —le dijo la superintendente. Durante la pelea, no se le había salido de su sitio ni un solo mechón de pelo.

Uno de los agentes de la Regencia le metió al chico en la boca el papel higiénico.

—¡Cómete esto!

Kema y Elle se unieron a nosotros en silencio. Extendí la mano a mi espalda y la hija de Graymond me depositó la llave en la palma.

—Lo siento —le dije a Yarlyn, acercándome a ella desde atrás y colgándole la llave del cinturón—; tendría que haber tenido más cuidado aquí arriba.

—Ni siquiera deberías estar aquí —contestó ella—. ¿Cuántas veces tengo que decirte que te marches? Casi tengo ganas de encerrarte en una celda, aunque solo sea por tu propia seguridad.

Me puse tenso. No iba a hacerlo, ¿verdad?

—Yo lo escoltaré hasta la salida —dijo Kema, poniéndome una mano en el hombro—. Me aseguraré de que se ponga rumbo a casa en la siguiente góndola.

Yarlyn miró a mi amiga sin reparar en Elenora, que estaba a mi lado con la gorra bajada para cubrirle el rostro (un rostro que muy pocas personas habían visto dentro de la prisión).

—De acuerdo. —La mujer parecía molesta y exhausta—. No quiero más problemas esta noche. ¿Estamos?

Asentí.

—Yo no te voy a causar más molestias.

—Volved a vuestros puestos —les dijo Yarlyn a los guardias—. Y encerrad a este chico con tantas ganas de morir.

Se me cerró el estómago al pensar que estaban a punto de arrastrarme a una celda, pero se refería a Jey. Mientras lo empujaban hacia su celda, el rostro se le contrajo de furia. Si nadie me hubiera dicho lo contrario, habría pensado que me odiaba. Tal vez lo hiciera.

—¿A qué esperas? —le preguntó la superintendente a Kema—. Saca a Cayder de aquí.

Ella abrió la boca para contestar, pero la interrumpió un agente de la Regencia gritando desde el otro lado del descansillo.

—¡La presa ha desaparecido!

El agente se encontraba frente a la celda de la princesa. Todos seguimos a Yarlyn hasta allí.

—¿Cómo? —preguntó la mujer—. ¿Cómo es posible?

Se llevó las manos al cinturón en busca de la llave y la encontró justo donde la había dejado. Kema y yo intercambiamos una mirada.

—No —prosiguió la mujer, hablando principalmente para sí misma—. Cerré la puerta interna después de dejarle la cena. Siempre cierro la puerta. ¡Comprobad las otras celdas!

Kema corrió hasta la celda de Leta y yo vi un atisbo del rostro redondeado de mi hermana a través de los barrotes.

—¡Leta Broduck! —le gritó a Yarlyn—. Sigue aquí dentro, señora.

—Jey Bueter está en el mismo sitio en el que lo hemos dejado —añadió una agente con los ojos azules y brillantes.

—Bien —dijo Yarlyn.

Uno de los agentes de la Regencia se acercó a la superintendente con un gesto amenazante en sus facciones severas. Las cejas negras eran tajos gruesos sobre su rostro pálido y tenía la nariz afilada como un cuchillo.

—¿Dónde está? —le preguntó.

—No lo sé. Cierro la celda cada vez que le dejo allí la comida. Nadie más ha tenido permiso para visitarla desde el martes pasado y nadie más tiene una llave.

—Encuéntrala —dijo el agente de la Regencia, alzando la barbilla altanera—, o te quedarás sin trabajo.

Esperaba que aquel fuese el peor resultado. Yarlyn no era la persona más amable del mundo, pero no quería que la ira de la Regencia cayese sobre ella. Todos sabíamos lo que estaban dispuestos a hacer.

Ella ladeo la cabeza y se le acercó un poco. Hubieran estado a la ómisma altura si Yarlyn hubiera sido un poco más alta.

—Eso te gustaría, ¿verdad? Así, podríais haceros con el control de mi prisión. ¿Estás seguro de que no la habéis liberado vosotros?

—No tenemos tiempo para esto —contestó el agente—. Encontrad a la prince... Encontrad a la presa o de lo contrario...

El hombre comenzó a alejarse y estuvo a punto de chocarse con Elenora, la misma persona a la que estaba buscando. Ella agachó la cabeza.

—Lo lamento, señor.

Yo contuve la respiración, pero él se limitó a desechar su disculpa con un gesto de la mano.

—¡Encontradla! ¡Ahora!

Yarlyn se volvió para dirigirse a sus guardias.

—Barred la prisión, pero sed discretos. No queremos montar una escena. Ya sabéis cómo se ponen los presos cuando barruntan problemas. Kema, tú quédate aquí arriba. Los demás, ¡en marcha!

Algunos guardias se dirigieron a las escaleras y otros al ascensor.

—¿Qué hacemos ahora? —preguntó Elenora, cuyo rostro irradiaba esperanza.

—Paso cinco —dije con una sonrisa—: liberamos a Leta.

CAPÍTULO 42

LETA

Leta se había puesto el uniforme cuando Kema se había acercado para comprobar que seguía encerrada en su celda. «Ahora», le había dicho, gesticulando con la boca.

La ropa le apretaba demasiado en las caderas y el pecho y le quedaba demasiado larga en los tobillos, pero no le importaba. Iba a salir de Vardean.

Pero en primer lugar, tenía que esperar a que los guardias despejaran el piso superior siguiendo las instrucciones de la superintendente. Se subió al camastro y se tapó con una sábana por si alguno de los guardias de la Regencia iba a comprobar que siguiera allí.

Tras lo que le parecieron horas, pero probablemente solo fueron minutos, la puerta de su celda se abrió.

—¡Cayder! —Se levantó de la cama de un salto y abrazó a su hermano—. ¡Estás aquí!

—Te prometí que te sacaría de aquí.

—Y lo has hecho.

—Ningún Broduck se queda atrás —dijo él con una sonrisa.

Las lágrimas hicieron que la visión se le nublara.

—Gracias.

Detrás de Cayder había otra guardia con una larga melena rubia y una bolsa al hombro.

—¿Princesa? —preguntó Leta.

La otra chica asintió.

—Siento mucho lo que te ocurrió.

—Y yo lamento lo que le ha ocurrido al rey. Siempre me gustó.

La princesa cerró los ojos un momento, como si la mención de su hermano le resultase físicamente dolorosa.

—¿Cuál es el plan? —le preguntó Leta a su hermano.

—Tenemos que quedarnos aquí arriba un momento —contestó él—, pero antes tengo que darle esta llave a Jey Bueter.

—¿Bueter? —La princesa se estremeció—. ¿Como el doctor Bueter? ¿Qué hace aquí?

—Jey mató a su padre hace casi dos meses —dijo Cayder—. Nos ha ayudado a conseguir la llave de Yarlyn y le prometí que, a cambio, le daría la llave de su celda.

—¿Estás seguro? —le preguntó la princesa, frunciendo el ceño.

Cayder se encogió de hombros.

—Todo lo seguro que se puede estar cuando confías en un criminal.

Salió de la celda y Leta lo contempló, confusa. Debía de estar equivocado...

—¿Qué? —Oyó que una voz le reclamaba a su hermano al otro lado del descansillo—. ¿Vas a dejarme así?

Leta se acercó más hacia la voz.

—Tengo tu llave —le dijo Cayder al preso que aún no estaba a la vista—. Ese era el trato.

—¿Cómo voy a escapar con las manos atadas a la espalda?

Cayder se encogió de hombros.

—Eso no es problema mío.

—¡Espera! —exclamó Leta mientras su hermano se disponía a lanzar la llave entre los barrotes.

Se acercó corriendo hasta la celda y miró al interior. Un chico alto yacía boca abajo con las manos atadas a la espalda. Se había girado para mirar a Cayder y tenía el labio partido y ensangrentado. Sus ojos se desviaron hacia los de ella.

—¿Jey? —preguntó Leta. El corazón le retumbaba en el pecho. «¿Cómo es posible? ¿Por qué?».

Cayder pasó la vista entre ambos.

—¿Os conocéis?

La sonrisa de Jey se estiró como un gato perezoso bajo el sol de verano.

—¿Por qué crees que estoy aquí, colega?

Su hermano sacudió la cabeza.

—No lo entiendo.

—¿Qué estás haciendo aquí, Jey? —exigió saber ella.

Desde el suelo, el chico se encogió de hombros con torpeza.

—¿Sorpresa?

—¿Que si me sorprende que también estés encerrado en Vardean? —Ladeó la cabeza—. ¿Y qué es eso? —Añadió, señalando las marcas eco que le recorrían los brazos—. ¿Qué demonios está pasando?

—Puedo explicártelo —dijo él.

—Por favor, hazlo —replicó Cayder—. Y empieza por cómo es que conoces a mi hermana.

—Bueno, esto es un poco incómodo... —dijo Jey, retorciéndose en el suelo—. Así no era exactamente como me imaginaba conocer de forma oficial al hermano de mi novia.

—¿Tu qué?

Cayder se giró hacia Leta, que se estaba mirando las manos. Llevaba las marcas eco cubiertas por los guantes del uniforme de guardia.

—Lo siento mucho, Cayder —dijo—. Tendría que haberte contado la verdad.

Se metió las manos bajo los brazos.

—¿Qué verdad? —preguntó Cayder—. ¿De qué estás hablando?

Leta cerró los ojos, ya que no podía mirar a su hermano a la cara ahora que iba a escuchar todos los secretos que había estado ocultando: por qué no le había dicho el nombre de su informante, por qué había afirmado que había sido la muerte del pájaro la que le había causado el eco de muerte y por qué, para empezar, se había dirigido a Ferrington.

Había sido ella la que había matado al doctor Bueter. Había matado al padre de Jey.

CAPÍTULO 43

JEY

Ver a Leta de nuevo hizo que todos los recuerdos volvieran a él: los buenos, los malos y los devastadores.

Antes de que Jey se hubiese mudado a casa de su padre, que estaba en la misma calle que la Mansión Broduck, ya había oído hablar de la tragedia que había caído sobre aquella familia. En la Academia Kardelle, él había estado un curso por encima de Cayder y dos por encima de Leta. Los rumores se habían propagado por los terrenos del colegio como un virus. La mayoría de los estudiantes habían puesto tierra de por medio con los hermanos Broduck.

A menudo, Jey había visto a Leta recorriendo el campus entre los edificios de arte y ciencias con alguna especie de pintura manchándole la mejilla o las manos. Su hermano, por otro lado, había sido el primero de todas las clases, así como el presidente del Club de Estudios Legales, en el que pasaban las horas de la comida desarrollando juicios de prueba. En el tranvía que iba al colegio, jamás había visto a Cayder, ya que el más mayor de los Broduck siempre había llegado una hora antes de que empezaran las clases para poder estudiar más. Jey siempre había creído que se esforzaba demasiado.

Durante semanas, había intentado entablar conversación con Leta en el tranvía, pero no había conseguido llamar la atención de la chica hasta que había mencionado que su padre era el general de la Regencia. De pasada, a modo de humilde fanfarronada para derribar sus muros, había mencionado que su padre iba a reunirse con el rey. Había pensado que el comentario podría despertar el interés de la chica, ya que mucha gente idolatraba a la familia real (especialmente al apuesto rey), pero había sido su padre el que había despertado el interés de Leta.

—Puede que tu padre conociera a mi madre.

En ese momento, se había vuelto hacia él con los ojos oscuros resplandecientes. Había sido la primera vez que lo miraba por cierta cantidad de tiempo y, bajo su mirada, Jey había sentido que se le aceleraba el pulso. No estaba acostumbrado a que alguien prestase tanta atención a lo que decía. No desde que su madre había muerto. Aquella era una triste realidad que sabía que compartía con Leta.

Sin embargo, Jey no había podido dirigirse a su padre y preguntarle por Maretta Broduck, ya que, para eso, habría hecho falta que el hombre reconociera de verdad su existencia. La única otra opción había sido colarse en su despacho y ver qué información podía encontrar para trasladársela a Leta.

—A cambio de la información —le había dicho él—, te propongo una cita.

—Eso es soborno —había dicho ella, aunque una sonrisa había asomado a su rostro.

Jey no había podido evitar contemplar fijamente la forma de su labio superior, que dibujaba una curva perfecta. Había sacudido la cabeza.

—Más bien, me gusta pensar en ello como un incentivo adicional.

—¿Y cuáles son los otros incentivos? —había preguntado ella con curiosidad.

Él había sacado pecho.

—Yo mismo, desde luego.

Leta se había reído y Jey había tomado nota de que, cuando lo hacía, la nariz se le arrugaba de una manera que hacía que quisiera besarla.

Cuando al fin había accedido a ir a tomar un helado de torlu y a dar un paseo por los acantilados de Kardelle, ella le había pedido que la llamase «Nettie» en lugar de «Leta».

—Es el mote que me dio mi madre —había admitido, encogiéndose de hombros—. Solía llamarme «mi Lettie», lo que, más tarde, se convirtió en «Nettie». Me gusta la idea de volver a oír ese nombre. —En ese momento, su sonrisa se había desvanecido.

Jey sabía que era probable que Leta lo hubiese estado usando para conseguir información sobre la Regencia, pero había creído que se trataba de curiosidad inofensiva. Además, no le había importado que lo usara si eso significaba pasar más tiempo con ella.

Cada mañana, mientras iban a clase, Jey le había contado algún dato nuevo sobre el velo. Leta le había escuchado, sonriente, y, ocasionalmente, se había reído. A él le había encantado el sonido de su risa, ya que no había escuchado una risa desenfadada en mucho tiempo. Desde luego, no en casa del doctor Bueter.

Conforme había pasado el tiempo, habían dejado de hablar de la Regencia y del padre de Jey. En su lugar, habían hablado sobre cómo habían afrontado la muerte de sus madres y cómo se habían sentido personas diferentes desde que habían fallecido. Leta había encontrado una manera de soportar el dolor sumergiéndose en el estudio del velo, siguiendo los pasos de su madre. Le había asegurado que los resultados de su investigación cambiarían su vida y la de muchos otros.

—Cuando tenga la verdad ante sus narices, mi padre tendrá que escucharme.

Jey no había podido comprender por qué el padre y el hermano de Leta se habían distanciado de ella, pero también había sido consciente de que no era el más indicado para dar consejos sobre dinámicas familiares.

Al hablar con ella, se había dado cuenta de que no se había enfrentado a su dolor en absoluto. Había enterrado sus sentimientos en las profundidades y había intentado sobrevivir a la relación inexistente con su padre.

—No seas una de esas personas que odia su vida, pero no tiene el valor para cambiarla —le había dicho Leta.

Jey nunca había pensado que fuese infeliz hasta que ella se lo había señalado de forma tan clara. Además, no había querido verse atrapado en la red de indiferencia de su padre eternamente.

Para el aniversario de los seis meses, la había invitado a su casa a cenar. Según la cocinera, su padre iba a trabajar hasta tarde aquella noche, así que él había aprovechado la oportunidad. Aquella había sido la primera vez que había invitado a alguien a aquella casa.

Le había dado la noche libre a la cocinera y había preparado un plato nativo de Meiyra a base de arroz con jengibre, pimienta y bayas de torlu encurtidas. Su madre solía prepararle aquel plato para su cumpleaños y el aroma en el aire de las especias dulces y saladas había hecho que sintiera como si hubiera estado en la casa con él.

Leta había llevado un lote recién horneado de deebules crujientes fritos, un postre que su madre solía preparar en ocasiones especiales.

—Y el segundo domingo de cada mes —había dicho con una carcajada.

Después de comer, se había excusado y había ido al lavabo.

Mientras no estaba, Jey había planeado decirle que la amaba. Había querido declararle su amor de tal manera que nunca lo olvidara, pero no había estado muy seguro de cómo hacerlo. Sin embargo, sus planes se habían visto interrumpidos por la llegada de su padre.

—¡Papá! —había exclamado, sorprendido, cuando el hombre había pasado por delante del comedor—. Has vuelto.

El doctor Bueter había mirado de forma breve en su dirección.

—Jey —había dicho con su carácter distante—, hola.

Si se había dado cuenta de las flores y las velas que había sobre la mesa, no había dicho nada. Jey estaba seguro de que a su padre no habría podido importarle menos su vida privada.

—¿Qué estás haciendo aquí? —había oído que preguntaba el hombre al fondo del pasillo.

Había seguido aquella voz hasta el despacho y había encontrado a Leta detrás del escritorio con papeles en las manos.

—¿Dónde están los informes de la noche en la que murió Maretta Broduck? —había preguntado ella, en cuyas mejillas pecosas habían aparecido dos manchas brillantes.

¿Por qué estaba en el despacho de su padre? ¿Había sido toda su relación un engaño para llegar hasta allí? ¿Qué información estaba buscando? Las preguntas se habían posado sobre sus hombros con pesadez. ¿Acaso ella nunca le había querido?

—¿Quién eres? —había preguntado su padre.

Jey había estado acostumbrado a la mirada distante del hombre, pero el gesto de aquel momento había sido diferente. Sus ojos azules habían ardido de rabia.

—¡Soy su hija! —Leta había alzado la barbilla—. ¿Por qué no hay un informe del edemetro sobre el uso de edem aquella noche?

—Eso es confidencial. No puedes estar aquí. Jey —había dicho sin mirar a su hijo—, sácala de aquí.

Leta le había tendido páginas llenas de gráficos y mapas.

—¿Por qué estás siguiendo el movimiento de las criaturas del edem? ¿No se suponía que no eran más que un mito?

El doctor Bueter se había adelantado para quitarle los informes de las manos, pero ella había salido corriendo hacia el lado contrario del escritorio, lejos de él.

—Devuélvemelos —había gruñido él.

En los dos años que había vivido bajo el techo de su padre, Jey había aprendido que, por defecto, el hombre había presentado dos configuraciones: molesto e indiferente. La mayor parte del tiempo, en presencia de Jey, había alternado entre ambas.

Aquella versión de su padre, con la piel pálida sonrojada y las fosas nasales muy abiertas, le había resultado desconocida. Lo que fuera que, habitualmente, había mantenido al hombre alejado de su hijo, se había evaporado como si se hubiese producido una grieta temporal en la permanube. La atención de su padre había sido clara y nítida.

—Leta no pretendía causar problemas —había dicho, sin estar muy seguro de cómo tratar con él después de haber conseguido que le prestase atención—. Le interesa el velo. No pretendía...

—Dame esos archivos, Jey, o de lo contrario...

Sin embargo, no había terminado aquella amenaza. Si bien a Jey no le había importado lo que su padre pensara de él, se había dado cuenta de que sí quería su aprobación. Nunca podría presentarle a Leta a su madre y, por mucho que cocinase, nada podría compensar su ausencia. Su padre había sido todo lo que le quedaba y había querido que le gustase su novia. Había querido que le importase.

—¿Leta? —Jey había extendido la mano hacia ella—. Los documentos.

—No. —Ella se había dirigido hacia la puerta—. Necesito saber la verdad. Dime qué es lo que está pasando en Ferrington. ¿Estaba mi madre investigando esas criaturas del edem?

—No es asunto tuyo —había contestado el hombre, furioso.

—Mi madre murió allí. —Leta se había apretado los papeles contra el pecho—. Claro que es asunto mío. Mi padre, Alain Broduck, es juez superior del distrito. Estoy segura de que le interesará descubrir que la Regencia no tiene informes de uso del edem la noche en que murió su esposa.

El doctor Bueter había entrecerrado los ojos.

—¿Me estás amenazando?

—Vamos, Nettie —había dicho Jey con la esperanza de que el apodo la hiciese abandonar su furia—, salgamos de aquí.

Sin embargo, ella ni siquiera le había mirado.

—Si no me dices la verdad, la descubriré yo misma. Iré a Ferrington, destaparé lo que la Regencia está ocultando y no podrás hacer nada al respecto.

—¡Tú! —había exclamado su padre, mirándolo en condiciones por primera vez en meses—. Has traído a esta espía a mi casa. ¿Ha sido idea tuya?

Él había estallado en carcajadas.

—¿Mi idea para qué? ¿Para hacer que te fijaras o te preocuparas por mí? Sí, papá —había añadido en tono sarcástico—. Me has pillado. Llevo dos años planeando el engaño.

—Esto no es una broma —había dicho el hombre, señalando a Leta—. Esa chica nos va a causar problemas. Podría destruir todo aquello que he construido.

A Jey no le había pasado inadvertido el hecho de que aquella era la conversación más larga que había mantenido nunca con él.

—Eso es lo único que te importa, ¿verdad? Tu trabajo, la Regencia y el velo. Te preocupas tanto por la destrucción de Telene que no ves que el mundo que está bajo tu propio techo está a punto de estallar.

—Lo único que veo son dos niñatos malcriados —había replicado el hombre—. Leta Broduck, ¿cierto? —No había esperado a que ella le contestase—. Tu padre se sentirá muy decepcionado al descubrir en quién te has convertido.

—¡A mi padre le importa la verdad! —había dicho ella, agitando los documentos en el aire.

El doctor Bueter había tomado el teléfono.

—O bien me entregas esos documentos, o llamo a mis agentes. Tú misma puedes decidir tu futuro...

—¡No puedes detenerme!

—Tú misma has elegido. —Su padre se había encogido de hombros. Después, había agarrado el teléfono y había marcado un número—. Sí, soy yo —le había dicho a la persona que estaba al otro lado—. Tengo que informar de un crimen relacionado con el edem llevado a cabo por Leta Broduck.

—¡No! —Jey se había lanzado hacia él—. ¡Déjala en paz!

Su padre lo había empujado y él se había tambaleado hacia atrás, golpeándose con una librería. De una de las estanterías había caído un pisapapeles y le había golpeado en la sien. Después, se había desplomado sobre el suelo.

—¡Jey! —Leta se había agachado junto a él—. ¿Estás bien?

Había sentido la lengua pesada y había sido incapaz de moverse. Había sentido algo caliente goteándole por la frente y tiñéndole la visión de rojo.

—¡Levántate! —Leta había tirado de su mano—. ¡Por favor!

Sin embargo, no había podido hacerlo. No había podido mover los brazos y, mientras la sangre se le había acumulado en el ceño, tan apenas había podido levantar los párpados.

—Lo siento, Jey —había dicho el doctor Bueter—. No puedo arriesgarme. —Se había llevado el teléfono a la oreja—. Sí, sigo aquí... Sí, en mi casa. Venid rápido. Ha habido un incidente. Mi hijo...

Ese había sido el momento en el que se había apagado la luz.

Leta había agarrado un atizador de la chimenea y lo había golpeado contra la permalámpara de la oficina. Jey había visto el edem moviéndose en las sombras, susurrando como si fuese alguien acechando en un callejón oscuro, llamándolos.

Si bien Jey había ignorado el edem, Leta no lo había hecho.

—¡Detenlo! —había ordenado ella mientras la sustancia se le enroscaba en el brazo como una serpiente negra—. ¡Haz que se detenga!

El edem había fluido como una ola hacia el doctor Bueter, empapándole. Cuando se hubo desprendido de él, el doctor había dejado caer el teléfono. Su mano, que había estado sujetando el auricular, se había marchitado hasta convertirse en piel y hueso. El músculo se había desvanecido y, poco después, también lo había hecho la piel.

Jey había pensado que tal vez se hubiese estado imaginando cosas. La boca de su padre había estado abierta, a medio grito. Puñados de pelo y piel se habían desprendido de él como pétalos al viento. Sus músculos se habían arrugado como un papel ardiendo y, al final, los ojos se habían desprendido como bayas de torlu demasiado maduras. El esqueleto había caído hacia delante y Jey había conseguido apartarse justo a tiempo. Cuando los huesos habían golpeado el suelo, se habían hecho añicos.

Jey había pestañeado al contemplar la escena que había ante él, esperando a despertarse. Sin embargo, había sido real.

Leta había gritado sin parar.

Él había conseguido levantarse apoyándose en el lateral del escritorio y se había acercado a ella sintiendo como si la cabeza se le hubiera partido en dos.

—¿Qué he hecho? —había preguntado ella mientras se contemplaba las manos, en las que tenía unas marcas en forma de huesos, como si a ella también se le hubiera desprendido la piel.

«Un eco de muerte».

Leta se había dejado caer de rodillas y había empezado a sollozar.

—No pasa nada, Leta —le había dicho—. No pasa nada. —La había rodeado con los brazos y ella había llorado sobre su hombro.

—Solo quería que parara. No pretendía... He pensado que si...

El resto de lo que quería decir se había perdido entre sus lágrimas. Leta siempre le había parecido muy fuerte y su dolor en aquel momento le había parecido como una daga en el pecho.

—No tenías otra opción —le había dicho—. Era tu vida o la suya.

Su padre jamás habría permitido que Leta se marchara, pero aunque aquel hombre raras veces había estado presente en su vida, había sentido su ausencia de inmediato.

«Ahora no tienes a nadie», había pensado. Solo que eso no era cierto. Tenía a Leta.

Se habían aferrado el uno al otro, incapaces de moverse y de aceptar su nueva realidad, pero Jey había sido consciente de que no podían permanecer acurrucados durante mucho tiempo.

—Tenemos que salir de aquí —le había dicho—. Ahora.

—¿Qué quieres decir?

Tenía la piel del color de la nieve, con los ojos oscuros y salvajes y el pelo despeinado en todas las direcciones.

—Tenemos que salir de aquí antes de que llegue la Regencia.

Jey había sabido que atenderían la llamada. No tardarían demasiado en descubrir lo que quedaban de los restos de su padre y en descubrir las manos con marcas eco de Leta.

—Les explicaré lo que ha pasado —había dicho ella—. Yo...

—Te arrestarán —había contestado él con brusquedad.

Ella había hundido la barbilla.

—Es lo que merezco.

—Ha sido un accidente.

—Lo he matado. Ni siquiera sé cómo eres capaz de mirarme ahora mismo.

A pesar de que ella le había arrebatado a su padre, que era la única familia que le quedaba en Telene, no había estado enfadado. Tan solo se había sentido triste y exhausto.

Jey le había levantado la barbilla suavemente con la mano.

—Es fácil. Es porque te quiero.

Con el edem removiéndose en torno a ellos y el esqueleto de su padre cerca, aquello había distado mucho de cómo había planeado decírselo, pero había sabido que era cierto.

¿Significaba eso que su padre había merecido morir? «No», había pensado. Sin embargo, no soportaba la idea de que Leta pasase el resto de su vida en Vardean solo por el hecho de que no se hubiera podido razonar con él.

—No digas eso —había dicho ella.

—¿Por qué? ¿Porque tú no sientes lo mismo?

No había pensado en eso, pero aquel no había sido el momento para preocuparse por su ego dolorido.

—¡Porque hace que me sienta peor! —exclamó—. ¡He matado al padre del chico al que amo!

La había estrechado con fuerza.

—Vamos —había dicho él, poniéndola de pie—. Tenemos que marcharnos.

Ya habría tiempo para explicarle todo lo que no le había explicado sobre su padre y su relación. Pero antes tenían que salir corriendo.

Cuando habían encontrado una obra abandonada al norte del Río Recto, al fin habían aflojado el ritmo.

—Deberías irte a casa —le había dicho—. Asegúrate de hablar con tu hermano o tu padre. Necesitas una coartada para esta noche. Yo puedo quedarme aquí mientras decidimos qué hacer a continuación.

Ella había cerrado los ojos y las lágrimas le habían corrido por las mejillas enrojecidas.

—¿Cómo voy a explicarles esto? —le había preguntado, alzando las manos.

—¿Tal vez se desvanezca? —había sugerido él, siendo perfectamente consciente de que los ecos de muerte nunca se desvanecían.

Ella había asentido, aunque no había dicho nada.

Había odiado verla de aquel modo. Todo el fuego y las ganas de pelear que había tenido en el interior, se habían extinguido en un momento, como si hubiesen sido una nube cubriendo el sol.

—Ni siquiera saben que estamos saliendo juntos —había dicho.

—Bien. Entonces no hay motivos para que la Regencia trace el crimen hasta ti.

—¿Y qué harás tú?

Había fijado los ojos marrones en cualquier cosa menos en él.

—No puedo volver a la casa. La cocinera sabe que estaba en casa y mi padre me mencionó por teléfono. No es seguro.

Leta se había sentado en el borde de los cimientos de hormigón y había contemplado el agua marrón.

—Ahora no puedes hacer nada por mi culpa.

Jey se había sentado a su lado y la había rodeado con un brazo.

—No estamos atrapados en una celda, Nettie. Me tomo eso como una victoria.

Ella se había girado para mirarlo con los ojos llenos de lágrimas sin derramar.

—¿Cómo puedes estar tan tranquilo? ¡He matado a tu padre!

Jey sabía que tenía la costumbre de evadirse con el humor y la bravuconería; aquella era la manera que tenía de lidiar con la tristeza. Había sido así desde la muerte de su madre. Había tomado el rostro en forma de corazón de Leta entre las manos.

—Odio que te haya pasado esto y no quiero que pienses que no me importa, porque no es así. Pero no sé cómo llorar a un hombre al que nunca conocí en realidad. Es como leer una escena nueva para una obra de teatro. Sé qué emoción debería sentir, pero la emoción no es mía.

—Se te permite llorar —había dicho ella—. Sigue siendo tu padre. También tienes permitido odiarme.

—Eso nunca —había susurrado. Y lo había dicho en serio.

A lo largo de las semanas siguientes, Jey había ido al mercado y había robado comida mientras Leta regresaba a casa y fingía que todo era normal. Le había visitado siempre que había podido.

—¿Has robado una gallina? —le había preguntado al llegar una semana antes del arresto—. No comes carne.

—Así es —había contestado, haciendo un gesto con la cabeza en dirección a su amiga emplumada—. Picotazos y yo hemos llegado a la conclusión de que ella es la que gana el pan en esta casa y me regalará huevos.

—¿«Picotazos»?

Leta había sonreído. No había sido su sonrisa habitual, aquella que le iluminaba los ojos, pero se había conformado con lo que fuera.

—Ten cuidado. —Se había llevado un dedo a la boca—. Muerde.

Leta había dejado una cesta de deebule recién horneado sobre la mesa rudimentaria que Jey había colocado en la orilla del río y que estaba construida con aglomerado y algunos tablones de madera.

—¿Acaso yo no traigo también el pan a la mesa en esta casa?

—Hmmmmmm —había mascullado él mientras se llenaba la boca con aquellos pastelitos fritos tan deliciosos.

—Es la receta de mi abuela —le había dicho ella—. Mi madre solía hacerlos para Cayder y para mí todos los Edemmacht.

—¿El día en el que se conmemora la llegada de los delftanos a Telene? —le había preguntado.

—Su llegada a Ferrington, para ser exactos.

Leta había mostrado aquella mirada perdida que ponía tan nervioso a Jey. Su rostro había adoptado aquel gesto distante cada vez que él había mencionado a su padre. Si bien habían intentado no hablar de ello, les había resultado difícil teniendo en cuenta que Jey había estado viviendo en una casa a medio construir en el Río Recto a causa de lo que había ocurrido aquella noche.

Le había tendido un deebule esponjoso.

—¿Tienes hambre?

Leta había sacudido la cabeza y se había sentado a la mesa.

—No mucho.

En aquel entonces, no había tenido hambre nunca y él había deseado saber cómo hacer que todo mejorase.

—He estado pensando en ir allí —le había dicho, contemplando el río embarrado en lugar de a él. Solía hacer eso cuando sabía que no le iba a gustar lo que tenía que decirle.

—¿A dónde? —le había preguntado, chupando el azúcar que tenía en los dedos.

—A Ferrington.

Jey había dejado el deebule a medio comer.

—¿Es una broma? Sabes que Ferrington está repleto de agentes de la Regencia por esas historias.

—¿Y si no son historias? —le había preguntado ella, mirándole finalmente.

Él había contemplado los guantes que ella se había acostumbrado a llevar.

—Es demasiado peligroso.

—¡Mi madre murió allí! —Sus ojos habían centelleado y él había estado a punto de sonreír porque había recuperado su fuego—.

Necesito descubrir la verdad de aquella noche. Es todo lo que me queda.

—Es demasiado peligroso, Nettie. La Regencia estará buscando al asesino de mi padre y si apareces en el pueblo con un eco de muerte, acabarán imaginando lo que ocurrió.

Ella había levantado la barbilla.

—No si tengo cuidado.

—No. —Jey se había puesto de pie, limpiándose el azúcar de los labios—. No puedes hacerlo.

No estaba acostumbrado a mostrarse serio y severo, pero había necesitado que Leta comprendiera que todo lo que estaban haciendo era por su propia seguridad.

Ella también se había puesto de pie y, si bien era bastante más bajita que él, era mucho más intimidante.

—No puedes decirme lo que debo hacer.

Él se había reído sin ganas.

—Claro que no. Eso ya lo sé. Eres Leta Broduck.

Ella le había rodeado con los brazos y él se había inclinado para besarla. A pesar de todo lo que había pasado, seguía sintiendo la misma electricidad recorriéndole el cuerpo cada vez que se tocaban, como el zumbido de una baya torlu muy madura al tocarte la lengua.

Cuando al fin se habían separado, él le había dicho:

—Solo prométeme que no harás ninguna tontería.

Ella había asentido y le había dado un beso rápido en los labios.

—Te lo prometo.

Jey la había atraído hacia sí mismo y había apoyado la cabeza sobre la de ella. Se había alegrado de que ella no le hubiera hecho prometer lo mismo, pues había sido consciente de que era posible que tuviera que hacer la única cosa por la que Leta nunca le perdonaría.

Tendría que entregarse por el asesinato de su padre.

CAPÍTULO 44

CAYDER

La verdad hizo que me pareciera como si los muros de piedra de Vardean se hubieran derrumbado sobre mí. Leta había permanecido inusitadamente callada mientras Jey me explicaba lo que de verdad había pasado con su padre. Así que ese era el motivo de que tuviera el eco de muerte... No tenía nada que ver con Ferrington o los hullen.

—¿Por qué no me dijiste nada? —pregunté. ¿Por qué no me lo había contado mi hermana?

—¿Decirte el qué? —Jey levantó una ceja—. ¿Que era inocente y que tu hermana había matado a mi padre? —Alzó las manos—. Vine a Vardean para que ella estuviera a salvo. —Hizo un gesto con la cabeza en dirección a mi hermana—. A lo que me doy cuenta, la han encerrado aquí por el incendio de Ferrington.

—Por eso no querías ir a juicio —dije—. No querías que la gente adivinase la verdad sobre la muerte de tu padre.

El otro chico asintió.

—Me presenté como chivo expiatorio para que no tuviera que hacerlo Leta.

—¡Yo no te pedí que lo hicieras! —replicó ella, furiosa—. Se suponía que debías esconderte en el Río Recto hasta que decidiéramos qué hacer, pero en su lugar, te entregaste por mi crimen sin consultármelo.

—No me dejaste otra alternativa —dijo Jey.

—¿Que no te dejé otra alternativa? —rugió Leta.

—Shhhh —dije—. Bajad la voz.

Sin embargo, bien podría haber sido invisible, porque Jey tenía los ojos fijos en el rostro de mi hermana.

—Cada noche que me visitabas te distanciabas más y más de mí. No dejabas de pensar en lo que fuera que hubiese en Ferrington.

—¿Allí era donde te escapabas? —le pregunté a mi hermana—. ¿Jey era tu fuente?

Ella negó con la cabeza.

—El doctor Bueter era mi fuente. —Cerró los ojos—. Ahora ya sabes por qué no podía decírtelo.

—No había planeado entregarme —dijo Jey—, pero siendo que estabas decidida a ir a Ferrington, pensé que era la única manera de garantizar tu seguridad. Nadie volvería la vista hacia ti si yo estaba aquí encerrado.

—¿Y qué hay de tu eco de muerte? —le pregunté.

—Solo es un tatuaje —contestó él, tocándose el pecho—. Si quieres tener reputación de haber luchado con la Hermandad del Velo, hay un artista que, por un precio, puede recrear las marcas eco e incluso los ecos de muerte. —Soltó una carcajada desganada—. En ningún momento me dijiste que pensabas ayudarla a escapar, así que había planeado hacerlo esta noche.

La cabeza me daba vueltas.

—Leta, ¿por qué no me contaste lo que había pasado?

Ella alzó las manos, desesperada.

—¡Porque no quería que me miraras como lo estás haciendo ahora!

—¿Y cómo te estoy mirando? —le pregunté.

—Como a una asesina.

Puse las manos sobre las de mi hermana con cuidado.

—No creo que seas una asesina.

—¿No?

—No —contesté—. Me gustaría que me hubieras confiado la verdad, pero entiendo por qué no lo hiciste.

Puede que, antes de empezar a trabajar en Vardean, no hubiese entendido qué era lo que llevaba a una persona a quebrantar la ley, pero ahora sí lo hacía. Y si Jey había perdonado a mi hermana y había entregado su libertad para protegerla, ¿quién era yo para cuestionarlo?

—Entonces, ¿vas a dejarme salir de aquí o qué? —preguntó Jey.

Abrí la puerta de la celda y le solté las manos encadenadas. En cuanto se puso de pie, miró a Leta, incómodo. Ella mantuvo las manos pegadas al costado. Estaba seguro de que aquel no era el reencuentro amoroso que él había planeado.

—Vamos —le dije—. Vamos a buscar a las otras.

Cuando volvimos a unirnos a ellas, Kema estaba paseando de lado a lado de la celda de Leta y Elle estaba sentada en el camastro. Cuando entramos, se puso en pie de un salto.

—¿Cómo? —preguntó Kema al ver a Jey—. ¿Vamos a liberar a todo el mundo?

—Solamente a los presos apuestos —contestó él con una sonrisa. Después, miró a Elle—. ¿Esta quién es? ¿Otra guardia que está de nuestro lado?

—Elenora —contestó ella, tendiéndole la mano.

—¿La princesa? —preguntó él a punto de atragantarse al decir aquella palabra. Nunca antes había visto inseguridad reflejándose en el rostro del chico. Ella asintió y Jey se encogió de hombros—. Es un placer teneros a bordo de este tren de escape, princesa. Soy Jey Bueter.

La sonrisa de Elenora se desvaneció.

—Cayder me dijo que habías matado a tu padre.

Él miró a Leta.

—Es una larga historia.

—Entonces, ¿el general de la Regencia sigue vivo?

—No —contestó mi hermana de forma rotunda—. Murió hace casi dos meses. Se desintegró delante de nosotros.

—Justo como mi hermano —murmuró Elenora.

Empecé a quitarme la ropa que llevaba en el exterior para dejar a la vista el uniforme que llevaba debajo.

—Chicas, tal vez queráis daros la vuelta.

—O no —le dijo Jey a mi hermana. Me alegró ver que ella ponía los ojos en blanco.

Me desnudé, le tendí el uniforme a Jey para que se lo pusiera, y me volví a vestir con mi ropa normal. Esperaba que la nueva incorporación al grupo no fuese nuestra perdición.

Tras habernos cambiado, coloqué los uniformes de presos de Jey y de Leta bajo las sábanas de mi hermana para que pareciera que estaba durmiendo.

—¿Y ahora qué? —preguntó Elenora con los ojos brillando de esperanza.

—Ahora, esperamos —contesté.

—¿A qué? —preguntó Jey—. ¿A una invitación a irnos? Dudo que eso vaya a llegar, colega.

Antes de que pudiera responder, una alarma resonó por todo el edificio.

—Vardean se encuentra en cierre de emergencia —vociferó una voz amplificada—. Hasta próximo aviso, que cada uno se siente en su camastro con las manos a la vista.

—Eso era lo que estábamos esperando.

Salimos al descansillo. Bajo nosotros, una pelea había comenzado en el comedor y se había propagado al rellano del piso inferior. Nos apoyamos en la barandilla para ver a decenas de agentes de la Regencia enfrentándose a unos cincuenta presos más o menos.

—Paso seis —dije con una sonrisa—: incitar el caos.

—¿Qué has hecho? —susurró Leta.

Abajo se podía ver un remolino de capas plateadas mientras los agentes intentaban derribar al suelo a los presos.

—Les he contado la verdad con ayuda de Narena.

—¿Está bien? —preguntó mi hermana.

—Sí. Lamenta no haber podido asistir a tu juicio. —Sacudí la cabeza—. Tengo que ponerte al día de muchas cosas.

Y, además, todavía había muchas cosas que necesitaba saber sobre ella y Jey. Pero antes de nada teníamos que salir de allí.

—Deberíamos evitar el ascensor —dijo Kema, señalando con la cabeza las escaleras de la parte trasera del edificio—. No quiero bajar ahí abajo —añadió, refiriéndose al grupo de presos enfadados del primer piso.

Fuimos caminando de dos en dos y Elle se quedó cerca de mí.

—¿Estás bien? —le pregunté.

Ella asintió.

—Lo estaré.

—Déjame que lleve eso —dije, tomando mi bolsa, que llevaba colgada al hombro.

—Puedo cargar con ella —contestó—. ¿Sabes? No soy una muñeca inútil.

Sonreí.

—Ya lo sé. —La bolsa pesaba—. ¿Qué hay dentro?

Antes, tan solo había habido tres uniformes que, en aquel momento, eran los que llevaban puestos Leta, Jey y Elle.

—Mi máscara —contestó mientras se le sonrojaban las mejillas—. No podía dejarla aquí. Es una de las pocas cosas que me quedan de mi madre.

Le di una palmadita a la bolsa.

—Cuidaré de ella.

Conforme descendíamos, la escalera estaba cada vez más llena de guardias y agentes de la Regencia intentando controlar a la horda furiosa.

—¿Qué estás haciendo? —le gritó un guardia a Elle.

Ella se sobresaltó.

—¿Disculpa?

—¡Dispersaos! —dijo el guardia—. Vosotros dos, id al piso quince. —Señaló a Leta y a Jey—. Vosotras al piso tres —añadió, señalando a Kema y a la princesa—. Y tú... —Contempló mi chaqueta y los pantalones de traje—. Tú quítate de en medio. —Cuando nadie se puso en marcha, el guardia gritó—: ¡Ahora!

Tal vez, después de todo, el caos no hubiese sido la mejor idea. Había guardias y agentes de la Regencia por todas partes.

Cada vez que nos cruzábamos con un agente, Elenora se encogía de miedo.

—No pasa nada —le susurré—. Por ahora, tenemos que seguirles el juego, que piensen que estamos ayudando.

Ella asintió y se bajó la gorra todavía más.

Teníamos que esperar hasta que se calmara la conmoción del primer piso antes de poder aventurarnos hacia el vestíbulo, que estaba debajo. Mientras tanto, Kema y Elenora fingían comprobar los cierres y las celdas para asegurarse de que no hubiese nadie escondido dentro. Yo, intenté quitarme de en medio.

—¿Cayder Broduck? —me llamó un hombre desde una de las celdas cuando pasamos por delante.

Me detuve, ya que no reconocí la voz, y miré hacia el interior de la celda. Sobre el camastro, estaba sentado un hombre de mediana edad con la piel del color y la textura de la leche cortada. Tenía el pelo largo, pero se le veían partes del cuero cabelludo escamoso.

—¿Cayder? —susurró Elenora, tirándome de la manga—. ¿Qué ocurre?

—¡Sí que eres tú! —El hombre se levantó de un salto—. Te pareces mucho a tu padre cuando era joven. Sabía que tenías que ser tú.

El aire se me quedó atrapado en los pulmones.

—¿Quién eres tú?

—No espero que me conozcas. —El hombre agachó la cabeza—. Me llamo Hubare Carnright. —Una oleada de conmoción me recorrió la columna vertebral y me tambaleé hacia atrás—. Entonces sí que sabes quién soy —añadió con la voz teñida por la vergüenza.

Tan apenas escuché sus últimas palabras o noté cómo Elenora me agarraba del brazo con una mirada interrogante. Pero yo ya no estaba en Vardean; había regresado a la Mansión Broduck y tenía diez años.

Mi padre me estaba diciendo que mi madre no volvería nunca de su último viaje de trabajo para la Regencia.

—¿Por qué? —le había preguntado, sin comprender.

¿Se había retrasado? ¿Tenía que quedarse en Ferrington más tiempo?

Mi padre había dicho solo dos palabras: «Hubare Carnright». Desde entonces, aquel nombre me había perseguido.

Al principio, había creído que aquel hombre había secuestrado a nuestra madre y la tenía cautiva. Solía preguntarle a mi padre cuándo iba a devolvérnosla. No había comprendido la verdad hasta que no había sido un poco más mayor.

—¿Cayder? ¿Qué ocurre? —me preguntó Elenora.

Pero yo no podía hablar.

A lo largo de los años, había imaginado todas las cosas que le diría (o, más bien, le gritaría) a Hubare Carnright si alguna vez me encontraba cara a cara con él.

«¡Destruiste mi vida! ¡Arruinaste a mi familia! ¡Nunca deberías salir de la cárcel! ¡Deberías sentir el dolor que siento yo todos los días!».

Sin embargo, ahora que tenía enfrente al hombre que había causado el accidente que había matado a mi madre, no era capaz de encontrar qué decir.

Tal como había dicho padre, yo nunca había encontrado la paz. Nunca había sentido que se hubiera hecho justicia. No había hablado de mi ira porque habría sido como admitir que no había superado (ni podía) la muerte de mi madre.

Fuese lo que fuese que hubiera pasado aquella noche, probablemente, había sido un accidente y aquel hombre iba a pagar por ello para siempre. A lo largo de las últimas tres semanas, me había dado cuenta de que la gente actuaba de forma egoísta, imprudente, desesperada o ingenua. Sin embargo, eso no significaba que fuesen monstruos que debieran permanecer encerrados de por vida. Comprendí que el destino de aquel hombre podría haber sido el mío. Y, si bien aquello no disminuía el dolor de perder a mi madre, sí calmaba mi ira.

—Lo siento —dijo Hubare—. Aquel hombre me dijo que me rebajaría la condena si le contaba lo que había ocurrido el día que tu padre vino a visitarme. —Se rio sin ganas—. Tendría que haber sabido que estaba mintiendo. En la Regencia, todos mienten.

Me acerqué a los barrotes.

—¿Qué hombre? —le pregunté.

—No me dijo su nombre —contestó él—, pero era un hombre pálido y de bigote blanco.

«El señor Rolund».

Así que así había descubierto el fiscal el hecho de que mi padre había quebrantado la ley. El fiscal debía de haber investigado el pasado de mi padre, incluyendo cualquier caso en el que hubiera tenido algo que ver, con la esperanza de descubrir algo que lo desacreditara.

—Lo siento —repitió Hubare—. Te he arruinado la vida dos veces. Primero con el accidente de tu madre y, ahora, con esto. Por favor, quiero que sepas una cosa. —El hombre se frotó las manos—. Cuando murió, no estaba sufriendo. Pasó muy rápido. Un instante estaba ahí y, al siguiente, había desaparecido.

Mi madre no había desaparecido, se había visto arrastrada hacia un barranco. Habíamos enterrado su cuerpo.

—¿De qué estás hablando? —pregunté, agarrando con fuerza los barrotes que había entre nosotros—. ¿Qué le ocurrió?

El hombre tragó saliva con fuerza.

—El arma que estaba probando yo falló y ella estaba en la línea de fuego. Fue un trágico accidente.

Elenora se acercó a los barrotes con la mirada fiera.

—¿Qué arma?

—Las que funcionan con edem —contestó Hubare—. Estábamos probándolas en la base de operaciones de Ferrington.

«Ferrington».

El corazón se me detuvo y la princesa ahogó un grito.

—¡Eso es lo que están encubriendo allí! —dijo ella sin aliento—. ¡Armas!

—¿No eres granjero? —le pregunté a Hubare.

El hombre sacudió la cabeza.

—Trabajaba para la Regencia, como tu madre.

Teníamos que salir de Vardean. Ya. El mundo tenía que saber lo que estaba haciendo la Regencia.

Aunque no me lo había pedido, le dije: «Te perdono». Después, seguí caminando.

CAPÍTULO 45

JEY

Jey hizo su mejor imitación de un guardia, sacudiendo las puertas de las celdas y comprobando los cierres para interpretar bien el papel.

—¿Cómo convenciste a la Regencia de que habías matado a tu padre? —le preguntó Leta en voz baja mientras recorrían el descansillo.

—Fue fácil. —Jey se tocó el corazón—. Nadie cuestiona tu confesión cuando tienes un eco de muerte.

Ella se miró las manos enguantadas.

—Gracias —dijo.

—¿No estás enfadada conmigo?

—¡Claro que lo estoy! —exclamó ella—. Pero sé que tenías buenas intenciones. Aun así, tendrías que haberme contado lo que estabas planeando. Todo este tiempo he creído que estabas en el río Recto con esa gallina tuya.

—Si te lo hubiera contado, me habrías detenido.

Ella le hundió un dedo en el pecho.

—Y por un buen motivo. Y, aun así, he acabado aquí de todos modos. ¿No crees que eso era lo que quería el universo?

—No. Además, el universo me da igual; solo me importas tú.

—Sería más fácil si no fuese así —murmuró ella.

—¿Para quién?

—Para ambos.

—Bueno —dijo él—, yo no hago las cosas de la forma fácil. —Hizo un gesto con las manos—. Que el informe recoja que Jey está señalando la prisión que lo rodea.

Leta se rio y él se unió a ella. La sensación de estar juntos y riéndose era agradable. La libertad llegaría pronto.

—Te he echado de menos —susurró ella.

Él no la miró, pero contestó:

—Y yo a ti.

Cuando hubieron contenido a los presos, Jey y Leta se dirigieron al primer piso. Como no vieron a Cayder, a Kema o a la princesa, tomaron el ascensor.

Mientras el ascensor descendía por la zona rocosa que había entre el sector de la prisión y el vestíbulo, Jey aprovechó la oportunidad para estrechar a Leta contra sí. Enredó los dedos en su melena corta y castaña y ella echó la cabeza hacia atrás para besarle, relajándose entre sus brazos como si estuviera suspirando.

La besó con ferocidad, volcando en aquel beso cada momento doloroso de las tres últimas semanas, consciente de que el tiempo que iban a pasar juntos iba a ser breve. Por eso, iba a hacer que valiera la pena.

Sin embargo, el ascensor pasó demasiado rápido de la zona rocosa al vestíbulo. Leta sonrió mientras se alisaba el uniforme.

—Espero que no saludes así a todos tus compañeros de prisión.

Él soltó una risita.

—Ni loco. —El ascensor se detuvo—. Seguiremos con esta conversación más tarde —le prometió.

Ella asintió.

—Eso espero.

El vestíbulo estaba bastante vacío, pues la mayoría de los trabajadores se habían marchado a casa. Las únicas personas que había en la sala eran seis guardias de la Regencia que estaban vigilando el puente de acceso a las góndolas.

Jey maldijo en voz baja. Una oleada de ira le recorrió el cuerpo. Claro que no iban a dejar salir a nadie; después de todo, Vardean seguía en cierre de emergencia. Se acercó a los agentes tal como lo hacía todo en la vida: con arrogancia.

—Hola, colegas —dijo—. ¿Alguna novedad? Me gustaría llegar a casa antes de medianoche. —Les guiñó un ojo—. Va a venir una amiga a verme, ya me entendéis...

Los agentes de la Regencia no eran como los guardias de la prisión. No se trataba solo de sus uniformes elegantes y sus capas plateadas, sino de su forma de actuar: eran más estatuas que personas. Ni siquiera pestañearon ante su comentario.

—Oh... —Jey frunció el ceño—. ¿De verdad no sabéis de qué estoy hablando? —Se tironeó del cuello del uniforme—. Bueno, esto es un poco incómodo. Dejad que me explique. Cuando estás enamorado, aunque no tiene por qué tratarse de amor necesariamente, dos personas que hayan consentido pueden...

Uno de los agentes se adelantó con la capa agitándose a su espalda como si fuera un par de alas. Era alto y esbelto y mirarle a los ojos hundidos, que contrastaban con su piel cenicienta y su coleta rubia, era como contemplar el mismo velo.

—Nadie puede entrar o salir de Vardean hasta que se capture al prisionero.

Jey señaló el vestíbulo tranquilo que los rodeaba.

—¿Qué prisionero?

A veces, era mejor hacerse el tonto.

—Si no lo sabes —gruñó el agente—, es que no tienes autorización. Espera al anuncio.

Jey miró a Leta. No podían esperar a un anuncio que no iba a llegar nuca.

—¿Y qué pasa si ella ya...? —Hizo una mueca al darse cuenta de que, tal vez, ya había revelado demasiado—. Quiero decir... ¿qué pasa si ya ha escapado?

El agente entrecerró los ojos.

—Nadie se marcha hasta que no hayan hecho el anuncio.

—Entendido —dijo Jey. Señaló al agente—. Esperaremos... a que ocurra eso.

Le hizo un gesto a Leta y regresaron hacia el ascensor.

—¿Qué hacemos ahora? —susurró ella.

Los agentes de la Regencia estaban vigilando todos y cada uno de sus movimientos. El ascensor empezó a elevarse antes de que pudieran subirse. Cuando volvió a bajar, Cayder, Kema y la princesa estaban dentro.

—¡Colega! —exclamó Jey en voz alta, dándole una palmada en la espalda a Cayder—. ¿Qué haces aquí todavía? Hace casi dos horas que se cerró la prisión para los empleados. ¡Casi es la hora del toque de queda!

Cayder miró alrededor y se fijó en el muro de agentes que había frente a la entrada. Por suerte, el chico era inteligente.

—¡Ya lo sé! —contestó también en voz alta—. He perdido la noción del tiempo y no sé qué hacer.

—Vayamos a la sala de descanso de los guardias —les ofreció Kema con un gesto tranquilizador—. Puedes esperar allí hasta que amanezca.

Siguieron a la hija de Graymond por los pasillos bien iluminados hasta la sala de descanso. No eran los únicos que estaban allí, pues muchos guardias habían escogido aquel sitio para esperar hasta que se acabase el cierre de emergencia. Unos pocos estaban jugando a las cartas en torno a mesas viejas y destartaladas, y otros estaban charlando junto a las taquillas.

Kema les señaló un rincón con la cabeza. Se juntaron formando un círculo todo lo lejos que pudieron del resto de guardias. Cayder les contó lo que había descubierto gracias a Hubare.

—Mi hermano iba a visitar Ferrington —dijo la princesa—. Iba a recorrer todas las regiones principales, así que habría descubierto lo que estaban tramando allí.

—¿Creéis que le prendieron fuego a su propia base para asegurarse de que nadie lo descubriera? —preguntó Leta.

—La línea temporal coincide —dijo Cayder—, pero ¿qué son esas armas de edem?

Todos ellos miraron a Jey.

—A mí no me preguntéis. Mi padre nunca compartía sus planes conmigo. Casi me costaba que me dijese «hola», ¿cómo iba a contarme sus planes de dominación mundial?

—Debieron crear esas armas para destruir a los hullen —dijo Leta—. Por eso establecieron la base allí, tan lejos.

—Tal vez —contestó Cayder, aunque Jey se dio cuenta de que no estaba de acuerdo con su hermana.

—¿Qué hacemos ahora? —preguntó ella.

—Esperamos —dijo Kema—, tal como nos han sugerido los agentes.

Jey levantó un dedo.

—Hay un problema. Nunca van a encontrar a la presa que falta porque... —Hizo un gesto con la cabeza en dirección a la princesa—. Además, pronto descubrirán que nosotros también hemos desaparecido.

—Los agentes tendrán que darse por vencidos en algún momento —comentó Cayder.

Si se parecían en algo a su padre, dudaba que fuese así.

—O, tal vez, empiecen a buscar entre los empleados, incluyendo los guardias.

—¿Tú qué opinas, Kema? —le preguntó Cayder.

Ella hizo un mohín.

—Nunca he estado en esta situación. Hay un motivo por el que nadie escapa nunca de Vardean.

—Entonces, ¿qué hacemos? —dijo Jey, tirando de las mangas del uniforme, que le quedaban demasiado cortas—. ¿Dejamos de tocar las narices y volvemos a nuestras celdas como buenos prisioneros? —Sacudió la cabeza—. Ni hablar; hemos llegado muy lejos.

—No lo bastante lejos —masculló Cayder.

Leta extendió la mano y agarró la de su hermano.

—Esto no es culpa tuya.

El chico arqueó una ceja oscura.

—¿No?

—Venga, ya está bien —dijo Jey—. Vamos a dejar de regodearnos en la miseria. Necesitamos un plan.

—Soy todo oídos —apuntó Cayder.

—Yo nunca habría dicho algo tan desagradable —comentó él, encogiéndose de hombros—, pero supongo que tienes las orejas un poco más grandes que tú...

—¡Jey! —Leta le dio un codazo en las costillas—. Ya basta.

—Lo siento —contestó—, es la costumbre.

—¿El ser un listillo? —replicó Cayder.

—¡Chicos, chicos! —los regañó Kema—. Ahora no es el momento de ver quién es más imbécil. Los dos sois igual de molestos, así que ganaríais ambos. Enhorabuena —añadió con desgana—. Ahora, necesitamos un plan nuevo.

—Al final, tendrán que dejar que los empleados se marchen a casa, ¿no? —dijo Leta—. Además, ¿qué ocurrirá mañana cuando los abogados y los jueces intenten ir a su puesto de trabajo?

—Los juicios están suspendidos —apuntó la princesa en voz baja—. Tal vez ni venga ni se vaya nadie. —Ninguno supo qué responder a eso—. La Regencia se ha hecho con el control —continuó con la mirada distante—. La única forma de salir es pasar por encima de ellos.

—Estás bromeando, ¿no? —preguntó Jey—. No podemos contra tantos. A ver, se me dan bien las peleas, pero eso está por encima incluso de mis habilidades.

—Tiene que haber otra manera —dijo Cayder.

Jey se cruzó de brazos.

—Solo porque quieras que sea así, no significa que vaya a haberla.

El optimismo solo funcionaba hasta cierto punto.

—¿Y si finjo ponerme enferma? —Sugirió Leta, que todavía estaba un poco más pálida de lo habitual—. Digo que necesito ver a un médico.

—Te llevarán a la enfermería —dijo Kema—, y, después del tiempo que has pasado allí, los médicos acabarían reconociéndote.

Leta se mordió el labio inferior.

—Tienes razón. Cayder, tu creciste estudiando este sitio. ¿No podemos hacer nada más? ¿No hay algún otro sitio al que podamos ir?

Estudiar Vardean era un pasatiempo extraño, incluso para un niño como el que había sido Cayder. Sin embargo, Jey se mordió la lengua. No era el momento de señalárselo.

—El reformatorio también estará bajo cierre de emergencia, como el resto del edificio —contestó él—. No podemos hacer nada.

—Eso no es cierto —dijo la princesa.

—¿Qué quieres decir? —le preguntó Cayder.

Cada vez que miraba a la muchacha, el chico mostraba un gesto ridículo en el rostro. Sin embargo, Jey no podía molestarse demasiado, ya que sabía que él tenía uno similar cuando miraba a Leta como si fuese el sol en lo alto del cielo.

—Vardean está bajo cierre de emergencia por mi culpa —dijo—. Nadie sabe que Leta y Jey se han fugado también. —Miró hacia el suelo y se le torció el gesto como si hubiera comido algo amargo—. El cierre se acabará si consiguen lo que quieren. Entonces, vosotros seréis libres. Es la única manera de hacerlo. —Miró a Cayder—. Tengo que entregarme.

CAPÍTULO 46

CAYDER

¡No! —grité.

Elenora no iba a rendirse. No pensaba permitírselo.

—Shhh —le reprendió Kema con una mirada feroz.

Unos cuantos guardias volvieron la vista hacia ellos y Kema echó la cabeza hacia atrás, riéndose de forma escandalosa.

—Lo siento, Cayder —dijo—, pero gano esta ronda. ¡Más suerte para la próxima!

Los otros guardias siguieron jugando a las cartas o hablando entre ellos. Al parecer, no les importaba demasiado enterarse de a qué juego se estaba refiriendo Kema o el hecho de que ninguno de nosotros llevaba cartas. Solté un suspiro.

—Ojalá pudiéramos entregarte a ti en su lugar —me dijo Jey.

—Qué gracioso —repliqué.

—Es la única opción —dijo Elenora—. Tienen que encerrar a alguien. Tenemos que darles lo que quieren: una princesa.

—Te necesito —contesté—. Quiero decir... Todos te necesitamos. ¿Cómo podemos desvelar la verdad sobre el rey o sobre las armas sin ti? ¿Cómo podemos derrocar a la Regencia?

Sonrió con tristeza.

—Es la única opción.

—¿Y qué hay de mí? —preguntó Leta—. No es que no valore vuestro sacrificio, princesa, pero ¿cómo puedo llegar a llevar una vida normal si no me indultáis vos?

Aunque consiguiéramos escapar, todos tendríamos que pasarnos la vida huyendo, siempre mirando por encima del hombro, preocupados por el día en el que la Regencia nos atrapase.

—No lo sé —contestó ella—, pero tenemos que intentarlo.

Sin embargo, no me miraba. Tenía la mirada fija en el suelo. Sabía que aquello significaba el fin de la partida, que nunca podría ser libre y que nosotros tendríamos que abandonar toda esperanza de que nuestras vidas volviesen a ser normales.

—Oye —dije, levantándole la barbilla. Ella tomó aire, temblorosa—, no vamos a rendirnos.

—Por favor, déjame ir. Por favor. Tengo que hacerlo. Por mi hermano.

—¿No quieres que la Regencia pague por lo que ha hecho? —le pregunté.

—Claro que sí —contestó mientras la mirada se le endurecía—. Y lo harán. Confía en mí.

—Me temo que la princesa tiene razón —dijo Kema con solemnidad—. Sería diferente si Yarlyn fuese la única al mando, pero siendo que la Regencia está decidida a mantener a la princesa encerrada, no hay manera de que vayan a dejarnos salir por la puerta principal. No hasta que la encuentren.

—Lo hemos intentado —dijo Jey, dándome una palmadita en la espalda—. Era un buen plan, colega; tan bueno como cualquier otro.

Para él era fácil de decir. Después de todo, él no sería el que se quedaría atrás.

—¿Qué les vas a explicar sobre cómo conseguiste el uniforme o cómo escapaste? —preguntó Kema con una ceja levantada.

—Les diré que me ayudó la superintendente —contestó ella, encogiéndose de hombros—. Ya hay disensión entre las filas. A la Regencia le encantará culpar a Yarlyn por esto, ya que podrán usarlo para echarla.

—Podría funcionar —asintió Kema con reticencia.

—Volveré a buscarte —dije, agachando la cabeza para mirar a Elenora a los ojos—. Te lo prometo, Elle.

Ella cerró los párpados.

—Lo siento mucho, Cayder. Tengo que hacer lo que esté en mi mano.

—No —dije—, soy yo el que lo lamenta.

Definitivamente, volvería a por ella. Aunque tuviera que entregar un periódico de forma personal a todos y cada uno de los habitantes de Telene, se enterarían de la historia de Elenora y su hermano; sabrían lo que había pasado allí de verdad.

—Deberíais venir conmigo —dijo la princesa con las lágrimas tiñendo su tono de voz—. Podéis escapar en medio de la conmoción de mi arresto.

Leta le tocó el brazo.

—Gracias.

Elenora se dio la vuelta, ocultándome el rostro.

Tan apenas podía respirar bien, ya que me dolía el pecho. Aunque no quería presenciar el momento en el que la detuvieran, tampoco quería que estuviera sola. Regresamos al vestíbulo caminando lentamente, echando un vistazo por el pasillo para comprobar si los agentes de la Regencia seguían vigilando la puerta.

—Maldito sea el edem —maldije. ¿Acaso no merecíamos un poco de suerte?

—Es la hora —dijo Elenora.

—¿Querías la máscara? —le pregunté, recordando que seguía dentro de mi bolsa.

Ella sacudió la cabeza y sonrió con tristeza.

—Quédatela.

Nadie sabía qué más decir. Yo no podía confiar en mi propia voz, así que asentí.

—Una última cosa... —dijo Elenora. Se puso de puntillas y posó sus labios sobre los míos. Sentí una chispa ardiendo entre nosotros. El corazón empezó a latirme con fuerza y el calor me inundó el cuerpo. Cuando se apartó, me susurró al oído—. Por favor, recuerda que lo siento, pero es la única opción. Tengo que tomar cartas en el asunto.

Antes de que pudiera responder, se dirigió al centro del vestíbulo.

—Me gusta tu novia —dijo Jey—; está haciendo lo correcto.

—No es mi novia —contesté, aunque estaba demasiado cansado como para poner demasiada energía en negarlo.

Elenora se puso frente a los agentes de la Regencia y sentí como si acabara de tragar brasas ardiendo. El calor me bajó al pecho y al estómago. El ardor se transformó en llamaradas cuando empezó a señalar en nuestra dirección.

—¿Qué está haciendo? —preguntó Kema.

Capté un fragmento de la conversación.

—La del pelo castaño corto —dijo—. Comprobad la bolsa del chico: dentro está la máscara de la princesa.

Me costó un momento comprenderlo. Elenora no se había entregado. Había entregado a Leta, usando contra nosotros el hecho de que nadie sabía cómo era su rostro. ¡Les estaba asegurando que Leta era la princesa sin su máscara!

No había lamentado que mi plan hubiese fallado, me había pedido disculpas por lo que estaba a punto de hacer: traicionarnos a todos.

—No —dije, negando con la cabeza, incapaz de creérmelo—. ¡No!

La Regencia no se creería una mentira como aquella; no tenían ninguna prueba de que Leta fuese...

—¡Mierda! —exclamó Jey mientras los agentes de la Regencia venían corriendo hacia nosotros.

Elenora me lanzó una mirada de arrepentimiento, pero no salió corriendo en dirección a la puerta principal, sino que se dirigió de vuelta al ascensor.

«¿Qué está haciendo?».

—¡Corred! —gritó Kema—. ¡Ahora!

Mientras volvíamos a recorrer el pasillo de vuelta a la sala de descanso de los guardias, vi que el ascensor estaba bajando en vez de subiendo: la princesa se dirigía a la sede de la Regencia. Pero, ¿por qué? Por allí nunca podría escapar. A menos que...

En ningún momento había planeado escapar. ¿Cómo no me había dado cuenta? Nunca había dicho que quisiera salir de Vardean. Lo único que había dicho era que quería escapar de su celda y hacer que la Regencia pagase por la desaparición de su hermano. Quería venganza y se dirigía a la sede de la Regencia para cobrársela.

—Lo retiro —dijo Jey mientras corríamos—. Tu novia es una persona horrible.

—¡No es mi novia! —espeté. En aquella ocasión lo decía en serio.

Me había dejado engañar por su belleza de tal manera que no me había dado cuenta de sus verdaderas intenciones.

Pero ¿qué esperaba encontrar en la sede de la Regencia? Había estado muy convencida de que su hermano seguía vivo, ¿acaso había depositado sus esperanzas en encontrarlo allí abajo? No podía ser tan tonta.

El sonido de las capas agitándose tras nosotros sonaba como el ritmo de un tambor que se volvía cada vez más fuerte conforme acortaban distancias.

—Tal vez deberíamos pararnos y darles una explicación —dijo Leta, que respiraba con dificultad—. Después de todo, no soy la princesa.

—¡Sigues siendo una prisionera fugada! —contesté entre jadeos—. Y es cierto que tengo la máscara de la princesa en mi bolsa.

Leta bufó.

—Tienes razón.

Regresamos a la sala de descanso de los guardias, pero pasamos corriendo por delante de la puerta.

—¡Deteneos! —gritó un agente a nuestra espalda—. ¡No podéis escapar!

—¿Qué hacemos ahora? —gimoteó Leta.

—¿Rompemos las luces? —sugirió Jey, apuntando sobre nosotros. Me di cuenta de que era el que menos problemas tenía para respirar y, aunque teníamos preocupaciones más urgentes, eso me irritó—. ¿Usamos el edem para escapar?

—¡Eso es ilegal! —dijo Kema, que seguía el ritmo de Jey paso a paso.

—Estoy seguro de que sobrepasamos el límite de la legalidad hace unas horas cuando nos fugamos de la prisión —comentó el otro chico.

—O cuando nos arrestaron —respondió Leta.

Doblamos otra esquina y estuvimos a punto de chocarnos de frente con Yarlyn.

—¿Qué está pasando? —preguntó.

—La princesa —dijo Jey, resoplando y bajándose la gorra para que no lo reconociera—. Está en el vestíbulo.

—Entonces, ¿por qué corréis en dirección contraria? —preguntó.

Él se encogió de hombros y seguimos corriendo.

—¡Detenlos! —le gritó a Yarlyn uno de los agentes—. ¡La princesa está entre ellos!

Doblamos la esquina hacia otro pasillo. Cuando hubiésemos doblado a la derecha varias veces más, volveríamos a salir al vestíbulo, ya que todos los pasillos conducían allí. Los agentes tenían razón: no había manera de escapar.

—¿Alguna idea? —Empezaba a notar las piernas cansadas.

—Podemos tomar las escaleras traseras —sugirió Kema.

—¿Para ir a dónde? —preguntó Jey—. ¿Al sector de la prisión? No, gracias.

—Odio admitirlo —dije—, pero estoy de acuerdo con Jey.

Conocía los planos de Vardean tan bien como los pasillos de la Mansión Broduck. Ir hacia arriba no era una forma de escapar.

—Tengo un plan —dijo Kema—, pero no va a gustaros.

—Es un plan —repliqué—, solo por eso ya me gusta.

—Entonces, seguidme.

CAPÍTULO 47

LETA

Leta quería que todo fuese más despacio. Quería aferrarse a su hermano, a Jey y a Kema antes de que todo aquello acabase de un modo terrible. Tenía un mal presentimiento, como si el mundo estuviera moviéndose bajo sus pies y le costase permanecer de pie.

Deseaba tener sus pinturas para poder ralentizar el tiempo de la única manera legal que conocía. Sin embargo, no podían salir de aquel lío a base de dibujos.

Kema era rápida, sin duda gracias a su entrenamiento como guardia, y a Leta le costaba seguirle el ritmo. Oían el constante ruido sordo de los agentes de la Regencia que iban tras ellos, pero hasta el momento habían conseguido evitarlos.

«Porque saben que no hay manera de escapar —pensó amargamente—, así que no tienen prisa. Estamos atrapados como ratas y lo están disfrutando».

—Pensaba que estábamos de acuerdo en que no tenía sentido volver hacia arriba —dijo Jey mientras subían los escalones de dos en dos. O, al menos, él lo hacía, ya que tenía las piernas largas. Leta se tambaleaba detrás de él con la mano entre las suyas.

—Confía en mí —dijo Kema.

En cuanto llegaron a la planta más baja del sector de la prisión, Kema bajó el ritmo y empezó a caminar. Había guardias por todas partes.

—Intentad no parecer sospechosos —añadió la hija de Graymond mientras saludaba con la cabeza a varios guardias.

Leta no estaba segura de cómo podían no parecer sospechosos. Tenía el rostro y la espalda empapados de sudor y tan apenas podía respirar. Si el uniforme ya le había ido justo antes, en aquel momento lo tenía literalmente pegado a la piel.

—Respira hondo, Nettie —le dijo Jey.

Ella le sonrió. El mote le recordaba a su madre y cómo solía colocar una manta gruesa sobre la permalámpara para dejar que la frialdad de las sombras le cubriera el rostro. Cuando él usaba aquel nombre, sentía a su madre caminando junto a ella como si fuese su propia sombra.

Cayder había dicho que su madre no había muerto en un desprendimiento, sino en un accidente en la base que la Regencia tenía en Ferrington. Leta sabía que esa no podía ser toda la historia. No podía confiar en Hubare más de lo que lo había hecho en el general de la Regencia. Todos ellos guardaban secretos y contaban mentiras. En las entrañas, sabía que la muerte de su madre no había sido un accidente y, hasta el momento, su instinto no se había equivocado tanto.

Kema los condujo hasta el comedor y bloqueó la puerta con una silla. El suelo estaba cubierto de artículos sobre el velo y sus dibujos de los hullen.

—¿Esto es cosa tuya? —le preguntó a su hermano.

—Con algo de ayuda de Narena.

Cayder sonrió, aunque, detrás de los ojos, no estaba de buen humor. La traición de la princesa había destruido una parte de él. A pesar de que hacía poco que se habían conocido, la chica había significado algo para él. Y, como ella misma, Cayder no dejaba que la gente entrase en su vida a menudo.

—No es que tenga mucho apetito —comentó Jey metiendo el dedo en un tazón abandonado de sopa naranja—. ¿Qué hacemos aquí?

Kema se apoyó contra el muro de ladrillos.

—¿Os acordáis de que os dije que no os iba a gustar el plan? —preguntó. Todos asintieron—. La única forma de salir de aquí es a través del conducto de los desechos.

—¿El conducto de los desechos? —preguntó Leta—. ¿Te refieres a...?

—Las aguas de la cocina, restos de comida... Ese tipo de cosas —asintió Kema.

Jey arqueó una ceja mientras su rostro apuesto jugueteaba con la idea.

—Me apunto.

Sin embargo, Cayder estaba sacudiendo la cabeza.

—Estamos a sesenta metros por encima del nivel del mar. El impacto nos mataría.

—Lo sé —dijo Kema—. No estoy sugiriendo que saltemos al mar desde la salida del conducto, estoy sugiriendo que usemos el conducto para salir del edificio y que después descendamos hasta la sede de la Regencia.

—¿Quieres meterte en la boca del lobo? —se mofó Jey—. Me gustaría retirar lo de que me apunto, muchas gracias.

—La sede está cincuenta pisos por debajo y hay un puente que conduce hasta el velo —dijo Kema—. Si saltamos al agua desde allí, no nos mataremos.

—Preferiría arriesgarme a enfrentarme a los agentes —replicó Jey—. No quiero acercarme tantísimo al velo. No tenemos ni idea de lo que podría ocurrir.

—Eso es cierto —asintió Cayder—, pero sí sabemos lo que ocurrirá si nos capturan, y ya hemos pasado por eso antes. Kema, es un buen plan.

Leta tenía que admitir que la idea de ver el velo de cerca la intrigaba. Después de todo, era la hija de su madre.

—No tenemos otra opción, ¿verdad? —preguntó ella.

—Exacto —respondió Cayder—, y me conozco los planos de este sitio como la palma de mi mano.

—Entonces, lo haremos —dijo Leta—. Tenemos que hacerlo.

Jey se puso en pie y le dio un beso en la sien.

—Lo haremos bien. Donde vas tú, voy yo. Paso a paso.

Ella asintió, consciente de que era imposible que sus pasos tuviesen el mismo alcance que tendría los de él.

—Entonces, por aquí —señaló Kema mientras pasaba por encima del mostrador de servicio en dirección a la cocina.

—¡Esperad! —exclamó Leta mientras recogía uno de los artículos del suelo—. ¿Alguien tiene un lapicero?

—Nettie —dijo Jey con suavidad—, ahora no es el momento de que me hagas un retrato.

Ella lo apartó con una carcajada.

—Quiero escribirle a padre. —Hizo un gesto con la cabeza en dirección a Cayder—. Para despedirme.

—No pienses en eso —replicó Cayder con el ceño fruncido—; tenemos que...

—Aunque lo consigamos —le interrumpió ella—, no podemos volver a casa. No sin el indulto de la princesa.

Hacía años que no tenía una relación cercana con su padre, pero seguía siendo su padre.

—Toma. —Kema le tendió un lapicero—. Yo tengo uno.

Lo tomó y empezó a escribir los pensamientos que le daban vueltas en la cabeza: todas las cosas que deseaba haberle dicho a su padre a lo largo de los años que habían pasado desde la muerte de su madre, así como que sabía que el hecho de que se hubieran distanciado no era culpa suya, ya que todos habían reaccionado al dolor a su manera.

Cuando hubo terminado, se enjugó las lágrimas con el dorso de la mano.

—¿Cayder?

Leta le tendió la hoja, que se quedó allí, suspendida en el aire.

—No sabría qué decir —admitió él.

—Dile cómo te sientes —contestó ella.

—Pero date prisa.

Jey señaló con la cabeza en dirección a la puerta del comedor. Cayder escribió algo breve y dejó la hoja sobre el mostrador.

—Me toca —dijo Kema mientras tomaba el lapicero.

—No —la interrumpió Cayder—. Deberías quedarte aquí.

Ella se llevó una mano a la cadera.

—¿Lo dices en serio?

Cayder asintió.

—Nadie sabe que nos has ayudado. Esos agentes de la Regencia no saben quién eres, así que aún podrías salir de esta sin problemas.

—Creía que ya habíamos hablado de esto.

—Las cosas eran diferentes. Entonces, pensaba que todos podríamos recibir un indulto una vez que la princesa acabase con la Regencia —dijo él con una mueca.

—Cayder tiene razón —asintió Leta—. Tú no has hecho nada malo.

Kema se levantó la manga y se frotó la piel, revelando una marca eco en el antebrazo.

—¿Ah, no?

Había demasiadas cosas que Leta no sabía sobre su vieja amiga. Tenía la esperanza de tener tiempo para preguntarle todo lo que le rondaba la cabeza.

—Piensa en Graymond —insistió Cayder—. Odiaría perderte. ¿Y qué hay de tu novia?

Ella se rio.

—No van a perderme. Solo estoy haciendo lo correcto para todos.

—Está bien, pero no me culpes si después te arrepientes de tus acciones.

Ella le dio un golpecito en la nariz.

—Todavía no me he arrepentido, Chico Maravilla.

Todos se unieron a Kema al otro lado del mostrador de servicio.

—¿Dónde está el conducto de desechos? —preguntó Leta.

La chica les señaló un armario. Detrás de la puerta había un túnel pequeño con el tamaño justo para que una persona se metiera dentro a presión. Parecía que descendía de forma directa hacia abajo, hacia la oscuridad. El olor rancio hizo que Leta quisiera vomitar. No había pasado demasiado tiempo desde que la habían envenenado y todavía le dolía el estómago.

—No estoy seguro de que yo vaya a caber ahí dentro —dijo Jey con un gesto de preocupación—; puede que sea demasiado ancho de hombros.

—Solo hay una forma de descubrirlo —contestó Kema de forma demasiado alegre.

Él se agachó para inspeccionar el túnel. Cuando volvió a abrir las manos, las tenía cubiertas de un pringue marrón.

—Maravilloso —mascculló mientras se las limpiaba en los pantalones grises del uniforme de guardia.

—Puedes quedarte aquí si quieres —le dijo Cayder mientras gruñía—. Voy yo primero.

—Todo tuyo —dijo Jey mientras hacía un gesto en dirección a la apertura.

Su hermano se puso en cuclillas y escudriñó la oscuridad.

—Deseadme suerte.

CAPÍTULO 48

CAYDER

Paso siete: escapar por el conducto de los desechos.

Mi plan se estaba desbaratando y no podía hacer nada para detenerlo.

—¿Y bien? —preguntó Jey—. ¿A qué estás esperando?

Mi cuerpo no era mucho más estrecho que el ancho del conducto, así que me quité la chaqueta y los zapatos. Miré el agujero, que parecía formar un túnel que descendía directo hacia abajo. El edem bullía en medio de las sombras. ¿Era aquella una manera segura de escapar? No lo creía. Leta tan solo había intentado impedir que el doctor Bueter llamase a la Regencia y él había acabado muerto. Era un riesgo demasiado alto.

Mi hermana, Jey y Kema se cernían de forma ansiosa sobre mí.

—Voy a lanzarme ya —dije, principalmente para obligarme a hacerlo.

Me acerqué al borde del conducto arrastrándome y con las piernas colgando hacia lo desconocido.

—¿Necesitas un empujoncito? —preguntó Jey de forma servicial.

—No —contesté—. Lo tengo controlado.

Cerré los ojos y tomé impulso. No tenía intención de gritar.

La caída era inclinada, casi vertical. Bramé mientras caía. Un lodo de olor repugnante me salpicó un lado de la cara. No quería pensar en qué podría ser, tan solo quería que se acabase.

Intenté reducir la velocidad presionando los pies contra los laterales del conducto metálico, pero eso solo hizo que la cara se me cubriese de más mugre. Conforme el líquido se deslizaba a mi alrededor, sentía que me estaba ahogando en un remolino de barro.

Leta debía de haber saltado la siguiente, porque sus gritos resonaban por encima de mí.

El corazón me martilleaba contra los oídos y el aliento se me atascaba en la garganta. Justo cuando empezaba a dudar de que fuese a acabar en algún momento, el conducto empezó a nivelarse. Además, podía ver la luz de la luna al frente.

Me acercaba a la salida a demasiada velocidad. Extendí las manos hacia fuera con desesperación, intentando agarrarme a algo.

«No, no, no. ¡Voy a salir disparado por el borde y estamos a demasiada altura!».

Si no moría del impacto de golpear el agua, me rompería todos los huesos.

—¡Venga! —me exigí a mí mismo—. ¡Frena un poco!

Los pies, que llevaba cubiertos por los calcetines, me resbalaban con el líquido que recubría el metal. No conseguía nada de tracción.

Me pregunté si sería mejor caer al mar acurrucado en una bola o si debería intentar caer como si me lanzase de cabeza. Tenía que haber un motivo por el que la gente se lanzaba al agua con las manos por delante. Me rompería los dedos, las muñecas y los brazos, pero tal vez sobreviviría.

«Tal vez».

Estaba tan cerca de la libertad para Leta y para todos...

«Tal vez» no era suficiente, tenía que solucionarlo.

Me giré, colocándome de lado, y apoyé los pies y las manos contra la pared. Choqué contra el metal con los hombros y los pies se me clavaron en la pared. Como un trozo de pan atascado en la garganta, me detuve.

Me acerqué hasta la abertura y, cuando mis pies colgaron al aire libre, me paré.

—¡Cayder! —gritó Leta—. ¡Apártate!

«¡Sombras ardientes!». Se precipitaba hacia mí y, sin duda, me empujaría hasta arrojarme por el borde.

—¡Ponte de lado! —grité hacia el túnel.

En la oscuridad, no podía ver nada. Pude sentir más que ver el momento en el que mi hermana se detuvo unos centímetros antes de chocar conmigo y una ola de lodo pasó por encima de mi cabeza.

—¡Lo siento! —dijo ella.

Tosí, escupiendo la mugre que tenía en los pulmones.

—No pasa nada.

Les gritamos a los demás cómo frenar. Aun así, quería salir del conducto en caso de que no consiguieran detenerse.

Gracias a los planos de la prisión, sabía que la abertura del conducto estaba plana contra el muro exterior de piedra, así que me coloqué boca abajo y retrocedí hacia el borde. Pude sentir el frío del aire de la noche de verano sobre los pantalones empapados mientras tanteaba en busca de un lugar donde apoyar el pie. En cuanto encontré el extremo de una piedra, me bajé del conducto, agarrándome al borde inferior para no caerme.

Respiré hondo y extendí una mano para agarrarme a otra piedra y, después, me aparté de la boca del conducto.

El velo crepitaba a mi espalda. Nunca había estado tan cerca y el vello de la nuca se me erizó. Cuanto más contemplaba la oscuridad, más difícil me resultaba ver algo fuera de ella. Me llamaba, incitándome a renunciar a la luz y a entrar en ella para siempre.

Junto a la principal grieta del velo había otras menores en las que nunca me había fijado y que hacían el mismo ruido que un relámpago. Allí donde se encontraba con el océano, el velo se hundía y el agua formaba círculos en torno a aquel abismo oscuro.

—¿Cayder? —preguntó Leta, cuyo pie pálido colgaba del conducto—. ¿Me ayudas?

Pestañeé, apartando la mirada del velo, y guie a mi hermana hacia el borde de piedra que había a mi lado. Tenía el cabello pegado contra la piel pálida y riachuelos de suciedad le caían por las mejillas redondeas. Estaba temblando.

—Estás bien —dije.

Su temblor se intensificó y me di cuenta de que se estaba riendo.

—Si eso no hubiera sido absolutamente aterrador, habría sido divertido —dijo.

Kema fue la siguiente en aparecer por el túnel. Sonrió.

—¡Menuda experiencia!

—Una que preferiría no repetir —apunté.

Kema salió del conducto y bajó al muro con facilidad, casi como si desafiara la gravedad. Estaba seguro de que yo no había parecido tan grácil.

Jey fue el último en llegar y me sorprendió que no tuviese ningún comentario insolente. Había palidecido y su sonrisa arrogante había desaparecido.

—¿Y ahora qué? —preguntó Leta, mordiéndose el labio.

Kema señaló un puente estrecho y metálico que estaba suspendido sobre el océano y que conectaba el lateral de Vardean con el velo.

—Ahí es donde la Regencia hace las pruebas.

¿Acaso también probaban las armas en la sede? ¿O solo en la base de Ferrington, donde nadie podía saber lo que estaban tramando? ¿La princesa se había dirigido a la sede para tomar las armas como prueba o a modo de venganza? ¿A quién esperaba culpar cuando el general de la Regencia ya estaba muerto? Se había convertido en polvo una semana antes de la desaparición de su hermano. Ese hermano que ella esperaba que siguiera vivo.

Las olas chocaban contra los pilares de Vardean.

—¿Jey? —preguntó Leta—. ¿Quieres abrir el camino?

Él asintió, todavía enervado por la experiencia del conducto de desechos. Alcanzó una piedra que había bajo él y cambió el peso de una piedra a la siguiente con facilidad.

—Tu primero —le dije a mi hermana—. Voy detrás de ti.

Ella apretó la mandíbula y siguió a Jey.

—¿Estás bien? —me preguntó Kema.

—He tragado un poco de lodo —dije—, pero sigo vivo.

Ella asintió. Tenía el cabello blanco teñido de un color amarillento por la suciedad, pero por lo demás era la que menos alterada parecía. Ojalá tuviera su templanza.

Seguí a mi hermana, colocando los pies donde los colocaba ella. Kema me siguió de cerca.

Nos movimos poco a poco, piedra a piedra, abriéndonos camino hacia el puente que había bajo nosotros. A nuestras espaldas, el velo seguía crepitando y zumbando. Era como si una sombra se cerniera sobre nuestros hombros, susurrándonos al oído. Sin embargo, había tantas voces susurrando, que era imposible distinguir las palabras.

—¿Sentís eso? —pregunté.

Leta asintió.

—Sentí algo similar en Ferrington antes de desmayarme. Esperemos que no haya hullen por aquí.

A diferencia de mi hermana, yo no estaba seguro de que las criaturas fuesen peligrosas, pero, aun así, la Regencia quería ocultar su existencia. ¿Por qué?

La humedad de la noche me empapaba la camisa y hacía que tuviese las manos resbaladizas por el sudor, lo que dificultaba mi agarre a las piedras.

—¿Cómo estáis todos? —pregunté cuando estábamos a medio camino del puente.

—De maravilla —contestó mi hermana.

—Podemos tomarnos un respiro —sugerí.

—Gran idea —dijo Jey—. Y, ya que estamos, ¿por qué no hacemos un picnic aquí arriba?

Lo fulminé con la mirada. ¿Por qué tenía que hacer todo tan difícil?

—En cuanto estemos en el puente, tenemos que saltar al mar —apuntó Kema—. No podemos arriesgarnos a que nos vea la Regencia. Trabajan a todas horas, día y noche.

Leta gruñó.

—Ya me duele todo el cuerpo.

—Solo tenemos que nadar hasta el andén de la estación —dije—. Después, volvemos a trepar y nos subimos a la siguiente góndola.

—Si es que las góndolas siguen funcionando —dijo mi hermana—. Seguro que interrumpieron el servicio en cuanto cerraron Vardean.

«Tiene razón».

—Entonces, descansamos un poco y volvemos nadando hasta tierra firme.

—¿Tienes idea de cuántos kilómetros son eso, colega? —preguntó Jey.

Me desplomé contra el muro de piedra.

—No lo sé, ¿de acuerdo? Lo de nadar no entraba en mis planes. Tan solo estoy adaptándolos sobre la marcha.

—Tenemos que nadar hasta el barco más cercano de la bahía —sugirió Kema—. Llevamos uniformes de guardias, así que podemos decir que nuestro barco se ha hundido o algo así.

«O algo así». Estaba improvisando, igual que todos. Independientemente de cómo quisiera retratarnos la Regencia, no éramos genios criminales.

—Paso a paso —dije—. Primero llegamos al puente, después saltamos al mar y, a partir de ahí, buscamos un barco.

En la oscuridad, sería fácil distinguir un navío, ya que estaban obligados a tener un foco instalado en el mástil para mantener a raya el edem.

De vez en cuando, veía la sustancia removiéndose entre las sombras junto al muro de piedra, pero la ignoré. En lo que a mí respectaba, el edem era tan peligroso como la Regencia y mucho más impredecible.

Quería alejarme del velo lo más rápido posible. Había algo en su presencia que resultaba magnético y temía no tener la suficiente fuerza de voluntad para resistir su llamada. Pero ¿qué intentaba decirme? ¿Acaso solo estaba intentando atraerme para que nunca volviera a ver la luz del día?

Pensé en los hullen y en cómo, supuestamente, procedían del velo y cómo, al parecer, habían protegido a Leta del incendio de Ferrington. Si no eran peligrosos, ¿por qué habían construido armas para destruirlos?

Aquel momento, colgado a decenas de metros sobre el mar arremolinado, no era el adecuado para semejantes preguntas.

El velo crepitó y unos rayos atravesaron el cielo. Solo que, en aquella ocasión, los rayos fueron de un blanco resplandeciente.

—Mierda —dije.

La lluvia cayó del cielo como una cortina. Pestañeé para desprenderme de las gotas, desesperado por pasarme la mano por la cara, pero no me atrevía a arriesgarme a soltarme de la roca.

—Tened cuidado —grité por encima del estruendo de la lluvia—. Ahora, las piedras serán resbaladizas.

Un paso en falso y estaríamos acabados.

—Perfecto —comentó Leta—. Al menos, nos quitará la peste del pelo y la ropa.

—¡Siempre hay un rayo de esperanza! —dijo Kema alegremente. Echó la cabeza haca atrás y abrió la boca para beber agua.

—Ya casi hemos llegado —nos gritó Jey, que se había separado del grupo, ya que a los demás nos costaba seguirle el ritmo.

—Al fin —masculló mi hermana.

Le dediqué una sonrisa, pero ella soltó una palabrota a modo de respuesta. Me costó un momento darme cuenta de por qué.

El pie le había resbalado sobre la superficie de la roca y no había conseguido alcanzar el borde del siguiente punto de apoyo. Se meció para intentar no caer hacia delante, pero el movimiento fue muy exagerado y se inclinó demasiado hacia atrás. Se balanceó y yo extendí el brazo hacia ella mientras gritaba su nombre.

Sin embargo, fue demasiado tarde.

Perdió el agarre de los dedos y cayó de espaldas hacia las olas que había más abajo.

CAPÍTULO 49

CAYDER

Leta cayó hacia el océano. Tenía la boca abierta en medio de un grito, pero aun así, de ella no brotó ningún sonido.

—¡Leta! —exclamé.

Le había fallado.

Lo único que había querido era protegerla, sacarla de Vardean y permitirle vivir una vida normal, una vida de libertad. Pero ahora todo se había acabado. En cuanto chocase contra el mar, se habría marchado para siempre.

No tenía tiempo para buscar la ayuda del edem. No tenía tiempo para cambiar el presente, el pasado o el futuro. Tan solo tenía tiempo para contemplar cómo mi hermana se precipitaba hacia las olas y las rocas que aguardaban más abajo.

Tan solo podía escuchar la voz de mi hermana cuando tenía cuatro años, diciéndome que estaríamos juntos para siempre, enfrentándonos juntos al mundo.

No deseaba ver el momento en el que desapareciera de este mundo, así que, cerré los ojos. Entonces, escuché otro rayo. De forma instintiva, abrí los ojos de golpe. En aquella ocasión, no se trataba de la tormenta.

Ahogué un grito ante la visión que tenía frente a mí y estuve a punto de soltarme del muro de piedra.

Un hullen.

Aunque no se trataba de la misma criatura que había visto en Ferrington, ya que era algo más que la mera silueta de algún tipo de bestia. Aquella criatura era inconfundible y terrorífica. Sus cuernos se alzaban hasta casi un metro a cada lado de su cabeza y tenía las alas amplias y llenas de plumas.

—Sombras ardientes... —dijo Kema.

Otro rayo brillante rasgo el cielo. La luz iluminó el contorno de la criatura y a mi hermana, que colgaba de sus garras.

—¡Leta! —exclamé, aliviado.

Tenía los ojos y la boca muy abiertos, pero estaba viva gracias al hullen.

La criatura extendió la garra y nos tendió a mi hermana. Jey le agarró el brazo y tiró de ella hacia el muro de piedra, arrastrándola a su lado. El hullen batió las alas, planeando frente a nosotros un instante.

—Gracias —susurré.

La criatura se dio la vuelta para emprender el vuelo y regresó a través de la grieta a lo que fuera que hubiese al otro lado. El velo era una puerta a otro mundo en el que los hullen vivían y respiraban.

—¿Estás bien? —le pregunté a mi hermana.

—Estoy bien —contestó. Su voz sonaba ligera y sin aliento. Se tocó el hombro allí donde la criatura la había agarrado—. Me ha salvado.

—Los hullen te han protegido —le dije, señalando lo evidente—. Dos veces.

Las criaturas habían salvado a Leta cuando se había encontrado en apuros tanto en Ferrington como aquí. Ella no había usado el edem para atraer a las criaturas; ellas habían sentido su miedo mientras caía, así como su dolor.

En el fondo de mi mente, algo suplicaba que le prestase atención.

No podía ignorar la verdad que se abría ante mí: no solo los hullen no eran peligrosos, sino que protegían a la gente. Pero entonces, ¿por qué solo estaban en Ferrington? ¿Por qué no ayudaban a la gente por todo Telene? Debía de haber algo que los atraía a aquella zona; algo que causaba mucho dolor; algo que los atraía con más fuerza que cualquier otra cosa.

«Las armas de la Regencia». ¡Tenía que ser eso!

Leta había dicho que se sabía que, en Ferrington, los hullen se colaban en las casas en busca de algo. ¿Y si estaban buscando la base de la Regencia? ¿Y si estaban buscando las armas para destruirlas y acabar con el dolor que causaban y podrían causar?

Los hullen procedían del mismo mundo que el edem, así que no era tan difícil imaginar que podían ver el pasado, el presente y el futuro. Eso significaba que el futuro que podían percibir era lo bastante preocupante como para atravesar el velo e intentar detenerlo.

Teníamos que adivinar qué estaba tramando la Regencia.

Para cuando llegamos al puente, tenía las puntas de los dedos y las palmas de las manos rojas y descarnadas. Tampoco tenía los pies mucho mejor y llevaba los calcetines hechos jirones. Aun así, lo habíamos conseguido. Estábamos vivos. La tormenta había acabado y tan solo quedaba una leve bruma.

Jey fue el primero en tocar tierra y extendió la mano para ayudar a Leta a bajar. Kema y yo saltamos detrás de ellos.

El puente que unía el velo con Vardean estaba cerrado por dos grandes puertas dobles de madera.

Si bien mi plan original había sido saltar directamente al mar, en aquel momento, mis pies me arrastraron en otra dirección.

—¿Dónde vas? —me preguntó Kema mientras yo abría las puertas.

—A desenmascarar a la Regencia —dije—. A descubrir la verdad.

La sede de la Regencia era una sala muy iluminada donde había maquinaria que zumbaba y gemía. En el centro había un globo celeste de bronce gigante. El globo giraba y sobre su superficie se deslizaban dos anillos. A veces, cuando los dos anillos se cruzaban, el globo se detenía. Se trataba del edemetro.

Junto al dispositivo se encontraba la princesa, que llevaba una pistola de aspecto extraño que contenía un tubo de cristal en el que giraban unas sombras oscuras.

«Edem».

Con el cañón apuntaba a un hombre alto con el pelo rubio y una capa plateada de la Regencia.

Cuando abrí las puertas, tanto el hombre como la princesa se giraron hacia nosotros.

—¿Padre? —preguntó Jey.

El general de la Regencia estaba vivito y coleando.

CAPÍTULO 50

PRINCESA ELENORA

Elenora no había pretendido traicionar a Cayder. Había sido amable con ella y, a menudo, había pensado en unir sus labios con los de él, en inhalar sus suspiros y que él hiciera lo mismo con los suyos. Se había imaginado caminando con él de la mano por la isla del castillo, así como durmiéndose con el sonido de su respiración y despertándose para ver su preciosa sonrisa.

Sin embargo, aquel futuro era una ilusión y ella tenía asuntos más acuciantes.

Se había dado cuenta de que el general de la Regencia estaba vivo en el momento en el que Cayder le había contado que Jey había matado a su padre dos meses atrás. Aquello era imposible, por supuesto, dado que había sido él el que la había arrestado en la playa una semana después. ¿Cómo era posible que un hombre muerto siguiera dirigiendo la Regencia?

Por mucho que odiase al doctor Bueter, se sintió emocionada al descubrir que seguía vivo, dado que eso significaba que su hermano también lo estaba.

Mientras Kayder y Kema se habían centrado en conseguir la llave de Yarlyn durante la distracción de Jey, ella se había centrado en robar la llave de la sede a uno de los agentes de la Regencia.

Había planeado separarse de los demás, pero cuando había visto a todos los agentes que había en el vestíbulo, se había dado cuenta de que no podría acceder a la sede sin llamar la atención. Había necesitado una distracción. Se había prometido a sí misma, así como al recuerdo de su hermano, que conseguiría encontrar una forma de salir. Costase lo que costase.

Por desgracia, el coste había sido traicionar a Cayder y a sus amigos.

En el momento en el que había introducido la llave de la sede de la Regencia en el ascensor y había bajado la palanca, había mirado a los ojos a Cayder. Había querido decirle muchas cosas. Sobre todo, había querido disculparse. Sin embargo, a Cayder y a los demás solo les preocupaba la libertad. Ella quería mucho más que eso: quería que el general de la Regencia asumiera las consecuencias. Y, sobre todo, quería que su hermano regresase, pero sabía que Cayder no creía que pudiera seguir con vida. Tenía que hacer aquello ella sola. Por primera vez, no iban a decirle dónde ir, qué hacer o qué ponerse. Por primera vez en toda su vida, tenía su propio destino en las manos. Aquello era emocionante.

Mientras el ascensor descendía hacia la roca que había por debajo, Elenora valoró su situación. Iba vestida con un uniforme de guardia, pero a los guardias no se les permitía bajar a la sede, por lo que la capturarían en cuanto la vieran. Miró en torno al ascensor, buscando algo que pudiera utilizar como arma, pero por supuesto no había nada.

Conforme el ascensor descendía más y más, la luz empezó a parpadear, invitando al edem al interior. Sonrió y colocó la mano en el interior de la sombra.

—Disfrázame —ordenó.

El edem se enroscó en sus muñecas, le atravesó el pecho y se desenrolló por su espalda, formando una de las capas plateadas de la Regencia.

—Gracias —le susurró a la oscuridad.

Cuando el ascensor se detuvo, Elenora salió a un pasillo que formaba un túnel bajo Vardean. Respiró hondo, calmando los nervios. Nunca antes había hecho algo así; de hecho, nunca antes había hecho algo inesperado. Siempre le habían planificado cada minuto de cada día. Sin embargo, estaba retomando el control.

Incluso con el uniforme de agente, Elenora caminó con cuidado. Siguió las bombillas parpadeantes que recorrían el techo rocoso. A la Regencia no parecía preocuparle la luz que había allí abajo y conforme se encendían y apagaban, el edem iba y venía.

Sabía que estaba cerca de la sede porque en el túnel había empezado a resonar el zumbido y los gemidos de la maquinaria.

«Se acabó. Voy a por ti, general».

Entró en una sala amplia con un globo de bronce dando vueltas en el centro. Gracias a las reuniones que había tenido con el general de la Regencia, sabía que aquel aparato era el edemetro. Una docena de agentes estaba examinando el globo allí donde dos anillos se habían unido.

—Se ha usado edem en Vardean, general —dijo uno de ellos.

Nadie se había girado para mirarla, pues la capa, que se agitaba tras ella, la marcaba como uno de los suyos.

—¿Cómo? —dijo el doctor Bueter, acercándose al edemetro.

Elenora pasó la vista por la habitación. Aquel era su momento: iba a descubrir lo que le había pasado de verdad a su hermano e iba a traerlo de vuelta.

—¡Se ha roto el prisma de cristal! —declaró.

Aquello atrajo la atención de todo el mundo. El doctor Bueter se giró hacia ella.

—¿Qué has dicho? —le preguntó, hablando con aquel tono de voz grave y lento tan suyo.

—Por eso he venido, general —contestó ella, esperando que no reconociese su voz—. ¡Los presos están usando el edem para escapar! ¡Necesitamos a todo el mundo ayudando arriba!

—Eso es imposible —replicó el hombre, sacudiendo la cabeza.

—Me temo que no —dijo uno de los agentes—. El edemetro no miente.

Elenora reprimió una sonrisa, pues estaba utilizando su propio equipamiento, en el que tanto confiaba, contra él.

—Entonces, id —dijo, haciéndoles un gesto a los agentes—. Haced lo necesario para controlar la situación.

Cada uno de ellos tomó un arma de la pared y se dirigió al pasillo. Mientras se marchaban, ella se apartó a un lado.

La ira bullía en su interior, oscura y amarga. Aquel hombre le había arrebatado a su hermano y, aun así, se paseaba por aquella sala como si fuera suya, como si él fuese el rey.

«Esto es lo que ha deseado todo este tiempo: poder».

Contempló cómo manejaba sus dispositivos, esperando que desvelara cómo había regresado de entre los muertos y cómo podía hacer ella lo mismo para recuperar a su hermano.

Tras un momento, se dio cuenta de que iba a tener que tomar las riendas, ya que se estaba quedando sin tiempo. Pronto, los agentes regresarían al descubrir que el prisma seguía intacto. Agarró una de las armas que había en la pared y contempló la oscuridad que se removía en una cámara de cristal que había sobre el gatillo. ¿Era el mismo tipo de arma que habían utilizado contra su hermano?

—¿No vas a unirte a sus agentes, doctor Bueter? —preguntó.

El hombre se sobresaltó. Había estado tan centrado en su trabajo que no se había dado cuenta de que ella se había quedado atrás y había estado observándolo todo el tiempo.

—¿Por qué sigues aquí? —preguntó.

Elenora levantó la pistola.

—Para vengar a mi hermano.

Accionó el gatillo. Del cañón de la pistola salió disparada una llama diminuta de color negro que tocó la mesa que había junto al general y que se desintegró en una nube de polvo.

—Sombras ardientes —jadeó ella—, ¿qué es esta cosa?

El doctor Bueter levantó las manos en señal de rendición.

—¿Quién eres? ¿Qué es lo que quieres?

Elenora avanzó y acorraló al hombre en un rincón.

—¿No me reconoces? —le preguntó.

Él pasó los ojos por todo su rostro y ella disfrutó de su confusión.

—No. ¿Acaso debería?

—Deberías hacerme una reverencia —contestó—. Si bien todavía no me han coronado reina en ausencia de mi hermano, de forma no oficial, soy tu reina.

El doctor Bueter se quedó boquiabierto.

—¿Princesa Elenora?

—¿Tanto te sorprende verme? —le preguntó—. Me encerraste aquí tras lo que pasó aquel día en la playa. ¿Pensabas que no iba a luchar?

—Bajad la pistola, princesa —dijo él. Por primera vez, Elenora sintió que la estaba tomando en serio.

—No —contestó—. No hasta que me digas qué le hiciste a mi hermano.

El hombre señaló con la cabeza la pistola que tenía en las manos.

—Creo que eso ya lo habéis adivinado.

—¿Y dónde está?

Elenora miró en torno a la habitación como si su hermano fuese a estar allí, escondido en alguna parte.

—Está muerto —contestó el doctor Bueter—. A todos los efectos.

—Tú también —replicó ella, acercándose más—. Y, aun así, aquí estás.

—Eso es diferente.

—¿Por qué? —le insistió. Estaba segura de que podrían traer de vuelta a su hermano del mismo modo—. ¡Dímelo!

Antes de que pudiera decir nada más, la puerta de acceso al puente que había fuera se abrió y Cayder entró en la sala.

CAPÍTULO 51

JEY

Jey se preguntó si se había resbalado mientras descendían y se había golpeado la cabeza con una piedra. Se tambaleó y se tuvo que apoyar en el costado del edificio.

No podía ser su padre. Su padre estaba muerto.

Había visto cómo se desintegraba el cuerpo y cómo el eco de muerte había aparecido en las manos de Leta. Además, en cuanto había confesado, lo habían arrestado por aquel crimen.

Si su padre estaba vivo, ¿por qué nadie le había dicho nada? ¿Por qué había seguido encerrado en Vardean?

Su padre era el motivo de que todos ellos se encontraran allí. Y, aun así, allí estaba, como si fuese un día cualquiera en la oficina. Si bien una oficina muy extraña, dado que una princesa furiosa le estaba apuntando a la cabeza con una pistola.

A su lado, Leta hizo un sonido extraño y ahogado. Bajó la vista para mirarla. La chica respiraba con jadeos, igual que la noche en la que había creído que había matado a aquel hombre.

—¿Qué estáis haciendo aquí? —preguntó la princesa.

—¿De verdad? —replicó Jey—. ¿Esa es tu primera pregunta?

—Jey —dijo su padre—, actúa con calma para que no me ataque.

—¿Que actúe con calma? Estabas muerto y ahora ya no.

El hombre alzó las manos.

—Puedo explicártelo.

—Eso espero.

—Me dan igual las explicaciones. —La princesa le apoyó el cañón del arma contra el pecho—. Lo que me importa es mi hermano. Devuélvemelo. Ahora.

—No puedo —contestó él—. No es así como funciona.

—¿Esto?

La princesa disparó la pistola contra unos paneles eléctricos que había en la pared y que se desintegraron bajo una llamarada negra.

—¡Deteneos! —exclamó el doctor Bueter—. ¡No destruyáis todo lo que he creado, por favor!

—¿Por qué no debería? —preguntó la princesa—. Tú has destruido todo lo que me importa.

—¡Fue un accidente! —dijo el doctor Bueter—. No conocía el aspecto de vuestro hermano, del mismo modo que no conocía vuestro rostro. Cuando se coló en la sede, pensé que se trataba de espionaje y ordené a mis agentes que disparasen. No me di cuenta de quién era hasta que fue demasiado tarde. Díselo, Jey. Dile que no soy un hombre cruel.

«¿Cruel? No». Pero tampoco era un hombre amable.

Se acercó a su padre con cautela a pesar de que era la princesa la que tenía la pistola.

—¿Sabías que estaba en prisión por tu asesinato? —le preguntó.

El hombre abrió los ojos de par en par.

—La Regencia no es la que controla Vardean, sino la monarquía.

—¿Esa monarquía? —Jey señaló a la princesa y su pistola—. ¿Te refieres a la princesa que lleva encerrada casi dos meses?

—Vámonos, Jey —dijo Leta desde la puerta. Ella no había entrado en la sede y estaba contemplando a su padre como si fuese un fantasma.

—Concuerdo —asintió Kema—. Salgamos de aquí mientras todavía podamos.

—No hasta que obtenga respuestas —dijo Jey.

Esperaba que Cayder se lo discutiera, pero el chico se limitó a asentir. Por fin estaban de acuerdo en algo.

—Responde a mi pregunta, padre. ¿Sabías que Leta y yo estábamos en la cárcel?

El hombre suspiró.

—Sí, Jey, lo sabía, pero no podía hacer nada al respecto.

Eso debería haberle sorprendido, pero no fue así. A aquellas alturas, le habría sorprendido más que su padre hubiera hecho algo pensando en el bien de su hijo en lugar de en el de la Regencia.

—No querías que nadie supiera que no estabas muerto de verdad, ¿no es así? —dijo la princesa—. ¿Por qué?

Le gustaba aquella parte de la princesa y eso casi le hizo olvidar que los había traicionado. Casi.

—Porque no querías que nadie supiera lo de la base de Ferrington, ¿verdad? —apuntó Cayder—. No querías que nadie supiera lo de las armas y el dolor y la destrucción que estás planeando causar.

—No sabes nada —contestó el hombre.

La princesa alzó la pistola a la altura de sus ojos.

—Entonces, explícanoslo. ¿Cómo has regresado?

El padre de Jey hizo un gesto con la cabeza en dirección a la pistola que Elenora llevaba en las manos.

—Disparad el gatillo.

Su padre había perdido la cabeza. ¿Quería que la princesa le disparara?

—Volved a apuntar al panel —añadió, señalando el lugar donde el panel se había desintegrado.

Elenora entrecerró los ojos grises antes de apretar el gatillo. La llamarada de color obsidiana dibujó un arco hacia el panel y, en lugar de destruir todavía más el aparato, el panel, salido del polvo, volvió a recomponerse.

—El edem es la manipulación del tiempo —dijo su padre—. Dominar el poder del edem nos permite deshacer algo y, después, traerlo de vuelta.

—¿Dominar el edem? —preguntó Cayder—. Más bien, convertirlo en un arma.

—Depende de cómo se use. Gracias a ella, yo no era más que huesos. —Miró a Leta con sus ojos azules y ella se encogió—. Mi equipo fue capaz de llegar a mí a tiempo y deshacer el daño gracias a lo que vosotros llamáis «arma».

—¡Le disparaste a mi hermano! —exclamó la princesa—. Así que sí es un arma. ¡Tráelo de vuelta ahora mismo!

El doctor Bueter negó con la cabeza.

—No funciona así. Necesitas algo para deshacer el cambio, algún resto. Vuestro hermano ha pasado al otro lado.

—¿Qué otro lado? —preguntó Jey.

Un gesto de frustración que le resultaba muy familiar cruzó el rostro de su padre.

—Como he dicho, el edem es la manipulación del tiempo. Cuando lo usas, tomas algo del pasado o del futuro y, cuando se cumple tu deseo, el objeto regresa a su línea temporal original. El mundo que está al otro lado es el lugar al que van las cosas cuando quedan desplazadas por el tiempo —dijo, haciendo un gesto con la cabeza en dirección al velo, que no dejaba de crepitar—. Es como una sala de espera, por así decirlo. —Señaló el uniforme de agente de la Regencia que llevaba puesto Elenora—. Supongo que fuisteis vos quien usó el edem hace un rato. —La princesa asintió sin mover el cañón de la pistola ni un ápice—. ¿Dónde creéis que están ahora las ropas que vestíais antes? —añadió, levantando una ceja clara.

Junto a Jey, Leta tomó aire, temblorosa.

—¿Estás diciendo que si alguien muere a causa del edem es transportado al otro lado del velo? —preguntó intercambiando una mirada con Cayder.

—Sí —contestó el hombre sin rodeos.

—¿Y qué hay de mi hermano? —preguntó la princesa—. ¿Dónde está?

—No lo sé. En algún lugar, al otro lado del velo.

—Y a ti no te importa.

Tenía razón. A su padre no le importaba nada más allá de la Regencia. Ni siquiera le importaba lo suficiente como para revelarle a su propio hijo que estaba vivo o para liberar a Leta de la culpabilidad que sentía por su muerte.

Todo lo ocurrido era culpa de aquel hombre.

—¿Por qué? —preguntó Jey—. ¿Qué es tan importante como para que tengas que mantener en secreto que sigues vivo?

Sabía que ninguna respuesta que le diera sería lo bastante buena, pero aun así, quería saberlo. Quería escuchar la última excusa que le daría su padre antes de que pasase página, de que siguiese adelante de verdad, sin fingir.

—Telene lleva años al borde de la destrucción —contestó el general—. Y no a causa del velo, sino por culpa del rey.

Creyó que la princesa iba a dispararle en ese mismo momento, pero no lo hizo.

—Nuestra guerra no es con el mundo que hay más allá del velo —continuó—. No es una guerra con el edem o con los hullen. La guerra está aquí, en nuestro propio mundo, más allá de las costas de Telene. Necesitaba tener ventaja.

CAPÍTULO 52

CAYDER

A diferencia de Jey, a mí no me sorprendió encontrar vivo al general de la Regencia.

Me había costado un poco darme cuenta de por qué la princesa había reaccionado como lo había hecho cuando le había hablado de la muerte del hombre. Yo había creído que cuestionaba nuestra fe en Jey, pero lo que había estado cuestionando era la muerte del general. Y, cuando habíamos descubierto lo de las armas de Ferrington, se había mostrado esperanzada, no preocupada. Esperanzada de que su hermano siguiese vivo, tal como lo estaba el general.

—¿Quieres declararle la guerra a las otras naciones? —pregunté.

¿De eso se trataba todo aquello? ¿De la dominación mundial, tal como Jey había dicho en broma?

—Quiero obligar a las otras naciones a abrir sus fronteras —contestó el general—. Sin comercio, Telene no sobrevivirá a la próxima década.

—La Regencia acabó con nuestra principal fuente de comercio en Ferrington —dijo Leta—. ¡Con las armas de edem!

Tras ver las armas en acción, era evidente cuál había sido la causa del infierno que se había desatado en Ferrington. No había sido un fuego, sino una llamarada negra, un arma que convertía la vida en polvo.

—Aquello fue un accidente desafortunado —dijo el hombre—. Estábamos trabajando en un arma nueva con mucho más alcance. —Se encogió de hombros como si no se hubiesen perdido trescientas vidas aquel día—. No todos los experimentos salen bien.

Yo no le creía. Podría haber deshecho el daño que había causado, pero no lo había hecho.

—Creo que el experimento salió según lo previsto. Querías acabar con todo el pueblo junto con los hullen. Pero no sabías que las criaturas eran inmunes al arma. ¿Por qué iba el edem a dañar a los hullen cuando proceden del mismo lugar?

El general me miró con los ojos entrecerrados.

—Cayder Broduck, ¿verdad? —Se rio—. Tendría que haber imaginado que la inventora del arma tendría un hijo inteligente.

Miré a Leta, conmocionado.

«No». Nuestra madre jamás habría creado algo tan destructivo. Nuestra madre era amable y cariñosa, no creaba armas ni hacía daño a la gente.

El general asintió cuando vio que había caído en la cuenta.

—Era la mejor de nosotros. Lamenté que falleciera. Intentamos traerla de vuelta, pero no quedaba nada de ella.

Le arrebaté la pistola a la princesa y se la hundí en el pecho al general.

—¡Cayder, no! —Leta me tiró del brazo.

—¿Qué le hiciste? —gruñí.

—¡Nada! —El hombre alzó las manos en señal de rendición—. Estaba probando el arma nueva. Era una científica. Los accidentes ocurren. Todos conocemos los riesgos.

Me ponía enfermo que no dejara de hablar de «accidentes».

—Veamos si puedes volver a la vida dos veces —dije con el dedo apoyado en el gatillo.

—Vamos, Cayder —dijo Kema—. No hemos venido aquí para esto. Este no eres tú. Déjale marchar.

Eso era lo que decía mi padre. «La única manera de pasar página es dejarlo marchar. Deja marchar a tu madre».

El dolor me había atado a la ira y esa ira alimentaba mi dolor. Disparar al general no nos devolvería a nuestra madre.

Le tendí el arma a la princesa. A diferencia de Elenora, yo no estaba allí por venganza. Kema tenía razón: estaba allí por mi hermana.

—Vámonos —dije, agarrando la mano de Leta.

Sin embargo, era demasiado tarde. Media docena de agentes entraron en la sede. Llevaban armas cargadas con edem y nos apuntaron con una a cada uno.

—Os ha costado lo vuestro —dijo el general, apartando la pistola que Elenora llevaba en las manos.

El hombre había estado dando rodeos, diciéndonos lo que queríamos oír para que la princesa no le disparase.

—Lo sentimos, general —dijo uno de los agentes—. El prisma no estaba roto. Ha sido una treta.

—Es evidente —contestó él, señalándonos—. Ahora, arrestad a estos intrusos.

—¡No! —dijo la princesa, apuntando el arma de nuevo hacia el general—. Si dais un paso hacia alguno de nosotros, mataré a vuestro líder.

—Por favor, princesa —dijo el general con un suspiro de cansancio—, sabéis que, si me disparáis, no será el final. Mi equipo puede traerme de vuelta, pero no harán lo mismo por vos y vuestros amigos.

—Tal vez no. —Se apoyó el peso del arma en el hombro—. Aun así, me apuesto algo a que esto duele.

Accionó el gatillo. La pequeña llama negra golpeó al general en el pecho. El fuego negro le quemó el uniforme y atravesó piel, músculo y hueso. El hombre gritó mientras el fuego lo atravesaba. Se derrumbó sobre el suelo, llevándose una mano al agujero que tenía en el pecho.

—¡Arrestadlos! —ordenó.

Uno de los agentes disparó hacia nosotros, pero yo me agaché detrás del globo, arrastrando a Leta conmigo. La princesa respondió al disparo y desintegró un muro de piedra. Una bruma gris inundó el aire.

—¡Dejad de disparar! —gritó el general—. ¡Vais a destruirlo todo!

Un agente golpeó a Elenora en el costado con la culata de una pistola. Ella cayó al suelo como una piedra y él le arrebató el arma.

—Tenemos que salir de aquí —le dije a Leta.

Ella asintió.

—Saltemos al océano.

Sacudí la cabeza.

—Nuevo plan.

Ahora sabíamos que el velo ocultaba todo un mundo detrás; un mundo con criaturas que querían protegernos, no matarnos; un mundo donde era posible que nuestra madre siguiera con vida.

«No». No quería escapar de Vardean. No quería saltar al mar con la esperanza de encontrar un barco que nos llevara a la costa.

Quería atravesar el velo.

CAPÍTULO 53

CAYDER

Paso ocho: escapar a través del velo.

Teníamos una última oportunidad de ser libres.

La libertad no era justicia. Tampoco era paz. Era luchar por lo correcto y por descubrir la verdad. Y no iba a darme por vencido; no hasta el último aliento.

De entre la bruma apareció un agente con el arma levantada. Me apuntó con la pistola y yo me aparté. Apareció otro agente, derribó a Leta al suelo y le colocó el cañón de la pistola en la sien.

—¡Márchate! —gritó ella.

Solo había una manera de salir de allí.

A pesar de que cada célula de mi cuerpo me pedía que me detuviera, corrí por el puente, atravesando el mar en dirección al velo. Conforme me acercaba a la grieta oscura del cielo, un zumbido me inundó la cabeza. No podía oír si alguien me seguía y tampoco me giré para comprobarlo.

Cuanto más me acercaba al velo, más tenue se volvía el resplandor de los focos. No había ninguna luz iluminando el propio velo, ya que eso habría impedido que la Regencia hiciese sus pruebas. Para cuando llegué al borde del puente, podía ver el edem flotando por todas partes a mi alrededor.

Extendí ambas manos hacia la oscuridad.

—¡Tráeme a los hullen! —ordené.

Habían pasado siete años desde la última vez que había utilizado el edem y ya había olvidado la sensación que producía.

Las sombras me rodearon los dedos y se enroscaron en torno a mis brazos. Sentí frío y calor al mismo tiempo, como si todos mis sentidos se hubieran apagado. Alcé las manos frente al rostro para comprobar que seguía teniendo los brazos en su sitio.

Me inundó una sensación de paz, de control, de que todo saldría bien, de que estaba protegido.

El murmullo constante del velo quedó en silencio. Me di la vuelta lentamente.

Frente a mí se alzaba un hullen. Me aparté del velo y dejé que la criatura subiera al puente. Cerca, había otra. Ambas abrieron las bocas negras como el carbón y chillaron en medio de la noche.

Me tapé los oídos con las manos, seguro de que me iban a estallar los tímpanos.

Los hullen alzaron el vuelo y se lanzaron contra los agentes de la Regencia, que dejaron de luchar y se quedaron contemplando la venganza que se dirigía hacia ellos.

Una de las criaturas agarró entre sus garras al agente que tenía a Leta reducida en el suelo y lo lanzó por el acantilado. El hombre soltó un grito mientras caía hacia el agua que había más abajo.

Los agentes dispararon a los hullen, pero las llamas negras danzaron en torno a sus alas, sin dejar ningún rastro de impacto. Las criaturas volvieron a arremeter de nuevo, golpeando a los agentes contra los muros.

Kema golpeó a uno de los miembros de la Regencia en la barbilla y le robó el arma. Después, disparó al que tenía acorralado a Jey. El agente cayó al suelo.

Las criaturas dejaron escapar otro chillido y, a continuación, regresaron a su mundo a través del velo.

—¡Vamos! —grité.

Los otros cruzaron el puente corriendo hacia mí.

Algo cálido me recorrió la espalda, calentándome ambos omóplatos. La sensación era la misma que si me hubieran soplado humo sobre la piel. Me bajé la camisa en uno de los hombros y contemplé un dibujo de alas emplumadas que me recorría toda la espalda. Se trataba de una marca eco de los hullen.

Kema fue la primera en llegar a mi lado.

—Buen trabajo, Chico Maravilla.

Me sonrió y yo le devolví la sonrisa.

Jey y Leta llegaron con las manos entrelazadas.

—Estoy de acuerdo —dijo Jey—. Nos has salvado el pellejo. Te debo una.

Leta soltó a Jey y me rodeó el cuello con los brazos.

—Gracias, Cayder.

—Todavía no hemos salido de aquí.

La princesa fue la última en alcanzarnos. Estaba cubierta por las cenizas de toda la destrucción que había causado.

—Lo siento, Cayder —dijo. Inclinó la cabeza ante todos—. Os pido disculpas a todos. Tendría que haberos contado lo que estaba planeando. Tendría que haber confiado en vosotros.

—No te habríamos ayudado —dijo Jey con una sonrisa taimada.

—Lo sé.

La princesa había sido egoísta, y si bien no le había perdonado la traición, entendía su razonamiento. Haría cualquier cosa por su hermano, tal como yo lo haría por Leta. Además, sin ella, jamás habríamos descubierto la verdad.

Mi madre había muerto por culpa del edem, lo que significaba que estaba al otro lado del velo junto con el rey.

—No os va a gustar lo que voy a sugerir a continuación —dije.

Leta miró por encima del hombro a lo que quedaba de la sede.

—Cualquier cosa con tal de salir de aquí. Seguro que la Regencia se reagrupará pronto.

Tenía razón. Con las armas alimentadas por el edem, podían deshacer el daño que habíamos causado. Necesitábamos una solución más permanente: necesitábamos al rey.

Señalé el velo.

—Atravesamos el velo para encontrar a mamá. Y a tu hermano —dije en dirección a la princesa.

Ella pestañeó.

—¿De verdad? ¿Puedo ir con vosotros?

—Te prometí que te sacaría de aquí.

Sentí como si aquella promesa perteneciese a alguien diferente, alguien que creía que, si tenías fe en la justicia, el bien prevalecería. Pero yo ya no era ese chico. A veces, tenías que luchar para hacer justicia.

El gesto de la princesa se suavizó.

—Gracias, Cayder.

Asentí, aunque no estaba listo para aceptar sus disculpas. Todavía no. Su traición todavía me dolía en el pecho como si fuese la herida de una de las armas de edem. Y si bien no estaba seguro de poder frenar la expansión de dicha herida, ella no se merecía estar encerrada en Vardean. No estaba seguro de que alguien lo mereciera.

—¿Y qué pasa con el general de la Regencia? —preguntó Kema—. Estará al otro lado.

—Entonces, acabaremos con él allí también —dijo Elenora.

Todos miramos a Jey y él se encogió de hombros.

—Estoy de acuerdo con la princesa guerrera.

Kema se rio.

—Ya sabéis que yo me apunto.

Eso hacía que solo faltase una persona; aquella por la que todos estábamos allí.

—¿Estás lista? —le pregunté a mi hermana.

Ella apoyó una mano sobre la que yo tenía libre.

—Estoy lista.

—No hay momento como el presente —asintió Jey.

—¿Qué crees que hay al otro lado, más allá de los hullen? —preguntó Leta—. ¿Qué crees que va a pasar a continuación?

Miré en dirección a la oscuridad. Me llamaba. Me animaba a acercarme más. Los susurros aumentaron y estuve seguro de que estaba escuchando la voz de mi madre.

—No lo sé —admití—, pero sea lo que sea, nos enfrentaremos a ello juntos.

Saltamos del puente y nos lanzamos hacia el cielo.

AGRADECIMIENTOS

Escribí tres manuscritos diferentes antes de quedarme con La liga de los mentirosos como mi tercer libro. Después de que se publicara *La muerte de las cuatro reinas*, fui mucho más consciente de que ya no escribía solo para mí. Los lectores tienen expectativas, y vosotros me habéis apoyado de forma increíble desde que lancé mi novela debut en 2019. Quería demostrar que vuestro apoyo no ha sido en vano y devolveros el favor de alguna manera. La única forma que conozco de hacerlo es escribiendo una novela que merezca vuestro tiempo. ¡Espero que *La liga de los mentirosos* lo mereciera!

Primero de todo, quiero dar las gracias a mi madre y a mi padre. Cuando era una adolescente, mi padre me solía decir que sería una buena abogada, ya que se me daba genial argumentar mi punto de vista. En su lugar, decidí trabajar en la industria del cine y la TV, además de convertirme en autora. Pero sé que está igual de orgulloso. Y sin la paciencia de mi madre mientras divagaba sobre mis libros, *La liga de los mentirosos* seguiría sin finalizar, y yo seguramente sería un manojo de nervios.

Lo que me lleva a Andrew, si no fuera por ti, este libro cien por cien no existiría. Sigues siendo mi ancla en la tormenta, prometo que te dedicaré otro libro, uno que no salga durante una pandemia y tengas un viaje lector mucho más liviano. Te quiero.

A mis amigos y familia, que siempre me apoyan, nunca dejaré de sorprenderme (¡y entusiasmarme!) de que leáis mis libros. En particular, a las chicas TC, Katya, Ella, Jess y Shannon —gracias por ser tan geniales como sois.

Tengo mucha suerte de tener como amigos a autores realmente talentosos. Gracias enormemente a Mel, Sabina Khan y Adalyn Grace por su amistad y sabias palabras. Amie Kaufman, Larie Lu, C. S. Pacat, Sarah Glenn Marsh y Stephanie Garber, ¡admiro mucho vuestro trabajo y tengo mucha suerte de conoceros!

Sin Penguin Teen, no existiría *La muerte de las cuatro reinas, El profundo desvanecer,* ni *La liga de los mentirosos.* Gracias a mi editora, Stacey Barney, por ayudarme a hacer este libro mucho más de lo que jamás hubiera imaginado que pudiera ser; a Theresa Evangelista por crear la cubierta original, que me hizo chillar (algo que hago rara vez); a Felicity Vallence por sus asombrosos poderes de marketing y a Jennifer Klonsky y todo el equipo de Penguin por creer en mí. Un enorme gracias a Hillary Jacobson por acompañarme en este viaje y a mi agente, Sarah Landis, por apuntarse con tanto entusiasmo a esta historia y mi escritura.

Y por último, pero no menos importante, quiero darte las gracias. Sin ti no habría un segundo libro, ni un tercero y ojalá un cuarto en mi carrera como escritora. No puedo agradecértelo lo suficiente. Espero que este libro te haya ayudado a escapar del mundo en el que actualmente estamos viviendo. Puede ser un sitio a veces complicado, pero pienso que lo mejor está por llegar. Volveremos a tener eventos en persona de nuevo. Compartiremos el gozo por nuevas historias juntos. Espero veros allí.

Y no es ninguna mentira.